航空将校を目指し訓練を受けていた、見習い士官時代の谷藤徹夫（21歳頃）。

野辺地中の仲間たちと。
一番左が徹夫（13～14歳頃）。

▶野辺地中学校（旧制）
時代の徹夫（12歳頃）。

出征前に家族と。前列左より弟勝夫、徹夫、妹泰子、母たつゑ。
後列左、叔父牧野勝五郎。右が父松次郎。

満州駐留時代の谷藤徹夫（22歳頃）。

後列左より朝子、たつゑ、松次郎。
撮影時期は不明。

徹夫の出征祝いに叔父から贈られた観音像。

▶世田谷山観音寺にある神州不滅特別攻撃隊之碑。

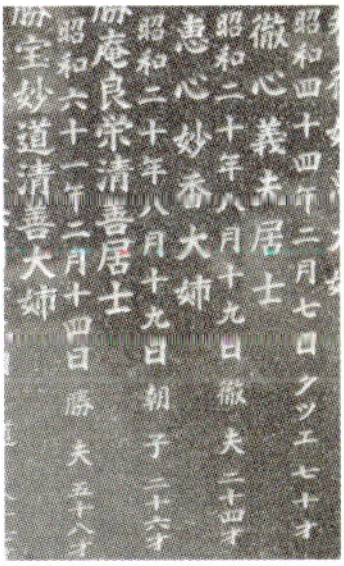

円通寺にある谷藤家の墓誌。

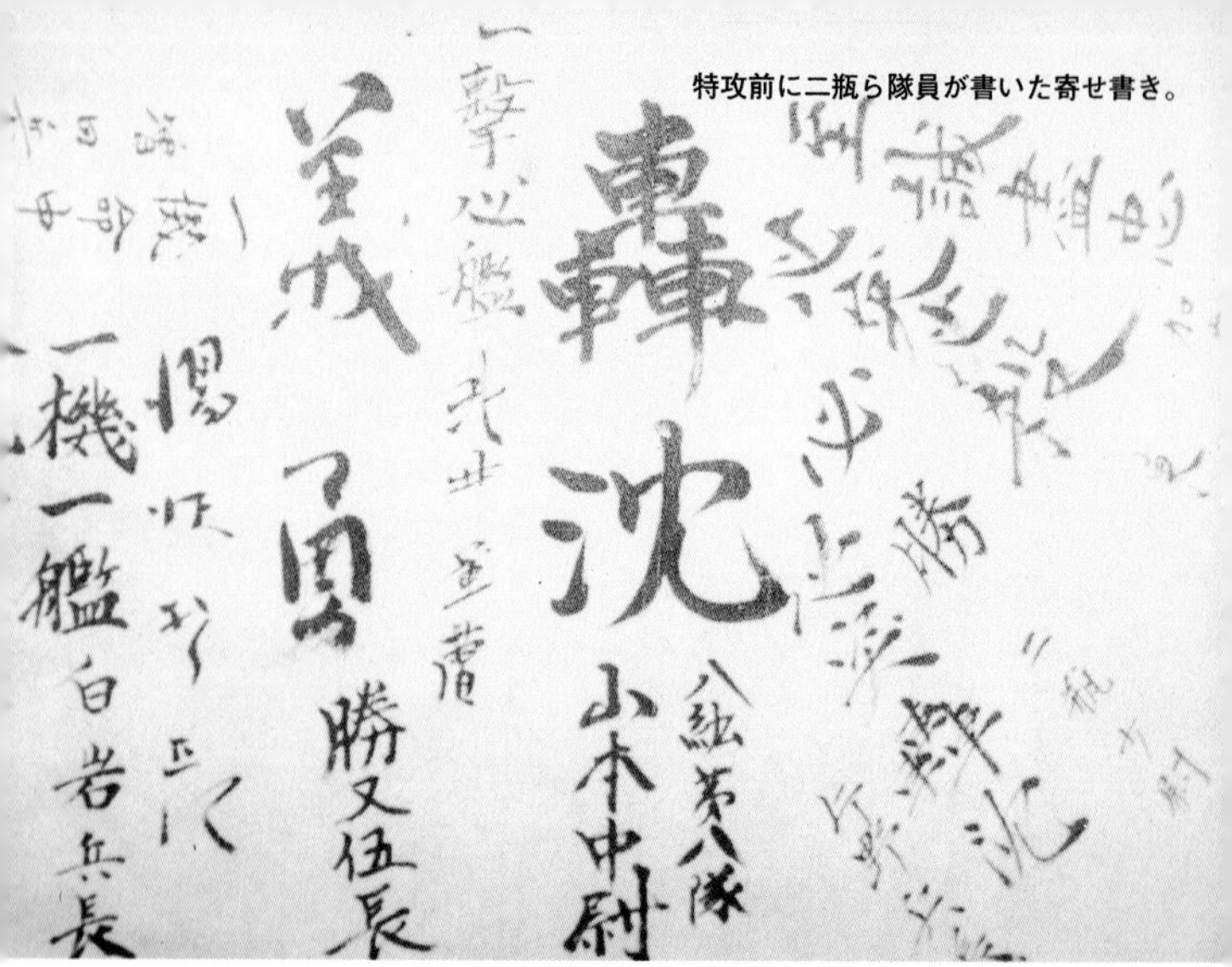

特攻前に二瓶ら隊員が書いた寄せ書き。

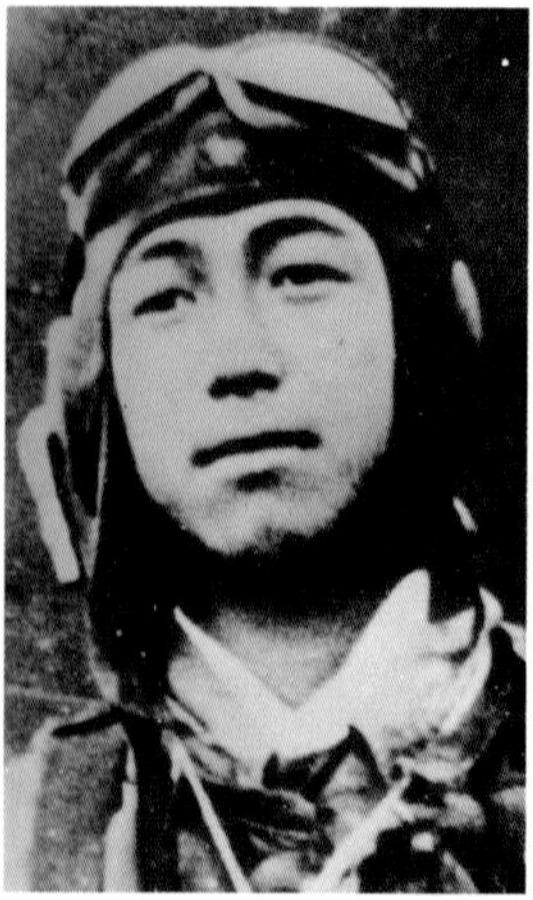
徹夫の親友だった二瓶秀典。
特攻で散った（20歳）。

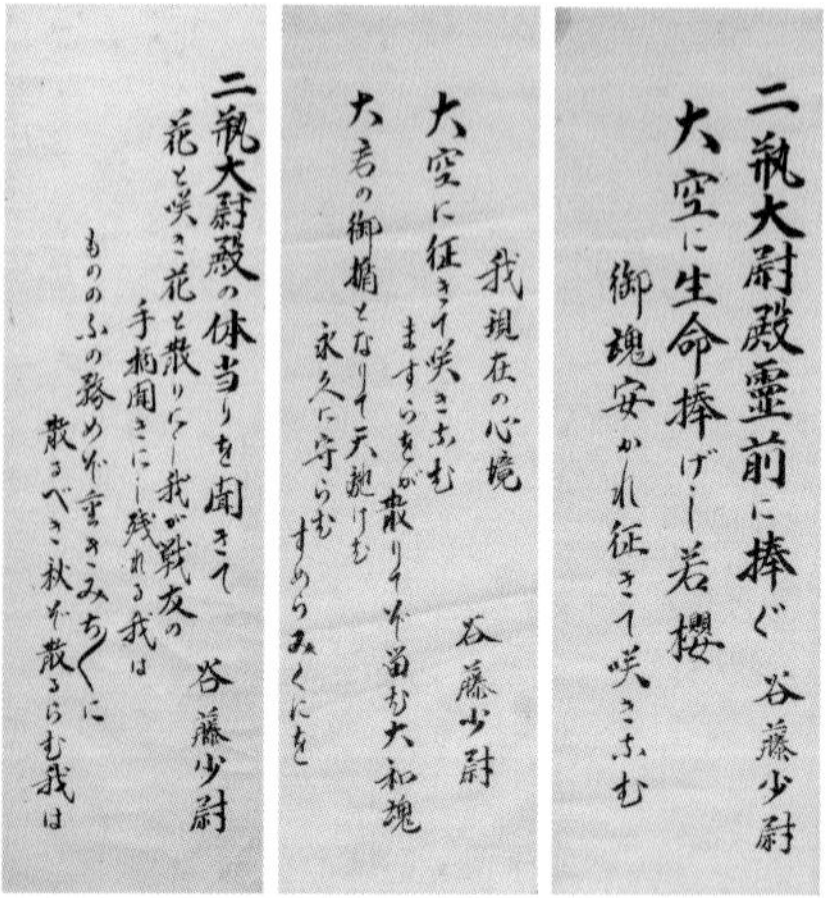
二瓶大尉殿霊前に捧ぐ
大空に生命捧げし若櫻
御魂安かれ征きて咲きなむ
谷藤少尉

我現在の心境
大空に征きて咲きなむ
ますらをが
散りても留む大和魂
大君の御楯となりて天翔けむ
永久に守らむ
すめらみくにを
谷藤少尉

二瓶大尉殿の体当りを聞きて
花と咲き花と散りにし我が戦友の
手柄聞きにし残れる我は
もののふの務め果さむみちくに
散るべき秋に散らむ我は
谷藤少尉

親友・二瓶秀典に徹夫が捧げた和歌。

満州・大虎山飛行場にたたずむ二ノ宮清。

神州不滅特攻隊の隊長格だった
二ノ宮清（27歳頃）。

満州国での関東軍の演習風景。

少年兵を閲兵している二ノ宮清。

二ノ宮清の兄正元。関東軍の諜報員だった。

九七式戦闘機。徹夫と朝子はこれを改造した練習機で特攻した。

徹夫と朝子の結婚式。夫婦の写真はこの一葉しか残っていない。徹夫21歳、朝子23歳。

妻と飛んだ特攻兵

8・19満州、最後の特攻

豊田正義

角川文庫
19028

目次

にくだった特攻命令／選択肢は、「熱望」「希望」「希望せず」／「いきます」。二瓶秀典、家族に告げる／〈私の飛行機は五号機です〉／駆逐艦の甲板に命中した五号機／大空に生命捧げし若桜御魂安かれ征きて咲きなむ／特操一期生、少年飛行兵、沖縄戦へ／「かならず後から行く」／「初雪を見ると、朝子姉さんを思い出す」／朝子が短歌を読んだことは間違いない／奇跡的な再会／蜜月

第六章　特攻――谷藤徹夫、朝子と征《ゆ》く

ヤルタの秘密協定が満州の命運を決した／「この大馬鹿者め！」／ポツダム宣言／ソ連軍、越境／総攻撃は遅すぎた／関東軍は居留民を残したまま撤退していった／「まったく、これっぽっちも助けてくれませんでした」／連行、強姦、ソ連軍の暴挙／「このまま戦わず、おめおめと降伏できるか！」／「加藤隼戦闘隊」の生き残りとして／「露助の戦車隊へ特攻するぞ！」／「許嫁が白決するのを見届けてきた」／神州不滅特別攻撃隊／白いワンピースを着て

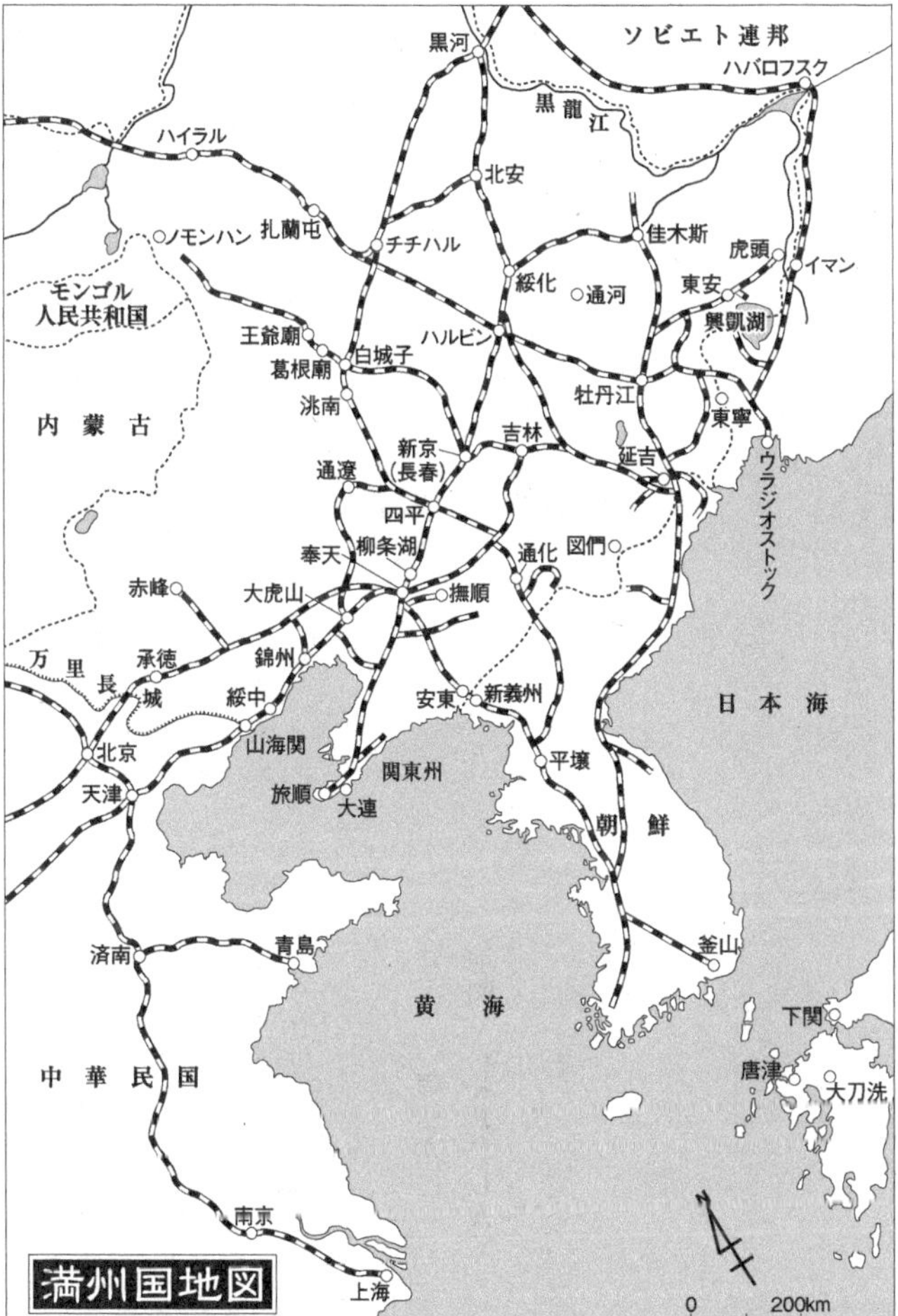
ソビエト連邦
黒河
ハバロフスク
黒龍江
ハイラル
北安
扎蘭屯
ノモンハン
チチハル
佳木斯
虎頭
イマン
綏化
通河
東安
興凱湖
モンゴル人民共和国
王爺廟
葛根廟
白城子
ハルビン
牡丹江
洮南
東寧
内蒙古
吉林
新京（長春）
延吉
ウラジオストック
通遼
四平
奉天
柳条湖
通化
図們
赤峰
大虎山
撫順
万里長城
承徳
錦州
綏中
安東
新義州
日本海
北京
山海関
平壌
天津
旅順
大連
関東州
朝鮮
済南
青島
釜山
黄海
下関
唐津
大刀洗
中華民国
南京
上海
0
200km

満州国地図

装丁　國枝達也

地図　REPLAY

まえがき

「夫婦一緒に体当たりしたんですよ」

太平洋戦争の敗戦から四日後の昭和二十年八月十九日、関東軍《かんとうぐん》の第五練習飛行隊が駐留する南満州の大虎山《たいこざん》飛行場は、異様な熱気に包まれていた。

全長千メートル弱の草地の滑走路を大勢の日本人居留民が囲み、無数の日の丸の旗が振られていた。滑走路には十一機の飛行機が並べられ、機体の前に白絹のマフラーを風になびかせた十一人の飛行兵が整列した。

その十日前の八月九日、ソ連軍が日ソ中立条約を一方的に破棄して満州に侵攻し、関東軍の国境守備隊は勇猛果敢にソ連軍に挑んだが、圧倒的な戦力差の前に壊滅的な敗北を喫した。八月十五日の玉音《ぎょくおん》放送の後、大本営《だいほんえい》は日本の全軍に対し、戦闘停止と武装解除を命じた。武装解除とは、敵軍に手持ちの全兵器を渡し、全兵士が捕虜になることを意味する。

満州では日本の降伏後もソ連軍の侵攻が続いていたが、関東軍総司令部はソ連軍への戦闘停止と武装解除を決定し、満州各地の部隊に指令を出した。第五練習飛行隊も集合することになった。全兵器をソ連軍に渡して全兵士が捕虜になるため、八月十九日に本部の錦州《きんしゅう》飛行場に集合することになった。

「これから錦州に出発します」

十一人の飛行兵は隊長に敬礼した。大虎山飛行場にある十一機の全飛行機を西に百キロほど離れた錦州飛行場に移動させるのが、彼らの最後の任務だった。

地元の飛行部隊の終幕を前に、日本人居留民は悲嘆に暮れながら日の丸の旗を振っていた。日傘を差した白いワンピース姿の若い女性が飛行機のそばに立ち、深い哀しみを湛《たた》えた目で、整列した飛行兵を見つめている。これから敵軍の捕虜となる飛行兵の妻か恋人が惜別に訪れたのだろうと、周囲の人々は女性に同情の念を抱いた。

十一人は飛行機に乗った。プロペラの回転音が激しさを増し、十一機は積乱雲がむくむくと膨らむ快晴の空へと飛び立っていく。すると日の丸の旗を振りながら見送っていた人々の間から次々に声があがった。

「女が乗ってるぞ！」

滑走路を走る飛行機の後部座席に、さらさらと風になびいている長い黒髪が見えたのだ。そしてほどなく群衆は、あの白いワンピース姿の女性も忽然《こつぜん》と姿を消したことに気づいた——。

「谷藤徹夫」と「谷藤朝子」

「満州に特攻隊があったのを知っていますか？　そのうちの隊員の一人はね、終戦直後に新妻を特攻機に乗せて、夫婦一緒に体当たりしたんですよ」

私が元特攻隊員の老人からこの逸話を聞いたのは、平成二十二年の夏であった。終戦記念日の記事の取材で知り合ったその老人は、本土決戦での特攻作戦に備えているときに終戦を迎えたという。

「私はね、戦友に対して、自分が生き残ったことを申しわけないと、ずっと思い続けて生きてきたんです。その罪悪感は一生消えない。特攻で散った戦友はみな勇敢だった」

老人は涙目でそう語ったあと、特攻隊の様々な勇姿を語り聞かせてくれたが、その話の中で、妻を飛行機に乗せて体当たりした特攻隊員の逸話に触れたのだった。

私は衝撃を覚える一方で、「本当に事実なのか？」という疑念も湧いた。「規律の厳しかった日本軍で、女性が特攻機に乗れるはずがない。そんなこと、あり得ない」と懐疑的に考える気持ちのほうが強くなってきた。

私がやんわりとその疑問をぶつけると、老人は少し当惑したような表情を浮かべてこう言った。

「満州にいたわけではないから、詳しいことは知らない。満州の部隊で生き残った戦友から聞いた話だ。彼もとっくに死んでしまったから確認のしようがないな。あなた、私が生きているうちに真相を調べてくれないか？　嫁さんを飛行機に乗せた特攻隊員の名前は、たしか谷藤《たにふじ》といったかな。故郷は青森の恐山《おそれざん》の近くと聞いた」

当初、私は、七十年ほども前の戦争秘話について詳細に調べる自信はなかったので、その依頼を丁重にお断りした。しかし老人の話を聞いて以来、夫婦の特攻の逸話が私の脳裡《のうり》から離れることはなかった。

もし夫婦の特攻が事実であるなら、日本の戦史では前代未聞の史実になる。このまま世の中に知られず、埋もれたままにしておいていいのだろうか。

それに谷藤という特攻隊員は一体どんな理由で特攻機に妻を乗せたのだろうか。夫婦一緒に特攻せざるを得なかった背景が何かあったのではないだろうか。

そもそも満州に特攻隊が存在したというのが初耳である。しかも玉音放送があった八月十五日以後にこの特攻隊が出撃したのは何故だろうか。

こういった疑問が次々に浮かんできて、この逸話を徹底的に調べてみたいという衝動に駆られ、私は取材を始める決意を固めた。

最初に谷藤という特攻隊員の遺族を探そうと思った。老人から「故郷は青森の恐山の近く」と聞いていたため、「まずは恐山の麓《ふもと》まで行こう」と思い立った。

恐山は、死者の霊魂を身体に降ろして語らせるという「イタコの口寄せ」で有名な日本有数の霊場である。マサカリを突き立てたような形をした下北《しもきた》半島の北部に位置する。麓に広がるのは、下北半島最大の都市である、むつ市だ。約六万人が居住している都市で、谷藤という特攻隊員の遺族を探すのは容易ではないと思ったが、「自分がこのテーマに縁があるなら、かならず見つかる」と考え、平成二十二年の冬、私はむつ市に赴いた。

その日、下北半島は雪だった。八戸《はちのへ》駅から半島を縦貫している二輛《りょう》編成の電車に乗り、陸奥《むつ》湾沿いを北上していくと、陸奥横浜という駅あたりから大雪になりだし、電車はのろのろと徐行を始めた。磨《す》りガラスのように曇る窓を拭《ふ》いて雪景色を眺めようとしたが、横殴りに吹きつける激しい雪と深い霧でほとんど見えない。ときどき気紛《き まぐ》れのように雪の勢いが弱まり、さっと視界が開け、鼠色の海と荒れる波、真っ白な湾岸、そして海面すれすれに低空飛行するカモメが見えた。

恐山の最寄り駅である下北駅にようやく到着したが、墨を溶かしたような黒い雲が低く垂れこめ、恐山山地の稜線《りょうせん》は完全に消えていた。ホテルで一休みしている間に夜となり、雪は小降りになったので、とりあえず飲み屋街で聞き込みをしようと思った。取材で地方に行ったとき私はかならず飲み屋街で聞き込みをする。どのような分野でも情報がいちばん集まるのは地元の飲み屋だ。ホテルの前に停まっていたタクシーの運転手に「このあたりでいちばん古い飲み屋街に行ってください」と頼むと、「田名《たな》部《ぶ》神社の横丁だね」と運転手は言ってエンジンを掛けた。

田名部町は、恐山登山道の入口にある、むつ市の中心地だ。恐山が開山している五月から十月までは、全国からやって来る恐山菩提《ぼだい》寺の信者の宿場町として賑《にぎ》わう。田名部神社の大鳥居の前でタクシーを降りると、一面の雪景色にネオンが連なり、小さな居酒屋やスナックがずらっと軒を並べている。神社の境内のまわりには迷路のような細い横丁がいくつも走り、まるで新宿・花園《はなぞの》神社の脇のゴールデン街のような光景だ。

気分が高揚してきた私は、なるべく古びた構えの店を選んで梯子《はしご》し、「このあたり出身の、谷藤さんという特攻隊員について取材しているんですが、御親族を知りませんか？」と訊《き》いて回った。すると年配の店主や客の全員が「谷藤勝夫《かつお》」という名前を口にした。

谷藤勝夫という人は田名部町で映画館を経営する傍ら、むつ市の市議会議員を長年務め、市議会議長に就任するほどの名士であったという。そして「戦死した兄は特攻隊員だった」とよく語っていたそうだ。

だが、谷藤勝夫は二十四年も前に他界し、妻も四年前に亡くなり、一人娘は鹿児島に嫁いでいるという。後継ぎのいない映画館は閉館され、谷藤家の邸宅には誰も住んでいないということだった。

「もはや親族はこの町にいないのか……」と肩を落としている私に、居酒屋の主人がこう教えてくれた。

「勝夫さんの姪《めい》っ子がいるよ。いまは彼女が谷藤さんの映画館と家を管理しているんだけど、取り壊すことが決まって、このあいだ家財の整理をしていたから、特攻隊の兄さんの遺品が出てきたかもしれないね」

　翌日、私は谷藤家の墓参りをしてから、谷藤勝夫の姪を訪問することにした。

　その日は雪景色が眩《まぶ》しいほどの快晴だった。恐山山地の美しい稜線もくっきりと見渡せた。最高峰の釜臥山《かまふせやま》はその名の通り、頂上が釜を逆さまにしたような形をしており、どこか微笑ましい。頂上の真ん中に自衛隊のレーダーがちょんと突き出ているので、駒を逆さまにしたようにも見える。

　朝方に田名部町の商店街でもう一度、聞き込みをしたが、やはり年配者の全員が谷藤勝夫を知っていた。墓の場所もすぐにわかった。田名部川沿いにある円通寺《えんつうじ》だ。この寺院は恐山菩提寺の本坊に当たる曹洞《そうとう》宗の古刹《こさつ》である。

　広々とした霊園の中は墓石が半分くらい埋もれるほど雪が積もり、どれが谷藤家の墓か判らなかったので、私は寺務所で案内を頼んだ。「特攻隊で戦死した谷藤さんの墓参りをしたいんですけど……」と切り出すと、年配の僧侶《そうりょ》はこころよく案内をしてくれた。滑り止めの付いた防水の登山靴をはいている私は、雪に覆われている墓地を歩くのに四苦八苦したが、草履履きの僧侶は雪の上を跳ねるように進んでいく。

寺務所で借りたスコップで谷藤家の墓地の雪掻《ゆきか》きを行い、墓石に手を合わせ、墓誌に目をやった。

実積院徹心義夫居士　昭和二十年八月十九日没　俗名　徹夫　行年　二十四才
泉光院恵心妙香大姉　昭和二十年八月十九日没　俗名　朝子　行年　二十六才

この二行が目に入った瞬間、胸に熱いものが込み上げてきた。

昭和二十年八月十九日——この命日はまさに、終戦四日後である。私が調べに来た夫婦の名は「谷藤徹夫《てつお》」と「谷藤朝子《あさこ》」であった。

そして、朝子が年上女房という事実もここで判明した。墓碑に刻まれる行年《ぎょうねん》は数え年であるから、死亡時の実年齢は徹夫が二十二、三歳、朝子が二十四、五歳であろう。

しかし冷静になってみれば当たり前のことだが、命日が一緒ということだけでは、夫婦ともども特攻したという根拠には全くならない。谷藤夫妻の特攻を裏付ける何かしらの証拠が欲しい……。

私は円通寺から谷藤勝夫の姪の家に向かった。

終戦から二十三年後の「証明書」

突然の訪問に対し、姪の小原真知子《おばらまちこ》は嫌な顔ひとつせず、親身に応対してくれた。

小原の母親は谷藤徹夫の実妹であり、直接に徹夫と朝子を知る最後の親族であったが、一年ほど前に逝去したという。だが、小原は母親から徹夫と朝子の人柄などを伝え聞いていた。そしてなにより、徹夫の遺品を大切に保管していた。

「映画館と家を取り壊すことが決まったので、先日、屋内を整理したんです。そうしたら、徹夫伯父《おじ》さんの遺品がたくさん出てきたんですよ。写真、手紙、履歴書、新聞記事の切り抜き……、とにかくいろいろです。『これは貴重だなあ』と思って保管しておいたんですけど、タイミングを見計らったように豊田さんが来られたので、びっくりしました」

小原はそう語って、すべての遺品を見せてくれた。

その中に、幼少の頃からの記念写真を貼り付けたアルバムが数冊あり、私は谷藤徹夫の容姿を初めて見た。顔立ちはとても優しく、女性的な印象さえ受ける。学生服や法被《はっぴ》などを着ている身体は非常に痩《や》せて弱々しく、勇猛果敢な特攻隊員のイメージから懸け離れている。

十代後半の頃であろうか、学友たちと一緒に撮影した記念写真の下には、万年筆でこう書き込まれていた。

〈生と死と共に一路パラダイスの光を求めて進む親しき友。いつかは別れ行く時もあるだろう。その時の記念に残そう。永久に‼〉

私はこの文面から、少年時代の谷藤徹夫は文学好きのロマンチストだったのだろうと推測した。

アルバムの最後のほうには、軍隊時代の写真が貼られていた。飛行服姿の谷藤徹夫は、顔も身体も逞《たくま》しく変化していた。そしておそらく結婚写真であろう、妻の朝子と一緒に撮影された写真が一枚だけアルバムに貼られていた。

軍刀を床に突いて直立し、口を真一文字に結んだ端整な顔つきで正面を見据えている軍服姿の徹夫。その横で椅子に座り、微笑みを浮かべた穏やかな表情を向けている着物姿の朝子。いささか緊張感の漂う夫に対して、妻はとても落ち着いた雰囲気を醸し出し、やはり年上女房という印象を受ける。

私はアルバム以外の遺品にも目を通していったが、達筆な文字でしたためられた便《びん》箋《せん》一枚の「証明書」に瞠目《どうもく》した。

証明書

元陸軍少尉・谷藤徹夫の妻は昭和二十年八月十九日午後二時、満州國錦州省黒山縣大虎山飛行場より神州不滅特別攻撃隊の一員たる夫谷藤徹夫の操縦する飛行機に密かに搭乗し、敵ソ連軍戦車隊に突入自爆しました。夫徹夫に追従し自爆戦死せる事を証明します。

証明者　元大虎山飛行場隊長陸軍大尉　蓑輪三郎

この証明書には、谷藤勝夫宛てに書かれた手紙が添付されていた。以下はその全文である。

新緑の候　御尊家御一同様には益々御健勝のことと御慶び申し上げます。

去る五月五日の大祭には遠路態々《わざわざ》世田谷平和観音に御参拝下さいまして厚く御礼申し上げます。返りみて二十三年前八月十五日以後、あの当時のことですが、あの時はあゝもすればよかった又こうもすればと反省する事ばかりです。私と谷藤君とは官舎も隣で家内共ども仲よくお互いに助け合い、飛行機の操縦教官として本部事務室に於いては私のよき副官として内務に実務に私とは特に親密でしたから思い出も又格別です。

奥様の件に付きましては別紙の通り証明書を隊長として同封致しますから、お役に立つならば幸です。東京に居住する戦友も立証して下さる事になって居ますから。

御遺族様にはなんとも御詫びの申し上げ様もなく、平《ひら》に御詫び申し上げる次第です。谷藤御夫妻の墓前にはいつか御参り致し度《た》く、心に念じて止みません。

谷藤君のお父さん、御自愛専一の程、御祈り申し上げます。

み仏の心　安かれと　祈るかな

この証明書と手紙を一読した瞬間、谷藤徹夫と朝子の特攻が紛れもない事実であると私は確信した。蓑輪《みのわ》三郎という徹夫の元上官は、遺族に対し、特攻という朝子の死亡理由を証明したのである。

しかしなぜ終戦から二十三年もの年月が経ったときに、蓑輪三郎は朝子の特攻を証明しなければならなかったのであろうか。遺族の要望で証明書が作成されたのであれば、どのような事情から遺族は蓑輪に依頼したのであろうか。そして依頼を受けた蓑輪は、なぜ手紙の中でお詫びの言葉を幾度も繰り返しているのだろうか――。

むつ市での取材を契機に、私はこのテーマにますます深入りしていった。蓑輪三郎をはじめとして、徹夫と朝子の夫婦特攻に詳しい元兵士を探すことにした。

この取材は急がなければならないと思った。生きていれば九十歳前後になる徹夫の戦友の大半は、すでに鬼籍に入っているに違いない。生存している少数の戦友も、取材に応じてもらえる状況ではないかもしれない。

実際、私は封筒の裏に表記されていた蓑輪三郎の住所を訪ねたが、昭和六十二年に八十二歳で他界したと親族から聞き、ひどく落胆した。しかし戦時中、夫とともに大虎山飛行場の兵舎で暮らしていた蓑輪夫人が健在であり、特攻直前の谷藤夫妻の様子について証言してくれたのである。

さらに私は谷藤家に残されていた元陸軍飛行兵の名簿を借りて、片っ端から電話を掛け、幸いにも数人の証言者に出逢《であ》えた。また、事情を詳しく知っていた故人が書き残した回顧録なども入手した。

それらをパズルのように繋《つな》ぎ合わせ、可能なかぎり徹夫と朝子、延《ひ》いては十一人の満州の特攻隊員について想像をめぐらせた。正直言って、当初は謎解きをしていくかのような感覚を楽しんでいた。だが、途中からそのような感覚はなくなり、調べれば調べるほど、戦争に巻き込まれていく人間の運命の非業《ひごう》に向き合わなければならなかった。

このような流れで始めた取材の成果を基にして、谷藤徹夫と朝子の生涯を描いたのが本書である。夫婦で敵軍に特攻するという前代未聞の凄絶《せいぜつ》な最期に至るまで、彼、彼女はどのように生き、なにを考えてきたのであろうか――。

取材の過程で徹夫の同郷の親友である二瓶秀典《にへいひですけ》という特攻隊員の存在が浮上し、谷藤徹夫に多大な影響を与えたと知った。私は二瓶秀典についても取材を進め、谷藤徹夫と並列させながらその生涯を描いた。

また、本書は歴史的背景について多くのページを割いている。あまりにも短かった三人の若者の生涯を、敗戦に至る歴史の流れの中で描きたかったからである。特に満州国と関東軍については、くどいと思われるのを覚悟で長々と記述した。特攻隊について熱心に調べている人でも満州国や関東軍の話となると、とたんに興味を失ってしまう人は多い。しかしこれらの歴史を知ることなしに谷藤夫妻の最後の行動は深く理解できないため、詳述することを決断した。

日本の戦史の様々な要素が凝縮されている三人の若者の生涯を通じて、なぜ日本はあれほど無謀な戦争に突入したのか、なぜあれほど悲惨な敗戦を招いたのかを考えてみたい。

なお、本書の登場人物はすべて実名であるが、敬称は略させていただいた。

第一章

開戦

――東條内閣、倒閣へ動く

成田山参道を歩く父松次郎と徹夫（18歳頃）。

下北、旧会津藩士の地

昭和の初期、青森県下北郡田名部《たなぶ》町に『稲宝座《いなほうざ》』という映画館があった。田畑の中に建てられた木造の広い映画館は、椅子のない桟敷席《さじき》で、冬場には木炭を焚《た》いた火鉢が桟敷のあちこちに置かれ、観客は火鉢を囲んで暖をとりながら活動写真を楽しんだ。

当時は無声映画からトーキーへの移行期で、映画館はどこも盛況であったが、田名部町の稲宝座も連日満員で、「阪妻《ばんつま》」の愛称で一世を風靡《ふうび》した二枚目俳優・阪東妻三郎《ばんどうつまさぶろう》の新作時代劇などが来ると長蛇の列ができた。

稲宝座の館主は、谷藤松次郎《まつじろう》といった。明治二十九年、岩手県盛岡市で生まれた松次郎は、芝居や音楽会などを開催する興行師となり、東北各地を転々とした末に田名部町に定住し、この地で最初の映画館を造ったのである。

さらに松次郎は音楽業界との人脈を活《い》かし、昭和二年にアメリカの大手オーディオ・レコード会社『ビクター・トーキング・マシン・カンパニー』の日本法人として設立された『日本ビクター蓄音器株式会社』と提携して、ビクター製品の販売特約店を田名部町で開業した。

日本のレコード事業の黎明期《れいめいき》だった当時、日本ビクターは『君恋し』『東京行進曲』『神田小唄《かんだこうた》』『愛して頂戴《ちょうだい》』『洒落男《しゃれおとこ》』『唐人《とうじん》お吉《きち》の唄《うた》』等々、多くの流行歌のレコードを世に送り出していた。松次郎は「電蓄」と呼ばれる最新型の電気蓄音器を店頭に置き、ぜんまいを巻いて再生する旧式の蓄音器とは比べ物にならない高音質と大音量で道行く人々に流行歌を聴かせた。娯楽施設が何もなかった田名部町で映画や音楽の魅力を伝えたいという情熱を松次郎は持っていたのだ。

谷藤家の隣に住んでいた美容院経営者の小町屋侑三は、子供の頃からよく接していた松次郎の印象をこう語る。

「松次郎さんは、とにかくモダンな人でしたよ。外出するときは山高帽を被《かぶ》ってステッキを持ち、まるでイギリスの紳士みたいでした。このあたりではお目にかかれない芸術に詳しいインテリで、谷藤さんの家からはよくクラシック音楽が聴こえてきました」

この松次郎が田名部町に愛着を持ったのは、妻のテルと出逢《であ》ったからである。明治三十一年生まれのテルは、田名部有数の名家の令嬢であった。父親の清野義教は、明治維新後に会津《あいづ》藩（現在の福島県西部と新潟県の一部）から移住してきた旧会津藩士である。

当時の下北地方では旧会津藩士が政界や教育界に君臨し、会津藩士の家系が特別視されていた。それは谷藤徹夫の生い立ちにも関わることなので、背景を簡潔に説明しよう。

徳川幕府末期の京都守護職を務めていた会津藩は、大政奉還後に旧幕府軍の中心勢力となって戊辰《ぼしん》戦争を起こし、薩長《さっちょう》同盟の新政府軍への抵抗を続けたが、白虎《びゃっこ》隊の悲劇の舞台となった会津若松《わかまつ》城下での戦い（会津戦争）に敗れて降伏した。新政府は「賊軍」の処罰を行い、会津藩の二十三万石の領地を没収したが、会津藩主の松平《まつだいら》家には家名存続を許し、下北地方に三万石の新領地を与えた。当時「寒冷不毛の地」と呼ばれていた下北半島に追いやられるということは流刑《るけい》同然の厳しい処分であった。

明治三年に新領地は「斗南《となみ》藩」と命名され、一万七千人余りの会津藩士とその家族が陸路と海路で下北地方に移住した。斗南藩の中心地となったのは、田名部村であった。陸奥湾につながる田名部川を水運路や水資源に使用するため、川の沿岸に広がる田名部村が藩政の拠点として最適だったのだ。

前出の円通寺に藩庁が設けられ、数え年で三つだった藩主の松平容大《かたはる》は家老たちと円通寺に居住した。会津藩士から斗南藩士となった松平の家臣たちはそれぞれ民家に間借りをした。貧しい百姓家の納屋に何人もの武士とその家族が住み込んだという。

一万七千人余りの急激な人口増加は、冷害による不作が続いていた下北地方に飢饉《ききん》をもたらした。斗南藩士は一人一日三合の扶持米《ふちまい》のほか、海藻の根や松の木の白皮などを食べ、農家の残飯まで漁《あさ》って飢えをしのいだ。地元民が口にしない野草までも斗南藩士が食べるので、「会津のゲダガ（毛虫）」と地元民は陰口を叩《たた》いたという。

しかし主に教育面で斗南藩士が地元民に与えた影響は多大だった。江戸時代後期に会津藩は武家の子弟の教育機関として『日新館《にっしんかん》』を創設し、明治維新まで江戸時代屈指の英才教育を実施していたが、日新館の伝統的教育法が田名部村で継承されたのである。

日新館の膨大な蔵書を斗南藩士は手分けして田名部村まで運び、円通寺の仏堂を仮校舎として日新館を復活させた。その際、松平家の意向で「士庶共学」が標榜《ひょうぼう》され、武家の子弟とともに農民や商人の入学も許可されたのだ。

しかし明治四年の廃藩置県によって斗南藩が廃止されると、藩士の大半が故郷の会津に帰っていった。『下北半島町村誌』に掲載された明治十六年の戸籍調査によれば、その時点で田名部村に居住している旧斗南藩士はわずか五十一人と記されている。下北地方が青森県に編入され急速に近代化されていく時期に、田名部村に残った斗南藩士たちは政治、教育、軍事でリーダーシップを発揮し、下北地方の発展に大きく貢献したのである。

旧斗南藩士の清野義教の一族は主に教育界で活躍していたが、五女のテルも非常に教養の高い女性であった。幼少の頃から会津式の厳格な英才教育を受け、函館《はこだて》にある全寮制のミッション系女学校を卒業した。そして函館から帰郷後、旅興行で田名部町に来ていた谷藤松次郎と出逢ったのである。

芸術に造詣《ぞうけい》が深い二人は意気投合し、たちまち恋に落ちた。松次郎はテルと所帯を持つために田名部町に定住すると決心し、二人は結婚して田名部川沿いの横迎《よこむかえ》という地域に居を構えた。そして大正十二年三月十八日に長男の徹夫が生まれたのである。

谷藤徹夫と二瓶秀典、二人の会津サムライ

徹夫は音楽、映画、文学を好む、おっとりとした物静かな少年に育った。少年時代から窓辺に座ってクラシック音楽を聴くのを好んだという。

姪《めい》の小原真知子は、伝え聞く伯父《おじ》の人柄や容姿をこう語る。

「私の母は、徹夫伯父さんの妹にあたるんですが、よく『兄さんは優しさを自然と醸し出しているような人だった。兄さんのそばに座って、ただすることを見ているだけで、温かくて優しい気持ちになれた』と言っていましたね。徹夫伯父さんは、子供の頃、美しい少女のような顔立ちだったと聞いています。祭りのときに母の浴衣《ゆかた》を着て、水色の腰巻をつけると、まるで女の子のようにきれいだったそうです」

徹夫は、和風の美しい顔立ちをした母親に容貌《ようぼう》が似たのである。顔だけでなく華奢《きゃしゃ》な体格まで母親似であった。そして自分にそっくりな長男をテルは溺愛《できあい》したのである。

昭和四年四月に徹夫は田名部尋常高等小学校に入学した。学業は優秀であったが、体格で劣るため運動は苦手だった。当時の体育は剣道や柔道の成績が重視されたが、

痩《や》せて細腕の徹夫は、腕白少年たちに歯が立たなかった。

徹夫が剣道で負けるたびに、大きな笑い声とともに野次が飛んだ。

「会津サムライ、一本負け!」

この野次が徹夫の心を傷つけ、深い劣等感を植え付けたのは想像に難くない。白虎隊に象徴される勇猛果敢な会津藩士のイメージから外れている徹夫にとって、周囲から会津藩士の子孫と見られることは重荷以外の何物でもなかったであろう。

田名部小学校に徹夫の他にも会津藩士の子孫の生徒が十数名いたが、その中には文武両道で抜群の成績を上げ、「さすが会津藩士の血統だ」と称賛されている生徒もいた。徹夫の二学年後輩の二瓶秀典《にへいひでずけ》という少年だった。

二瓶家は会津藩士の家系の名家として、現在でもむつ市でよく知られている。会津藩から田名部村に移住した二瓶勝介《しょうすけ》は、会津藩九代藩主・松平容保《かたもり》の側近であった。そのため二瓶家には容保の直筆の書、掛け軸、短冊などが多数保存されていたが、平成十九年にそれら貴重な史料がむつ市に寄贈されて『二瓶家寄贈品展』が開催され、東奥《とうおう》日報など地元メディアが二瓶家の功績を大きく紹介したのである。

斗南藩廃止後に松平家と別れて下北地方に残った勝介は、明治二十二年の町村制の施行で下北半島東北部に誕生した東通《ひがしどおり》村の初代村長を務めた。十二の村落が合併して諍《いさか》いが絶えなかった東通村を平穏に安定させた名村長であったという。二代目の二瓶辰夫《ときお》は、田名部町で小学校校長を務めた後、町役場の助役に就任し、下北半島に初めて酪農を導入するなど産業開発に貢献した。その辰夫の長男が、大正十三年七月一日に誕生した秀典である。典を「すけ」と読ませる命名は、辰夫が尊敬する日露戦争の英雄・乃木希典《のぎまれすけ》にあやかったという。

これほどの名家の跡取りへの期待は大きかったが、二瓶秀典は完璧《かんぺき》に応《こた》えた。二瓶家に残されていた小学校時代の彼の成績簿を見ると、常にオール甲であり、「学業優秀・身体強健・操行甲」と記されている。小学校の担任教師だった宮下義美は「二瓶君は、智・徳・体三拍子そろった稀《まれ》にみる秀才だった」とよく語っていたという。

会津藩士の子孫として徹夫と二瓶は何かと比較された。どちらも学業は優秀であるが、運動能力、特に武道の力量には歴然たる差があったので、学校では徹夫よりも二瓶のほうが褒め称《たた》えられていた。

だが、周囲がどうこう言おうと、当の二人は兄弟のように仲が良かった。幼児の頃から会津藩士の子孫の親睦《しんぼく》会に連れていかれ、親しく遊んでいたのである。

二瓶は「ポパイ」と渾名《あだな》を付けられるほど腕っ節が強かったが、腕白少年の仲間には入らなかった。普段の彼は物静かで優しく、とても照れ屋だったという。そのため徹夫とウマが合ったのだろう。映画や音楽に詳しい徹夫に対して敬意を抱いていたに違いない。

二人は放課後の教室で机を並べて勉強した。谷藤家の映画館や蓄音器店に行き、一緒に映画や音楽を鑑賞したという。

しかし小学校卒業後、二人は別々の道を歩んだ。

二瓶は早くから軍人の道を選択した。そのきっかけは、担任の宮下義美の一言であった。宮下は教員室に二瓶を呼び出し、こう激励したのだ。

「柴五郎《しばごろう》大将のような偉大な帝国軍人になれ」

大正時代の陸軍大将である柴五郎は、幕末に会津藩士の五男として生まれ、十二歳のとき田名部村に移住した。呑香《どんこ》稲荷《いなり》神社の境内にあった納屋で暮らし、厳寒の中、暖をとる手段もなく、俵やむしろなどにくるまって眠れぬ夜を過ごしたという。しかし柴は円通寺境内の日新館で必死に学び、東京に新設されたばかりの『陸軍幼年学校』に合格した。この学校は陸軍の幹部将校を養成するために、十代前半から徹底した軍事教育を施す全寮制学校である。

柴は陸軍のエリートコースを順調に歩み、明治三十三年、陸軍中佐のときに北京駐在武官として清朝に赴任した。その直後、清朝に権益をもつ各国の大使館が反乱軍に襲撃される事件が起こった。「義和団《ぎわだん》の乱」である。

「扶清滅洋」（清を扶《たす》け、洋を滅ぼすべし）というスローガンを掲げる義和団に対し、列強各国を苦々しく思っていた清朝の最高権力者・西太后《せいたいこう》が支持を表明し、清朝軍が外国人排斥のため義和団とともに蜂起《ほうき》した。紫禁城《しきんじょう》内に設けられていた公使館区域に大勢の外国人が逃げ込み、総員五百人程度に過ぎない各国公使館の護衛兵が団結して籠城《ろうじょう》戦を展開し、清朝軍と義和団の攻撃から公使館区域を死守した。そして日本を含む八ヵ国の連合軍が救援に駆けつけ、清朝軍と義和団を撃退して北京を占領するまでの約二ヵ月間、過酷な籠城を耐え抜いたのである。

柴五郎はこの籠城戦で、各国の寄り合い所帯の即席部隊をまとめ、総指揮を担った。彼が率いる日本兵の勇敢さと礼儀正しさは他国の軍人や外交官に感銘を与え、イギリスの高級紙『タイムズ』が「籠城中の外国人の中で、日本人ほど男らしく奮闘し、その任務を全うした国民はいない。日本兵の輝かしい武勇と戦術が、北京籠城を持ちこたえさせたのだ」と称賛し、各国政府は感謝の意をこめて柴五郎に勲章を授与したのである。

田名部村出身の陸軍中佐の世界的活躍は、故郷の人々に誇りと勇気を与えた。明治三十二年の町制施行で田名部村から田名部町になった矢先の大朗報であったのだ。大正八年に陸軍大将にまで上り詰めた柴五郎は、田名部町の最大の英雄として、昭和に入ってからも男子がもっとも憧《あこが》れる存在であった。

「柴五郎大将のような偉大な帝国軍人になれ」と教師に激励されて以来、二瓶秀典は真剣に、郷土の英雄と同じ進路を歩もうと決心した。柴五郎の母校である陸軍幼年学校への合格をめざして猛勉強を開始したのだ。

当時の陸軍幼年学校は東京、仙台、名古屋、大阪、広島、熊本に校舎があり、入学定員は六ヵ所合わせて三百名であったが、志願者は三万人を超えていた。そして昭和十三年四月、二瓶はこの百倍以上の難関試験を突破し、仙台陸軍幼年学校（宮城県仙台市富沢）に入学したのである。

「第一等の人物になれ」

一方、谷藤徹夫は昭和十年四月、青森県上北《かみきた》郡野辺地《のへじ》町の野辺地中学校（旧制）へ進学した。野辺地町は下北半島の付け根に位置する、陸奥湾沿いの港町である。田名部から野辺地までは汽車に片道一時間ほど乗れば通えたが、松次郎が「よい経験になるから」と徹夫を学校近くに下宿させた。

戦前の中学校はすべて男子校であり、五年制のエリート養成学校であった。昭和十五年の時点での中学校数は約六百校、生徒数は約四十三万人、進学率は約七パーセントしかなかった。野辺地中にも優等生でなおかつ資産家の子息が集まっていた。戦後に青森県知事を四期務めた政治家の北村正哉《きたむらまさや》は、大正五年に三沢《みさわ》村（現在の三沢市）の裕福な牧場で生まれ、新設されたばかりの野辺地中に進学している。『幕末太陽傳《でん》』

『雁《がん》の寺』などの傑作で知られる映画監督の川島雄三《かわしまゆうぞう》は、大正七年に田名部町の名門商家で生まれ、田名部小から野辺地中へという徹夫と同じ進学コースを歩んだ。

昭和十年の野辺地中の入学式で、福士百衛校長は百十一名の新入生にこう訓示した。

「古今東西第一等の人物になれ。もし泥棒するなら石川五右衛門《いしかわごえもん》以上の泥棒になれ」

ウィットに富んだ言葉であるが、教員や父兄も含めて誰も笑わず、講堂内は水を打ったように静まり返っていた。初めて詰襟の学生服を着た新入生たちは直立不動の姿勢で整列し、真剣な眼差《まなざ》しでちょび髭《ひげ》の校長を見つめて訓示に聞き入っていた。「第一等の人物になれ」という言葉は、当時の中学校入学者に課せられた使命であったのだ。新入生としてその場にいた沢田博は「福士校長の言葉が、いまでも耳の底から聞こえてくることがある」と言う。

徹夫も初日から、中学校のレベルの高さを痛感したことだろう。小学校時代、誰もいない図書室で読書するのを好んだ彼は、まず図書室の雰囲気の違いに驚いたはずだ。野辺地中の図書室は放課後でも多くの生徒が出入りして常に満員であり、話し声ひとつ聞こえず、鉛筆の走る音だけが響いていた。

武道場に行けば、屈強な肉体の生徒たちが凄《すさ》まじい気合いを発して柔道や剣道の稽《けい》古《こ》に励んでいた。野辺地中の武道教育は、全国のトップクラスだった。事実、昭和十三年に開催された第二回全国中等学校学年別柔道大会（東京世田谷《せたがや》国士舘《こくしかん》主催）で、青森県より一校出場の野辺地中五年チームが全国の強豪校を次々に打ち破って初優勝を飾った。以来、県下から武道に自信を持つ生徒が野辺地中に集まり、武道に秀《ひい》でなければ男子にあらずという校風が漲《みなぎ》っていた。

文武両道が当たり前であった野辺地中で、武道の苦手な徹夫は、非常に辛《つら》い立場に置かれたことだろう。しかし学業のほうでは負けていなかった。国語、漢文、歴史などの文科系科目が得意で、作文がうまく、詩や俳句や短歌もよく作った。佐治勝弥という国語の教師は徹夫の文才を高く評価していたという。

勉強以外の時間は、映画に夢中だった。野辺地には一軒だけ映画館があり、休日に徹夫はよく通っていた。四年先輩の川島雄三もこの映画館の常連であった。桟敷《さじき》席の入口で履物の管理をしている「下足番」と親しくなると、中学生は無料にしてくれたという。

田名部町にある川島の実家は稲宝座の近くであり、川島は小学生時代に稲宝座で映画を観ていたので、徹夫とは面識があった。二人は中学時代に一年間だけ重なっているのだが、映画館で鉢合わせしたとき映画談議に花を咲かせたことだろう。

徹夫はこの頃、楽器にも凝っていた。同級生の今野隆はこう回想する。

「谷藤とは、学校から帰るとお互いに行ったり来たりで、休みの日も一緒に行動していました。映画館からの帰り道、谷藤は映画音楽のメロディーを憶《おぼ》えていて、ハーモニカで上手に吹くんです。最初は隠れて練習しておって人前では吹かなかったけど、僕が練習しているのを見つけて、『みんなの前で吹け』と言ったら真っ赤な顔してね(笑)。僕が同級生に言って、みんなで『吹け、吹け』と冷やかしたら、ようやく何曲かやってくれたんです。あれはほんとに上手《うま》くて、みんな静かに聴いておって、終わったら拍手喝采《かっさい》でした。それ以来、気分が良くなると、みんなにハーモニカを聴かせていましたね」

しかし徹夫が中学三年生だった昭和十二年七月、日中戦争(支那《しな》事変)が勃発《ぼっぱつ》すると、学生の自由はことごとく制限されていった。

当時の近衛《このえ》文麿《ふみまろ》内閣は「挙国一致」「尽忠報国」「堅忍持久」の三つのスローガンを掲げ、国民を戦争に協力させるための思想教化を目的とした国民精神総動員運動が開始された。翌十三年四月には国家総動員法が制定され、国民を戦争に協力させる体制が築かれた。

学校も例外ではなかった。軍の要請次第で学校は生徒を動員させなければならなかったのだ。一例を挙げれば、野辺地町の隣町に傷病兵を収容する療養所を建設するために野辺地中の生徒全員が動員されたという。

戦時体制下で校則も急に厳しくなった。登下校時には巻脚絆《まききゃはん》(巻きゲートル)の着用が義務付けられ、校外で教師に会ったときは停止敬礼しなければならなかった。そのうえ映画館への出入りは厳禁になった。

日中戦争前は中学生でもこっそり隠れて映画を観ることができた。映写技師が学校を回って映画を上映する「巡回映写」では洋画さえ見ることができ、野辺地中でも年に数回、講堂に全生徒を集めて洋画を鑑賞させていた。川島雄三はこのときに観たハリウッドの超大作『イントレランス』（D・W・グリフィス監督）に感動して映画制作に興味を持ったと映画雑誌のインタビューで語っている（今村昌平《いまむらしょうへい》編『サヨナラだけが人生だ　映画監督川島雄三の生涯』に収録）。

しかし、国民精神総動員運動が開始されて半年後の昭和十三年二月、警察は娯楽に興じる学生への見せしめとして、映画館、麻雀荘《マージャン》、デパートなどで七千三百人におよぶ学生の大量検挙を行った。これ以降、映画館に出入りする学生は「不良」呼ばわりされ、教職員は神経を尖《とが》らせて映画館の見回りをするようになり、中学生を捕まえると即刻退学処分にした。巡回映写で中学生に見せる映画は、軍の監修による戦意高揚のための戦記映画ばかりになった。

映画という最大の楽しみを奪われ、失意に暮れている徹夫に、戦時体制は容赦なく厳しい試練を与えた。それは日に日に強化されていく軍事教練であった。

軍事教練とは、「配属将校」と呼ばれる現役将校が学校に出向き、新兵教育のような軍隊の基礎訓練を生徒に施すことである。号令にあわせて軍人の基本的動作を身につけたり、手旗信号を学んだり、「軍人勅諭」を暗誦《あんしょう》させられたりした。上級生になると、鉄砲を担いでの行進、銃剣を構えた「突撃」の演習、射撃や手榴弾《しゅりゅうだん》投げの訓練などを行った。

武道教育の伝統を持っている野辺地中は、軍事教練にも熱心に取り組み、青森県では「教練の野中」と有名であった。しかし当然のことだが、華奢《きゃしゃ》な体格の生徒にとって軍事教練は過酷以外の何物でもなかった。同級生たちの証言によれば、徹夫は動作が弱々しいという理由で教官にしょっちゅう叱責《しっせき》され、「気合いを入れろ！」と鉄拳《てっけん》を喰《く》らうこともあったという。

さらにこの年、母親との死別という不幸が徹夫を襲った。

旧会津藩士の名家から谷藤家に嫁入りしたテルは、徹夫、昭夫、勝夫、泰子と三男一女を出産し、松次郎の仕事を手伝いながら育児に励んだ。いつまでも令嬢らしい気品を漂わせ、子供たちには非常に優しかった。

だが、テルは三十代後半に子宮癌を患い、病床生活が長くなった。次男の昭夫が病死したことも、テルの心身を弱める原因となった。

松次郎は妻の看病をしながら主婦代わりをした。炊事、洗濯、掃除はもちろんのこと、子供たちの下着まで買いに行き、慣れない手つきで裁縫もした。徹夫も田名部に戻ったときは松次郎の手伝いをした。夫と息子の優しさに触れていたテルは、闘病の苦しみの中でも、妻として、母としての幸せを感じたことだろう。昭和十三年二月、テルは自宅の病床で家族に看取《みと》られながら息を引き取った。四十歳の若さだった。

東京の空は生活戦の空だった

戦時体制下の中学時代、それは徹夫にとってまさに暗黒時代であった。しかしそれでも彼が地元のエリートであったことに変わりはない。昭和十五年四月、徹夫は中央大学専門部法学科に進学した。戦前の大学進学率は一パーセント弱であるから、その優秀さはうかがい知れよう。

旧制大学の専門部とは、早期教育を目的とした実学中心の専門教育組織である。旧制大学の通常の学部は、旧制中学校を経て旧制高等学校、または大学予科を卒業しなければ受験資格を得られなかったが、専門部は旧制中学校を卒業すれば受験可能であった。徹夫は弱冠十七歳で専門部に合格し、法律を勉強するために下北半島から上京したのである。

中央大学は当時から、東京帝国大学法学部に比肩するほどハイレベルの法律家養成機関であった。当時の司法試験は「高等文官司法科試験」、略して「高文試験」と呼ばれていたが、徹夫が入学した昭和十五年に中央大学は高文試験の合格者数で東京帝国大学を抜き第一位となった。私学にとっては初の快挙である。中央大学の講義は非常に活気づき、新入生たちは「先輩に続け」とばかりに高文試験の合格をめざした。

しかし、徹夫はこの勢いに乗れなかった。法律の勉強に身が入らず、大学生活を無為に過ごしていたのだ。

当時、彼は藁半紙《わらばんし》に文章を綴《つづ》るのを習慣にしていたが、その一部が谷藤家に残されていた。大変小さな文字で、しかも極度の崩し字であり、万年筆のインクが滲《にじ》んでいる部分も多いのだが、可能なかぎり判読してみた。すると、当時の徹夫の心境が垣間《かいま》見える貴重な文章が見つかったのである。

以下は、上京から一年後の昭和十六年四月頃に書かれた「随想」と題する文章だ。

〈東京の空と云っても私には、すでにその観念が三度変わっている。即ち初めは東京の空は、あこがれの空だった。二度目は苦悩の空と変わった。そして三度目はどうやら生活戦の空として考えられるようになって来た。この心境の変転を眺めて私は少しずつなりとも真の生への境地に近づいているのではないかと思っている。又それでなければならぬ。又それは死をも意味する。

私が初めに東京の空を考え出したのは、少年の頃の夢の都である。物が満ち足りて、六百萬の人々が皆幸福そうな顔をして、食べたいときは食べ、遊びたいときは遊んで、映画を観たり芝居を観たり、そして疲れたときは完全なる交通網で速く楽に運んでくれる我が家の楽しさを味わい、勉強は自分の好き放題にし、誰にも束縛されることのない自分の選択の自由をまかせ切った学園が存在する東京にあこがれていた。

丁度それは中学の四年頃だったと思われる。私は其頃から一人念願に東京への遊学をしきりに楽しみに胸に決めていたのである。自分の口では東京は勉強する所だ、いい学校があるから行くのだと云っていた。それは反面、常に心に去来する都・夢の都へのあこがれの心の否定であったのだ。強いあこがれを如何《いか》にして自分の心に隠そうかと腐心していた。強く否定すればする程、心の平衡に苦しんだ。その渦中に望みも達成せられて、躍動する小さな胸を高まらせつつ上京した。

然、東京はそんな少年の夢を素直に受入れる程従順ではなかった。東京は従順にはすでに年功を経ていた。あまりにも老獪《ろうかい》であった。私みたいな田舎の子供に見向いてくれる東京はすでに過ぎていた。それからの東京の空は懊悩《おうのう》の空だった。あこがれていた東京の空、夢の東京の姿がいつの間にやら消失し、そこには老獪なる爺《じじい》の姿のみだった。瀬々ら笑う姿のみだった。一時は自分の夢の破壊よりも、私はこの老獪爺さんの懐に入れるか否かが悲しかった。唯《ただ》悲しかった。

外を見ればどんな所でだって、今まで何処でも見たことのない程の人間、田舎のお祭りが一番の人出だと思ったのに、東京ではどんな所へ行っても人間が丁度淵《ふち》に流されて、またアクタの如く同じ所にぐるぐる渦巻いて、次々に流れてくるアクタと共に同場でグルグルをやっている。私もその渦の中に巻きこまれてしまったのだ。自分で自分をどうするも出来ぬ。唯、渦の間、間に、右に、左に回っている。

あれ程の人間が居《お》ってこの幼い少年の私がこんなに悲しみ、嘆いているのを知らないだろうか。私は天地の神佛《しんぶつ》にお願いした。然し一人として私を助けてくれる人もいない。慰めの言葉だけもいってくれる者はない。〉（原文ママ）

いかにも文学青年らしい繊細な文章である。都会の生活に馴染《なじ》めず、孤独や失望を抱いて憔悴《しょうすい》していった暗澹《あんたん》たる心境が読み取れる。

この文章が書かれた頃は、日中戦争は四年目に突入して泥沼の長期戦と化したため、軍事費が桁外《けたはず》れに高騰していた。しかも中国に大量の武器を提供していたアメリカが昭和十五年一月に日米通商航海条約を破棄し、同年十月に屑鉄《くずてつ》の輸出を全面禁止したのを皮切りに対日経済制裁を開始したので、日本政府は国民に厳しい統制生活を強いていた。

「世界新秩序建設」というプロパガンダ

昭和十四年六月に国民精神総動員委員会が「生活刷新案」を決定し、ネオン全廃、中元・歳暮の廃止、女性のパーマネント・男性の長髪が禁止にされた。翌十五年七月七日、日中戦争開戦から満三年の日に、国家総動員法に基づく「奢侈品《しゃしひん》等製造販売制限規則（七・七禁令）」が施行され、贅沢《ぜいたく》の禁止が法律で決定された。指輪やネックレスなどの宝石類、高級な着物やドレス、果物は販売禁止とされ、靴、時計、ハンカチなどの日用品は安価な物品のみ規制販売され、すでに所持している贅沢品を自慢する者は憲兵に摘発された。

東京市内には「ぜいたくは敵だ！」「日本人ならぜいたくは出来ないはずだ！」といった標語の立看板が千五百カ所に配置され、男性には国民服、女性にはもんぺが奨励され、着飾った紳士淑女の社交場として賑《にぎ》わっていたダンスホールは完全閉鎖となった。東京のダンスホールでは最後に「蛍の光」が演奏され、ホールではすすり泣きが聴こえたという。

翌十六年四月には「生活必需物資統制令」が公布され、東京、大阪、名古屋、京都、神戸、横浜の六大都市で、米、小麦粉、酒類を対象とした通帳制による割り当て配給が始まり、まもなく全国に及んだ。米の基準配給量は当初、一人当たり一日二合三勺（約三百三十グラム）だった。同年八月には兵器の製造に必要な金属を集めるため「金属類回収令」が公布され、自動車、鉄扉、配電線、ストーブ、鍋《なべ》や釜《かま》、水道止水栓、文鎮など金属類は根こそぎ回収された。

徹夫が下北半島で夢見ていた「物が満ち足りて、六百萬の人々が皆幸福そうな顔をして、食べたいときは食べ、遊びたいときは遊んで、映画を観たり芝居を観たり……」といった理想郷は、もはや東京に存在するはずもなかった。徹夫が藁半紙に書き綴った失望は、多かれ少なかれ、地方出身の学生に共通する心情だったのではないだろうか。

国民が積極的に戦争協力するよう、日本政府は日中戦争の大義として「大東亜《だいとうあ》新秩序建設」を掲げた。昭和十五年七月に「基本国策要綱」が決定され、天皇統治の日本(皇国)を中心に日本・満州国・中国が強固に結合してアジア(大東亜)に経済共同体を建設することが日本の根本方針になったのである。

政府は国民に対し、神武《じんむ》天皇が世界を一つの屋根の下に統一した偉業を讃《たた》える「八《はっ》紘一宇《こういちう》」という言葉を使って大東亜新秩序建設を説明した。日本の建国の理想である八紘一宇の精神を大東亜に広く行き渡らせることが戦争の大義であり、だからこそ抗日の中国との戦いは「聖戦」であると喧伝《けんでん》され、多くの国民がその政府の説明を信じて厳しい統制生活に耐えていた。

その頃ヨーロッパでは、アドルフ・ヒトラー率いるドイツが電撃的に西ヨーロッパ諸国への侵攻を開始し、デンマーク、ノルウェー、オランダ、ベルギー、ルクセンブルクを占領し、遂にはフランスを降伏に追い込み、イギリスとの戦争も優勢に進めていた。その快進撃を続けるドイツが日本に対し、ベニート・ムッソリーニ率いるイタリアを含めた三国の軍事同盟を提起してきたことで、政府や軍部で「バスに乗り遅れるな！」と大合唱が起こり、昭和十五年九月、日独伊三国同盟がベルリンで調印された。

三国同盟に対する日本の目論見《もくろみ》は、主に二つあった。一つ目は、ドイツとの軍事同盟をアメリカへの威嚇の材料にすることである。当時アメリカ国内の世論はヨーロッパ戦争への参加反対が圧倒的多数派であり、アメリカ国民の大半はドイツとの戦争を望んでいなかった。日本がドイツと軍事同盟を結べば、アメリカは日本との関係悪化に対して慎重な態度を取らざるを得なくなり、対日経済制裁や対日参戦を抑止できると日本は想定したのである。二つ目は、ドイツの後ろ盾を得たうえで日本がドイツ支配下のフランス・オランダと有利に交渉を進め、両国の東南アジアの植民地に進出し、石油や鉄鋼などの重要資源を確保することであった。ドイツがイギリスに勝つと想定し、イギリスの植民地への進出も虎視《こし》眈々《たんたん》と計画していたのだ。

日本政府は国民に対し、「世界新秩序建設」という言葉を盛んに提唱して、日独伊三国同盟の意義を力説した。ヨーロッパ新秩序の中心である独伊と大東亜新秩序の中心である日本が手を結んで世界に新秩序を打ち立てるというのが国民向けのプロパガンダであった。

そして国民の大半は三国同盟締結に歓喜した。昭和八年の国際連盟脱退以来、世界で孤立していた日本がドイツという「最強の盟友」とともに世界を再編する——そんな壮大な幻想に国民が酔いしれたのである。

文学青年から軍国青年へ

むつ市の谷藤家に保存されていた徹夫の直筆の文章の中に、野辺地中学の同期会の機関誌に投稿した随筆が見つかり、大学生だった徹夫も当時の典型的な日本国民の意識として、「世界新秩序建設」という政府のプロパガンダを信じ切っていたとわかった。彼はその随筆で、国家の理想実現のために粉骨砕身努力する、と高らかに宣言しているのだ。

〈『コンニチワ』久らくです。今日は思いつくままに駄文なんか問題外として昔の一緒に机をならべた諸君に何か話してみたい気持ちと原稿不足（コレハ皆さんの責任デスゾ）との事で一筆書いてみましょう。何が出るやら筆のままに綴って行きまあす。

『青森県立野辺地中学校』と云う厳《いか》めしい名の学校の校長さんに「お前はもうこの学校に居なくてもいい出て行け」というウレシィ卒業免状を載《いただ》いてから早いものでもう一年半にもなる。俺にはどうも昨日のように思われてならない。だからこそだれにもお便りしない。と云うのは本来の筆不精のためだが……。兎《と》角《かく》五百七拾何日と云う日が夢の様に過ぎてしまった。全く今想像してみると総《すべ》てが夢の日だった。然しながら紙の上に五七六日と書いてみると、なんだたったこれだけかとしか思われない。如何にこの五七六日にみたぬ月日の間に世の変轉《へんてん》がなされたろう。俺は考えるだけで頭が痛い。あまりイロイロの出来事があり過ぎた。十年一日の如しとはよく云われるが、ここ六百日中で起こった事が十年も続いたら、十年一世代の如しと云うだろうか。又十年一時間の如しと云ったらいいのだろうか。「次から次へとめまぐるしい活動を眺めていたら知らぬうちに十年がたっちゃったね、まるで十年一時間の様だ」と云うかも知れない。又次から次への出来事のため昨日の事が十年も前の様に思われない事もない。卒業の日より早や五百七拾何日になる。

この頃俺の下宿に猫が獨白《どくはく》している。俺の目と七面鳥君とが一番変わり易いと人間共がよく云っていたが、近頃の人間共の云うことを聞いていれば世の中は俺の目より変わるらしい。どうもこれじゃ満足にオマンマが喰えない。ニャント驚いた事だ。あたりまえったい、おまえにやるキップがあったら俺が喰ってやる。国策の為に毎日二割方少なく喰っているんじゃと俺は云ってやった。ともかくこ六百日間に何と云う世の変化であったろう。

先《ま》ずちょっと眺めても母校の先生の顔ぶれに驚かざるを得ない。

恩師原田先生には突然の御他界。人生のはかなさに唯茫然《ぼうぜん》自失して適当な言葉も見つかりません。嘘の様な真実。先生がいまだに教室で私達に見せた如き快活さを以《もっ》て大きな口でお笑いの姿がありありと眼底に浮かびます。これこそ人生悲劇の一大変事でなくて、なんでありましょう。また佐治先生を始めとして粟生・山田・今野・山野田・久保・盛田・菅原の諸先生等の退職転校等さっと書いて見てもこの通りだ。然しこれが普通なのかも知れぬ。世界の情勢から見れば実に、その変化たるや微々たるものかも知れぬ。

我々が良き世代に生を享《う》けたか、悪い時期に生まれたかは現在渦中なる我々は断言することが出来ないが、少なくとも将来のための礎石となる立場からは我々は喜んで世界新秩序建設に努力しなければならぬと確信する。人生とか生活とかの苦悶《くもん》と云う事は第二義的なものであり、かつ事項は文学者にでも任して居くんかい。我々が先ずなさねばならぬ重大なる問題は現状打開である。

此度《このたび》我々十期生の機関誌悠久の発行により、又昔の様に一室に集まって夜遅くまで話し合った如くに、この悠久の誌上で我々若人《わこうど》の血を湧かそうじゃありませんか。とかく青森県人、殊に南部方面の人々は積極性に乏しく気概がないと云われるのが残念だ。唯野中卒業生に限ってそんな事が断じてないと信ずるが――十期生諸君よ、諸君は具体的に如何に生活し如何なる立場より如何なる抱負を持って進んでいられるでしょう。これはお互いに知りたい事であり、又互いに励まし合って行く為にも大いに我々の生活、希望を吐露し且つ批判し合いたいならば幾百里離れようとも十期生一丸となって益々《ますます》野中スピリットの真価が発揮せられ昂揚《こうよう》せられ、国家、東亜、延《ひ》いては世界再編成の上に祝福さるべきであると考える。そこに現状の打開即応と云う理念が自然的に解決せられるものと信ずる。〉（原文ママ）

文中で卒業後の日数が「五七六日」と記されているので、この随筆は昭和十六年十月頃、つまり太平洋戦争開戦の約二カ月前に書かれたと推察できる。その半年前に東京への失望感を哀しげに綴っていた徹夫が、「我々は喜んで世界新秩序建設に努力しなければならぬと確信する。人生とか生活とかの苦悶と云う事は第二義的なものであり、かつ事項は文学者にでも任して居くんかい」と同窓生に向かって堂々と訴えていることに私は瞠目《どうもく》した。開戦寸前という緊迫化した情況の中で彼は文学青年から軍国青年へと急速に変化していったのだ。

実はこの半年の間に徹夫は、右翼学生運動にのめり込んでいったのである。

小田村寅二郎の右翼学生運動に入る

谷藤家に保存されていた徹夫の遺品の中に、『日本世界観大学学友会』という団体が発行している会報や講義録や名簿などが大量に見つかったのだが、茶色に変色してボロボロになっている名簿の正会員の欄には谷藤徹夫の名前が記されていた。調べてみると、『日本世界観大学』は学生を対象にした皇国思想教育の私塾であり、小田村《おだむら》寅二郎《とらじろう》と田所廣泰《たどころひろやす》という二人の若い右翼思想家が講師を務めていたとわかった。

小田村と田所は当時、学生の間ではカリスマ的な人気があった。特に小田村は東大で右翼学生運動を起こし、全国の大学や高等学校に広げていった「時代の風雲児」であった。

日中戦争が始まった昭和十二年に東京帝国大学法学部政治学科に入学した小田村は、一学年の期末試験の答案用紙に東大の批判文を書き殴った。「(東大は)欧米学風のみを追求して国民にそれに関する思想を無批判的に信奉せしめんとつとめて来た」と主張し、東大の欧米信奉を「長年の日本の癌」と痛烈に批判したのだ。

答案用紙に東大批判を書き殴るところから始まった小田村の活動は激化していった。東大法学部の先輩である田所とともに学生右翼団体『日本学生協会』を設立して集会や機関誌発行を盛んに行い、全国の右翼学生の団結を呼びかけたのである。

しかし、小田村たちの勢力拡大に脅威を覚えた東大教授会が弾圧に乗り出した。小田村が月刊誌で教授五人を名指し批判したことを理由に挙げて、東大教授会は昭和十三年十一月に小田村を無期停学処分にしたのである。日本学生協会のメンバーは赤門前で抗議のビラを撒《ま》き、教授会に処分撤回を要求したが、昭和十五年十一月に小田村の退学処分が決定され、遂に東大追放となった。

この処分の経緯は「東大小田村事件」としてメディアで大々的に報道され、小田村はたちまち時の人となり、右翼学生運動への支持が学外に広がった。政財界、軍部、論壇などの右派勢力が続々と小田村支援の声を上げたのだ。

翌十六年一月から始まった第七十六回帝国議会でもこの問題が取り上げられ、衆議院議員の北昤吉《きたれいきち》が右翼学生運動支持の熱弁を振るい、文部大臣に対して「唯の弾圧だけではこの運動は収まりません。また収めたところで国家のために必ずしも喜ばしいことではないと思います」と忠言した。北昤吉は、「二・二六事件」の理論的首謀者として処刑された右翼思想家・北一輝《いっき》の実弟である。

小田村と田所は同年二月、『精神科学研究所』という名称の民間右翼団体を新たに設立した。対米英開戦の急先鋒《きゅうせんぽう》である言論界の長老・徳富蘇峰《とくとみそほう》、文部大臣時代に天皇崇拝の皇道教育を推進した軍人政治家・荒木《あらき》貞夫《さだお》など錚々《そうそう》たる有力者が精神科学研究所の顧問に就任した。

学生向けの啓蒙《けいもう》活動の一環として、小田村と田所は日本世界観大学を東京と大阪で開校し、聴講生を募集した。彼らが作成した勧誘のビラには「日本世界観大学々友会にそろつて入会し、全聴講生こぞつて一大文化運動へ！」とゴシックの大文字で書かれ、学生へのメッセージがこう説かれている。

〈世界は益々動乱を激化せむとしつゝある。青年はいつ迄《まで》その愉安《ゆあん》の生に身をまかすべきであらうか。断じて！　否、われらはわれら自身の足をもつて、よしいかに嵐のたけるともこの大地に立たねばならぬ。そのゆるがざる信。われらはそれを国体に原理を仰ぐ相互の切磋《せっさ》琢磨《たくま》に求めようとする。

われらは時代に対し限りなき憂憤《ゆうふん》をいだく。しかしながら、われらの運動は一時の激情から発した思想運動ではなく、それは日本文化の確信から生れた運動である。われらは眼前の変転にとらはれず永久を意志する。われらは先人の国体防護の意思をつぎ、この最高の、そして恒久的究極的価値を無窮《むきゅう》に護持しようとする。この意味に於てもつとも本質的に文化運動である。

われら青年は今日こそ、全世界の指導者として立つべき雄大の志を立てねばならぬ。この志は必ず実現されねばならず、またするであらう。そのために吾人は身を捨てようではないか。われらは御製《ぎょせい》を拝誦《はいしょう》し、大御心《おおみこころ》をかくの如しと偲《しの》びまつり、そこに全心全霊の感激をかたむけて、臣子《しんし》のつとめを全《まっと》うしようとするのである。〉

国体とは天皇を中心とした国家体制や国家秩序を意味する。右翼運動は昭和初期に、天皇を統治機構の一機関とする「天皇機関説」を排撃し、天皇が統治権の主体であることを日本政府に認めさせる「国体明徴《めいちょう》運動」を起こした。その結果、昭和十年に当時の岡田啓介《おかだけいすけ》首相が「国体明徴声明」を発表し、「大日本帝国統治の大権は厳として天皇に存すること明なり」と日本が天皇の統治する国家であると宣言した。以来、国体の護持は右翼運動の主眼となった。

昭和十六年には文部省の示達《じたつ》により、各学校で国体護持のための皇国思想教育が徹底化されていた。しかし血気盛んな若い右翼活動家には「不十分」と映った。小田村たちは国体を「最高の、そして恒久的究極的価値」と呼び、大学の講義よりも遥《はる》かにレベルの高い皇国思想教育をめざし、それを国体護持に必須《ひっす》の「文化運動」と位置付けたのである。

小田村たちの活動はインテリ学生の共感を呼び、日本世界観大学には入会希望者が殺到した。内務省警保局『昭和十六年中に於ける社会運動の状況』には、「日本学生協会と一体関係にある精神科学研究所に在りては日本世界観大学講座を開講し、田所廣泰、小田村寅二郎、其他知名士を講師として国際問題、経済問題に付き研究を重ねつゝあり、出席人員も次第に多きを加へ最近に至りては七、八百名の聴講生あり、本協会の学生に対する影響力は極めて大なるものあり」と記録されている。そして私学の中央大学にも右翼学生運動のムーブメントが押し寄せ、小田村や田所を教祖的に崇《あが》める雰囲気が広がり、二年生の谷藤徹夫も感化を受けて日本世界観大学に通い始めたのである。

内気で引っ込み思案であった文学青年は、熱気あふれる右翼学生の集まりで議論を交わしていくうちに、みるみると雄弁になっていった。「個人の苦悩」よりも「国家の理想」を大いに語るようになった。その彼の劇的な変化が「我々は喜んで世界新秩序建設に努力しなければならぬと確信する。人生とか生活とかの苦悶《くもん》と云う事は第二義的なものであり、かつ事項は文学者にでも任して居くんかい」という同窓生への提言を生み出したのだ。

「一億総進軍の発足」

太平洋戦争（大東亜戦争）の開戦は刻々と近づいていた。

前述したように日本は中国を支援するアメリカを威嚇して対日参戦を回避するためにドイツ・イタリアとの軍事同盟を選択したのだが、アメリカは三国同盟以降、日本を完全に敵国と見なすようになった。フランクリン・ルーズベルト大統領がラジオ演説で「われわれは脅迫や威嚇には屈しない」「三国同盟は全人類を支配し奴隷化するための権力と金力の邪悪な同盟」と激しく非難し、「われわれは民主主義諸国の偉大な兵器廠《へいきしょう》（工場）たらねばならない」と、日本やドイツを倒すための軍事支援増強を表明したのである。

日本は三国同盟締結の直前に、ドイツの支配下に置かれていたフランス政府と交渉し、フランス領インドシナ（当時は「仏印」と呼称。現在のベトナム、カンボジア、ラオス）の北部に軍隊を進駐させた。そして米英が重慶《じゅうけい》の蔣介石《しょうかいせき》政権に軍事物資を搬送するため使用していた道路や線路（援蔣ルート）を遮断し、米英の中国支援を妨害した。

アメリカはこの報復措置として屑鉄《くずてつ》の対日輸出を禁止し、鋼鉄、銅など次々に輸出禁止の品目を増やしていった。これは日本にとって死活問題であった。当時の日本は重要資源の輸入の大部分をアメリカに依存していたのである。

日本が最も恐れたのは、石油禁輸であった。日本で消費される石油の約七十五パーセントはアメリカからの輸入で賄っており、もしこれが停止されれば国家の生存の危機に晒《さら》されるからだ。

石油禁輸を回避するため日本はアメリカとの和解を模索した。昭和十六年四月から駐米大使の野村吉三郎《のむらきちさぶろう》とアメリカ国務長官コーデル・ハルの間で日米交渉が始まったが、アメリカは日本軍の中国からの撤兵を要求し、日本陸軍が譲らず、交渉は難航した。

その一方、日本は、石油輸入のアメリカ依存から脱却するため、オランダ領東インド（当時は「蘭印」と呼称。現在のインドネシア）と石油買い付けの交渉を行った。当時、東インド産の石油輸入量は全体の約二十五パーセントに当たり、アメリカ産に次いで多かったが、日本政府は東インド産の石油輸入量を格段に増大させようとしたのだ。

東インドは一年間に約八百万トンの石油を産出する世界有数の油田地帯を有し、日本の一年間の石油需要量・約五百万トンを遥かに上回っていた。しかも宗主国のオランダはドイツに占領されており、フランス領インドシナと同様に、ドイツの後ろ盾を得れば東インドの譲歩を容易《たやす》く引き出せると日本政府は踏んでいた。しかし東インドを統治するオランダ総督府はイギリスに亡命したオランダ国王への忠誠を崩さず、ドイツの支配から逃れるためアメリカとイギリスの支援を受けていた。ドイツの同盟国である日本に対してもオランダ総督府は敵意を抱き、石油買い付け交渉は暗礁に乗り上げ、昭和十六年六月に交渉が打ち切られた。

日本は翌月、日米交渉の継続中であるにもかかわらず、フランス領インドシナの南部まで軍隊の進駐を拡大した。南部の湾岸部は東南アジア侵攻の軍事拠点として欠かせない重要地域であり、開戦に至った場合を想定して、戦艦や航空部隊の前線基地を早めに設置しておくことが主な目的であった。

事前に野村駐米大使がルーズベルト大統領に直接会見し、「インドシナ南部への進駐はフランス政府の諒解《りょうかい》のもとで行われ、日仏の共同防衛体制を作るのが目的である」と説明して冷静な対応を求めた。しかし、暗号電文の解読により日本の真意を見抜いていたルーズベルトは「インドシナ南部へ進駐した場合は石油禁輸に踏み切る」と警告し、「インドシナの中立化」を野村に提案した。中立化とはすなわち「アメリカはインドシナに関与しないが、日本も関与するな。軍隊をインドシナから撤退させよ」という意味である。

日本がこの提案を無視してインドシナ南部への進駐を強行したため、ルーズベルトは遂に石油の対日輸出を全面停止する決定を下した。イギリスとオランダ（イギリスに樹立されたオランダ亡命政府および東インドのオランダ総督府）もアメリカに同調した。イギリスは対日資産の凍結と日英通商航海条約の破棄、オランダ領東インドは対日資産の凍結と日蘭民間石油協定の停止をそれぞれ決定して、いわゆる「ABCD包囲網」(Aはアメリカ、Bはイギリス、Cは中国、Dはオランダ)と呼ばれる対日経済封鎖が形成された。

アメリカに次いで東インドまでが石油禁輸に踏み切ったことで、日本には一滴の石油も入ってこなくなった。長引く日中戦争のために石油を大量消費していたため、当時の日本には一年半分の石油の貯蔵しかなく、このまま推移すれば軍隊も国民生活も破綻《はたん》するのは確実であった。

経済封鎖を強化させていくアメリカに対し、日本国民の反感は日を追うごとに高まっていった。右翼運動は対米英開戦を主張し、昭和十六年が明けたばかりの一月五日、右翼思想家の大御所である徳富蘇峰がラジオを通じて国民に呼びかけた。

「日本が大東亜新秩序建設途上に横たわる一大障害はアングロサクソンである。これに勝てば、もはや英国に依存する東洋民族はなくなるのみならず、われらもまた英国の桎梏《しっこく》から解放される。米国は日本が積極的に進んでいけば、無論衝突する。しかしぼんやりしていても、米国とは衝突する。世の中には、日米衝突は百害あって一利なしと申す者がいる。しかしその百害あって一利なきことを知っても、これをおこなうことがあり、またおこなわねばならぬことがある。日米衝突もまたそのひとつだ。これに道理を説いて、平和に解決しようとすると、かえって、日本の腰が抜けて七重の膝《ひざ》を八重に折ると考え、いまが攻めどきだと考えて、やってくるかも知れぬ。故に早く覚悟をきめて、断然たる処置をとるがよい」

そして蘇峰は「私どもは日本の運命を信じて、一大躍進を遂げねばなりませぬ」と結んで三十分の演説を終えた。

前述したように蘇峰は、小田村寅二郎と田所廣泰が主宰している民間右翼団体の顧問である。蘇峰の薫陶《くんとう》を受けた小田村たちも対米英開戦を熱烈に主張した。途中から参加した末端会員の谷藤徹夫も、集会の参加や機関誌の販売などに奔走したのではないだろうか。

昭和十六年十月、日米交渉に行き詰まった近衛文麿内閣が総辞職すると、陸軍大臣の東條英機《とうじょうひでき》が総理大臣に就任し、陸軍大臣も兼任することになった。国内は「開戦近し」の空気が強まり、新聞紙面は「国民の覚悟に加えて、諸般の国内休制の完備に総力を集中すべき時」（朝日新聞）、「一億総進軍の発足」（東京日日新聞）などと開戦支持一色に染まった。

東條は開戦準備を急ピッチで進めるのと並行して、対米交渉の最終案を決定してアメリカと最後の交渉に臨んだ。しかし、十一月、アメリカは日本の最終案を拒否し、アメリカ国務長官ハルはいわゆる「ハル・ノート」と呼ばれるアメリカ側の提案を突きつけた。ハル・ノートは、中国およびインドシナからの日本軍の完全撤退、汪兆銘《おうちょうめい》政権（蔣介石政権に対抗して日本が中国で成立させた傀儡《かいらい》政権）の否定、満州国の解消、日独伊三国同盟の破棄などを要求する、これまでの交渉で最も強硬な提案であった。

ハル・ノートを受諾することは、日露戦争以前の日本に戻ることを了承することであり、東條英機をはじめとする全閣僚が「到底受け入れられる提案ではない」と拒絶した。対米英開戦に反対していた外務大臣の東郷茂徳《とうごうしげのり》でさえ、「目もくらむばかりの失望に撃たれた。長年にわたる日本の犠牲を無視し、極東における大国たる地位を捨てよと言うのであるから、これは日本の自殺に等しい。この公文は日本に対して全面的屈服か戦争かを強要する以上の意義、即ち日本に対する挑戦状を突きつけたと見て差し支えない」と激昂《げっこう》して開戦反対を撤回した。そして全閣僚一致で「これがアメリカの最後通牒《さいごつうちょう》であるなら、開戦はやむを得ない」と決断するに至り、十二月一日の御前会議で対米英開戦が正式に決議されたのである。

真珠湾攻撃と「南方作戦」

昭和十六年十二月八日、太平洋戦争（大東亜戦争）が勃発《ぼっぱつ》した。連合艦隊司令長官・山本五十六大将の作戦計画により、ハワイ近海で空母（航空機を搭載した航空母艦）を飛び立った海軍航空隊が真珠《しんじゅ》湾の米軍基地を奇襲して米太平洋艦隊を壊滅させたのである。

海軍の真珠湾攻撃と同時に、東南アジアの重要資源獲得をめざす「南方作戦」も陸軍によって開始された。イギリス領のマレー（現在のマレーシア）とシンガポール、同じくイギリス領の香港島と九龍《きゆうりゆう》半島、アメリカ領のフィリピンを占領した後、オランダ領東インドに侵攻して石油資源を確保し、さらに余裕があればイギリス領ビルマ（現在のミャンマー）も占領して米英による中国への支援ルート（援蔣ルート）を遮断するのが南方作戦の行程であった。

山下奉文《やましたともゆき》中将率いる第二十五軍が十二月八日にマレー半島北部に上陸し、戦車部隊、武器や弾薬を積んだ自動車部隊、「銀輪部隊」と呼ばれる歩兵の自転車部隊が連なって約千キロの半島縦断を敢行して、イギリスの極東最大の軍事拠点であるシンガポール攻略をめざした。日本軍上陸の報を受けたイギリスの東洋艦隊がシンガポールから出港し、海岸線を進んでいく第二十五軍を砲撃しようとしたが、インドシナ南部から出撃した日本軍の航空隊が東洋艦隊を迎え撃ち、最新鋭の戦艦「プリンス・オブ・ウェールズ」と「レパルス」をマレー沖で撃沈した。航行中の戦艦は航空攻撃では沈められないという当時の軍事常識をくつがえした世界初の出来事であった。

第二十五軍はマレー半島の要所要所に設けられた英印軍（イギリス人を指揮官とするインド人部隊）の防御陣地を撃破していき、十七年二月に半島南端のシンガポールに攻め込んだ。シンガポールの海岸に築かれたイギリス極東軍の大要塞《ようさい》は「難攻不落」と言われていたが、二十七門の大口径要塞砲のほとんどが海路からの侵攻に備えて海上方向に固定されていた。日本軍は開戦前にその情報を把握し、「シンガポール要塞は陸路からの攻撃に弱い」と見なして、半島を縦断して陸路から要塞の背後を攻める作戦を立てたのだ。そして予測通り、日本軍の猛突撃に対して要塞砲は十分な威力を発揮できず、わずか七日間の戦闘でイギリス極東軍は白旗を掲げた。

フィリピンへの侵攻も真珠湾攻撃と同日に開始された。台湾から出撃した日本軍の航空隊がフィリピンの米軍飛行場を奇襲して米航空隊を壊滅させ、本間《ほんま》雅晴《まさはる》中将率いる第十四軍がルソン島に上陸して首都マニラに進撃した。航空隊を失ったアメリカ極東陸軍は戦闘放棄してマニラから退却したため、第十四軍はマニラを無血占領した。

ダグラス・マッカーサー大将率いるアメリカ極東陸軍は、バターン半島やコレヒドール島のジャングルに築いた要塞に逃げ込み、ジャングルの地形を知り尽くしているフィリピン人将兵を前面に出して籠城《ろうじょう》戦を開始した。第十四軍はジャングルでの奇襲攻撃に手こずったが、重爆撃機を中心とする航空隊などの大援軍がフィリピンに到着し、十七年四月に総攻撃を掛けた。航空戦力のないアメリカ極東陸軍はたちまち追い詰められ、食糧の補給も続かなくなり、地区司令官たちがジャングルの要塞から投降して戦闘終結となったが、総司令官であるマッカーサーは「アイ・シャル・リターン」という言葉を残して魚雷艇でオーストラリアに脱出した。

南方作戦の最大目的であるオランダ領東インドへの侵攻は、十七年一月から開始された。ジャワ島、ボルネオ島、スマトラ島の三大島を中心に幾多の島々にまたがる東インドは、首都バタビア（現在のジャカルタ）のあるジャワ島に人口の七割とオランダ総督府やオランダ極東軍司令部が集中し、ボルネオ島とスマトラ島には豊饒《ほうじょう》な油田地帯が広がっていた。

日本軍は油田の占領を優先し、今村均《いまむらひとし》中将率いる第十六軍がまずボルネオ島に上陸してオランダ極東軍の守備隊を撃退したが、油田を占拠したときには大半の製油所が破壊されていた。オランダ兵は製油所に爆破装置を仕掛けて退却したのだ。

続くスマトラ島への侵攻では、敵に破壊される前に製油所を押さえるため、約四百人の陸軍空挺《くうてい》部隊が投入された。パレンバン油田地帯の敵陣の真《ま》っ只中《ただなか》にパラシュートで舞い降りた日本兵たちは、決死の突撃で製油所を乗っ取り、敵の破壊工作から製油所を死守した。空挺部隊が防戦している間に第十六軍の主力部隊がパレンバンに侵入してオランダ守備隊を掃討し、製油所を無傷で残したまま油田地帯を占領した。

スマトラ島攻略の大成功で士気の上がる第十六軍は、ジャワ島に攻め込んでオランダ極東軍の主力部隊をあっという間に降伏させ、十七年三月までに東インド全土を占領した。パレンバンの産出量だけでも当時の日本の年間消費量に匹敵する東インドの莫大《ばくだい》な石油資源を日本は手中に収め、「油田を確保して長期持久の態勢を確立する」という南方作戦の最大目的を計画より遥《はる》かに早く完遂させたのである。

東條内閣、倒閣運動へ突き進む

日本国内では昭和十六年十二月八日午前七時にNHKラジオの臨時ニュースで「帝国陸海軍は今八日未明、西太平洋において、アメリカ、イギリス軍と戦闘状態に入れり」と開戦が国民に伝えられ、午前十一時三十分の臨時ニュースで真珠湾攻撃の大戦果が報じられると、日本中が歓喜の万歳で沸き返った。そして正午には「天佑《てんゆう》を保有し万世一系の皇祚《こうそ》を践《ふ》める大日本帝国天皇は昭《あきらか》に忠誠勇武なる汝有衆《なんじゆうしゅう》に示す　朕茲《ちんここ》に米国及英国に対して戦《たたかい》を宣す」で始まる『宣戦の大詔《たいしょう》』が放送された。この詔書の中で「帝国は今や自存自衛の為蹶然《けつぜん》起つて一切の障礙《しょうがい》を破砕するの外なきなり」と明言され、米英への宣戦布告の理由は日本の「自存自衛」、つまり国家存続のための安全保障であると国民に告知された。

その後も連日、ラジオから軍艦マーチと「皇軍連戦連勝」の華々しいニュースが流れ、熱狂的な祝賀ムードが盛り上がった。前述したシンガポール陥落三日後の昭和十七年二月十八日には『大東亜戦争戦勝第一次祝賀行事』が全国各地で開催され、政府の特別配給として酒、砂糖、あずきなどが大盤振る舞いされ、子供にはキャラメルとゴム毬《まり》が配られた。

東京ではその晩、各地区から練り歩いてきた提灯《ちょうちん》行列が皇居前に集い、無数の日章旗が振られながら「万歳」が繰り返し叫ばれた。その熱狂の渦の中に日本世界観大学の講師と生徒の姿もあった。早々に開戦支持を表明していた彼らは得意顔で祝賀行事に参加したのだ。

だが、このとき小田村寅二郎たちは、無邪気に歓喜する群衆を目の当たりにして「一抹の不安」に捕らわれたという。戦後に亜細亜《アジア》大学教授に就任した小田村は、『昭和史に刻むわれらが道統』と題する回顧録の中で、この「一抹の不安」についてこう書き記している。

〈その歓呼の渦を見てゐるうちに、われわれの胸中には一抹の不安が生じてきた。〝この熱狂さ〟は、戦争そのものがすでに勝利を収めて〝終結した祝賀〟にも似てゐるやうだ、〝人々が喜びに酔ひしれてゐるこの有様は、苛烈《かれつ》な戦線にゐる将兵たちの心中と果して通ひ合ふものなのだらうか〟等々といふ不安であつた。〉

小田村たちは翌日直ちに会議を開き、この不安をめぐる問題点の整理に取り組み、次のような結論に到達したという。

〈昨夜の提灯行列がかもし出してゐた雰囲気の背景には、〝戦闘の勝利〟と〝戦争の終結〟とが混乱し出してゐるのを見落とすわけにはいかない。それは、この対米英戦争の開始に先立つ五年間、いつ果てるともわからなくなつてしまつてゐたあの〝支那事変〟のもとでの、さまざまな〝戦争観〟の横行の結果、政府も国民も〝平時と戦時の区別〟についての感覚が鈍磨《どんま》してしまひ、〝戦争はいつまでも続くもの〟といふ考へ方が定着してしまつて、そのため〝戦闘の勝利〟を祝ふ気持があたかも〝戦争の終結〟を祝ふかのごとき観を呈するに至つたのだ。（中略）『宣戦の大詔』に見られる短期終結の御精神を全く無視してゐるこの流れは、〝戦争から革命へ〟の路線に日本を持つていつてしまふかも知れない。となると、いまわれわれが一刻も早く知らなければならないことは、東條内閣がこの『大東亜戦争』をどこで終結させようとしてゐるのか、そのことについて真剣に検討する機関が用意されてゐるかどうか。それが一番大切なポイントである。〉

こういった疑問を抱いた小田村たちは調査を開始し、東條内閣には「戦争終結の目標策定に関する機関」が全く用意されていないことが判明したという。

たしかに当時の東條内閣には、戦争の短期終結を主張する閣僚が一人もいなかった。開戦前の不安の中で決定された真珠湾作戦と南方作戦が大成功を収め、政府と軍部は強気一点張りとなり、戦争終結案を検討する雰囲気など微塵《みじん》もなかったのである。

前述したように『宣戦の大詔』では「自存自衛のためにやむを得ず立ちあがる」という趣旨の宣戦布告の理由が示されたが、緒戦の大勝によって政府や軍部から「自存自衛」という防衛的概念がすっかり消え去ってしまった。たとえば、昭和十六年十二月十二日に内閣情報局は「戦争の呼称」に関してこう発表した。

〈今次の対米英戦は支那事変をも含めて大東亜戦争と呼称す。即ち大東亜戦争と称する所以《ゆえん》は、大東亜新秩序建設を目的とする戦争なることを意味するものにして、戦争地域を大東亜のみに限定する意味に非《あら》ず。〉

大東亜新秩序建設という言葉は『宣戦の大詔』には一言も書かれていなかったが、真珠湾攻撃の成功で歓喜している四日間のうちに戦争の目的さえもドラスティックに変化し、大東亜新秩序建設が再び前面に掲げられたのである。

小田村たちは東條内閣の戦争指導に対して失望感を抱いた。東條内閣が一向に和平工作に取り掛かろうとしないどころか、アジア以外の地域へも際限なく戦線を拡大していく膨張主義的な野心を見せていることは、戦争の短期終結を望んでいる天皇への背信行為であると考えたのだ。小田村は前出の回顧録で、東條内閣に対する激烈な批判をこう振り返っている。

〈東條内閣は何といふ物騒な進め方の戦争をしてゐることか。我々は愕然《がくぜん》として驚くと共に、〃天皇の大御心《おおみこころ》に添ひ奉る心〃を磨滅してゐる為政者――東條英機並びにその一統――は、まさに〃不忠の限り〃を犯してゐる、と断定した。そして開戦後間もない昭和十七年二月の末には、同志一同は深く心に期する所があり、果敢な言論戦を開始する決意を固めたのである。（中略）理事長の田所廣泰さんの三十二歳を筆頭に、全員いまだ独身の身軽さ（私は二十七歳）であつた。応召令状を手に出征する友らを見送ること一再ならずであつたので、残る田所さん以下若手一同は、〃どこで死ぬのも同じ〃との考へで、東條内閣の早期退陣を狙ふべく、心気一新の思ひでさまざまの企画を実行に移していつたのである。〉

小田村たちは、東條内閣の倒閣運動へ突き進んでいったのだ。開戦論者だった彼らは「天皇の大御心」に忠実であろうとした結果、戦争を長期化させている東條内閣打倒のため決起し、一転して戦争終結を訴える反戦運動の旗手となったのである。そして谷藤徹夫も末端の運動員として小田村たちと行動を共にした。

彼らは機関誌『新指導者』の誌面で「詔書に『朕《ちん》ハ禍乱《からん》ノ戡定《かんてい》平和ノ克復ノ一日モ速ナランコトニ軫念《しんねん》極メテ切ナリ』と教へ示させ給へるを拝誦せよ。現代戦争は当然長期戦なり、といふことの違勅は、断然として責められねばならぬ」などと書き、東條内閣批判を公然と展開した。しかし、治安維持法などによって反戦運動が厳しく取り締まられていた当時、小田村たちは直ぐに警察に目を付けられた。東京の日比谷《ひびや》公会堂や大阪の中之島《なかのしま》公会堂などで講演会を開催するとかならず警察官がやって来て、東條内閣批判や早期戦争終結を口にするや「講演中止!」と号令をかけられ、講演会を閉会させられた。そして遂に陸軍大臣（東條首相が兼任）に直属する憲兵隊が弾圧に乗り出し、「貴様らが知能的な共産主義者であると判明した」と嫌疑をでっち上げて小田村たちの一斉検挙を行ったのだ。

不本意な「第二乙種」

谷藤徹夫は末端の運動員であったために検挙を免れた。だが、徹夫にとって青春謳《おう》歌《か》の場であった右翼学生団体が憲兵隊によって解散させられ、彼は激しい喪失感に陥ったことだろう。

そのうえ、自らが兵役に就かなければならない時期が迫っていた。当時はまだ、現役学生は徴兵を免除されていたが、卒業後は徴兵検査を受けねばならず、合格者は即刻戦場に駆り出されていたのである。

しかも東條内閣は、昭和十七年度から旧制大学の三年間の修業年数を半年間短縮するという臨時措置を決定した。徹夫は昭和十八年三月の卒業予定であったが、この措置によって半年間繰り上げの昭和十七年九月に卒業証書を授与され、卒業と同時に徴兵検査を受け、「甲種合格」であれば翌十月に入営することになった。

拒否のできない道である以上、徹夫は出征の覚悟を固め、右翼学生らしく「皇軍の兵士として天皇陛下のために聖戦を戦い抜く」と心に誓ったことであろう。そしていざ、勇躍して徴兵検査に臨んだ。

徴兵検査は出生地で受けることが規則であったので、徹夫は青森の会場まで赴いた。越中《えっちゅう》ふんどし一枚の青年たちが行列を作り、身長、体重、胸囲、肺活量、筋力、視力などの測定、肺のレントゲン、痔《じ》や梅毒などの検査を順番に行い、最後に徴兵官から検査結果を告げられた。

徴兵検査の結果は、六段階にランク付けされた。身体強健である者は「甲種」、健康体であるが、筋骨がやや薄弱である者は「第一乙種」、健康体であるが、筋骨がかなり薄弱である者は「第二乙種」、身体が虚弱で健康体ではない者は「丙種」、身体障害や知的障害などを持つ者は「丁種」、病中または病後である者は「戊《ぼ》種」。甲種合格者は即日入営させられ、甲種の召集だけでは兵員数が補えなくなった場合に第一乙種、第二乙種、丙種まで順次召集された。

徹夫に対して下されたランクは「第二乙種」であった。当時の徹夫は身長百五十九センチ、体重四十八キロ。身長は当時の二十歳男性の平均身長をやや下回る程度であったが、体重は平均より六、七キロも軽く、痩《や》せ細っていたため、徴兵官から「軍人の適性が低い」と見なされたのだ。

第二乙種という結果に徹夫はひどく落胆した。

「勇ましく皇国の理想を語っていた俺は、一兵卒としても皇軍から必要とされないのか……」

おそらくそんな煩悶《はんもん》に苦しめられたことだろう。

青森の徴兵会場には野辺地中の同期生たちも来ていたが、彼らの九割が甲種合格であり、第二乙種は同期生の間でも嘲笑《ちょうしょう》の的になった。実家に帰った徹夫は、七歳離れた弟の勝夫に向かって「俺に代わって軍人になれ！」と言い、陸軍幼年学校への入学を熱心に勧めた。このとき徹夫が強く意識していたのは、幼馴染《おさななじみ》の二瓶秀典の存在だったに違いない。

二瓶秀典、「星の生徒」となる

昭和十三年四月に十三歳で仙台陸軍幼年学校に入学した二瓶秀典は、着実に陸軍のエリートコースを歩んでいた。

制服の襟に金星のマークが付けられていたことから幼年学校生は世間で「星の生徒」の愛称で親しまれていたが、学校の指導では生徒本人に「将校生徒」という呼称を使わせ、エリートの自覚を持たせていた。幼年学校時代の二瓶の作文には「我が座右の銘は油断大敵なり。我等将校生徒たるもの一時たりとも油断の心を持つべからず」と書かれ、陸軍大将をめざすエリート少年の緊迫した心情が読み取れる。同級生だった横瀬富一は、当時の二瓶の人柄を「とても寡黙で無駄口を叩《たた》かず、何事にも黙々と打ちこむ一本気な性格だった」と振り返る。

全寮制の陸軍幼年学校のカリキュラムは、当時の中等教育としては日本一厳しいことで知られていた。学科では一学年からドイツ語、ロシア語、英語（またはフランス語）の三カ国語を学び、野営演習では歩兵銃や機関銃などで武装した実戦式の猛訓練が行われた。武道の稽古《けいこ》の厳しさも半端ではなかった。二瓶の二年後輩の開真は、陸軍幼年学校の剣術稽古の様子をこう回想している。

〈剣術では〝下がって打つ小手〟などはなかなか一本にしてくれなかった。相手を殺すか自分が殺されるかという実戦の白兵戦を常に想定していた。竹刀《しない》でなく真剣であったらどうかという観点から審判が下った。単なるスポーツではなかったのである。冬の寒い日、足の小指が赤ギレで落ちそうになった。道場から雪の校庭へ突き飛ばされ、立ち向かうとまた突き飛ばされ、口惜《くや》しさに竹刀を捨てて組みつくと、投げ飛ばされ、その頭上に上級生の竹刀が振り下ろされた。それでもなかなか「良し」「それまで」とは言ってくれなかった。〉（毎日新聞社編『別冊1億人の昭和史　陸士・陸幼』より）

二瓶はこの厳しさの中でも常にトップクラスの成績を上げ、昭和十六年三月の卒業式では二百名の同期生の総代に選ばれたのである。

幼年学校卒業後、二瓶は将校（士官）養成の予備課程である「陸軍予科士官学校」（東京市牛込《うしごめ》区市ケ谷《いちがや》）に進学し、昭和十七年七月に「隊付勤務」を命じられ、上等兵として実戦部隊で訓練を受けた。二瓶が配属されたのは、新潟県高田《たかだ》市（現在の上越《じょうえつ》市）に駐屯する「歩兵第五十八連隊」である。この部隊は十九年三月にビルマ・インド国境の標高二千メートルを超える山岳地帯で強行された「インパール作戦」に従軍した最強クラスの歩兵隊だ。その訓練は過酷極まりなかったが、二瓶は必死に耐え抜き、十七年九月に十八歳で下士官（伍長《ごちょう》）に昇級して「陸軍士官学校」（神奈川県高座《こうざ》郡座間《ざま》町）に入学した。

明治七年創立の陸軍士官学校は歩兵科、騎兵科、機甲兵科、砲兵科などに分かれて地上戦の戦術を本格的に教える将校養成の本科である。卒業後は将校の最初の階級である「少尉」への任官が約束されている将校昇進の登竜門であり、歴代の陸軍大将の誰もがこの学校の卒業生であった。ここから「陸軍大学校」（東京市赤坂《あかさか》区青山北町《あおやまきたまち》）に進学するのが正真正銘の陸軍エリートコースであり、二瓶も当然、陸軍大学校の卒業を夢見ていた。

徹夫が徴兵検査を受けた頃、田名部町は二瓶の士官学校入学の話題で持ち切りだった。入学式前に二瓶が帰省すると、田名部駅に大勢の人が出迎え、「田名部の誇りだ」と激励が飛んだ。親族の話によれば、地元の歓迎振りがあまりに熱烈なので二瓶は恥ずかしがり、実家に出入りするときはこっそりと裏口を使っていたという。

ちょうど同時期に故郷に帰った徹夫と二瓶が、久しぶりに再会したのかどうかは定かでない。しかし幼馴染であった二人の境遇に雲泥の差が生じてしまい、たとえ再会したとしても子供の頃のように打ち解けることはなかったであろう。特に繊細な徹夫は、強烈な劣等感を抱いたに違いない。そして「弟にはこんな惨めな思いをさせたくはない」と切実に思い詰め、勝夫に陸軍幼年学校の受験を強く勧めたのであろう。

東京に戻った徹夫は、日本ビクター蓄音器の後身である「日本音響株式会社」に入社した。当時、日本ビクターは米国の親会社との資本提携を解消していたが、ビクターという社名が日本政府に「敵性語」と見なされて変更を命じられ、日本音響という新社名にしたのである。

徹夫は東京本社の営業部に配属された。クラシック愛好家の徹夫が馴染み深いビクター製の蓄音器やレコードを販売することに意欲を持っていたのは間違いないだろう。しかし入社後、彼はもっぱら軍需工場で働かされた。蓄音器とレコードは「贅沢品《ぜいたくひん》」として生産が禁止され、それらの製造工場は軍に接収されて軍需工場となり、仕事がなくなった営業マンは工場労働に駆り出されていたのだ。

当時の大卒者の矜持《きょうじ》として「このまま工場労働者で終わってなるものか！」と徹夫は一大奮起した。軍需工場に勤務する傍ら、高等文官司法科試験の合格をめざして法律の勉強を続け、父親の松次郎に「高文に合格するまで帰りません」と誓ったのである。

第二章

結婚

——航空将校となり、満州へ赴く

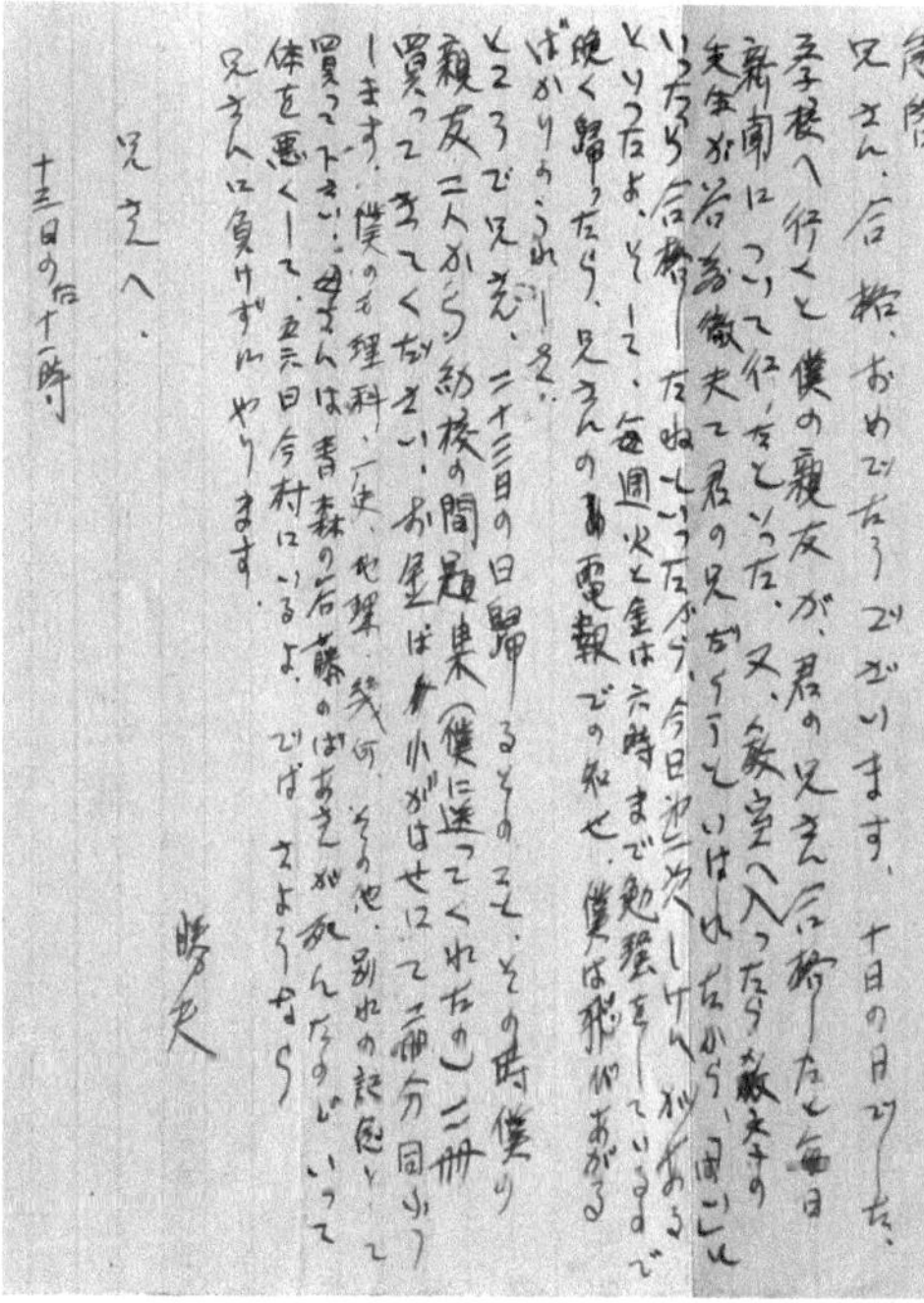
急啓
兄さん、合格、おめでたうございます、十日の日でした、
学校へ行くと僕の親友が、君の兄さん合格したと毎日
新聞にのってゐたといった、又、教室へ入ったら徹夫すの
先生が谷藤徹夫って君の兄だらうといはれたから、うん
といったら合格したね、といったが、今日丁度試験がある
といったよ、そして、毎週火と金は六時まで勉強をしているので
晩く帰ったら、兄さんの電報での知せ、僕は飛びあがる
ばかりのうれしさ。
ところで兄さん、二十三日の日帰るその時、その時僕の
親友二人から幼校の問題集(僕に送ってくれたの)二冊
買ってきてください。お金は小がはせにて二冊分同封
します。僕の方理科、歴史、地理、幾何、その他、別れの記念として
買って下さい。母さんは青森の谷藤のおばあさんが死んだのでいって
体を悪くして、五六日今村にゐるよ。 では さやうなら
兄さんに負けずにやります。
勝夫
兄さんへ。
十三日の夜十一時

弟勝夫の手紙。徹夫の「特操」合格を祝福している。

歴史的大敗、ミッドウェー海戦

戦局は昭和十七年の後半から日本軍に不利になり始めていた。その転機は同年六月のミッドウェー海戦である。

日本軍の最高統帥機関「大本営《だいほんえい》」が太平洋戦争開戦前に決めていた作戦は南方資源地域の占領までであり、シンガポール陥落の頃から次期作戦の立案が始まったが、大本営内で陸海軍の対立が生じた。緒戦の余勢を駆って太平洋での積極的攻勢を主張したのは大本営海軍部である。開戦劈頭《へきとう》から海軍の南洋部隊は太平洋を南下してアメリカ領のグアム島やウェーク島などを順次占領していき、十七年一月下旬に赤道を越えてオーストラリア領のニューブリテン島に侵攻し、ラバウルという湾岸の町に海軍の前線基地を築いた。ニューブリテン島の西側にあるニューギニア島の半分もオーストラリア領であり、ニューギニア島の南には広大なオーストラリア本土が広がっている。

イギリス連邦の一員であるオーストラリアは、太平洋戦争の開戦直後に日本に対して宣戦布告を行い、連合国軍の一員になっていた。そのためフィリピンで惨敗を喫したマッカーサーはオーストラリアに逃げ込んだのである。米軍がオーストラリアを拠点にして反攻を開始するのは確実だったので、ラバウル基地の日本海軍航空隊は十七年二月からオーストラリア北部の軍事施設への空爆を開始した。そして大本営海軍部は作戦会議で「一気呵成《かせい》にオーストラリアを占領するべき」と息巻いたのである。

しかし、大本営陸軍部は猛反対した。泥沼化している中国戦線に追われていた陸軍部は、「太平洋は海軍の担当」という意識が強く、南方作戦の終了後に主力部隊を速やかに中国大陸に戻していた。当時は蔣介石国民政府の首都・重慶（四川省《しせん》）を攻略するため百万人の陸軍兵を派遣するという史上空前の大作戦を構想している真っ最中であり、「もしオーストラリアに大規模な主力部隊を送り込むとなれば、重慶攻略が極めて難しくなる」と陸軍部は判断して海軍部に異議を唱えたのだ。

協議の結果、米豪の主要連絡航路に位置するイギリス領のフィジー諸島、アメリカ領のサモア諸島、フランス領のニューカレドニア島を占領して基地化し、沖合を通過する米艦船や輸送船をことごとく撃沈して、オーストラリア経由での米軍の反攻を阻止するという「FS作戦（Fはフィジー、Sはサモア）」が妥協案として決定した。ところがこの決定後の十七年四月初旬、連合艦隊司令長官の山本五十六が全く別の作戦計画書を大本営に提出した。それがミッドウェー作戦である。

ハワイ諸島北西にあるミッドウェー島は米軍のハワイ防衛の拠点として基地化され、太平洋を横断する米航空隊の給油地となっていた。山本は「ハワイ占領」という大目標を掲げ、その準備段階としてミッドウェー島の米軍基地を奪い、ハワイ占領作戦の拠点を確保するという構想を立てたのだ。

ミッドウェー作戦には、米太平洋艦隊の空母を誘い出すという目的もあった。真珠湾攻撃では停泊中の戦艦群に大打撃を与えたが、米空母は真珠湾を出港していたため全く無傷だったのである。空母撃沈を第一目標に掲げていた山本は、そのために真珠湾攻撃を「失敗」と見なしていた。「どこかで敵空母を誘い出して決戦を挑まなければならない」と考え、ミッドウェー沖を決戦の場に選んだのである。

大本営は当初、「敵空母が出てくるかどうか不確実すぎる」「ミッドウェー島を占領したとしても保持が困難である」との理由で反対したが、山本は「この案が通らなければ連合艦隊司令長官を辞任します」と食い下がり、FS作戦の前にミッドウェー作戦を実施すると正式に承認された。と、まさにその数日後の十七年四月十八日、太平洋側から本州に近づいた二隻の米空母から十六機のB25爆撃機が出撃し、東京、川崎、横須賀《よこすか》、名古屋、四日市《よっかいち》、神戸が空襲されるという非常事態が発生した。

本土初の空襲に対して日本軍は為《な》す術《すべ》がなく、B25は一機も撃墜されずに日本海側に抜けていった。「少し脅かしてやれ」という程度の短時間の空襲であり、焼夷弾《しょういだん》はまだ使用されていなかったので、六カ所の総死者数は約五十人であった。しかし政府や軍部に与えた衝撃は大きく、ミッドウェー作戦への期待が一気に高まった。

この空襲で山本は「島の占領より空母の撃沈を第一目標とする」と決意し、最前線で指揮を執る第一航空艦隊長官の南雲忠一《なぐもちゅういち》中将にこう命令した。

「この作戦はミッドウェー島の基地を叩《たた》くのが主目的ではなく、そこを衝《つ》かれて顔を出した敵空母を潰《つぶ》すのが目的なのだ。いいか、決して本末を誤ってはならん。基地への攻撃の最中でも航空隊の半分に魚雷（艦船攻撃用の爆弾）を付けて待機させ、いつでも空母へ出撃できる態勢を取っておくように」

南雲はこの命令をどう受け止めていたのだろうか。

五月二十七日、南雲座乗の空母「赤城《あかぎ》」を先頭に、「加賀《かが》」「飛龍《ひりゅう》」「蒼龍《そうりゅう》」という日本の主力空母四隻が広島湾の呉《くれ》基地を出港した。ミッドウェー島に近づいていく間、南雲は偵察機を飛ばして米空母を探したが、一向に空母発見の報は入らなかった。

六月五日、ミッドウェー島まで四百キロの海上に到達したとき、南雲は半分の航空隊に陸上攻撃用の爆弾を装備させ、ミッドウェー島の米軍基地への出撃命令を出した。この時点では山本の命令を遵守し、残り半分の航空隊には魚雷を装備させ、空母の出現に備えていた。

しかし米軍基地の空襲を終えた航空隊から「第二次攻撃の要ありと認む」との打電を受けた後、南雲は山本の命令に背いた。基地への第二次攻撃を決断し、米空母への出撃準備を整えていた半分の航空隊に対して、基地への出撃を指令したのだ。ミッドウェー島占領への功名心や「我が軍との決戦に敵空母は怖気《おじけ》づいて出て来ない」といった自惚《うぬぼ》れなどがその誤った判断を招いたのであろう。

南雲の指令により、航空隊は急遽《きゅうきょ》、基地攻撃の準備に取り掛かった。機体の下から魚雷が外され、陸上攻撃用の爆弾に付け替える作業が急ピッチで進められた。と、そのとき、偵察機から「敵艦隊発見！」との報が入った。三隻の米主力空母「エンタープライズ」「ホーネット」「ヨークタウン」が、遂にミッドウェー沖に現れたのだ。

南雲は慌てて「魚雷に戻せ！」と指令を出したが、何百キロもある爆弾の交換作業はすべて手作業であったため、甲板は大混乱に陥った。そしてあろうことか、敵艦隊発見から二時間近くもかけて航空隊の発艦準備が完了したが、時すでに遅し。三隻の空母から出撃した米航空隊が上空に飛来し、四隻の日本空母へ急降下爆撃を開始した——。

ミッドウェー海戦において日本軍は、歴史的大敗を喫した。米空母の撃沈を主目的とした作戦において、逆に日本の四隻の主力空母が全滅してしまったのだ。ミッドウェー海戦に参加しなかった二隻の主力空母がまだ残ってはいたが、空母による航空攻撃という太平洋戦争で最重要な戦力を大幅に低下させた。

そのうえ二百八十五機の航空機を一挙に喪失した。空母の甲板に並んでいる航空機を攻撃され、搭載爆弾が次々に爆発したため、真珠湾攻撃など数々の戦果を上げてきた熟練飛行兵の大半が出撃できないまま無念の戦死を遂げたのだ。

逆にアメリカにとっては、日本軍指揮官の油断のお陰で奇跡的大勝が転がり込んできたようなものだった。これを契機にアメリカは対日戦争方針を大転換させたのである。

「敵軍、ガ島上陸」

真珠湾攻撃の三日後にドイツ・イタリアから宣戦布告を受けたアメリカは、イギリスを助けるためにヨーロッパ戦争に参加し、「世界最強」と言われていたドイツ軍との戦闘に陸海空軍の主力部隊を投入していた。そのため太平洋方面での日本への反攻はドイツ戦の勝利に目処《めど》が立ってから開始するという予定であったが、ミッドウェー海戦で日本の連合艦隊に大打撃を与えたので、アメリカはこの好機を逃さず一挙に攻勢に転ずることにした。

オーストラリアで南西太平洋地域の連合国軍総司令官に就任したダグラス・マッカーサーは、大規模な増援部隊が到着したことで強大な兵力を掌握した。マッカーサーが反撃の狼煙《のろし》を上げたのは、太平洋南西部のガダルカナル島である。

空母四隻を失った日本軍は大幅な作戦変更を強いられ、「空母による航空攻撃ができなければフィジー・サモア諸島の攻略は極めて困難」と判断し、FS作戦を中止した。大本営は新たに米豪の連絡航路を遮断する方法を探し、ラバウル基地から西南に一千キロ離れたイギリス領ガダルカナル島に目を付けた。一千キロであるなら世界最長の航続距離を誇る戦闘機「零戦《ゼロせん》」の攻撃可能圏内であり、空母抜きでも護衛ができる。なおかつこの島に飛行場を設ければ、米豪の連絡航路まで零戦の攻撃可能圏が届く——そう判断した大本営海軍部はガダルカナル侵攻を決定し、昭和十七年七月にラバウル基地から出撃した第八艦隊が易々と占領した。

ガダルカナル島は四国の三分の一ほどの小島で、中央部に火山が聳《そび》え、島の大半がジャングルに覆われている。飛行場として使用できるのは海岸部しかなく、「基地設営隊」という名目で連れられてきた約千五百人の肉体労働者たちがシャベルとモッコで砂浜を平らげ、なんとか最小限の滑走路を作った。

しかし、完成直後の八月七日早朝、突然、米艦隊が島の沖合に現れた。飛行場建設に駆り出された現地住民の中に米軍のスパイが忍び込み、オーストラリアの基地で待機している米艦隊に進捗《しんちょく》状況を無線通信で報告していたのだ。

本格的反攻の開始を日本軍に見せつけるため、米軍は小島の奪回作戦に三隻の主力空母を含む五十隻の大艦隊を派遣した。激しい艦砲射撃が開始され、完成したばかりの滑走路は滅茶苦茶に破壊された。米軍の輸送船団が海岸に押し寄せ、船から次々と降りてきた米兵の大軍が飛行場めがけて進撃してきた。

米軍の上陸部隊は、約二万人の第一海兵師団（司令部・カリフォルニア州キャンプペンドルトン）だった。アメリカ独立戦争の最中の一七七五年に創設されたアメリカ海兵隊は、陸海軍の通常部隊より遥《はる》かに厳しい訓練を積み重ねている敵前上陸のエキスパート部隊である。ガダルカナル島を手始めに太平洋の島々を攻め上って日本本土に迫っていく「蛙飛び作戦（アイランド・ホッピング）」を構想していた米軍にとって、海兵隊は欠かすことのできない重要戦力であった。これ以降、サイパン、硫黄《いおう》島、沖縄など全ての太平洋の激戦地で海兵隊が米軍の先陣を切っていく。

日本軍は米軍のガダルカナル侵攻を予測していなかったので、島の守備隊として約三百人の兵士しか駐屯させておらず、全く相手にならなかった。米軍は飛行場を占拠すると、輸送船で運んだブルドーザーを使用して滑走路を拡大し、戦闘機や爆撃機の大部隊を進出させ、太平洋中南部の反攻拠点を築いた。

「敵軍、ガ島上陸」という第一報は即日、東京の大本営に届いたが、深刻には受け止められなかった。米軍の反攻開始時期を翌十八年の夏頃と推定していた大本営は、「敵軍のガ島上陸は偵察目的」と決めつけて「敵兵力は二千人」と甘く見積もり、飛行場奪還のために約九百人の陸軍部隊を本土から派兵した。

八月十八日に駆逐艦でガダルカナル島のタイボ岬に上陸した陸軍部隊は、海岸線を三十キロ進んで飛行場に近づき、二十一日未明に総攻撃を掛けた。日本陸軍が最も得意とする夜間の白兵攻撃である。夜陰に乗じて敵陣地に入り込み、銃剣突撃で一気に決着をつける肉弾戦法だ。米軍と最初に戦ったフィリピンでは、日本軍の白兵攻撃に対して大半の米兵はたちまち降参するか逃走していった。だが、楽園のような植民地で安逸を貪《むさぼ》っていた極東軍と数々の激戦地を渡り歩いてきた海兵隊は、同じ米軍とは思えないほど軍備も兵の士気も雲泥の差があった。

夜の静けさを切り裂く進軍ラッパの高鳴りと同時に九百人の日本兵は突撃の大声を上げ、銃剣を突き出して全力疾走した。飛行場の目前で凄《すさ》まじい連発射撃音が響いて日本兵の大声を打ち消し、闇夜に無数の火線が激しく飛び交い、瞬く間に九百人が血みどろとなってバタバタと倒れていった。日本軍上陸の情報をつかんでいた海兵隊は、飛行場の周囲に塹壕《ざんごう》を掘って夜間の白兵攻撃を待ち構え、三百丁の機関銃による十字砲火を浴びせたのだ。

「ラバウル航空隊」敗れる

大本営は第一陣の部隊があっという間に全滅したことに衝撃を受け、兵員を大幅に増やして第二陣、第三陣の部隊をガダルカナル島に送った。三回の派兵の総員は三万三千六百人にのぼり、米海兵隊の二万人を遥かに超えた。しかし大本営の参謀たちが「最後は精神力が勝敗を決する。決死の突撃精神を持つ皇軍がかならず勝利を収める」

という過信をもとに、約五カ月間に亘《わた》ってひたすら白兵攻撃の指令を繰り返したため、十字砲火の嵐の中で日本兵の死体の山がいたずらに築かれるばかりであった。

しかもガダルカナル島では、日本軍の派兵総数の三分の一に当たる約一万一千人が戦病死した。戦闘中に命を落とした兵士は約八千二百人であるから、戦病死者の人数のほうが上回ったのである。

理由は明確だった。ラバウル基地に駐留している海軍航空隊、通称「ラバウル航空隊」がガダルカナル島上空での米航空隊との決戦に敗れたからである。その結果、米軍に制空権を完全に握られ、食糧補給のために島に近づく日本艦船はことごとく空爆で撃沈され、ジャングルで戦っていた一万人以上の日本兵に飢餓地獄をもたらしたのだ。上陸兵は自虐的に「ガ島は餓島」と口走っていたという。

この航空戦の惨敗も、大本営の驕慢《きょうまん》がもたらした結果である。

確かに当時の日本海軍の戦闘機「零戦二十一型」は、米海軍の「ワイルドキャットF4F型」と比べて遥かに高性能であった。対零戦戦術の立案責任者だったジョン・サッチ少佐（当時）は回顧録で、「（零戦との戦闘で）我々が生還できたのは、奇跡としか言いようがない。F4F型は上昇力、運動性能、速力のいずれの点でも、情けないほど零戦に劣っていた」と証言している。そのうえ日本海軍のラバウル航空隊には、「空戦の神様」と呼ばれた杉田庄一《すぎたしょういち》少尉などエース級の飛行兵が揃っていた。ではなぜガダルカナル島上空で零戦はワイルドキャットに勝てなかったのか。

　この理由も単純明快だった。零戦二十一型は二千三百七十五キロもの長距離を飛行できたが、ニューブリテン島のラバウル基地からガダルカナル島までは約千キロ離れ、往復するだけで約二千キロを飛行しなければならなかった。そのため戦闘のために費やせる燃料は乏しく、零戦はわずか十分程度しかガダルカナル島上空で戦えなかったのである。対してワイルドキャットF4F型は千二百三十九キロしか飛行できないが、ガダルカナル島の飛行場から出撃しているので、満タンの燃料で最長航続距離をめいっぱい戦闘に費やせた。

　零戦が短時間しか戦えないと知っている米飛行兵は、最初は逃げ回り、零戦が基地に戻ろうとしたところで攻撃を仕掛けた。この攻撃をかわして帰路に就ければいいが、もし交戦すれば、たとえワイルドキャットを撃墜したとしても、零戦は帰路の途中で燃料切れとなり、海に落ちてしまった。

　当然、大本営の参謀たちはこのような航続距離の計算を行っていたが、「不利な条件であっても世界一の零戦がワイルドキャットごときに負けるはずがない」と思い上がり、ガダルカナル島上空での航空戦を強行したのだ。

　ところが蓋《ふた》を開けてみると零戦の連敗の報告ばかりが届くので、大本営は二ヵ月後に慌てて、ニューブリテン島とガダルカナル島の中間に位置するブーゲンビル島に飛行場を築いた。しかしすでに熟練飛行兵の多くが戦死しており、往復距離を半分にしたところで戦況の逆転は叶《かな》わず、約五カ月間で二千三百六十二人の飛行兵が戦死した。

昭和十七年十二月三十一日の御前会議で天皇が「このような情勢では大晦日《おおみそか》も正月もない」と発言したことで、急遽《きゅうきょ》ガダルカナル島からの撤退が決定された。だが、同じような無謀な戦いは、ニューブリテン島の西側に隣接するニューギニア島で継続されていた。

ニューギニア島は面積が日本の約二倍という広大な島である。太平洋戦争前はニューギニア島の西半分がオランダ領、東半分がオーストラリア領であったが、開戦後に日本軍は西半分を占領し、ジャングルの山岳地帯を越えて東半分に侵攻した。しかし海岸部のポートモレスビー基地を拠点とする米豪連合軍の抗戦は激しく、長期持久戦にもつれ込んだ。

ガダルカナル島の航空戦で消耗している海軍はメンツを捨て、陸軍に航空隊の派遣を要請した。陸軍は当初、「我が航空隊は海上での飛行訓練を受けていない」という理由で海軍の要請を断っていたが、昭和十七年十一月に陸軍飛行兵をニューギニア航空戦に派遣すると決定した。

陸軍はメンツにかけて必勝を期すため、エース級パイロットを集めて精鋭航空隊を編成した。しかし中国戦線やソ連軍との国境紛争（ノモンハン事件）などで活躍した歴戦のパイロットたちも、慣れない太平洋上空では戦闘能力を存分に発揮できず、次々に撃墜されていった。ニューギニア島でも米豪軍に制空権を握られて日本軍の補給路が断たれ、日本兵の飢餓地獄が始まった。

翌十八年に入ると、南太平洋の日本軍の航空戦力は壊滅状態になった。ラバウル基地を視察した航空参謀の源田実《げんだみのる》大佐が大本営に宛てた報告書には、以下のような惨状が綴《つづ》られている。

〈南東方面航空戦力。実働三分の一、病人多く最近は四十五〜五十％の罹病《りびよう》率、過労に起因す。中尉級優秀の士官は前線に出て殆《ほと》ど全部戦死す。搭乗員の交代を必要とす。〉

同年三月には日本軍の航空戦力の壊滅を物語る「ダンピールの悲劇」が起こった。約七千人の日本兵と食糧・武器を積載した八隻の輸送船団がニューギニア島とニューブリテン島の間にあるダンピール海峡を通過しているとき、米航空隊が襲いかかった。輸送船団にはラバウル航空隊が護衛に付いていたが、もはや操縦技術の未熟な若手飛行兵しか残っておらず、赤子の手を捻《ひね》るように全滅させせられた。

米航空隊は超低空飛行で輸送船団に接近した。投下された爆弾は水切りのように海上を跳ね上がって舷側《げんそく》に次々と命中し、全輸送船があっという間に沈没した。米軍がこの頃から採用した「スキップ・ボミング」という最新の爆撃法である。

輸送船から逃げ出た何千人もの日本兵が海上に漂流して救助を待っていたが、米航空隊は低空から機銃掃射を行った。しかも弾丸を撃ち尽くすと基地に戻って弾丸を補給し、再出撃して丸腰の漂流者全員を殺戮《さつりく》しようとしたのだ。弾丸補給と機銃掃射の反復攻撃が繰り返され、海上は日本兵の血で真っ赤に染まった。ニューブリテン島にラバウル基地がありながら、島の沖合で米航空隊にこんな蛮行をやりたい放題にさせてしまうほど、日本軍の航空戦力は無きに等しい状態だったのである。

「飛行兵へ、転身せよ」

ガダルカナル・ニューギニア両島での惨敗を経験した大本営は、太平洋戦争では航空戦力の優劣が全戦局を支配すると痛切に認識した。航空戦で負ければ制空権を喪失し、制空権を失えば補給力に大差が生まれ、島々の陸戦部隊が孤立し、食糧と弾薬の欠乏で戦闘不能に陥ってしまう。この悪循環を繰り返さないために航空戦力の拡充を図らなければならない――。

首相の東條英機は「航空を超重点とする」という方針を立て、昭和十八年から飛行兵養成の緊急措置を次々に打ち出していった。陸軍大臣でもある東條は自ら、「陸軍航空士官学校」（埼玉県入間《いるま》郡豊岡《とよおか》町）の拡充に乗り出した。

陸軍航空士官学校は創設から四年しか経っていない新しい軍学校であった。陸軍士官学校には大正十四年から航空兵科が増設されたが、昭和十三年十二月に東條英機が陸軍航空総監に就任すると、それまで士官学校の一兵科でしかなかった航空兵科を独立させ、航空総監部直轄の航空士官学校に昇格させたのである。

戦局の悪化によって、自らの肝煎《きもい》りで創設した航空士官学校の重要性が証明されたのは、東條にとっては皮肉なことであった。昭和十八年一月、東條は航空将校の候補生を緊急増員するため、士官学校の約千名の一年生から百二十名を選抜して航空士官学校に転校させた。在学中の士官候補生の転校は、前例のない非常措置であった。そしてその転校生の中に、二瓶秀典が入っていたのである。

二瓶の胸中は穏やかではなかっただろう。陸軍の伝統からすれば地上戦が最重要であり、士官学校の生徒たちは地上戦の指揮官に憧《あこが》れて猛訓練に耐えてきたのだ。

隊付勤務を歩兵部隊で終えた二瓶は、士官学校でも歩兵科に配属されていた。陸軍内で歩兵は「バタ（バタバタ歩く意）」と称され、隊長として何千、何万ものバタの大軍を指揮するのが花形将校と見なされていた。そして入学から三ヵ月が経ち、軍曹《ぐんそう》の階級に進み、いよいよ歩兵将校としての自覚と挙措《きょそ》が身についてきた時期に、突然

「飛行兵へ、転身せよ」との命令が下ったのである。

二瓶たち百二十人は転校初日に隊列を組んで行進し、肩を怒らせて航空士官学校の校門をくぐった。在校生全員が校庭で整列して出迎えたが、両者は睨《にら》みあい、一触即発の空気が漂った。士官学校と航空士官学校が合同訓練を行うと、生徒たちはライバル心を剝《む》き出しにして競争してきたのだった。

士官学校の生徒は、新設の航空士官学校の生徒に対して優越意識を持っていたが、「航空を超重点とする」という東條首相兼陸軍大臣の方針により両校の立場が逆転しつつあった。二瓶たち転校生が最も痛切にそれを感じ取っていたことだろう。

航空士官学校の在校生は予科時代から飛行訓練を受けていたので、一年生でも「赤トンボ」と呼ばれる初歩練習機を乗りこなせるくらいの航空技術は習得していた。翻って二瓶たち転校生は操縦桿《そうじゅうかん》を握ったこともなかった。在校生に追いつくため二瓶たちは自由時間を削られ、飛行訓練に明け暮れた。

当初はもっぱら、航空士官学校の名物であった「フープ訓練」が行われた。「フープ」と呼ばれる直径二メートルほどの球形の籠《かご》の中に入り、前後左右、三百六十度の全方向にグラウンドを転がっていくのだ。最初は教官や同期生に籠を押してもらうが、慣れてくると籠の中の訓練者が重心を移動させるだけで、横転、逆転、宙返りなど自由自在に回転できるようになった。飛行機に乗ったときの急激な回転運動に耐えられる基礎体力を養い、平衡感覚を強めて眩暈《めまい》に対する抵抗力を身に付けるのがこの訓練の目的であった。

地上戦向けの訓練では鍛え抜かれている二瓶たちであっても、初体験のフープ訓練は四苦八苦であった。あらぬ方向に転がったり、宙吊《ちゅうづ》りになったまま立ち往生したり、籠から出たときに嘔吐《おうと》したりと失敗が続き、見学している在校生に大笑いされた。二瓶たちにとっては屈辱以外の何物でもなかったであろう。

もっとも教官たちは二瓶たちに親身になり、熱心な指導を行っていた。東條の指令で転校してきた二瓶たちを預かる教官の責任は重大だった。東條は航空士官学校の幹部に「修業期間の短縮」を指令し、学校では短期間の航空将校養成のカリキュラムが模索されていたが、二瓶たちはいわば短期養成の試金石だったのである。

大卒者の志願制度、『陸軍特別操縦見習士官（通称・特操）』

東條の航空士官学校への期待は並々ならぬものがあった。自ら抜き打ち視察に出掛けて意見を述べるほどであった。

学校関係者は東條の抜き打ち視察を「東條旋風」と呼んで恐れていた。東條は早朝に秘書官などを引き連れて校門に現れ、うろたえている守衛に来校を口止めしてこっそり校内に入っていき、起床・点呼、航空神社への拝礼、訓練場での航空体操、練習機やグライダーを使った飛行訓練などを順繰りに視察して回った。教官や生徒が東條に気づいて直立不動の姿勢を取ると、「点呼の目的とは何であるか!」「航空神社の祭神を知っておるか!」「体操の根本とは何であるか!」と質問攻めにし、満足な回答を得られると次の場所に移動した。

「東條閣下、御来校」との報を受けた校長は大慌てで幹部の非常呼集を行い、士官学校の要職に名を連ねている陸軍高官が続々と駆けつけた。奔放に至るところを回る東條の後を学校幹部がぞろぞろと付いて歩き、最後は格納庫に幹部、教官、生徒の全員が集合して東條の訓示を拝聴した。

視察後の東條は、いつでも顔を紅潮させて精神力の不足を叱咤《しった》した。

「本日視察の目的は国軍が航空に期待するが如く、その教育が実施されているかどうかを見に来たのであるが、残念ながら不足である。決死敢闘の気魄《きはく》は大東亜戦争開戦以来、陸軍航空に最も要望せられ、具現実行すべき所であるが、極めて不十分である。区隊長、週番士官の態度、行動、言語は敏活を欠く。幹部の率先垂範を先《ま》ず必要とする。この点疑問なしとせず、深く猛省を促す」

「教育、修養は万事、精神を基とす。戦争の基は、形、物にあらず、精神にあり。教える者、習う者、いずれも反省改善を要すること少なからず」

「日朝点呼においては人の頭数を数え、靴の汚れを調べ、ボタンの外れを発見するが如き回答あり。監獄の点呼と異なるのである。毅然《きぜん》たる姿勢、即応の態勢を常に堅持するを要す。その目的に精神が準備されねばならぬ。これが大乗的精神である」

「航空神社の祭神を知らざる者は、形の上の拝礼に過ぎず。知らず知らずの間に形にとらわれ、精神を失うものなり。体操においても精神を忘却すべからず。寸分の隙あるを許さず」

「我が飛行機をもって敵機を墜《お》とすと心得るは不可なり。我が魂をもって墜とすべし。弾丸、爆弾は生命が宿って命中するのである。精神こそ敵を制する根本なり。精神を基とする修練に居常勉《きよじようつと》むべし」

東條はこのように何事においても精神第一とする持論をひと通り述べ、航空戦の場面においては特に精神力が勝敗を決すると力説して訓示を締めくくった。ガダルカナル島やニューギニア島での航空戦の惨敗から、東條は何も学んでいなかったのである。航空という最も科学的に戦略を立てなければならない分野の士官候補生たちは、相変わらずの精神論を叩《たた》き込まれ、東條の言葉を信じ切った。このとき二瓶も、「歩兵と同じく飛行兵も精神力なのだ。飛行技術の不足なんて問題ではない。精神力で敵機を墜としまくってやる」と心に誓ったのではないだろうか。

昭和十八年の後半に入ると、東條の精神主義に基づく航空思想は、急ピッチで具現化されていった。

その年の六月に東條は「国家の総力を挙げて航空を拡充する」との声明を発表した。陸軍では年間二万人の飛行兵を養成するという計画が立てられた。東條の声明によって飛行兵の志願者は急増し、特に十五歳以上・十七歳未満で小学校卒業の男子であれば志願できる少年飛行兵に人気が集まった。その年の四月に新設されていた「大津《おおつ》陸軍少年飛行兵学校」（滋賀県大津市）の入学者は、終戦までに約八千人に及んだ。

しかし問題なのは、指揮官である航空将校をどのように増員するかであった。陸軍航空士官学校の生徒数は、翌十九年に卒業する二瓶の学年（第五十七期）が約千百名で前学年の二倍に増えていたが、うなぎ登りに急増していく少年飛行兵の指揮官を大量養成していくためには航空士官学校だけでは不十分であると東條は考えた。

そこで東條が目を付けたのは、大学や専門学校の卒業生だった。専門性の高い航空将校になれる優秀な人材として彼らを飛行学校に入学させ、徹底的に訓練すれば、短期間で高度な操縦技術と指揮能力を教え込める——そう考えた東條は、「陸軍特別操縦見習士官（通称・特操《とくそう》）」という新制度を創設した。

この制度の合格者は、飛行学校に入学した時点で下士官の最高位である「曹長《そうちょう》」の位が与えられた。徴兵制度によって入営すれば大卒者であっても二等兵から下積みを強いられたが、特操制度に合格すれば二等兵から六階級も飛び級昇進した曹長から軍隊生活のスタートを切れるのだ。そして陸軍航空士官学校で通常二年を要している航空将校養成のカリキュラムをわずか一年間で終了し、飛行学校卒業と同時に「少尉《しょうい》」の位を授与され、晴れて航空将校となって各地の陸軍航空部隊に配属されるという仕組みであった。

海軍では昭和九年から「海軍飛行予備学生」という大学や専門学校の卒業生を対象とした志願制度を設けていたが、昭和十七年までの八年間の募集で計五百名しか採用していなかった。しかし海軍も東條の航空拡充の指令を受けて発奮し、昭和十八年から海軍飛行予備学生の募集人数を五千二百名に急増させた。

一枚のポスターが徹夫の人生を変えた

陸軍と海軍は、特別操縦見習士官と飛行予備学生という大卒者の志願制度で競い合うことになり、華々しい宣伝合戦が始まった。昭和十八年七月八日に特別操縦見習士官の新設が発表された際、陸軍兵備課長の友森清晴大佐はラジオを通してこう呼びかけた。

「日米の決戦は、正しく南太平洋の大空を舞台に最も熾烈《しれつ》で、しかもこの航空決戦の勝利が全戦局を左右することを示しつつあるのである。われ等は絶対にこの航空決戦に勝たねばならない。陸軍が今回新たに特別操縦見習士官の制度をつくった意義は、正に重大と言はねばならない。軍は本制度を最高度に運営、航空の大拡張の実現に更に一段の躍進を遂げ、もって敵撃滅に必勝を期せんとするものである。（中略）
本制度は大空への手っとり早い御奉公の道を求め、学窓より率先決戦場へ挺身《ていしん》せんことを熱望する頼もしい皇国学生の熱情に応へて、設けられたものである。（中略）
征《ゆ》かう、大空へ、そして速《すみや》かに敵学生機を撃滅し、大挙して米本土に進攻、白亜館上に大日章旗を打ち立てようではないか」
新聞広告やポスターには「学鷲《がくわし》」「陸鷲《りくわし》」「荒鷲《あらわし》」といった勇ましい言葉が並べられ、一年間の訓練で航空将校になれる「夢の制度」とアピールされた。宣伝効果は抜群だった。特操一期生の定員二千五百名に対し、一万五千人を超える志願が殺到したのである。

日本音響株式会社・東京本社に勤務していた二十歳の谷藤徹夫も特操志願者の一人であった。悲運の徴兵検査から十ヵ月後の昭和十八年七月、街角に貼ってあった一枚のポスターが徹夫の人生を変えた。

「学鷲募集！　大空の決戦へ、学鷲よ、羽ばたけ！」

このキャッチフレーズを目にした徹夫に、軍人への夢が現実のものとして甦《よみがえ》った。彼にとっては、第二乙種という汚名を雪《そそ》ぐ絶好の機会でもあった。

父親の松次郎は当初、徹夫の特操志願に反対した。「二乙の息子が飛行兵になれるはずがない。今度も失格になったら息子は田名部《たなぶ》で笑い物になり、二度と帰ってこられなくなる」といった強い不安が先走ったのだろう。

しかし徹夫の決意は固かった。父親宛ての手紙に、毅然としてこう綴《つづ》った。

〈これこそ私の行くべき途《みち》です。男子と生まれて皇国防衛の第一線に立たんことこそ最高の念願です。どうぞ自分の身体は自分の希望に任せて下さい。〉

この手紙を読み、徹夫の特操志願に最も理解を示したのは、義母のたつゑだった。福岡県三潴《みずま》郡城島《じょうじま》町（現在の久留米《くるめ》市城島町）の酒造家の娘であるたつゑは、徹夫が大学生のとき、松次郎の後妻として田名部町で暮らし始めた。当時四十代半ばのたつゑにとっても二度目の結婚だった。

たつゑは気丈な性格であった。血のつながっていない子供に対しても臆《おく》することなく厳しい躾《しつけ》をした。元気なく帰省して第二乙種という結果を嘆いている徹夫を一喝したのも、たつゑだった。

「泣き言を言っても何も始まりません！　挽回《ばんかい》の機会はかならず訪れますから、それまで精進なさい！」

そして徹夫から特操志願を知らされると、たつゑは徹夫を富士山に連れて行き、二人で富士山の霊場をめぐって頂上まで登拝し、試験合格の祈願を行ったのだ。

徹夫の試験会場は弘前《ひろさき》だった。徹夫はそこに住む義姉の操《みさお》を試験前日に訪ねた。操は、たつゑと先夫の間に生まれた長女で、たつゑと一緒に田名部町の谷藤家で暮らし、映画館経営の家業を手伝っていた。東京から年に数回帰省する二歳年下の徹夫とはすぐに打ち解け、本当の姉弟のような間柄になった。

お盆前の猛暑の日で、国民服の上着を手に持ち、ハンカチでしきりに顔の汗を拭《ふ》きながら操の家に上がった徹夫は、開口一番にこう語った。

「姉さん、俺、特操に志願することにしたんだ！　試験に合格すれば航空将校になれるんだぞ！」

この言葉を聞いた瞬間、操の表情が曇った。弟を激励するより戦死や負傷を心配する気持ちが勝ったのだ。

弘前在住の男性と結婚した操は、幸せな新婚生活を送っていたが、太平洋戦争が始まると夫のもとに、「赤紙」と呼ばれる召集令状が届いた。出征した夫は、南方の戦地で負傷し、「傷痍軍人《しょうい》」として弘前に帰還したのである。

徹夫から特操志願の話と聞かされた操は、翌日の試験を諦《あきら》めさせるため、徹夫にこう言い放った。

「あんた、そんな華奢《きゃしゃ》な身体では、絶対に飛行機乗りになれないわよ。将校になりたい気持ちは分かるけど、身体のことをよく考えなさい。なにも軍人の名誉だけが男子の誇りじゃないわ。高文の勉強を続けて弁護士に合格することだって立派な人生よ」

だが、徹夫は、顔を真っ赤にして言い返した。

「姉さん、馬鹿にするなよ。飛行機乗りはね、なるたけ小さくて軽いほうがいいんだ。僕なんか最適だよ」

徹夫の強気な発言は、虚勢で終わらなかった。

特操の適性検査はパイロットの資質を調べる試験だったため、徴兵検査とは随分異なり、筋力よりも平衡感覚の試験が重視された。

目隠しをして十メートル直進し、正面の目標より左右どちらかに一メートル以上曲がって到達すると不合格になる「盲目歩行」の試験。目を閉じて両手を水平に上げて片脚で立ち、一分間その姿勢を保持できなければ不合格になる「片脚直立」の試験などが行われた。最難関だったのは、通称「回転椅子」と呼ばれる試験だった。様々な方向にぐるぐる回転する特殊な椅子に括《くく》りつけられ、速い速度で横回転、上下回転、斜め回転などを繰り返し、最後に椅子から降りて直立不動で立っていられるかどうかを調べられるのだ。目がまわって倒れ込んだり、嘔吐《おうと》したりする者が続出し、多くがこの試験でふるい落とされたが、徹夫は踵《かかと》をつけてまっすぐに立ち、検査官の面前で微動だにしなかった。
身体の軽さと平衡感覚の良さがパイロット向きと判定されて一次試験を通過した徹夫は、二次試験の口頭試問では愛国心の強さを評価され、最終的に青森県下北郡から只《ただ》一人の特操一期合格者となったのである。

「軍人は俺一人でたくさんだ！」

吉報は故郷の家族を歓喜させた。「俺に代わって軍人になれ」と徹夫から激励されたのをきっかけに陸軍幼年学校の受験勉強を続けていた弟の勝夫は、すぐに兄宛ての手紙を書いた。

〈急啓　兄さん、合格おめでたうございます。十日の日でした。学校へ行くと僕の親友が、君の兄さん合格したと毎日新聞に載っていたといった。又、教室へ入ったら数学の先生が、谷藤徹夫て君の兄だらうといはれたから、「はい」といったら、合格したねといったから、今日第二次しけんがあるといったよ。そして、毎週火と金は六時まで勉強をしているので晩《おそ》く帰ったら、兄さんの電報での知らせ、僕は飛びあがるばかりのうれしさ。
ところで兄さん、二十三日の日帰るとのこと、その時僕の親友二人に幼校の問題集（僕に送ってくれたの）二冊買ってきてください。お金は小がはせにて二冊分同ふうします。僕のも理科、歴史、地理、幾何、その他、別れの記念として買って下さい。（中略）では、さようなら。兄さんに負けずにやります。〉（原文ママ）

親族のみならず地元全体で徹夫の合格を祝福し、朝日・毎日・読売新聞の青森版と東奥日報がこぞって徹夫の顔写真を載せ、「二乙だった谷藤徹夫君、遂《つい》に学鷲合格徴兵検査の無念晴る」（朝日新聞青森版 昭和十八年九月十六日付）といった見出しが躍った。

入隊前には父親が経営する映画館で盛大な壮行会が開かれ、警察署長や代議士などの地元の有力者がこぞって参列した。中学生だった勝夫は、壇上の兄の姿を見て「俺もかならず飛行兵になるぞ」と心に決め、壮行会の終了後、兄にその決心を伝えた。だが、徹夫の反応は意外なものであったという。

「軍人は俺一人でたくさんだ！」

ひどく怖い顔をして、そう怒鳴ったのだ。一度は断念した軍人への道が叶《かな》った喜びより、死の恐怖を肉親には味わわせたくないという思いが勝ったのだろう。

無論、親族も内心では徹夫の入隊に対して複雑な心情を抱いていたようだ。入隊半月前に父親が徹夫に宛てた手紙には、家の中でしか見せない母親のたつゑの物悲しい様子が綴られている。

〈徹夫どの
帰宅の際は梅原氏（筆者注・下宿先の家主）に御話して出征のぼり一本是非もらうて来る様。入隊はどなんなるか。出発日に依《よ》りお祝の仕度有るから急知らせよ。会社の方は将来行かれなくとも父の取引も有る事故、決して失礼な事のない様。（中略）
母も入営決定したら気ぬけした様で日頃の元気もどこへやら別人になってる。私も無理を言ふてる母の気持良くわかる。弟も兄さんにまけぬと一生懸命毎晩勉強してる。
友人にも手紙出して置け。お世話になったと出来るだけは必ず顔出しして帰って呉《く》れ。後で笑われぬ様、充分注意せよ。（中略）
父母は待ってる。〉（原文ママ）

死体処理は同期生が行わなければならなかった

昭和十八年十月一日、特操一期生は全国に五カ所ある陸軍飛行学校に配属されたが、徹夫は福岡県三井郡大刀洗村《みいたちあらい》にあった大刀洗陸軍飛行学校に二百四十名の同期生とともに入校した。

大正八年に陸軍専用の大刀洗飛行場が完成して以来、大刀洗村は活況を呈していた。現在、甘木《あまぎ》鉄道甘木線の太刀洗駅は閑散とした無人駅であるが、戦時中の乗降客数は一日平均で二万人に及んだ。駅から飛行場営門までの大通りは、当時では珍しいアスファルト舗装で、沿道には商店がぎっしりと建ち並んでいた。

日の丸の小旗を持った大勢の町民が駅前に集まり、青々とした坊主頭に学生服を着た特操生たちが太刀洗駅に到着した瞬間、「バンザーイ！　バンザーイ！」と何度も声援が繰り返された。緊張の面持ちとぎこちない足取りで特操生たちが営門まで行進していく間、大刀洗村はいまだかつてない盛り上がりを見せ、特操生を「救世主」と見なす国民の大きな期待を物語っていた。

校庭に整列した特操生を前に、校長の近藤兼利少将が訓辞を述べた。

「今日、諸君の示された熱意、燃えるような愛国心には、ただ感激と感動あるのみ。どうか将校たる矜持《きょうじ》を持ち、与えられた任務を完遂し、新たなる空の戦友の名誉をいつまでも失わぬように切望する」

校長は一人ひとりと握手を交わし、新しい軍服と陸軍曹長の襟章を支給した。特操生たちは兵舎で襟章を自分で縫いつけ、学生服から軍服に着替えた。

徹夫にとっては初めての軍服である。しかもいきなり下士官の最上位である曹長の襟章が付けられるのだ。その高揚感は如何《いか》ばかりであったろうか。

特操生たちは軍服を着た直後から、自分たちの置かれた立場を強く認識させられた。廊下や校庭を歩いていると、すれ違う兵・下士官が立ち止まって敬礼するのだ。たとえ入隊したばかりであろうと特操生の階級は曹長であり、下の階級の者は敬礼しなければならないのが軍隊の規律だった。

メディアも特操生の番記者を配置し、飛行学校での様子を頻繁に報じた。「夢の制度」の合格者として特操生を美化する情報のみが流布されたのである。

たとえば昭和十八年十一月に朝日新聞に掲載された『我等かく育てり　陸の学鷲』と題する連載記事では、特操一期生の様子をこんなふうに伝えている。

〈私（記者）と語つた一人ひとりが微笑みを浮べてこの生活の楽しさを謳歌《おうか》するのだ。大空を仰ぐ学鷲の眼は青空のやうに澄みわたつてゐる。訓練にいそぐ駆足の歩みのなんと軽快なこと。倖せに充ち満ちた学鷲たちの生活の断片を以下につゝましやかに語つてみよう。

なによりも学鷲たちを喜ばせたことは、彼等を教育、指導する上官たちの理解であつた。血書志願した鎌原脩君（国士舘）などは「お国の役に立つ身ならどんな辛《つら》い生活も耐へてゆく」決意があつただけに、与へられたこの楽しい生活に驚かされて了《しま》つた。「思慮もあり、分別もある学鷲だ。話せばわかる」といふ上官および関係者の態度がそれであつた。

この信頼に応へなければならないといふ決意が日ならずして学鷲一同の胸を流れた。「……ですけどねえ……したでしよ」といふ学生らしい言葉も自ら消えた。初の同乗飛行から降り立つて、ひよいと飛行帽を脱いで「有難う」などといふ地方癖もすつかりお互いの間の注意で治つてしまつた。

上官一人ゐない学鷲たちだけの居室(兼寝室)にあつても彼等はひとりとして将校生徒たるにふさはしくない態度をとらない。信頼に応へる良心の教へである。同期の中の週番「取締生徒」だけでがつちりと自分たちの生活全体を取締り、自制してゆく。「切磋《せつさ》琢磨《たくま》会」も「反省日記」もすべて他から強ひられることなきひとつの自らの修養道である。この自ら鍛へ自ら伸びゆくことの楽しさがいま彼等の胸に脈々と流れてゐるのだ。〉

しかし、特操生の回顧録によると、大学や専門学校出身だからこそ屈辱的な扱いを受けることは多かったという。

青白きインテリたちが最初に叩《たた》きこまれたのは軍人精神であった。泥をするような軍隊生活を経て、下士官から士官（将校）に昇進した教官は、特操生に対する嫉妬《しっと》心を剝《む》き出しにし、「大学で自由主義にかぶれたおまえたちは、精神力が足りない！軍人として使い物にならん！」と罵倒《ばとう》し、情け容赦なく鉄拳《てっけん》を浴びせた。

将校の技能を短期間で身につけるのであるから、訓練の厳しさは生半可ではなかった。飛行訓練のほかに地上戦闘の訓練、さらに操縦学、航空力学、発動機学、気象学などの学科も将校のための教育が徹底的に行われた。自由な学生生活しか知らなかった若者にとって、軍隊の規律に縛られるのは極めて窮屈なことであったろう。特操生の回顧録を読むと、訓練中の唯一無二の楽しみは共通して、「ひとりで操縦すること」であったという。

訓練中の事故で、戦地に赴く前に命を失う特操生も多かった。教官の命令で死体処理は同期生が行わなければならなかった。徹夫と同じ大刀洗陸軍飛行学校で訓練を受けた特操一期生の大貫健一郎は、回顧録『特攻隊振武寮《しんぶりょう》』の中で、同期生の死体処理の様子をこう書き記している。

〈仲間の死体処理は嫌だった。我々訓練生が肉とか骨とか集めて、それを焼かないといけなかったのです。事故が起きるとその日の訓練は中止となり、一個区隊六〇名全員で遺体の捜索をすることになります。訓練生全員がバケツを持って車に分乗し現場に向かうのですが、遠いところでは三時間くらいかかったこともあった。遺骸《いがい》は広い範囲に飛び散って人間の形を留《とど》めておらず、頭蓋骨《ずがいこつ》から脳みそが飛び出していたり、内臓も滅茶苦茶になったりしていた。それにしても人間の腸というのは強いものです。たいてい切れずにそのままの形で残っていましたから。

革の手袋を使って遺骸を拾っていたら、上官に怒られたことがあります。

「その手袋は操縦桿を握るための手袋である。さっきまでいっしょに訓練していた戦友の死体を手づかみするのがそんなに嫌か」

そう言われてぶん殴られ、それ以来、素手で拾うようになりました。ちょうど夏だったからでしょう、すでに遺骸の腐敗が始まっていて、とにかく臭いのです。布で口と鼻を覆いながら拾うのですが、思わず吐いてしまったこともあります。〉

「夢の制度」の合格者が初めて目の当たりにした過酷な現実であった。

母は恐山に登拝し、必勝と武勲を祈っていた

谷藤徹夫も厳しい訓練を耐え抜き、心身ともに軍人らしさを身に付けていった。この時期の彼の心を支えたのは、義母のたつゑであった。飛行学校時代の徹夫は頻繁に、母親宛てに手紙を書いている。例えば、こんなふうに——。

〈前略　お母さん、徹夫が立派な手柄をたてるまでは何がなんでも病気にならないで下さい。自分は幸ひに飛行機乗りに適してゐるらしく、数回の飛行で自信ができました。将校は軍の根幹であることを自覚し元気にやつてゐます。機上から遠く田名部の空を望見してゐます。〉

〈前略　いよいよ本格的な飛行演習がはじまつてゐます。願はくは一日も早く敵ボーイングに見参《げんざん》せんと念じ、自分の年齢が自分の撃墜責任数と思ひ、実現を誓ひます。〉

〈前略　操縦は大部進んでゐます。毎日教官に叱られながら真剣にやつてゐますが、操縦は真剣勝負と同じで油断をすると飛行機がいふことをきいてくれません。戦闘機乗りは一機當千の勇士を要求し、宮本武蔵のやうに自分の腕次第で敵をぐんぐんやつつけられるのです。〉（原文ママ）

遠く離れた愛息を励ますため、たつゑもまた頻繁に手紙を送った。昭和十八年十一月中旬のたつゑの手紙には、日本軍の久しぶりの「大戦果」に鼓舞され、いっそう力をこめて学鷲の息子を激励する母親の心情が切々と綴《つづ》られている。

〈九日午前十一時、〝臨時報道です〟とかん高いラジオの叫びに母は襟を正し、ラジオの前に正坐《せいざ》してゐました。力強い軍艦行進曲に続いて真珠湾以来の大戦果発表でした。母はあの戦果に感激しつゝ、身を弾丸に自爆されました若鷲たちの尊い姿を思ひ起しました。それは訓練の賜《たまもの》ともいふでせうが、若鷲たちにはきつと立派なお母さんが蔭《かげ》について無言の激励をし続けてゐることゝ信じ、私は母としての心構へがまだ十分でないことを恥ぢたほどでございます。

しかし、けふからの母は日本の誰にも負けない強い母になれました。勝夫もこの十五日幼年学校採用試験です。

お前からの便りによると、同乗飛行についでいよ〳〵単独飛行の操縦を開始するとありますが、その訓練こそ魂を打ち込んだ訓練でなければいけません。いまの母は一刻も早くお前が立派な学鷲として大空へ進発し、真珠湾や第二次ブーゲンビル島沖航空戦以上の偉勲《いくん》をたてゝくださるやう、ひたすら神に祈つてゐます。

〝ははたきて　大空翔《か》ける姿をば　みるまで母の心もとなき〟

この歌はつたなきのなれど、母の真心を思ひ下されますやう。〉（原文ママ）

ブーゲンビル島の戦いは、日本国民にとって特別な意味を持っていた。七カ月前の昭和十八年四月、連合艦隊司令長官の山本五十六がブーゲンビル島で戦死したのである。山本は前線視察のためにラバウル基地から飛行機でブーゲンビル島に向かったが、日本軍の暗号通信を解読していた米軍は航空隊を同島に出撃させて山本の搭乗機を狙い撃ちさせたのだ。日比谷葬場で山本の国葬が行われ、数十万の人々か沿道で「日本の英雄」の死を悼んだ。

ブーゲンビル島の名は山本の戦死地として日本国民の記憶に刻まれ、その年の十一月に米艦隊が同島に侵攻してきたとき、山本の弔い合戦として国民はこの戦いの必勝を祈った。そして大本営海軍部報道部課長・栗原悦蔵大佐が報道陣の前で堂々と読み上げた戦果報告は、まさに胸のすくような「圧勝」の連続であり、国民を歓喜の渦に巻き込んだ。

「戦艦三隻、撃沈、巡洋艦二隻、轟沈《ごうちん》、駆逐艦三隻、撃沈、輸送船四隻、撃沈、戦艦一隻、炎上大破、大型巡洋艦三隻大破、巡洋艦（もしくは大型駆逐艦）二隻炎上大破、大型輸送船一隻炎上大破、十二機以上撃墜」

これがたつゑの手紙に書かれている臨時報道の内容である。

しかし、実際の日本軍の戦果は、一隻の撃沈もなく、輸送艦二隻と軽巡「バーミンガム」を大破させただけであった。

国民の大半はこのような虚偽の大本営発表を純粋に信じ切っていた。特に息子を軍隊に送り出した母親たちは、それを心の支えとして、毅然《きぜん》として息子たちを励まし続けた。たつゑもそんな日本の母の一人として、足繁く恐山《おそれざん》に登拝し、日本軍の必勝と徹夫の武勲を祈願していたという。

徹夫に一目惚れした朝子

昭和十九年の夏、徹夫は福岡県の大刀洗飛行学校に入校して以来、初めて故郷に帰った。九州から列車を乗り継いで本州北端の下北半島に向かう長旅の途上で、陸軍見習士官の制服を着ている徹夫にずっと寄り添っている女性がいた。長い髪を三つ編みに結わえたモンペ姿の彼女は、一緒に乗った飛行機で徹夫が最期の瞬間をともにすることになる朝子であった。

二人は数カ月前、福岡県三潴郡城島町にあるたつゑの実家で出逢《であ》った。

筑後《ちくご》川に面して水源に恵まれている城島町は戦前、筑後平野の豊饒《ほうじょう》な米から日本酒を醸造する酒造りが盛んで、兵庫の灘《なだ》、京都の伏見《ふしみ》、広島の西条《さいじょう》と並ぶ酒の名産地として有名であった。たつゑが生まれた中島《なかしま》家は、その城島町で代々続いている造り酒屋であった。

戦前の城島町の酒造業は隆盛を誇り、中島家も豪勢な暮らしをしていたが、開戦後に奈落《ならく》の底に突き落とされた。酒の生産と販売が厳しく規制され、日中戦争が始まる昭和十二年の時点で三十六軒あった城島町の酒造業者の大半が廃業に追い込まれたのだ。筑後川の岸辺に建ち並んでいた酒造工場は軍に接収されて軍需工場となり、街中に漂っていた甘い麴《こうじ》の芳香はすっかり消えてしまった。

蔵元ではなくなった中島家は窮乏し、家主の中島鶴太郎は衰弱して病床に臥《ふ》したが、昭和十八年の秋、青森に嫁いだ四女のたつゑから手紙が届き、鶴太郎は久しぶりに笑顔を見せた。義理の孫にあたる徹夫が陸軍特別操縦見習士官の第一期生に合格し、城島町に程近い大刀洗村で飛行訓練を受けることになったという知らせだったのだ。

徹夫が中島家に挨拶《あいさつ》に赴いたとき、鶴太郎は親族を集めて激励会を開いた。そしてその席で徹夫は、中島朝子を紹介されたのだった。

朝子は大正十年二月二十四日生まれ、徹夫より二歳年上である。母親は鶴太郎の三女の中島豊之《とよの》で、血のつながりのない徹夫とは義理の従姉弟《いとこ》に当たる。

当時、豊之と朝子は母子家庭であった。豊之は福岡市東唐人町《とうじんまち》（現在の中央区唐人町）の資産家である犬丸《いぬまる》家に嫁ぎ、朝子と長男を出産したが、昭和十一年に離婚して犬丸家を去った。その際に長男は夫のもとに残し、十五歳の朝子を豊之が引き取った。

母娘は佐賀県唐津《からつ》市で暮らし始めた。なぜ唐津に行ったのか判然としないが、唐津駅前の商店街で印鑑屋を営んでいた豊之の姉夫婦を頼ったのではないだろうか。

豊之に連れられて激励会に出席した朝子は、徹夫に一目惚《ひとめぼ》れをしたという。特操生が「陸鷲」「学鷲」「荒鷲」などと呼ばれ、日本の救世主であるかのごとく華々しくスター扱いされていることを朝子もよく知っていたであろうが、だからこそ田舎娘の目に、東京の大学を卒業して特操生に選抜された徹夫が神々《こうごう》しく映ったのであろう。翻って徹夫のほうは、入隊の緊張感に包まれ、女性を意識する余裕など全くなかったに違いない。

その後も二人は時折、中島家で鉢合わせになった。徹夫は飛行学校の自由時間に鶴太郎を見舞い、朝子は介護の手伝いに来ていたからだ。

中島家の窮状を知っていた徹夫は、見習士官の給付金や配給品を蓄え、見舞いのときにそっと家人に手渡して兵舎に帰っていった。そんな優しい一面を目の当たりにした朝子はますます徹夫に惹《ひ》かれ、次に逢えるのはいつかいつかと心から待ち望むようになった。

朝子は待ち切れずに、自分の気持ちを素直に綴った恋文を幾通も送り、時には大刀洗飛行学校まで出向いて編み物などを差し入れた。当時としては珍しく男性に対して積極的な女性だったのだ。そして徹夫のほうも次第に朝子を慕うようになっていった。

「覚悟はしています」

二人は大刀洗村と城島町の中間地点にある久留米駅近辺で逢瀬《おうせ》を重ねた。年上の朝子の包容力は唯一、猛訓練に明け暮れる徹夫を癒《いや》したことだろう。
ちょうどその頃、中島家では徹夫の花嫁探しが行われていた。鶴太郎は逞《たくま》しく成長していく徹夫を可愛がり、「福岡におる間に、わしが花嫁を見つけてやるけん」と口癖のように言っていた。

当時は戦争激化による人口不足を回復させるため政府が「産めよ増やせよ」というスローガンを喧伝《けんでん》し、二十歳前後の早期結婚と五人以上の出産を奨励する国民運動が巻き起こっていた。結婚数を競うために地域を挙げて見合いが推進され、各地の「優生結婚相談所」は健康体の男女に見合い相手をどんどん斡旋《あっせん》した。そのような御時世で将校の妻の座が約束されている徹夫の花嫁はすぐに決まりそうなものだが、現実にはなかなか見つからなかったのである。

鶴太郎は蔵元時代に付き合いがあった名家に縁談を持ち込んだが、戦死の可能性が非常に高い飛行兵に大切な令嬢を嫁がせたくないという理由で断られ続けた。没落した中島家に対して上流階級の人々が冷淡であったというのも、縁談が成立しなかった要因かもしれない。

困り果てていた鶴太郎は、徹夫と朝子が中島家で鉢合わせになったときの様子を見て、互いに恋心を抱いているのに気づいた。「これ幸い！」とばかりに鶴太郎はたつゑと豊之に手紙を書き、「徹夫と朝子は相思相愛である。二人が結ばれれば、これ以上の慶事はない。従姉弟ではあっても血縁ではないのだから、結婚には何の問題もない」と伝えた。

この唐突な提案について、たつゑは松次郎の諒解《りょうかい》を得たうえで「利発でしっかり者の朝子ちゃんなら、将校の伴侶《はんりょ》も必ず務まります」と賛同の返信を送った。だが、豊之のほうはやはり、「将校と申しましても徹夫さんは飛行機乗りですから、一人娘を嫁がせることを正直、躊躇《ちゅうちょ》しております」と慎重な態度を示した。

結局、鶴太郎が二人の意思を確認して、互いに結婚を望んでいるのなら両家で許可してあげようということになり、昭和十九年の春のある日、徹夫と朝子はそろって中島家に呼ばれた。

「おまえさんたちの気持ちはわかっておる。すぐにでも所帯を持ったらどうか」

鶴太郎からこう言われた二人は、一点の曇りもなく、結婚を快諾したという。

「十月に卒業しますから、その前に朝子さんと結婚します」

徹夫は清々《すがすが》しく答えたが、卒業とはすなわち、出征を意味した。結婚を決断した二人には、時間がなかった。飛行学校を卒業すれば、徹夫は飛行兵として戦地へと赴き、二度と逢えなくなるかもしれない。その死別の可能性を徹夫は十分に認識していたであろうし、朝子も憧《あこが》れの人との結婚に浮かれていたわけではなく、近い将来の死別を覚悟したうえで結婚を受け入れたのは間違いない。

この朝子の心情が垣間《かいま》見えるのは、操《みさお》とのやりとりである。操と朝子は同年齢の従姉妹《いとこ》で、幼少の頃からの親しい間柄であった。だが、徹夫と朝子の結婚話が浮上したとき、操は弘前から朝子に手紙を出し、互いの両親も許した結婚にただ一人反対した。操は傷痍《しょうい》軍人の妻という自身の境遇を顧みて、戦時下の結婚の苦しみを朝子に体験させたくないと切実に思ったのだろう。朝子にこう迫ったのだ。

「未亡人になることを覚悟の上でないと、飛行兵の妻になれません。朝子さんにその覚悟はありますか」

手紙に目を落とした朝子の悲痛な思いが察せられるが、返信の文面は気丈であった。

「いつかは別れねばならぬ時が来るだろうと、覚悟はしています」

この覚悟を知った操は、朝子に謝罪し、結婚を祝福したという。

さらにこの結婚には、もうひとつのハードルがあった。日本軍の兵士は結婚の際に上官に申告し、結婚許可証を貰《もら》わなければならなかったのだ。上官の命令は絶対であり、たとえ理不尽な理由であっても上官から反対されれば結婚を諦《あきら》めざるを得なかった。しかし大刀洗飛行学校校長の近藤兼利少将は朝子と面会したうえで「航空将校の伴侶にふさわしい」と高く評価し、即座に結婚許可証を徹夫に与え、挙式のため青森に帰省することまで承諾した。

こうして晴れて徹夫と朝子の結婚が決まった。二人の戸籍謄本を見ると、入籍日は昭和二十年二月十五日となっているが、結婚式を挙げたのは十九年七月であった。戦時下の混乱のため入籍の手続きを後回しにしたのであろうが、結婚式だけは十九年十月一日の卒業前に挙げたかったのだろう。

現在は廃駅となっている田名部駅に徹夫、朝子、そして豊之が到着すると、駅の入口で松次郎、たつゑ、勝夫、泰子、弘前から駆けつけた操が出迎えていた。徹夫が花嫁を連れて帰ってくると聞いた近所の人々も田名部駅に群がり、「めんこいお嫁さん」と朝子は喝采《かっさい》を浴びせられた。

しかし田名部神社での結婚式は非常に質素に行われた。当時は政府から結婚簡素化の要綱が発表され、結納・花嫁衣装は禁止、新郎新婦の服は平常着、列席者は最小限の親族のみといった規則が決められていたが、谷藤家もこれらの規則を遵守したのである。

徹夫は見習士官の制服、朝子はモンペ姿のまま神殿に上がり、三つの盃《さかずき》を交互に酌み交わす「三献《さんこん》の儀」、祭神へ誓いの言葉を読み上げる「誓詞奏上」、神前に玉串《たまぐし》をお供えする「玉串奉奠《ほうてん》」などの婚礼儀式を執り行った。結婚祝いとして特別に配給された小豆《あずき》で赤飯を炊き、自宅で慎《つつ》ましい祝宴を挙げた。

結婚写真の撮影のとき、豊之は風呂敷《ふろしき》に包んで持ってきた着物を取りだし、朝子に着替えさせた。髪も豊之が日本髪に結った。写真屋の中で憲兵の監視を掻《か》い潜った、わずかばかりの贅沢《ぜいたく》であった。

そしてこの結婚式の日が、徹夫が故郷に滞在した最後の日だったのである。福岡に帰った徹夫と朝子は新居を構えることなく、別々に暮らさなければならなかった。見習士官は妻帯者であっても、兵舎での単身生活を義務付けられていたからだ。朝子は再び城島町の中島家に居候し、徹夫に逢える時を待ち続ける生活に戻った。夫婦の絆《きずな》を結んだものの、二人きりで過ごせる時間がほとんどないという状況は、結婚前と全く変わらなかった。

飛行教官として満州国へ赴く

卒業、出征までいよいよ二カ月に迫り、徹夫の飛行訓練は最終段階に突入して一段と厳しさを増していた。基礎操縦訓練を終了した特操生は、戦闘、偵察、爆撃の三部門に分けられたが、徹夫は競争率がいちばん高い花形の戦闘部門に選抜された。

戦闘部門の練習機は、昭和十四年のノモンハン事件（満州国とモンゴル人民共和国の間の国境線をめぐって発生した日ソ両軍の国境紛争事件）から太平洋戦争の初期まで第一線で使用されていた九七式戦闘機である。最大速度・四百六十キロ、上昇限度・一万二千メートルという九七式の性能は、開発当時「極限に近い運動性を持つ」と称賛されたが、陸軍はさらに高性能の一式戦闘機「隼」、三式戦闘機「飛燕」の開発に成功したため、旧式となった九七式を練習機に格下げしていた。

だが、「赤トンボ」と呼ばれる二枚翼の九五式で初期訓練を行っていた特操生にとって九七式を操縦する資格を与えられたということは、戦闘員としての技量を教官に認められたということであり、最大級の栄誉であった。徹夫はこの九七式に搭乗して二機対二機、四機対四機などの実戦訓練をこなすほど操縦技術を上達させていたのだ。

朝子は大刀洗村に赴いたとき、大空を駆けめぐる九七式戦闘機を眺めたことだろう。夫婦ともども特攻するという壮絶な最期を、この九七式に搭乗して迎えることになるとは、そのとき夢にも思わなかったであろう。

昭和十九年十月一日、徹夫たち特操一期生は一年間の訓練を終えて飛行学校を卒業し、陸軍少尉の位が授与された。いよいよ航空将校として戦地に向かう時が来たのだ。特操生それぞれに「入営兵令達書」が渡され、所属部隊と赴任地が決定した。大半は太平洋の激戦地の航空隊であったが、徹夫に命じられた任務は予想外のものだった。その時点では戦闘地域が存在しない満州国に行き、飛行教官として少年飛行兵に基礎操縦法を教えるという任務だったのだ。

昭和十九年の半ばから日本軍は、飛行兵の養成所を満州国に移動させていた。本土防衛のために絶対に守り抜かなければならない「絶対国防圏」の最重要地点・サイパン島がその年の七月に米軍に占拠され、サイパン島から飛び立った大型爆撃機「B29」の本土空襲が激しくなり、飛行場をはじめとする軍事施設が恰好《かっこう》の標的にされていたからである。大刀洗飛行場も翌二十年三月に二回にわたり大空襲を受けた。

東條首相の航空拡充の指令以降、志願者がうなぎ登りに急増していた少年飛行兵は、空襲のない満州国の飛行場に分散されて訓練を受けることになった。そして主に特操生が、少年飛行兵の教官を務めることになったのである。

わずか一年しか飛行訓練を受けておらず、そのうえ実戦経験は皆無である特操生は、当然、飛行教官としての技量も未熟であった。しかし熟練飛行教官の大半が太平洋の激戦地に送り込まれ、教官の人材不足が著しかったため、大本営陸軍部は急場しのぎで特操一期生に飛行教官を務めさせたのだ。

戦闘部門で訓練を受けていた徹夫がなぜ少年飛行兵の教官に選ばれたのかは判然としない。性格が教官向きと見なされたのだろうか、あるいは戦闘員として使い物にならないと判断されたのだろうか。どのような理由にしろ、母親宛ての手紙に「願はくは一日も早く敵ボーイングに見参せんと念じ、自分の年齢が自分の撃墜責任数と思ひ、実現を誓ひます」としたためるほど戦闘意欲を燃やしていた徹夫は、激戦地の航空隊から外されたことに落胆を禁じ得なかったであろう。しかし彼は命令に従い、満州国に渡ることになったのだ。

　出発日まで時間がなかったので、徹夫は故郷に帰れなかったが、松次郎とたつゑが夜行列車で福岡に駆けつけ、城島町の中島家で壮行会が行われた。徹夫は新調された将校軍服をまとい、襟には一つ星、少尉の階級章を付けて出席した。

　壮行会はさぞ穏やかな雰囲気だったに違いない。出征と言っても当面は戦死の可能性がほとんどなくなったことに対し、親族は内心、安堵《あんど》感を抱いていたことだろう。

　この席で伯父《おじ》の重松督郎が徹夫に、陶器製の観音像を贈与するセレモニーが行われた。重松は唐津駅前で印鑑屋を営んでいる普通の市民であるが、かねてから南京や上海の激戦地を訪れ、兵士の血で染まった土を採取して持ち帰り、日本の土と混ぜ合わせて粘土を練り上げ、三体の観音像を焼きあげた。重松は日本兵のみならず、敵である中国兵の鎮魂をも祈願し、二体を南京の光華門《こうかもん》と上海の大場鎮《だいじょうちん》に安置したという。そして残りの一体を満州国に行く愛甥《おい》に託したのである。

　徹夫の行李《こうり》に観音像を入れる余裕はなかったので、松次郎が預かって恐山菩提《ぼだい》寺に奉納することになった。徹夫は観音像の写真を代わりに貰い、軍服の内ポケットに入れて出征することになった。

「皇軍将兵が流した忠烈の血で作られた観音様とともに、私は必ず東亜解放の聖戦で武勲を立てて参ります！」

徹夫は勇ましく出征の挨拶《あいさつ》を述べ、親族から万雷の拍手を浴びた。

出発地は下関《しものせき》港であった。松次郎、たつゑ、そして朝子が見送りに来た。一時も同居したことのない夫を海の向こうに送り出そうとしている朝子は、いくら気丈に振る舞おうとしても表情は悲しみに満ちていたことだろう。壮行会では戦いに行く兵士の決意を見せつけた徹夫であるが、出発前に朝子にこう言い残したという。

「満州は平穏な状況だと聞いている。将校は家族を呼んで一緒に暮らしていいそうだ。必ずおまえを呼ぶから、その時まで田名部で待っていてくれ」

進軍ラッパが鳴り響き、出発の時が告げられた。港の至る所に掲げられた出征ののぼりの下で、涙を流している家族と最後の会話を交わしていた兵士たちは、行李を抱えて家族に最敬礼をした。大半があどけない顔をした少年兵だった。

兵士たちは進軍ラッパに鼓舞されて堂々の隊列を組んだ。ラッパ隊を先頭に軍旗が行く。次に将校軍服を着ている特操一期生の隊列、続いて少年兵の隊列が続く。港湾に詰めかけた人々は日の丸の小旗を振り、一糸乱れぬ行進で輸送船に乗り込んでいく兵士たちに「バンザーイ！　バンザーイ！」と声を張り上げた。

朝子も熱狂的な群衆の一人として徹夫を見送った。煙とともに小さくなっていく輸送船を涙ぐんで見詰め、大きく手を振り続けた。そして夫の言いつけ通り、義理の両親とともに下北半島の先まで列車を乗り継いで行き、長男の嫁として谷藤家で暮らし始めたのである。

第三章 満州

——関東軍、謀略をめぐらす

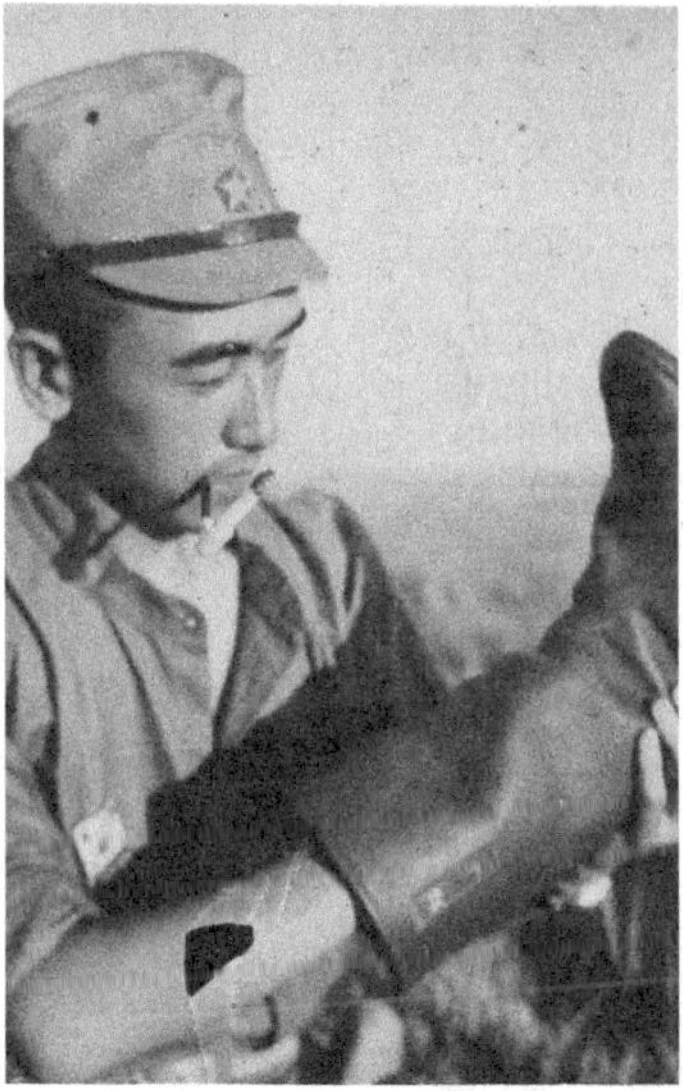

大刀洗陸軍飛行学校入学時(20歳頃)。

「幻の国」

谷藤徹夫の赴任地となった満州国（満洲国《まんしゅう》）は、昭和七年から昭和二十年までの十三年間、現在の中国東北部に存在した日本の傀儡《かいらい》国家、世界の大半の国々が独立国家と認めなかった「幻の国」である。昭和二十年の時点で軍人をふくめ約二百二十万人の日本人が暮らしていた満州国は、太平洋の激戦地から遠く離れた「王道楽土」であったが、わずか一週間のソ連軍の侵攻で雪崩を打ったように崩壊した。

壮年男性を徴兵されたあと開拓団に残された二十二万人の女性や子供は、逃避行の途上でソ連兵や中国人の暴漢に襲撃され、一万人以上が殺された。引き揚げまでの収容所生活で十三万人が栄養失調や伝染病で亡くなった。さらにソ連軍によってシベリアに抑留された軍人や民間人六十万人は、零下四十度にまで下がる極寒の中で何年間も肉体労働を強制され、六万人が命を失った。満州国崩壊が日本人に招いたのは、悲惨この上ない民族の一大悲劇であったのだ。

谷藤徹夫と朝子の凄絶《せいぜつ》な最期はこの悲劇の中で起こった。従って、この悲劇の舞台である満州国について知らなければ、徹夫と朝子の最後の行動は決して深く理解できない。日本にとって満州国とは何であったのかを考えることが必須《ひっす》であると思われる。

ここから二章続けて、満州国成立の歴史的過程を駆け足でたどってみたい。

日清戦争、日露戦争

満州国の起源は、十六世紀後半にさかのぼる。現在の中国東北部には十世紀からツングース系民族の女真《じょしん》族が暮らしていたが、アイシンギョロ・ヌルハチ（愛新覚羅奴児哈赤）が女真族の王朝国家を建国し、国号を「マンジュ・グルン」と定めた（グルンは女真語で「国」の意味）。女真族は敬虔《けいけん》な仏教徒で、日本では文殊菩薩《もんじゅぼさつ》として知られる「マンジュシュリー」を信仰対象にしていたため、「マンジュ」を国号に戴《いただ》いたのである。マンジュ・グルンは漢《かん》民族の王朝国家「明《みん》」の支配下に入っていたため漢語も使用していたが、国号を漢字表記する場合は、マンジュに「満洲」という同音文字を当てはめて「満洲国」と称した。

ヌルハチはエホ族を除く全女真族を統一して、一六一六年に明からの独立を宣言し、国号を「アイシン・グルン（金《きん》国）」と改称した。このため国号の満州はなくなったが、女真族の民族名を「満洲族」、女真語を「満洲語」に改めたため、満州という言葉は残った。

ヌルハチは強力な軍隊を築き、万里の長城を越えて明の領土への侵攻を開始した。ヌルハチの死後は息子のアイシンギョロ・ホンタイジ（愛新覚羅 皇太極）が侵攻を続け、明とモンゴルの領土を征服した。一六三六年に満州族、漢民族、モンゴル民族の代表が集まって大会議を開き、三民族を統一した新王朝国家「清《しん》」を建国することで合意し、ホンタイジが清朝皇帝に即位した。現在の満州族は中国内に一千万人ほど居住している少数民族であるが、十七世紀前半には漢民族とモンゴル民族を従える強大な権力を掌握したのである。

清朝の首都は北京に定められ、ホンタイジは明王朝の皇宮だった紫禁城《しきんじょう》に移り住んだ。そのため満州族の発祥地は清朝の中心部から遠く離れた東北部という位置づけとなり、清朝の地方行政区分では「東《とう》三省（遼寧《りょうねい》省、吉林《きつりん》省、黒龍江《こくりゅうこう》省）」と名付けられた。

しかし一般的には、東三省は満州族の土地という意味を込めて満州と呼ばれていた。「満蒙《まんもう》」という呼称もあったが、この場合は東三省に内蒙古《ないもうこ》東部を加えたより広い土地を意味した。

十九世紀に急速に近代化した日本が、この満州（満蒙）を領土として獲得したいと野心を抱くようになったのは、清朝建国から二百五十八年後の明治二十七年頃からだ。その年、日本と清朝は朝鮮半島の支配権をめぐって激しく衝突し、日清戦争が勃発《ぼっぱつ》した。平壌《ピョンヤン》での激戦を制した日本軍は、退却する清朝軍を追って満州に進撃し、清朝が「東洋一」と豪語していた遼東《りょうとう》半島南端の旅順《りょじゅん》の大要塞《だいようさい》を一日で陥落させて勝利を収めた。

この戦争で初めて足を踏み入れた満州の肥沃《ひよく》な大地に、資源獲得をめざす小国の日本は魅了され、領有の野心を逞《たくま》しくした。しかし不凍港を求めて南下政策を採っていたロシアも、虎視眈々《こしたんたん》と満州侵出を狙っていた。

日本は山口県下関での講和会議で遼東半島と台湾の割譲を清朝に認めさせ、遼東半島を満州侵出の足掛かりにする目論見《もくろみ》であった。しかしロシアが猛反発し、フランスとドイツを伴って「遼東半島を清朝に返還せよ」と日本に勧告した。いわゆる「三国干渉」である。

列強三国を相手とする戦争にはとても勝てないと悟った日本は、この屈辱的な勧告を受け入れ、遼東半島を清朝に返還した。その後、日本国民の間では、ロシアに復讐《ふくしゅう》するために耐え忍ぼうという意味で「臥薪嘗胆《がしんしょうたん》」というスローガンが盛んに唱えられた。

三国干渉の後、ロシアは本格的に満州に侵出した。日本の遼東半島領有を阻止した見返りとして露清間で秘密条約が締結され、ロシアは鉄道敷設権や旅順・大連《だいれん》の租借権など様々な満州権益を清朝に承認させたのである。その結果、満州の要地を結んだ約二千八百キロもの鉄道網が建設され、モスクワから出ているシベリア鉄道と連結されて大量の兵士と武器が満州一帯に輸送された。さらに旅順要塞がロシアに譲渡されて世界一の軍事基地に強化され、旅順港にはロシア太平洋艦隊が常置された。満州は完全にロシアの支配下に置かれたのだ。

ロシアの南下政策の次なる狙いが朝鮮であるのは明白であり、ロシア軍は満州と朝鮮の境にある鴨緑江《おうりょっこう》を越えて朝鮮に侵攻する構えを見せていた。危機感を抱いた日本は、本土防衛のために朝鮮支配だけは死守すると決意し、世界最大の軍事力を有していたロシアに対して日本側から宣戦布告を突きつけた。明治三十七年に勃発した日露戦争である。

常備兵力はロシア軍の三百万人に対して日本軍はわずか二十万人。象と鼠ほどの圧倒的戦力差はロシア満州軍総司令官のアレクセイ・クロパトキン大将をして、「日本との戦争は単なる軍事的散歩にすぎぬ」と豪語せしめたが、乃木希典《のぎまれすけ》大将率いる陸軍部隊が甚大な犠牲を払った末に「難攻不落」と言われた旅順要塞を攻略し、東郷平八郎《とうごうへいはちろう》大将率いる連合艦隊が日本海でロシアの主力艦隊「バルチック艦隊」を撃破し、日本軍の連戦連勝が続いた。

さらにロシア国内では戦争による生活難の増大をきっかけに労働者の暴動やストライキが頻発し、ウラジーミル・レーニンの指導する社会主義革命への支持が下層階級に広がり始めた。皇帝のニコライ二世は革命勢力の鎮圧に専念するため日露戦争の早期終結を望み、開戦から一年半後にアメリカ大統領セオドア・ルーズベルトの講和勧告を受け入れた。日本は当時の国家予算の六年分に相当する約十八億円を軍事費で使い果たし、長期戦にもつれ込めば財政破綻《はたん》を招くのは必至であったが、ロシアの国内情勢の混乱に救われて辛うじて勝利を収めたのである。

ルーズベルトの仲介で開かれたポーツマス講和会議で、ロシアは賠償金こそ拒否したものの、日本による朝鮮の独占支配、樺太《からふと》の南半分の割譲、そして満州に関してはロシア満州軍の全面撤退、旅順・大連の租借権の譲渡、満州南部の鉄道経営権の譲渡などを日本側に認めた。これらの満州権益は最終的に清朝の承認が必要であり、清朝はロシアに代わって日本が満州権益を掌握することに難色を示したが、日露戦争の勝利で強国意識を持った日本は清朝と強引に交渉し、日本の満州権益の基盤となる「満州に関する日清条約」に調印させた。

この条約締結の際、日本は清朝の抵抗を押し切って、満州侵出の最重要事項を条文に入れた。日本軍の満州駐留の権利である。

条文で決められた日本軍の満州での軍事活動は極めて限定的であり、鉄道の護衛、沿線の日本人居留地の警備のみが許可された。軍隊の規模は最大一万四千四百十九人まで、線路沿いに配置する兵士は一キロあたり最大十五名までといった細かい取り決めも定められた。

日本の国策会社「南満州鉄道株式会社（満鉄）」が明治三十九年に設立されて旅順

―長春《ちょうしゅん》間の鉄道営業が始まり、それに合わせて「満州駐箚師団《ちゅうさつしだん》」と呼ばれる旅順・大連の防衛隊と「独立守備隊」と呼ばれる満鉄の警備隊が派遣された。両部隊の総兵力は一万人強で、当初は条約の規定が遵守されていた。清朝に権益を持っている欧米列強の監視の目があり、ロシアを撃破した日本は特に警戒されていたため、満州侵出の初期は〝猫かぶり〟をしていたのである。

しかし侵出当初から日本は、満州全体を統治下に置きたいという野望を抱き、欧米列強の目を掻《か》い潜って満州支配を実現させる手段を模索していた。そうこうするうちに清朝で「辛亥革命《しんがいかくめい》」が勃発し、満州をめぐる情勢が激変していく。

権謀術数の権化、袁世凱

明治四十四年、孫文《そんぶん》が亡命先の日本で結成した政治結社「中国同盟会」が湖北省武昌《こほくしょうぶしょう》で、重税や貧困に苦しむ労働者、下級軍人、学生とともに清朝打倒のため蜂起《ほうき》した。漢民族である孫文らは、満州族の支配を終わらせて漢民族中心の国家体制を築くことを目標として、「滅満興漢」というスローガンを掲げた。

十数回も蜂起してことごとく失敗に終わっていた中国同盟会の革命軍は、武昌で初めて政府軍（清朝軍）を撃破し、勢いに乗って南京を占領した。明治四十五年一月一日、孫文を臨時大総統とする「中華民国臨時政府」が南京に樹立され、中国史上初めての民主共和制政府が誕生した。

しかし、依然として、北京の紫禁城で強固に守護されている清朝皇室は健在であり、紫禁城を陥落させるだけの戦力を革命軍が保持していないのは明らかだった。孫文たちにとってその時点で考え得る唯一の帝政崩壊の最終章は、皇帝の地位を放棄するという決断を皇帝自身に受諾させることであった。

そこで孫文が白羽の矢を立てたのが、清朝政府の内閣総理大臣であり、政府軍の大元帥でもある袁世凱《えんせいがい》であった。紫禁城にいつでも入城できて皇室に対して意見具申のできる袁世凱以外に皇帝に退位をうながせる人物はいないと孫文は判断した。

二人は極秘で交渉を重ね、密約を交わした。

「袁世凱が皇帝退位を成功させたら、その見返りに孫文は中華民国大総統の地位を袁世凱に譲る」

並外れた野心家である袁世凱は、喜色満面でこの取引に飛びつき、あっさりと革命軍に寝返ったのである。

当時の清朝皇帝は、まだ六歳の幼児だった。後に満州国皇帝に即位する愛新覚羅《あいしんかくら》溥《ふ》儀《ぎ》である。

清朝末期の最高権力者・西太后《せいたいこう》の甥《おい》の長男として生まれた溥儀は、二歳十カ月のとき、崩御直前の西太后によって第十二代清朝皇帝に任命され「宣統帝《せんとうてい》」と命名された。

もちろん幼児に国政が司《つかさど》れるはずがなく、親族による側近政治が行われていた。

紫禁城の中で革命の混乱とは無縁の桁外《けたはず》れに豪華な生活を送っていた宣統帝は、即位から三年後に突然、「紫禁城での生活は現状のままで、歳費も支給いたしますので、皇帝を退位して頂きたい」と袁世凱に迫られた。処刑を免れたい親族たちが袁の説得に同調したため、宣統帝はあえなく皇帝を退位した。こうして二百七十年余り続いた清朝の歴史、ひいては秦《しん》の始皇帝《しこうてい》以来二千百三十年続いた中国王朝の歴史は幕を閉じたのである。

孫文は密約通りわずか二ヵ月半で中華民国臨時大総統を辞任し、皇帝退位を成功させた袁世凱が第二代臨時大総統に就任した。袁は自らの勢力基盤の北京に中華民国の首都を置き、革命勢力の弾圧を開始した。孫文の朋友《ほうゆう》・宋教仁《そうきょうじん》が暗殺されるなど「血の粛清」が繰り広げられ、完全に裏切られた孫文たちは反撃の狼煙《のろし》を上げたが、袁の支配下にある政府隊に鎮圧され、孫文は再び日本に亡命した。

政府内から革命勢力を一掃した袁世凱は、大正二年に正式な初代中華民国大総統に就任し、その二年後には、あろうことか帝政復活を宣言して皇帝に即位した。国家予算の十六パーセントに相当する巨額な賄賂《わいろ》を議員にばらまき、「袁世凱大総統を皇帝に推戴《すいたい》する」という決議を満場一致で成立させたのだ。

満州支配をめざす日本は、この権謀術数の権化のような国家元首と対峙《たいじ》しなければならなくなったのである。袁世凱が中華民国大総統に就任したとき日本政府は「袁政権支持」を表明したが、水面下では早くも対立が始まった。

大正三年にヨーロッパで第一次世界大戦が勃発《ぼっぱつ》し、日英同盟を結んでいた日本はイギリスの要請を受けてドイツに宣戦布告し、中国内のドイツ租借地である山東《さんとう》半島を占領した。この山東半島のドイツ権益の移譲をめぐって日本政府と袁世凱は激しく衝突した。日本が「戦時国際法上の軍事占領として日本軍がドイツ権益を管理するべき」と主張したのに対し、袁は「日本はドイツ権益を中国へ返還し、山東半島から速やかに軍隊を撤退させるべき」と一歩も譲らなかったのだ。

そこで日本は強硬手段に打って出た。第一次世界大戦の渦中にいる欧米列強の目がアジアから離れている隙に、袁世凱に対して二十一カ条の要求を突きつけ、武力行使を示唆して無理やり認めさせようとしたのである。

日本の要求は山東権益の移譲よりも最大目的である満州権益の拡大に比重が置かれ、大半が「旅順・大連、満鉄の租借期限を九十九年延長する事を認めよ」といった傍若無人な内容であった。袁はのらりくらりと交渉を引き延ばして欧米列強の干渉を待ったが、欧米列強にそんな余裕はない。痺《しび》れを切らした日本は海軍艦隊を台湾海峡や渤《ぼっ》海《かい》湾などに派遣し、満州南部や山東半島にも陸軍部隊を増派して、「五月九日までに回答せよ」と最後通牒《さいごつうちょう》を突きつけた。袁はやむなく二十一ヵ条のうち十六ヵ条を受け入れ、西暦二〇〇〇年ぐらいまでの満州権益の延長も認めた。

しかしこのまま黙っている袁世凱ではない。受諾直後に袁は「極秘事項」であった日本の要求内容を外部に漏らし、新聞社に批判記事を書かせるなどして民衆の怒りを煽《あお》った。「対華二十一ヵ条の要求」は中国史上最も屈辱的な出来事であるとして、中国人は受諾日の五月九日を「国恥記念日」と呼ぶようになった。中国利権を喰《く》い漁《あさ》っている列強諸国はどこも「対華二十一ヵ条の要求」と同程度の横暴な要求を中国（清朝）に呑《の》ませていたが、袁世凱の扇動によって庶民の怒りは特に日本へ向けられるようになったのだ。

四年後に第一次世界大戦が終結してパリ講和会議が開かれ、戦勝国側の一員の日本は「戦利品」として「中国のドイツ租借地とドイツ権益の移譲」を要望して国際的な承認を取り付けた。しかし、これに激怒した北京の学生数千人が「パリ講和反対」を掲げて天安門《てんあんもん》広場からデモ行進を行い、瞬く間に日本製品のボイコットが広がった。北京のデモ行進が五月四日だったので「五・四運動」と命名され、ここから本格的な反日運動が始まり、もちろん満州へも波及していく。「対華二十一ヵ条の要求」の代償はあまりにも大きかったのである。

〝関東〟州は租借地に付けられた通称だった

反日運動が盛り上がっていた大正八年、日本政府は満州駐屯軍の大変革を断行した。「満州駐箚師団」と「独立守備隊」を統合して「関東軍」と改称し、日本の統治機構から駐屯軍の司令部を独立させて「関東軍司令部」を新設したのである。

なぜ満州で「関東」という名称を使用したのかと言えば、旅順・大連がある遼東半島の先端部分はロシアの統治時代から「関東州」と命名されていたからである。関東州は租借地に付けられた通称であり、清朝でも中華民国でも正式な地名になったことはない。

この通称をロシアから引き継いだ日本政府は、明治三十九年に「関東都督府《ととくふ》」という統治機構を旅順に創設し、トップの「関東都督」には陸軍大将か中将を起用して、陸軍に統治の実権を与えた。つまり関東州に軍政を敷いたのである。満州駐屯軍の司令部の役割は「関東都督府陸軍部」が行い、軍人都督の後ろ盾によって駐屯軍の権限は大きくなっていった。

しかし日本の強圧的な軍政に対する不満が現地の中国人に充満し、列強諸国からは「日本の軍政は他国に対して排他的である」といった批判が高まってきた。そこで当時の原敬《はらたかし》首相が関東州の統治体制の改革に乗り出したのだ。

原内閣は大正七年に誕生した日本初の本格的政党内閣である。内政においては政治への軍部の影響力を減少させ、外交においては第一次世界大戦後の国際協調路線に歩調を合わせ、パリ講和会議で設置が決定した「国際連盟」で日本の常任理事国入りを実現させた。「対華二十一ヵ条の要求」で悪化していた中華民国との関係改善にも積極的に取り組んだ。

この原内閣が関東州の統治体制の改革で最初に着手したのは、政治と軍事の両方で絶大な権限を持つ関東都督府の解体である。政治部門と軍事部門を切り離し、新たに「関東庁」と「関東軍」を創設したのだ。

関東庁トップの「関東長官」にはベテラン外交官が就任し、関東州の政治の実権は外務省が握ることになり、統治体制は軍政から民政へ移行した。関東都督府陸軍部を前身とする「関東軍司令部」は旅順に設置されたが、トップの「関東軍司令官（後に「総司令官」と呼称変更）」は政治には口出しできない立場となり、本来の任務である鉄道警備と租借地防衛の指揮に専念することになった。「対華二十一ヵ条の要求」の頃に膨れ上がった兵力は、当初の条約規定である一万人強まで戻された。

こうなると、関東軍と改称してからの満州駐屯軍は非常に弱体化したかのような印象を受ける。しかし、実際は違った。統治機構の隷下《れいか》部隊ではなくなった関東軍は首輪から解き放たれたオオカミのように、独走に独走を重ねていくのである。

最初の独走、張作霖支援

その頃、中華民国の内紛は激化の一途をたどっていた。絶対的な権力者だった袁世凱が大正五年に病死すると、彼の部下たちは出身地の軍閥を母体とする五つの派閥に分裂し、北京政府の実権をめぐって血で血を洗う抗争を続けていたのだ。

この中で満州南部の大都市・奉天《ほうてん》（現在の瀋陽《しんよう》）を拠点にしている「奉天軍（奉天派）」を率いて戦っていたのが、張作霖《ちょうさくりん》だった。

もともと馬賊の頭目だった張作霖は、清朝軍に志願して出世を続け、満州方面の清朝軍を統率するようになった。辛亥革命が起こると孫文ら革命勢力と対峙したが、袁世凱が清朝を裏切って中華民国臨時大総統に就任するとこれに追随し、袁の支配下にある奉天軍の部隊長に登用された。そして袁の死去した大正五年に、奉天軍大将を謀略によって追い落とし、奉天軍を手中に収めた。

日本政府は早い段階から張作霖に目を付け、巨額の資金と武器を提供していた。関東軍が創設されてからは、張作霖の軍事顧問を関東軍参謀に務めさせていた。

清朝皇族と関係の深い政治結社を利用して「満州独立運動」を起こさせ、張作霖を担いで満州の独立を宣言させ、親日政権を満州に樹立させる——これが日本政府の計画であった。

だが、日本の支援によって強大な軍事力を獲得した張作霖は、満州の独立より北京制覇の野望を燃やし、袁世凱の後継者争いに名乗りを上げた。そして十年近く抗争を続けてようやく北京制覇が目前に見えてきた大正十四年十一月、張作霖は奉天軍の大半を華北《かほく》に派兵して敵連合軍との一大決戦に臨んだ。

しかし土壇場で突然、張作霖の腹心の部下の郭松齢《かくしょうれい》が天津《てんしん》で反旗をひるがえした。郭は奉天軍の主力部隊を従えて満州に戻り、防御が手薄になった奉天城を一挙に衝《つ》こうとしたのである。

絶体絶命の窮地に立たされた張作霖は、当時の関東軍司令官・白川義則《しらかわよしのり》に救援を求めた。白川は長年にわたり日本と協力関係を築いてきた張作霖を助けるのは当然のこととして、本国の陸軍参謀本部に救援出兵の認可を要請した。

当時の関東軍は、関東州と満鉄線の防衛という任務以外の軍事行動を禁じられ、特別な目的のために武力発動をする場合は、日本軍の最高指揮官（大元帥）である天皇の命令が必須《ひっす》であった。また、当時の関東軍の駐屯権は、日本の租借地である関東州と、「満鉄付属地」の名で呼ばれる満鉄線沿線の帯状地帯に限られ、そのいずれにも属していない地域への出兵は「国外出兵」と同じであり、その場合も天皇の命令がかならず必要とされた。

この天皇命令は「奉勅《ほうちょく》命令」と呼ばれていた。閣議決定された命令内容を天皇に上奏して裁可を仰ぎ、承認を得て、陸軍参謀総長と海軍軍令部総長を通じて各司令官に奉勅命令を伝宣するという形式を取っていた。

張作霖救援のために満鉄付属地以外の地域に出兵するには、この奉勅命令が出されるのを待たねばならなかった。白川司令官は関東軍の主力部隊を待機させて今や遅しと待っていたが、陸軍参謀総長から通達された命令は「救援禁止」であった。当時の加藤高明《かとうたかあき》内閣が張作霖救援について討議したとき、外務大臣の幣原喜重郎《しではらきじゅうろう》が強硬に反対したのだ。

幣原はいわゆる「幣原外交」と呼ばれる穏健な国際協調外交を展開し、対中政策の方針として「日支（日中）友好」「内政不干渉」を掲げていた。そのため、関東軍が中国の内乱に巻き込まれる事態を回避したかったのである。

だが、白川司令官は救援禁止の命令を反古《ほご》にし、独断で張作霖救援のために主力部隊を出兵させた。関東軍の最初の独走である。奉天めざして進軍を続ける郭松齢軍が錦州を過ぎて溝幫子《コウバンツー》に差し掛かり、遼河《りょうが》を渡ろうとすると、向こう岸に関東軍が陣を構え、「渡河禁止」を申し渡した。郭松齢は「日本軍が我々の軍事行動を妨害するのは、中国に対する主権侵害である」と猛抗議したが、白川は「日本人居留地の治安維持」を名目に関東軍を撤退させず、郭松齢軍を渡河させなかったのである。

実際、このとき郭松齢軍が遼河を渡って遼東半島に近づいていれば、営口《えいこう》などの日本人居留地が危険に晒《さら》された。それを考えれば、白川の独断が誤りであったとは一概に言えない。

関東軍の威嚇によって郭松齢軍が立ち往生している間に、張作霖は奉天軍を立て直して勢いを吹き返し、新民《しんみん》付近で郭松齢軍を撃破して一気に北京に攻め込んだ。昭和二年には遂に北京制覇を成し遂げ、張作霖は政府軍大元帥に就任して軍事政権を樹立した。馬賊から身を起こした満州軍閥の親玉が中国の最高権力者に成り上がったのだ。

関東軍の参謀たちは張作霖の政権奪取に歓喜した。

「我が軍に恩義を感じている張作霖大元帥なら、我が軍の要求通りに中国政府を動かしてくれるはずだ。帝国が満州全土に君臨する日は近い」

参謀たちはそう信じた。ところが張作霖は政権を掌握するや否や、徹底的な排日政策を断行した。欧米列強、特に中国侵出に後れを取っているアメリカが張作霖に急接近したため、張は日本の援助を頼りにする必要がなくなり、欧米資本を満州に持ち込むために日本を排除しようとしたのだ。

最初に標的にされたのが、日本の最大の満州権益であった南満州鉄道だった。満鉄線を形骸《けいがい》化させる「満鉄包囲線」が計画され、打虎山《だこざん》―通遼《つうりょう》間の「打通線」から包囲線の敷設が開始されたのである。

日本政府は中国政府に猛抗議を繰り返した。日露戦争直後に締結された「満州に関する日清条約」の中で「南満州鉄道に併行する鉄道建設の禁止」が謳《うた》われていたからだ。しかし張作霖は臆《おく》することなく、満州での日本製品の流通禁止、日本人経営の新聞発行の禁止など次々に排日政策を打ち出した。

満州の民衆から「満州王」と崇拝されていた張作霖の露骨な反日姿勢は、「対華二十一カ条の要求」以来くすぶっていた民衆の反日感情を刺激した。満州一帯で反日運動の嵐が吹きすさび、在満邦人の身が危険な状態になったので、さすがの張作霖も「示威運動厳禁命令」を緊急発令するほどだった。

だが、政権発足からわずか一年で、張作霖は絶体絶命の苦境に追い込まれた。蔣介石率いる「国民革命軍」が政府打倒のために北京へ進撃してきたのだ。

『私が張作霖を殺した』

国民革命軍は、亡命先から帰国した孫文が大正八年に結成した「中国国民党」の軍隊である。中国統一を実現するには中国最強の軍隊を作らなければならないとして、孫文は大正十二年にソ連と秘密協定を結んで莫大《ばくだい》な資金と武器の援助を受け、ソ連将校を教官とする士官養成学校も設立して、国民革命軍を最強部隊に育て上げた。さらに上海の弱小勢力に過ぎなかった「中国共産党」とも孫文は手を結び、毛沢東《もうたくとう》や周恩来《しゅうおんらい》など主要メンバーを国民党に受け入れて要職に就かせた（第一次国共合作）。

しかし大正十四年、北京政府や地方軍閥を征伐する「北伐《ほくばつ》」を成し遂げる前に孫文が病没してしまう。孫文の腹心の部下だった蔣介石が国民革命軍総司令に就任して十万の大軍を率いて北伐を再開し、疾風怒濤《どとう》のごとく地方軍閥を蹴散《けち》らして北上していき、昭和二年に南京を占領して「南京国民政府」を樹立した。ただしこの頃に蔣介石は、国民党内の共産主義のめざましい支持拡大に警戒心を抱き、上海で数千人の共産党員を弾圧し、ソ連の軍事顧問を国民党から追放している。

昭和三年四月、国民革命軍は北伐の最終目標である北京進攻を開始した。迎え撃つ政府軍（奉天軍）は三十万人であったが、兵器の性能と兵士の士気で格段に勝る革命軍が快進撃を続け、翌月には革命軍の勝利が決定的になった。

張作霖は国民革命軍に捕らえられる前に満州へ引き揚げることになり、昭和三年六月三日の正午、北京城の正陽門《せいようもん》停車場から特別列車に乗り込み、奉天駅に向けて出発した。翌四日の早朝、特別列車が奉天郊外を快走して満鉄線と京奉《けいほう》線の交差する陸橋に差し掛かった瞬間、陸橋が爆発して列車は大破炎上した。張作霖は瀕死《ひんし》の状態で瓦《が》礫《れき》の下から発見され、奉天城内の邸宅に搬送されたが間もなく死亡した。

爆発現場にはバラバラになった二体の遺体が転がっていた。ともに中国人男性で、自ら爆弾を抱えて橋脚付近で自爆した様子であり、爆弾がソ連製であることが判明した。さらに死体の服のポケットから国民革命軍の爆破命令書が見つかった。この結果、ソ連から武器の提供を受けていた国民革命軍の便衣《べんい》隊（ゲリラ部隊）による自爆テロの可能性が高まり、新聞紙面にも「南軍の便衣隊　張作霖氏の列車を爆破」（朝日新聞　昭和三年六月五日付）といった見出しが躍った。

しかし、その後に、一人の中国人男性が奉天軍の兵営に駆け込んで「列車の爆破は関東軍の仕業だ」と密告し、関東軍の謀略が明るみに出たのだ。張作霖爆殺の首謀者は、関東軍ナンバー3の座にあった高級参謀の河本大作《こうもとだいさく》大佐であった。

戦後に河本は戦犯として中国共産党に逮捕され、昭和二十八年に山西省《さんせい》太原《たいげん》の戦犯収容所で病死したが、翌二十九年十二月号の文藝春秋《ぶんげいしゅんじゅう》に河本の回想録が掲載された。河本の義弟である作家の平野零児《ひらのれいじ》が収容所内で河本へのヒアリングを行いながら書き上げた口述原稿だ。このうち張作霖爆殺事件について筆録した部分が平野の友人を介して文藝春秋編集部に渡り、『私が張作霖を殺した』というタイトルで世に出たのである。

その回想録によれば、大正十五年に満州に赴任した河本は、排日政策と反日運動の惨状に驚嘆し、「在満邦人二十万の生命、財産は危殆《きたい》に瀕してゐる。日清、日露の役で将兵の血で購《あがな》はれた満洲が、今や奉天軍閥の許《もと》に一切を蹂躙《じゅうりん》されんとしてゐる」と危機感を抱き、張作霖の「枚挙《まいきょ》にいとまがない忘恩的行動」に憎悪の念を煮えたぎらせたという。「もはや外交的な抗議などでは及ばない。武力解決あるのみ」と河本は考え、武力発動の機会を待ったが、大正十三年から続いている対中協調路線の幣原外交のもとでは関東軍の出る幕が全くなかった。

「日支（日中）友好」「内政不干渉」を掲げる幣原喜重郎は、中国への武力行使を厳密に、徹底的に回避していたのである。

昭和二年の春に南京で、続いて漢口《かんこう》（現在の武漢《ぶかん》）で国民革命軍と中国民衆が暴徒化し、各国の租界や領事館が襲撃され、多くの外国人が虐殺された。イギリスとアメリカは自国民の保護のため軍隊を派遣して暴徒に攻撃を加え、犠牲者を出している日本にも共同出兵を要請したが、この時でさえ幣原は米英に「NO」と回答し、現地の日本軍へは「武力行使で中国を刺激してはならない」という日本政府の訓令が出されたのだ。

しかし、昭和二年四月、幣原を外相に擁していた若槻礼次郎《わかつきれいじろう》内閣が金融恐慌で総辞職し、野党党首として幣原外交を「軟弱外交」と批判してきた元陸軍大将の田中義一《たなかぎいち》が総理大臣に就任すると、田中は外務大臣も兼任して幣原外交との決別を図った。日本人と日本権益の保護のためには積極的に軍隊を派遣する対中強硬路線へ舵《かじ》を切ったのである。

実際、組閣直後に国民革命軍の北伐ルートが山東省に接近すると、約一万七千人の日本人居留民を保護するために田中内閣は、「関東軍を山東省に派兵する」と決定した。

翌三年の第二次山東出兵において関東軍は初めて山東省の済南《さいなん》で国民革命軍と交戦した。日本兵の死者が六十人であったのに対し、中国兵の死者は三千人を超えるという圧倒的な強さを見せつけたのである。

蔣介石は国民革命軍の主力部隊が関東軍に殲滅《せんめつ》されることを恐れて撤退命令を出したため、関東軍は一年間にわたり済南を占領した。この紛争をきっかけに、蔣介石は「日本が計画的に北伐を妨害しようとした」と見なして対日憎悪を深めたと言われる。

暗殺計画はあまりに杜撰であった

関東軍司令部では「田中閣下なら満州でも武力行使を決断されるはずだ」と大いに期待が高まった。そして昭和三年五月、国民革命軍の北伐ルートが最終地点の北京に接近したとき、関東軍司令部は「張作霖の政府軍（奉天軍）に勝ち目はない。革命軍に敗れた政府軍の兵士が大挙して満州に逃げ帰ってくる」と予測して出兵命令を待ち望んだ。

河本は回想録で、こう書き記している。

〈この三十万の兵が、ゾロゾロ敗れて関内（満州側）へ流れ込んだら、又々どんな乱暴をやるか判らない。と云つて、これを助けたところで、一生恩に着るやうな節義はない。それはすでに郭松齢事件（張作霖の要請で関東軍が救援に乗り出した一件）で試験済みである。

その次に、南北相戦つて東支や山東の地を戦禍の中に曝《さら》すのもまた幾多の権益を持つ日本を始め列国にとつても、また無辜《むこ》の支那民衆のためにも、看過すべからざることである。北伐も北支では阻止しなければならない。

同時に敗退した場合の張作霖の兵三十万は、宜《よろ》しく山海関《さんかいかん》（万里の長城の東端関所）でことごとく武装を解除してのみ、入れるべきである。そして武力のない、秩序、軍紀のない、自制のない、暴虐な手兵を持たぬ張作霖を対手《あいて》に、失はれつゝある一切の、我が幾千件にわたる権益問題を一気に解決すべきである。〉

だが、遂に出兵命令は来なかった。田中内閣は山東出兵の際は速やかに閣議決定して天皇の裁可を得たが、山海関出兵については閣議の段階で中止を決定したのである。田中首相は張作霖と奉天軍を無事に満州に帰還させ、反日に転じた張を再び親日に引き戻し、満州に親日政府を樹立させて中国政府から分離させようと考えていた。また列強諸国、ことに北京制覇後の張作霖に急接近していたアメリカが日本の動向を厳しく監視していたことも、田中が派兵を躊躇《ちゅうちょ》した要因であった。

この奉天軍の武装解除は関東軍司令官の提案であり、昭和二年六月下旬から七月上旬まで外務省で開催された対中政策決定会議の「東方会議」で正式に議決されていた。関東軍司令官に随従して東方会議に出席していた河本大作は、奉天軍に武装解除を求める決定を覆した田中首相に深く失望し、その後、張作霖暗殺の謀略へ暴走していく。回想録にはこのあたりの経緯が克明に記されている。


〈奉天軍は、予想通りに敗走して、山海関へ雪崩《なだ》れを打つて殺到した。関東軍は直ちに、その治安維持のために備ふべく、朝鮮から一混成旅団を編成して、時を移さず奉天に集中して待機したが、錦州および山海関へは、満鉄線付属地以外へ出兵することになるので、奉勅命令を待たでは出動することが出来ない。その奉勅命令が一向下らない。敗兵は続々と入つて来ると云ふ有様であつた。

当時、田中首相は、内閣の総理であり、かつ東方会議の主催者であつたにも拘《かか》はらず山海関の手筈《てはず》は、東方会議の議決に依《よ》つて、不動の方針となつてゐるのに、何故か躊躇してゐる。

それは、時の出淵《でぶち》駐米大使からの報告に基いて、米国の輿論《よろん》に気兼ねをし、既定の方針の敢行をためらつたのであつた。（中略）

肝心の中央部がこんな有様だから、どうすることも出来ない。そのうちに、奉天城内には、呉俊陞《ごしゆんしよう》（張作霖の腹心の部下）が五万の兵を黒龍江省から率いて出て守備してゐる。そこへ、山海関からは毎日、一万、五千、と敗残兵が帰つて来る。五月下旬になると、敗兵が早や三、四万は逃げ込んだ。京奉線から或《ある》いは古北口の方から続々と入る。

関東軍は、万一のことがあれば、腹背に敵を受けねばならない。奉天はまだ好いとしても、全満に瀰漫《びまん》した排日は、事あつた際は、燎原《りようげん》の火のごとく燃えさかり、排日軍は一斉に蜂起するであらうことも予想しなければならない。また一度、奉天で我軍と、その敗残兵との間に干戈《かんか》を交へんか、惧《おそ》るべき市街戦となつて、奉天在住の日本人はどんな目に遭ふか判らない。

既に排日は奉天城内では言語に絶し、邦人小学生の通学などは、危険で出来ないと云ふ状況、奉天在留の邦人達は、関東軍を唯一の頼みとしてゐたが、拱手傍《きようしゆ》観の態度などで少なからず失望すると云ふよりは、むしろこれを怨《うら》んだ。

かかる奉天軍の排日は、もつぱら張作霖らの意図に出た。ところで、真に民衆が日本を敵とすると云ふ底《てい》のものではない。唯《ただ》、欧米に依存して日本の力を駆逐《くちく》して、自己一個の軍閥的勢力の伸張を計り、私腹を肥やさんとするのみで、真に東洋永遠の平和を計ると云ふ風な信念に基いてゐないことは明らかであつた。

一人の張作霖が倒れれば、あとの奉天派諸将と云はれるものは、バラバラになる。今日までは、張作霖一個に依《よ》つて、満洲に君臨させれば、治安が保たれると信じたのが間違ひである。畢竟《ひつきよう》、彼は一個の軍閥者流に過ぎず、眼中国家もなければ、民衆の福利もない。他の諸将に至つては、ただ親分乾分《こぶん》の関係に結ばれた私党の集合である。

殊《こと》にかうした集合の常として、その巨頭さえ斃《たお》れゝば、彼等は直ちに四散し、再び第二の張作霖たるまでは、手も足も出ないやうな存在である。匪賊《ひぞく》の巨頭と何等変ることがない。

巨頭を斃す。これ以外に満州問題解決の鍵《かぎ》はないと観じた。一個の張作霖を抹殺すれば足るのである。

村岡将軍（当時の関東軍司令官・村岡長太郎中将）も、遂にこゝに到着した。では、張作霖を抹殺するには、何も在満の我が兵力を以《もつ》てする必要はない。これを謀略に依つて行へば、左程《さほど》困難なことでもない。

当の張作霖は、まだ北支でウロウロして、逃げ支度をしてゐる。我が北支派遣軍の手で、これを簡単に抹殺せしむれば足る――と考へられた。〉

河本大作は関東軍兵士から実行犯メンバーを選び、張作霖の暗殺計画を着々と進めた。関東軍司令部内でこの計画がどの程度知れ渡っていたのかは判らないが、少なくとも司令官の村岡長太郎《むらおかちょうたろう》は事前に計画内容の報告を受けており、暗殺の実行を黙認していた。

だが、この暗殺計画はあまりに杜撰《ずさん》であった。河本たちは革命軍ゲリラの犯行に見せかけるため、事前に阿片《あへん》中毒の中国人三名を拘束し、実行犯の身代わりに仕立てようとしたが、途中でそのうちの一人に逃亡されたのである。残りの二人は刺殺され、遺体は偽造の爆破命令書と中古品のソ連製爆弾とともに陸橋の橋脚付近に遺棄された。そして実行犯グループは陸橋の橋脚に爆弾を仕掛けて列車の爆破を成功させたが、逃亡した中国人が奉天軍に保護されたことで身代わり計画は失敗に終わったのだ。

河本は回想録で「万一、奉天軍が兵を起こせば、その後の満洲事変が一気に起こる手筈《てはず》もあつた」と述べているが、これこそが謀略の真の狙いであった。奉天軍が挙兵すれば「治安維持、邦人保護」を名目に関東軍は蜂起し、一挙に満州全土を占領するというシナリオを河本は描き、事前に関東軍司令官に了承を得て主力部隊を旅順から奉天に移動させていたのである。

しかしこの計画も完全に頓挫《とんざ》した。関東軍の謀略を見抜いていた奉天軍の幕僚たちは「関東軍に報復攻撃すべきだ!」といきり立ったが、幕僚長の臧式毅《ぞうしきき》が「待った！」をかけて「関東軍の挑発には絶対乗るな！」と厳命を下したのだ。瀕死《ひんし》の状態で邸宅に運ばれた張作霖が息を引き取ったのは数時間後であったが、臧は「大元帥は重傷であるが、命に別状はない」と発表し、奉天軍の兵士たちを落ち着かせた。奉天内は静まり返るばかりで関東軍の主力部隊は戦意を削《そ》がれ、二週間遅れで張作霖の死亡が発表されたときには旅順に帰還していたのである。

その後の満州の状況は、「一人の張作霖が倒れれば、あとの奉天派諸将と云はれるものは、バラバラになる」「巨頭を斃す。これ以外に満州問題解決の鍵はないと観じた。一個の張作霖を抹殺すれば足るのである」といった河本の見通しが致命的な大誤算であったことを証明した。張作霖の全権力と全財産を受け継いだ弱冠二十七歳の張《ちょう》学良《がくりょう》が、父親以上に大胆な排日政策を断行したのだ。

五色旗から「青天白日旗」へ

関東軍は張学良を「父親の威を借りた西洋かぶれのモダンボーイ」程度に甘く見ていた。実際、西洋式の英才教育を受けた張学良は、「人を救いたい」という気持ちから医師を志したこともある心優しきインテリ青年で、英語堪能《たんのう》、趣味はテニス、北京の社交界ではプレイボーイとして知られていた。しかし父親が暗殺され、心に深い傷を負った張学良は、日本への報復のためには手段を選ばない冷徹な軍人政治家に生まれ変わった。彼は日本を懲らしめるためなら、父親の仇敵《きゅうてき》・蔣介石と手を結ぶことも厭《いと》わなかった。

張作霖爆殺事件の直後、蔣介石は北京で「北伐完了」を宣言し、満州に攻め込んでいくことはなかった。万里の長城の外側に広がる満州は、蔣介石にとって「東北の辺境地」でしかなく、急いで征服するほどの価値を見出《みいだ》していなかったのである。

四ヵ月後の昭和三年十月、蔣介石は中国の首都を南京へ遷《うつ》し、南京国民政府の主席に就任して、中国の最高権力者の座を射止めた。これによって北京政府は完全に消失し、首都ではなくなった北京は「北平《ペーピン》」と改称された。

中国に進出している列強諸国にとって、中国の政治と軍事を一手に掌握した蔣介石の独裁政権が誕生したことは脅威であった。実際、蔣介石は中国の国権回復を標榜《ひょうぼう》する「革命外交」を展開し、それまで列強諸国との間に結んだ不平等条約の破棄を宣言し、日本に対しては日清通商条約の無効を一方的に通告してきた。

近いうちに蔣介石が中国統一の最終幕として満州制覇に乗り出し、日本の満州権益を根こそぎ奪還しようとするのは火を見るより明らかだった。危機感を抱いた日本政府は、張学良を担ぎ出して国民政府に対抗する親日政府を満州に樹立させようと画策した。しかし張学良は日本からの執拗《しつよう》な誘いを振り切り、日本に隠れて蔣介石に謁見して、恭順の意を示したのである。

「私は国民政府の一員として、東三省（満州）を統治いたします」
この張学良の宣誓に蔣介石が満悦至極だったのは言うまでもない。この瞬間、孫文以来の念願だった中国統一が完遂したのだ。

奉天軍は「中国東北辺防軍（以下、東北軍と表記）」と改称され、張学良は東北辺防軍司令長官・東北政務委員会主席に就任した。そして昭和三年十二月二十九日、張学良の命令により満州の主要都市の官庁、会社、民家から一斉に奉天軍の五色旗が降ろされ、中華民国の国旗「青天白日旗《せいてんはくじつき》」が掲揚された。満州が国民政府の支配下に入ったことを、日本に対して強烈に誇示するためであった。

突如として出現した青天白日旗の旗波の光景は、満州の日本人にとってまさに青天の霹靂《へきれき》であった。何十万枚という旗の準備は日本人に極秘に進められ、諜報《ちょうほう》活動を行っている関東軍でも誰ひとり気づかなかったのだ。

そしてこれが満州、いや中国全土からの日本排斥運動の狼煙《のろし》となった。国民政府は日本の満州権益の基盤（法的根拠）を崩壊させる新法を続々と制定した。

たとえば、昭和四年二月の「土地盗売厳禁条例」は日本人への土地貸与を「盗売」として禁止し、違反者を「売国罪」として処罰するという法令である。それ以前の貸借契約も無効とされ、日本人が使用してきた土地と家屋が没収された。さらに日本人の炭鉱経営の禁止、中国に進出している日本企業の営業禁止、満鉄の沿線地域（満鉄付属地）の治外法権の撤廃など六十に及ぶ排日法が追加されていった。

一方、張学良は実力行使で日本の満州権益を次々に破壊していった。たとえば鹿鳴《ろくめい》館《かん》や帝国ホテルなどを設立したことで知られる大倉《おおくら》財閥の投資によって中国有数の炭鉱地帯となった遼寧省の本渓《ほんけい》に、昭和四年五月、突然中国人の武装警官隊が押し寄せ、強制的に工場を閉鎖した。その二カ月後には、同じく日系資本で採掘が進められていた遼寧省・大石橋《だいせききょう》の滑石《かっせき》鉱山にも武装警官隊が来襲し、採掘を禁止したうえに坑道を破壊した。

本渓が安東《あんとう》（現在の丹東《たんとう》）―奉天間の「安奉《あんぽう》線」、大石橋が大連―長春間の「連長《れんちょう》線」の通過駅であったため、どちらの炭鉱も満鉄経営の鉄道沿線に位置していた。「満州に関する日清条約」では「満鉄線の沿線鉱山の採掘権保障」が定められ、大倉財閥を筆頭とする日本企業はこの条約に基づいて満州の炭鉱事業に参入したのだが、それら炭鉱の経営権が無条件で中国人に譲渡されたのである。

張作霖の代から計画されていた「満鉄包囲線」も次々新設されていき、最終的には満鉄線を挟んで、それに併行するように東西二本の鉄道路線が走ることになった。中国経営の鉄道運賃は満鉄より格段に低く設定されたため、満鉄最大の収入源だった大豆の貨物輸送が中国側に流れ、昭和五年の満鉄の営業収入は前年度の三分の一を下まわるという創業以来の大赤字となった。さらに張学良は、日本が租借地として独占していた大連港に対抗し、オランダとの提携で遼東湾沿いの葫蘆島《ころとう》に貿易港を建設すると発表した。

こうした徹底的な排日政策に刺激された民衆の反日運動も日を追って激しくなり、満鉄線の接収、関東軍の撤退、旅順・大連の返還を叫び、日本人襲撃事件が多発した。しかし在満邦人が治安維持で唯一頼りにしていた関東軍は、山東出兵の頃とは打って変わり、ひたすら静観を決め込んでいた。

武力行使も辞さない対中強硬姿勢を見せていた田中義一首相兼外相は、当時すでに辞任していた。田中は張作霖爆殺の責任追及で陸軍の圧力を受け、事件発生から一年以上も曖昧《あいまい》な対応に終始していたが、厳正な調査と処分を望んでいる天皇から「辞表を出してはどうか！」と叱責《しっせき》されて辞任に追い込まれたのだ。続いて誕生した浜口雄幸《はまぐちおさち》内閣では幣原喜重郎が外務大臣に返り咲き、「日支（日中）友好」「不干渉主義」の幣原外交が復活したため、関東軍の出兵は一切認められなかったのである。

「関東軍は刀の抜き方を忘れたか」

満州の邦人社会では幣原外交への絶望感が広がり、日本への引き揚げ者が急増したが、逆に現状打破のため自ら急進的な行動を起こす在満邦人たちも現れた。

〈今や我等の聖地満蒙は危機に瀕《ひん》す。この国家存亡の秋《とき》に当り、朝《ちょう》に対応の策なく、野《や》に国論の喚起なし。坐《ざ》して現状を黙過せば、亡国の悲運祖国を覆うや必せり。是《こ》れ我等が起《た》ちて、新満蒙政策確立運動を起す所以《ゆえん》なり。〉

結成宣言でこう標榜したのは、満鉄社員を中心に結成された「満州青年連盟」である。この団体に参加した満鉄営業課員・山口重次は、戦後にこう回想している。

〈満人側の日鮮人迫害や鉄道侵害事件などが年中行事化していた。奉天鉄道事務所管内だけでも、一年間の被害は三十万を越え、電話線を切られたり、線路をはがされたり、はては日本の守備兵が拉致《らち》される事件までおこった。総領事は『厳重抗議をした』というきまり文句を繰り返すだけで、『厳重抗議』は三百七十件もたまっていた。軍も傍観しているだけだった。だから日本人大会で、青年連盟の岡田猛馬君が『関東軍は刀の抜き方を忘れたか。腰の軍刀は竹光《たけみつ》か』と名演説をぶって全満をうならせたものだ。そして、在満邦人は、〝国民外交〟と称して直接行動をはじめるようになった。〉

（平塚柾緒編『目撃者が語る昭和史　第3巻　満州事変』より）

満州青年連盟は、日本領事館の制止命令を無視してデモ行進を敢行し、旅順の関東軍司令部に連日押しかけて、「なぜ決起しないのだ!」と将校たちに迫った。日本国内へも遊説隊を派遣し、各地で国民大会を開催して満州での武力行使の支持を訴えた。国内の新聞で日本人襲撃事件が盛んに報じられていたため、青年連盟の演説会はどこでも満員となり、「軍部は弱腰の幣原外交と決別せよ! 満州問題の解決は武力行使あるのみ!」という主張に拍手喝采《かっさい》が送られた。

国会では満鉄副総裁から衆議院議員に転身した松岡洋右《まつおかようすけ》に注目が集まった。昭和六年一月の国会審議で松岡は、幣原外交を「絶対無為傍観主義」と痛烈に批判して満州領有論を展開し、その中で語られた「満蒙は我が国の生命線である」というフレーズが国民の流行語になった。

松岡のいう「生命線」とは、次のような意味だ。

当時の日本の人口は約六千万人、そして毎年約百万人ずつ増えていた。現在のような技術と貿易の時代ではなく、農業に生存の方途をゆだねていた時代である。まずは土地が必要であり、工業国として発展するためにも資源を内蔵する土地が必須《ひっす》となる。その意味で、満州(満蒙)は島国日本にとって希望をゆだねる「生命線」と松岡は訴えたのだ。

当時はこの種の満州領有論が様々な論客によって盛んに発表されていた。たとえば朝日新聞奉天通信局長だった武内文彬《たけうちあやよし》も雑誌『改造』(昭和六年八月号)で「日本の人口問題と食糧問題とを解決するには、日本の産業範囲を満蒙大陸に延長しなければ不可能」という趣旨で、満蒙問題の武力解決を肯定的に論じている。

幣原喜重郎は四方八方から批判を浴びてまさに四面楚歌《そか》の状態であった。テロの標的にもされていた。実際、昭和五年十一月、彼を外相に擁立した浜口雄幸首相が東京駅で右翼青年に銃撃されたとき、外務省へも連日脅迫状が届いていたのである。

しかし、幣原は、断固として関東軍の武力行使を容認しなかった。浜口内閣につづき昭和六年四月に誕生した若槻礼次郎内閣でも幣原は外相を務め、「日支友好」「内政不干渉」の対中方針を撤回することはなかった。

決定打となった万宝山事件と中村大尉事件

しかし昭和六年の後半に入ると、武力行使の強硬論にますます拍車を掛ける事件が続発した。

ひとつ目は、吉林省長春郊外の万宝山《まんぽうざん》で起こった中国人農民と朝鮮人農民の対立事件である。明治四十三年の韓国併合以来、朝鮮人は日本国民にされていたため、中国では朝鮮人移民が反日運動の攻撃対象にされ、朝鮮人襲撃事件が多発していた。この万宝山事件もそういった不穏な状況の中で勃発《ぼっぱつ》した。

万宝山の開墾地に入植してきた四十三家族、二百十人の朝鮮人農民が中国人地主から借り受けた三百ヘクタールの土地に用水路を建設しようとしたが、地元の中国人農民たちが「違法工事だ！」と騒ぎ始め、吉林省地方公安局の警察隊が駆けつけて工事中止を要請した。朝鮮人農民たちは「地主と契約を結んでいるから違法ではない！」と頑《かたく》なに抵抗したが、業を煮やした警察隊は工事監督など九名の朝鮮人指導者を逮捕して強制的に工事を中止させた。そのうえ中国人地主に契約破棄の圧力を掛け、朝鮮人を万宝山から追い出そうとした。

通報を受けた日本領事館は、吉林省庁に厳重抗議を行い、逮捕者の即時釈放を要求した。奉天総領事の林久治郎《はやしきゅうじろう》は抗議声明の中で「このままでは対抗手段として我方駐屯軍出動説起こり、領事としても之《これ》を阻止する力なきに至るやも計り難い」と関東軍出兵の可能性まで示唆した。さすがに吉林省庁は怯《ひる》んで逮捕者を釈放し、万宝山から警察隊を撤退させたため、朝鮮人農民たちは水路建設を再開した。

ところがその後、約四百人の中国人農民が大挙して押し寄せ、完成間近の用水路を破壊したのだ。日本領事館は「領事館警察隊」を派遣して破壊作業の中止を要請したが、中国人農民の一部が発砲したため警察隊も銃で応戦し、万宝山の開拓地で銃撃戦が繰り広げられた。しかし日本の警察隊が増派されたため中国人農民は抵抗の意思を失って退散し、銃撃戦は短時間で終息した。負傷者が出たものの死者数はゼロであった。破壊水路の復旧工事は何の妨害もなく進捗《しんちょく》し、数週間後には完成して通水された。もしこの農村の地域紛争が正確に報道されていれば、何も起こらなかったであろう。ところが昭和六年七月二日付の『朝鮮日報』号外に「万宝山で多数の同胞が中国人に虐殺された」という記事が大々的に掲載され、死者のいない乱闘事件が針小棒大に伝わり、朝鮮で大惨事が起こった。平壌《ピョンヤン》などで朝鮮人の群衆が中国人街を襲い、暴行、略奪、破壊、放火を繰り返し、百人を超える中国人が殺害されたのだ。

誤報を流した朝鮮日報長春支局の記者・金利三は七月十二日の同紙に、「二日付号外の記事は日本側機関から取材して書いたもので、万宝山で多数の朝鮮人が殺されたというのは日本人が飛ばしたデマであって事実ではない。中国人に心からお詫《わ》びする」という趣旨の謝罪文を出した。三日後に金は何者かに暗殺されたが、彼の謝罪文は燎原《りょうげん》の火のごとく中国中に広まり、「やっぱり日本人の陰謀か!」と憤慨した中国人が反日運動を激化させ、日本人襲撃事件が急増した。翻って日本国内では「万宝山事件の責任は中国側の排日行為にある」として武力行使論が一段と過熱したのだ。

万宝山事件が地域紛争から国家間の紛争へと発展しつつあった昭和六年七月に、東京帝国大学の学生を対象にして「満蒙に武力行使は正当なりや」というアンケート調査が実施された。その結果、「直ちに武力行使すべき」が五十二パーセント、「外交手段を尽くした後に武力行使すべき」が三十六パーセント、合わせて八十八パーセントもの東大生が武力行使を支持したのである（大学新聞連盟編『現代学生の実態』に収録）。

さらに翌八月、火に油を注ぐかのように、陸軍参謀の中村震太郎《なかむらしんたろう》大尉が中国軍によって殺害されたという衝撃的なニュースが流れた。

その年の五月、中村震太郎は「北満の大興安嶺《こうあんれい》方面で兵要地誌調査を内密に行ってくれ」と特命を受け、黒龍江省のハルビンに飛び、ソ連・モンゴルと中国の国境沿いにある山岳地帯の大興安嶺に向かった。中国政府に護照《ごしょう》（中国の旅券）を申請する際、中村は「東京黎明《れいめい》学会主事農学士」と身分を偽り、農業技師を装いながら地誌調査を実施する計画を立てた。チチハルで旅館を営む騎兵曹長（予備役）の井杉延太郎、現地のモンゴル人とソ連人が案内役となり、中村一行は馬で洮南《とうなん》方面への移動を続けながら任務を遂行した。

だが彼らは、忽然《こつぜん》と姿を消した。六月下旬には洮南に到着する予定であったが、七月に入っても旅順の関東軍司令部に到着報告の連絡が来なかったのだ。洮南での反日運動は激しく、中国政府によって「日本人立入禁止地域」に指定されていたので、関東軍司令部は中村たちの身を案じ始めた。そして七月二十日、チチハルの満鉄職員から「中村大尉と井杉曹長が殺害されたらしい」という情報がもたらされた。

六月二十五日昼、中村たちは内蒙古の王爺廟《おうやびょう》（現在の烏蘭浩特《ウランホト》）の食堂で休憩しているとき、中国屯墾軍第三団の兵士に拘束されたのである。指揮官の関玉衡は中村たちを監禁して鞭打《むちう》ち拷問を加え、「お前たちは何のために当地に来たか！」と尋問したが、中村は「開墾状況の視察に来た」と言い張って軍人の身分と任務を明かさなかった。

最終的に関玉衡は、中村たち全員を銃殺し、遺体や衣服を焼却して証拠隠滅を図り、「この処刑は極秘だ。各連長は部下に伝え、絶対に外部に漏洩《ろうえい》してはならない」と緘《かん》口令《こうれい》を敷いた。だが、関玉衡の情婦となっていた日本人女性が「日本人二人とモンゴル人とソ連人を殺して、所持金と馬とピストルを頂戴《ちょうだい》した」という中国兵たちの会話を小耳に挟み、義憤に駆られて知人の満鉄職員に密告したのだ。

関東軍は特務機関（諜報《ちょうほう》機関）を使って綿密な調査を行い、八月十七日に日本の新聞社に公表し、各紙は中国側を強く非難する社説を一斉に掲載した。たとえば「暴虐の罪をただせ」と題する朝日新聞（昭和六年八月十七日付）の社説は、次のように激しい興奮ぶりを示している。

〈満蒙における日支関係の全面的悪化に油を注ぎ、公然挑戦的態度に出つつあるのは、民衆というよりは、支那側の官憲である。（中略）事件は支那側の日本にたいする驕慢《きょうまん》の昂《こう》じた結果であり、日本人を侮蔑《ぶべつ》しきった行為の発展的帰着的一個の新確証である。（中略）今回の事件にたいしては、支那側に一点の容赦すべきところは無い。わが当局は断固として支那側暴虐の罪をたださんこと、これ吾《ご》人《じん》衷心よりの願望である。〉

このような檄文《げきぶん》調の社説に煽《あお》られ、国民の反中感情は極点に達した。満州国の成立過程を調査した国際連盟派遣団の『リットン調査団』が報告書の中で、「中村事件は、ほかのどんな事件よりも強く日本人を憤慨させ、ついには満洲に関する日支懸案の解決のためには実力行使も『よし』とする激論にまでいたった」と指摘するほど、この事件を境に、中国への武力発動に対する世論の支持は決定的になったのである。

第四章

帝国

——皇帝・溥《ふ》儀《ぎ》、傀《かい》儡《らい》となる

航空将校となった徹夫（21～22歳頃）。満州。

石原莞爾、関東軍参謀となる

昭和六年九月十八日――その日の夜、奉天は満天の星空だった。賑《にぎ》やかな奉天市街から十キロほど離れた柳条湖《りゅうじょうこ》は静まり返っていた。柳条湖には東北軍の兵営「北大営」があったが、その晩は夜間演習もなく兵舎の明かりだけが煌々《こうこう》と灯《とも》っていた。

午後十時二十分頃、突然、北大営付近で爆発音が一回鳴り響き、星空に白い煙が舞い上がった。北大営から約五百メートルの地点に敷かれている南満州鉄道の線路が爆破されたのだ。

線路に仕掛けられた爆弾は急行列車の通過する瞬間に爆発したが、両側のレールがそれぞれ約八十センチと約十センチ吹き飛ばされる程度の損傷で済み、列車は脱線せずにガタンガタンと揺れながら無事に通り過ぎて行った。

だが、この爆発は攻撃開始の狼煙《のろし》でもあった。爆音に驚いた中国兵が兵舎から飛び出した瞬間、周囲のコーリャン畑で進軍ラッパが高鳴り、約百人の日本兵が雄叫《おたけ》びを上げて銃剣を突き出し、北大営に突撃してきた。遂に関東軍が武力行使に踏み切ったのだ。

張作霖爆殺事件を引き起こした関東軍は、またしてもこの柳条湖において鉄道爆破を「中国軍の仕業」にデッチ上げる謀略を企てた。今度は大量の火薬を仕掛けて列車爆破を狙ったわけではなく、あらかじめ工兵に計算させた少量の火薬を使って被害を最小限に抑えた。要は、「満鉄線が攻撃された」という口実だけ欲しかったのである。そうなれば関東軍司令部条例第三条「軍司令官は関東州の防備および鉄道線路の保護を行うため必要と認むるときは兵力を使用することを得」に基づき、関東軍司令官の独断で合法的な出兵が可能となるからだ。

満州事変の口火となったこの陰謀計画の立案者は、関東軍高級参謀の板垣征四郎《いたがきせいしろう》大佐と関東軍作戦参謀の石原莞爾《いしわらかんじ》中佐であった。板垣が当時四十六歳、石原が当時四十二歳、ともに陸軍大卒のエリート中堅幕僚である。特に石原は「陸軍随一の戦略家」と言われ、入念な準備のもとに陰謀計画の綿密なシナリオを描いた。直情的、暴発的に杜撰《ずさん》な計画を立てた河本大作とは決定的に異なっていた。

石原莞爾は遅くとも昭和二年には、満州占領の野望を抱いていた。その年の十一月、東京・三宅坂《みやけざか》の陸軍中央（陸軍省と参謀本部）のエリート中堅将校たちが結成した国防研究会『木曜会』に当時陸軍大学校教官だった石原も参加し、翌三年一月の第三回会合では『我が国防方針』と題する提言を行い、独自の戦争史観とともに満州領有の必要性を主張した。

石原は、将来の戦争形態に関する予言的な考察を披瀝《ひれき》するところから講義を開始した。

〈将来戦の予想をすれば、国家総動員による消耗戦略ではなく、政治家等に文句を言わせる前に一挙に、しかも徹底的に敵を殲滅《せんめつ》する戦争である。それは空中戦である。（中略）

日米が両横綱となり、末輩《まっぱい》までこれに従い、航空機をもって勝敗を一挙に決するときが世界最後の戦争であり、それ以降は武力は世界の警察となるのである。

その時期は、

一、航空機が世界を一周する時

二、西洋文明が完全にアメリカに移り、（東洋文明の中心としての）日本独特の文明が日本に完成する時である。〉

石原は「日米戦争は必至」と予言していたのである。無論、石原の「日米最終決戦論」は、西洋文明の覇者のアメリカと東洋文明の覇者の日本が世界の頂点を賭《か》けて最終決戦に突入するというもので、アメリカなどの石油禁輸に追い詰められて「自存自衛」の戦争に踏み切った日本の現実とは大きく異なる。しかし当時の日本軍では全くと言っていいほど対米戦が想定されていなかったことを考えると、「飛行機をもってする殲滅戦争」とまで対米戦の可能性を正確に言い当てていた石原の洞察力には驚嘆せざるを得ない。

そして石原は、日米決戦に至るまでは消耗持久戦が続き、その間、日本の占領地に駐留する日本軍は現地で自活できるようにしなければならない、「日本内地よりも一厘《りん》も金を出させないという方針の下に戦争をするべきである」と説いた。

そのための資源獲得地として満州を領有しなければならない、延《ひ》いては中国全土を占領しなければならない、というのが石原の満州・中国領有論の骨子であった。日米決戦の前にソ連が出てくる可能性があるが、中国全土を占領しておけばソ連は恐るるに足らず、と石原は豪語した。

〈対露作戦のためには、数個師団にて十分である。全支那を根拠（地）として遺《い》憾《かん》なくこれを利用すれば、二十年でも三十年でも戦争を継続することができるのである。〉

将来に来る「世界最終戦争」の対米戦争に備えるために満州を領有しなければならないと聞いた木曜会のメンバーの多くは昂奮《こうふん》状態となり、「満州を取る！　その次にはシベリアも取る！」と気炎を上げた。この場には陸軍省軍務局軍事課課員の東條英機の姿もあった。二カ月後の木曜会第五回会合では、東條の提起によって「帝国自存の為、満蒙に完全なる政治的権力を確立するを要す」という決議がなされた。エリート中堅将校の間では、満州占領は既定の方針となり、木曜会のメンバーがそれぞれ軍を動かせる「責任位置に上りし時」、満州占領という「結論を具体化してこれを実行に移す」と盟約したのである。

その年の十月、張作霖爆殺事件の関与者が更迭《こうてつ》された人事異動で、石原が関東軍作戦参謀に就任することになった。木曜会のメンバーは「石原が関東軍に行くなら、満州領有を実現する日はずっと早まる」と色めき立った。石原本人も壮行会で「今度私の在任中に必ず満州をごっそり頂戴《ちょうだい》して御覧に入れます」と挨拶《あいさつ》するほど自信を漲《みなぎ》らせていた。

関東軍でも石原の満州領有論は熱烈に迎え入れられた。石原は将兵たちを前にして講義を行い、石原の先輩で階級が上の板垣征四郎もすっかり石原の信奉者になった。

「どうもああいう大臣では困る」

石原と板垣は早速、満州占領を実現するための同志を探し始めた。そして奉天特務機関補佐官の花谷正《はなやただし》少佐、奉天憲兵隊長の三谷清少佐、張学良軍事顧問補佐官の今田新太郎大尉、奉天独立守備隊中隊長の川島正、小野正雄の両大尉など十数名が謀議に参加した。張作霖爆殺事件の処罰で退役させられた河本大作は、中国に居残って資金集めに奔走した。

昭和四年七月頃から、奉天特務機関、旅順偕行社《かいこうしゃ》などに週一、二回のペースで集まり、二年近くを費やした昭和六年の春頃、柳条湖での満鉄線路爆破を口火とする満州事変の作戦計画が完成した。「九月下旬に決行する」と石原たちは腹を括《くく》り、関東軍司令官や参謀長には決して計画を打ち明けなかった。

しかし、八月に中村大尉殺害事件が発覚したことで急遽《きゅうきょ》、計画変更を検討せざるを得なくなった。戦闘地域ではない外国の地で現役の参謀本部将校が殺害されたのは前代未聞の事件であったため、関東軍司令部に「ただちに決起すべし！」と殺気立った空気が充満したのだ。ここで武力発動となれば、石原たちは柳条湖で謀略を企てる必要がなくなる。

関東軍司令部は実力捜索を行うべく、歩砲連合部隊の装甲列車を準備して、本国の陸軍中央にこう打電した。

〈軍部の威信を中外に顕揚《けんよう》して国民の期待に応《こた》へ、満蒙問題解決の端緒たらしむる為絶好の機会なり。〉

だが、陸軍中央は、関東軍の意見具申を認めなかった。陸軍大臣の南次郎《みなみじろう》大将が外務大臣の幣原喜重郎と協議した結果、中村大尉殺害事件については外務省が中国側と交渉を進めると決定したのである。
関東軍の独走を牽制《けんせい》するため、幣原はこのような訓令を発した。

〈本件を以て満蒙問題解決の契機となすことなく、又調査の為我兵力を使用することなし。〉

以来、中村大尉殺害事件の対応で、関東軍は完全に蚊帳《かや》の外に置かれた。ところが中国は外務省に対して不遜《ふそん》な態度を取り続けた。事件発覚後の八月十一日、奉天総領事の林久治郎は事実の承認、謝罪、責任者の処罰などを中国側に要求したが、奉天省長の臧式毅は「我々で調査を行いましたが、我が兵が中村大尉を殺害したという情報は事実無根であり、日本人の捏造《ねつぞう》と判明しました」と事件を全面否認したのである。

この交渉決裂に対して関東軍司令部内で最も激怒したのは、石原莞爾であった。翌日に石原は、木曜会の座長格である陸軍省軍務局軍事課長の永田鉄山《ながたてつざん》大佐宛てに強硬な抗議文を送った。

非常に長いこの手紙の中で石原は、「中村大尉事件は軍部主導で、満蒙問題を解決する第一歩となり得た」と主張し、「外務省の厳重抗議により迅速に事が解決するというのは空想に過ぎない」「もしそのようなことが可能なら、数百の未決事件が総領事の机上に山積するわけがない」「今日の満蒙問題なるものは外交交渉が無力であることから生じたものである」といった痛烈な外務省批判を展開した。そして「満蒙問題の解決は関東軍に任せてほしい」と要望を突きつけ、最後にこう締め括った。

〈若《も》し第一線の人物を信頼し難き時は、速《すみやか》に適当の人物を配置せらるること満蒙の形勢上目下第一の急務と存じ候。生等《せいら》徒《いたず》らに現在置に恋々たるものに御座無く候〉

つまり我々を信用できないなら即座に更迭せよと石原は陸軍中央に迫ったのだ。この抗議文が影響したのかどうかは定かでないが、八月二十四日、遂に陸軍中央が武力行使の方向に動き始めた。「中村事件に関する処理案」をまとめた陸軍大臣の南次郎はそれを外務省に送付し、中国側があくまで殺害を否認する場合は「洮南《とうなん》の占領」を目的とした関東軍の出兵を断行すると伝えたのである。

しかし、南陸相は、一ヵ月も経たぬうちに腰砕けとなった。張作霖爆殺事件の時から関東軍の暴走を懸念していた天皇が、九月十一日、宮中に参内《さんだい》した南にこう申し渡したのだ。

「万宝山事件といい、中村大尉事件といい、まことに困ったことであるが複雑な事情もあろう。よくそれを究明しなければならない。すべて非は向こうにあるという態度で臨んでいては円満な解決はできない。とにかく軍紀《ぐんき》を厳重に守るように。明治天皇のつくった軍隊に間違いが起こっては申し訳ない」

南は平身低頭で「ごもっともです」と返答した。

翌日には天皇の側近である元老《げんろう》の西園寺《さいおんじ》公望《きんもち》が南を厳しく叱責《しっせき》した。

「満蒙といえども支那の領土である以上、こと外交に関しては、すべて外務大臣に一任すべきものであって、軍が先走ってとやかく言うことは甚《はなは》だけしからん話である。閣下の如きは、輔弼《ほひつ》の責任上、また軍の首長として、充分慎重な態度をもってこれを取り締まるべきである」

神妙な表情で、南はこう答えた。

「実は総理からもたびたび叱言《こごと》を食らい、陛下からも御注意があり、まことに恐縮千万であります。一々御尤《ごもっと》もであります。責任をもって充分注意を致します」

西園寺の私設秘書だった原田《はらだ》熊雄《くまお》の日記（戦後に『西園寺公と政局』と題して出版）によれば、南陸相が帰ったあと、西園寺は原田に「まるで暖簾《のれん》に腕押しのようで、どうもああいう大臣では困る」と漏らし、「ただいま甘酒を飲んで参りました、というふうな顔をしてしきりに述べ立てていたが、どうも実に頼りのないこと夥《おびただ》しい」と呆《あき》れていたという。

西園寺の感想は的を射ていた。以後、状況が緊迫するにつれ、南陸相の〝頼りなさ〟がすこぶる顕著になっていく。

鉛筆くじやジャンケンで満州事変は決められた

三日後の九月十五日、外務省が関東軍の武力行使の動きを察知した。奉天総領事の林久治郎から「関東軍が軍隊の集結を行い、弾薬資材を持ち出し、近く軍事行動を起こす形勢がある」と知らされた幣原外相は、血相を変えて南陸相に猛抗議を行った。「かくの如くは国際協調を基本とする若槻内閣の外交政策を根底より覆すもので、断じて黙過《もっか》するわけにはいかない！」

南はおろおろと狼狽《ろうばい》するばかりだった。

即刻、陸軍中央で関東軍対策の会議が開かれ、「特使を満州に送って、決起を中止させよう」との結論に達し、特使に指名された参謀本部作戦部長の建川美次《たてかわよしつぐ》少将がその日の夜、南陸相の信書を携行して満州に出発した。だが、陸軍中央の石原たちの同志が、即座に三本の電報を板垣宛てに送信した。

「事暴かれたり、ただちに決行すべし」

「建川奉天着前に決行すべし」

「内地は心配に及ばん、決行すべし」

決行日を九月二十八日に定めていた石原たちは、この電報に慌てふためいた。即座に決行するか否か——奉天特務機関に集まった首謀者たちの意見は割れ、喧々囂々《けんけんごうごう》の議論が始まった。

首謀者のうち三谷清と川島正へのヒアリングを行って柳条湖事件を綿密に再現した『太平洋戦争への道　開戦外交史　1　満州事変前夜』（日本国際政治学会　太平洋戦争原因研究部編）には、石原があたふたする様子が描かれている。


〈石原ははじめにことさら「お前たちはどうするか」と聞いたという。午前二時ごろになり鉛筆をたててくじをやった結果、ようやく中止と決定され、特務機関に集った三谷・今田と川島・小野両大尉などは、悲壮な気持ちで散会したが、十六日朝になって瀋陽館《しんようかん》にいる石原から三谷に電話があり、三谷が飛んで行くと、石原は（尖兵《せんぺい》となる）守備隊がやる気があるならやろうと改めて語ったという。早速、今田を呼び、川島中隊長に実行の責任を分担させることになったが、板垣の「そうか、やろうではないか」との一言でついに決行にきまったという。

今田は十六日早朝二時に特務機関の会議が散会したあとも「建川に会ったあと

で決めよう」という花谷に反対し、「建川に会ったりして気勢をそがれぬ前にぜひ決行したい」といいつづけていた。今田は石原に呼ばれ決行と聞いて躍《おど》りあがった。早速（尖兵の独立守備隊を指揮する）川島が呼ばれて、なるべく早くやるよう、十七日までには決行せよと求められたが、準備が間に合いかねて結局十八日に決行することになった。〉

この段階でも「建川に会ったあとで決めよう」と慎重な態度を変えていなかったのは花谷正だけであったが、石原は「花谷を説得しろ」と今田に命じたという。戦後に発表された花谷の回想録『満州事変はこうして計画された』（『別冊知性』昭和三十一年十二月号）の中には、今田が粘りに粘って花谷を翻意させる場面が描かれている。

〈決行するかどうかをめぐつて議論は沸騰し、私は「建川がどんな命令を持つて来るか分らぬ。もし天皇の命令でも持つて来たら我々は逆臣になる。それでも決行する勇気があるか。ともかく建川に会つた上でどうするか決めようではないか」と主張したが、今田は「今度の計画はもうあちこちに洩《も》れている。建川に会つたりして気勢を削《そ》がれぬ前に是非とも決行しよう」と息まいて激論果しなくとうとうジャンケンをやつて、一応私の意見に従うことになつた。ところが翌日になつて今田が私の所へやつて来て、「どうしても建川が来る前にやろう」と云う。私は「東京と歯車を合わせてやつた方が得策だ」と説いたが、何としても今田が云うことを聞かぬのでとうとう私も同意して「建川の方は僕が身を以《も》って説得しよう」と約束して十八日夜決行を決めた。それから先ず小島を呼び、川島、名倉を呼んで「十八日にしたぞ。お前達の大隊はどんどんやつて奉天城を一晩で取るんだ。川島は北大営を取りさえすればいい」と云い渡し、現場付近のゲリラ隊である和田勁等にも連絡して準備をととのえた。〉

こうして首謀者全員が堅く実行の意志をかためたのである。

それにしても、満州事変を勃発《ぼっぱつ》させるか否かの瀬戸際で鉛筆くじやジャンケンをやっていたという証言には唖然《あぜん》とするほかない。満州事変が招いた結果の重大性を考えると、この低次元の討議の様子はあまりにも信じ難いが、これが厳然たる史実なのだ。

結局、石原たちは決行前に建川と対峙《たいじ》することになった。鉄道を乗り継いでやって来た建川は九月十八日の昼に奉天駅に到着したのだ。

デタラメだった奉天からの戦況報告

有言実行で花谷が建川の説得役を買って出た。建川を料亭に連れていき、本心を探りながら決起を認めさせようとしたのだ。

花谷の回想録には、建川の酒席の様子がこう記されている。

〈建川を菊文（奉天にあった料亭）に送り込んだ私は、浴衣《ゆかた》に着かえた建川と酒を飲みながら、暗に彼の意向を探つた。酒好きの建川は、風貌《ふうぼう》からしても悠揚《ゆうよう》迫らざる豪傑である。にも拘らず、頭は緻密《ちみつ》で勘が良い。私の云うことは大体覚つたようだがまさか今晩やるとは思わなかつたようだ。しかし止める気がないことは、どうやらはつきりした。いい加減の所でいい機嫌になつている建川を放り出して特務機関に帰つた。〉

もともと建川は出発前から石原たちの決起に賛同していたため、早々に酔っぱらって中止の説得をあえて行わなかったのである。

予定通りにこの日の午後十時二十分、奉天独立守備隊の河本末守中尉が柳条湖の満鉄線路を爆破し、爆音を合図にして、あらかじめ北大営北方の文官屯で「夜間演習」を行っていた川島大尉率いる独立守備歩兵第二大隊第三中隊が北大営への攻撃を開始した。奉天特務機関で待機していた板垣征四郎は「満鉄線爆破」の報告を受けると同時に、関東軍司令官・本庄繁《ほんじようしげる》中将の許可を得ずに司令官名で攻撃命令を発動し、「満鉄線爆破は中国軍の仕業」と信じ込んだ奉天駐留の関東軍部隊が続々と北大営、東大営、奉天城などに集結した。

本庄本人はその時、奉天の状況を露知らず、画家のアトリエで出来あがったばかりの自分の肖像画を見学し、御満悦で旅順の官邸に戻ったところであった。午後十一時頃、板垣から電話が入り、「日支両軍が奉天で衝突し、独断で出兵を命じた」と急報を受けた本庄は、ただちに参謀たちを召集した。和服の着流しのまま参謀たちが駆けつける中、石原莞爾だけは軍服姿で現れ、他の参謀に「和服などで何だ」と冗談めかして言うほど余裕を持っていた。

討議の最中、奉天から続々と戦況報告が届き、すべてが「関東軍の苦戦」を伝える内容であった。石原はあらかじめ用意していた司令官の命令案を提示して、「全関東軍が出動して全面的な軍事行動に入るべきです」と本庄に迫った。三宅光治《みやけみつはる》参謀長以下、全参謀が石原に賛同した。彼らは謀略にうすうす気づいていたが、二度目の謀略が発覚したら今度こそ日本は満州から総撤退を余儀なくされると危機感を抱き、謀略を隠蔽《いんぺい》するためにも全面的な軍事行動に邁進《まいしん》するしかないと考えていたのである。

しかし、同様に謀略を察していた本庄司令官は、「全軍を出動させる情勢ではない」と孤軍奮闘していた。この間も「関東軍の苦戦」が夥《おびただ》しく伝えられ、十九日午前零時半、次の戦況報告が入った。

〈虎石台《こせきだい》中隊（川島大尉の部隊）は十一時過ぎ北大営にある敵兵五、六百と交戦中にしてその一角を占領するも、敵は機関銃、歩兵砲を増加しつつあり、中隊は苦戦中、野田中尉重傷せり。〉

本庄は目を閉じて五分ばかり沈思黙考し、カッと目を見開いた瞬間、毅然《きぜん》たる声で号令を発した。

「よろしい、本職の責任においてやろう。全線全関東軍出動、東北軍攻撃！」

こうして本庄司令官は見事に騙《だま》されたのである。奉天からの戦況報告はすべてデタラメであった。本庄に攻撃命令の決断を促すため板垣が「苦戦中」を鮮烈にアピールする報告文を偽造していたのだ。

現実には奉天で、日中両軍の武力衝突は起こっていなかった。張学良が東北軍に対して「日本軍が攻撃を仕掛けてきても反撃してはならない」と厳命を下し、東北軍は無抵抗を貫いていたのである。

張学良は蒋介石の無抵抗の命令を受け容れた

当時の張学良は、総司令の蒋介石に継ぐ中国軍ナンバー2の地位にいた。彼が蒋介石の信頼を勝ち得たのは、再び内乱状態に陥っていた中国政府において蒋への忠誠を堅持していたからだ。張学良は蒋の右腕として反蒋派の連合軍を討伐し、その功績として中国陸海空軍副司令官の地位を与えられたのである。

蒋介石と張学良は、「掃共戦」にも乗り出した。毛沢東率いる中国共産党が農村地域を拠点として急速に勢力を広げ、共産党の軍隊「中国工農紅軍」が各地で蜂起《ほうき》していたのだ。

昭和六年七月、蒋介石は「安内攘外《あんないじょうがい》（内を安んじ、外を攘《はら》う）」というスローガンを表明し、当面は内戦に専念して国内安定をはかり、その後に外国勢力を追い払うと宣言した。そして蒋介石と張学良が内戦に忙殺されていたとき中村大尉殺害事件が起こり、蒋は次のような電報を張に送って日本軍への無抵抗を指示した。

「今後日本軍が東北で、どのような挑発を行おうとも、わが方は抵抗せずつとめて衝突を避けるべきであって、貴兄においては一時の怒りにかられて、国家民族を顧みない態度をとられないように」

蒋介石には、中国側が無抵抗でいれば日本軍は戦線を拡大しないという読みがあった。北伐の途上の山東省済南で関東軍と初めて交戦した経験を教訓にしたと言われる。

関東軍のあまりの強さに驚嘆した蔣介石は、国民革命軍に無抵抗を命じて一斉に攻撃を中止させた。すると関東軍も規律正しくぴたりと進撃を止め、済南のみの占領で停戦し、無抵抗が功を奏したのだ。この経験が蔣介石の日本軍への印象を決定づけたのである。

蔣介石に忠誠を誓っている張学良は、無抵抗の命令を受け入れた。当時の関東軍の総兵力は一万人強であったのに対し、東北軍の総兵力は約四十五万人（正規軍二十七万人、非正規兵十八万人）であり、全面戦争になっても東北軍が圧倒的に有利であったが、張は九月六日の時点で東北軍の各部隊に「日本軍が攻めてきても決して反撃してはならぬ」と厳命したのだ。

それから十二日後に満州事変が勃発したとき、張学良は反蔣派の討伐のため主力部隊の十二万人を率いて北平にいた。しかも当時、張はチフスを患って入院していたので、「日本軍、北大営を攻撃」という報告を受けても奉天に戻れなかった。さすがにこの時は、本当に無抵抗でいいのかどうか迷ったらしく、張は南京の蔣介石邸に電話をかけてアドバイスを求めている。

張学良の機密秘書だった郭維城は、こう証言する。

「（張学良は）一夜の間に十数回も南京の蔣介石に電話して、事態の処理方法につき指示を求めたが、蔣介石は何事もなかったかのようにその都度平然と受け答えして、抵抗は許さない、銃を立てて、倉庫に鍵《かぎ》をかけ、全部点検して日本軍に引き渡すよう指示した」（易顕石ほか『九・一八事変史　中国側から見た「満洲事変」』より）

この蔣介石の指示はそのまま、張学良から北大営の守備隊長に電話で伝えられた。爆破音を合図にして北大営に突撃した日本兵はわずか百五人であったのに対し、北大営を守備している東北軍第七旅団は約六千八百人であった。いくら不意を突かれたとはいえ、東北軍が本格的な反撃に出ていれば関東軍は緒戦で鎮圧されていたかもしれない。だが旅団長の王以哲は、反撃態勢を取っていた中国兵に対し、「抵抗してはならぬ。動くな。銃は銃器庫に入れ、身命を挺《てい》して国家のために犠牲となれ」と発令したのだ。

東北軍は約三百人の兵士が殺害されながらも無抵抗を貫き、大半の兵士を営外に退却させ、最大の兵営を関東軍にやすやすと明け渡した。関東軍の損傷は、突入直後の中国兵の反撃によって二名が戦死しただけである。

さらに本庄司令官の攻撃命令を受け、奉天の満鉄付属地に駐留していた関東軍部隊は、密《ひそ》かに日本から運び込んでいた二門の榴弾砲《りゅうだんほう》（四十五式二十四センチ）を持ちだして奉天城に向かった。遼寧《りょうねい》省政府、東北軍総司令部、張学良邸が設けられている奉天城内は満州の統治機構の心臓部であり、堅強に要塞化《ようさいか》されたこの城を陥落させることが石原の立案した初動作戦の大目標であった。

約二百キロの砲弾を十キロ先に撃ち込むことができる榴弾砲で、関東軍は奉天城に集中砲撃を浴びせた。東北軍は最重要拠点が破壊されているにもかかわらず、全く反撃を行わなかった。いやそれどころか、銃剣を構えて突撃態勢を取っている関東軍を前にして、東北軍自ら城門を開け、無抵抗の意思表示を行ったのである。敵の本丸に無血入城を果たした関東軍は、あまりにも呆気《あっけ》なく奉天占領に成功したのだ。

翌十九日、関東軍の攻撃範囲は、「満鉄線の保護」を口実にして沿線の各都市に拡大された。東北軍は相変わらず無抵抗を続けていたので、関東軍はあたかも軍事演習のような軽快さで進軍していき、戦闘なしで営口《えいこう》・鳳凰城《ほうおうじょう》・安東《あんとう》などを迅速に占領した。満鉄線北端の大都市・長春《ちょうしゅん》では東北軍の一部が無抵抗の命令に従わずに関東軍と交戦したが、数時間の局地的な戦闘でしかなく、後に満州国の首都となる長春も十九日夜に征圧された。

朝鮮軍派兵への次なる謀略

無抵抗を厳命した蔣介石にとって、関東軍の全部隊が一斉蜂起したことは大誤算であった。にもかかわらず、蔣は無抵抗主義を取り止めなかった。幣原喜重郎を外相に擁している若槻内閣が軍部を止めてくれると期待したからである。

中国政府は再三にわたり日本領事館に電話をかけ、「中国軍は無抵抗主義で行くから、日本軍の攻撃を即時停止してもらいたい」と懇願した。奉天総領事の林久治郎はこの中国側の要請を極秘電で外務省に伝え、さらに独自調査に基づいて「今事件の原因に付ては陸軍側の所報に疑の余地多き……」と関東軍の謀略疑惑を幣原外相に打電した。

十九日午前十時から若槻内閣の緊急閣議が開かれた。最初に南陸相が関東軍の蜂起について「正当防衛」と説明したが、直後に幣原外相は奉天総領事館が収集した情報を朗読し、断定はしなかったものの、今回の事変は軍部が計画的に起こしたものという憶測を披瀝《ひれき》した。

若槻首相は南陸相を睨《にら》みつけ、こう迫った。

「果たして原因は、支那兵がレールを破壊し、これを防御せんとした守備兵に対して攻撃してきたから起こったのであるか！　すなわち正当防御であるか！　もし然《しか》らずして、日本軍の陰謀的行為としたならば、我が国の世界における立場はどうするか！」

南陸相は黙りこくっていた。実はこの閣議において南は、朝鮮軍（日本の領土だった朝鮮駐留の日本軍）の満州派遣を提案する予定であった。これは南の強い意思ではなく、関東軍の決起を支持する陸軍参謀たちが優柔不断な南の背中を押したのである。

しかし目前で幣原外相に謀略疑惑を指摘され、若槻首相には厳しく詰問され、南は朝鮮軍派兵を口にする勇気をすっかり失った。

若槻は執拗《しつよう》に南に迫った。

「関東軍の今回の行動は支那軍の暴戻《ぼうれい》に対し、真に軍の自衛のためにとった行動なのか！　かく信じていいのか！」

南は顔を引きつらせ、「もとより然り」と首を縦に振った。

結局この閣議では戦線の不拡大方針が決定され、若槻首相は関東軍にその方針を伝えるよう南陸相に指示した。

奉天に出動していた本庄司令官宛てに、南陸相から次のような訓令が届いた。

〈今回の日支兵衝突事件に関し帝国政府は、支那兵が満鉄線路を破壊せるに起因せるものにして、その非はもとより彼に存するも、事態を拡大せざるよう極力努力することに方針確定せり。右お含みの上行動ありたし。〉

本庄は激しく動揺して、停戦命令を全部隊に出そうとしたが、関東軍参謀長の三宅光治を筆頭に参謀たちが一丸となって猛反対した。陸軍中央でも不拡大方針に対する批判が中堅幕僚から噴出し、南陸相では抑えがきかなくなっていた。

朝鮮ではすでに一万人以上の兵士が新義州《しんぎしゅう》に集結し、国境線の鴨緑江《おうりょっこう》を渡る準備を終えていた。石原莞爾は事前に朝鮮軍作戦参謀・神田正種少佐に陰謀計画を打ち明け、朝鮮軍派兵について打ち合わせ済みだったのである。広大な満州全土を占領するには一万人強の関東軍だけでは不可能であり、もし朝鮮軍派兵が中止となれば石原たちの計画はご破算だった。

だが、朝鮮軍が国境を越えるには、非常に高いハードルがあった。前述したように国外出兵の場合は、内閣の閣議決定を経て天皇の裁可を仰ぎ、天皇の名において出される「奉勅命令《ほうちょくめいれい》」の発令が必須《ひっす》であった。この手続きを踏まずに司令官の独断で国外出兵が行われた例は日本軍になかったが、もし行った場合は天皇の統帥権を侵害する「統帥権干犯《かんぱん》」と見なされ、陸軍刑法で死刑に処せられるのは確実だった。

陸軍参謀総長の金谷範三《かなやはんぞう》大将は、今にも独断越境するかのような攻撃的姿勢を見せている朝鮮軍司令官・林銑十郎《はやしせんじゅうろう》中将に対し、独断で国境を越えて関東軍を援護した場合は「統帥権干犯の恐れあり」として「奉勅命令下達まで見合わされたし」と訓令を発した。だが、朝鮮軍が国境で足止めを食らっている間に、石原たちは朝鮮軍の越境出兵を正当化する作戦計画を急いで練り直していたのである。

彼らが目を付けたのは満州東南部の吉林《きつりん》の日本人街であった。吉林は満鉄線北端の長春から百キロほど離れ、満鉄付属地ではなかったが、日本人が多く住んでコミュニティーを築いていた。この日本人街で関東軍兵士に破壊工作を行わせて「中国人の仕業」に見せかけ、「吉林の日本人居留民の保護」を理由に奉天駐留の関東軍部隊を吉林に移動させる。その結果、奉天の守備が手薄になるため、「奉天守備の強化」を理由に朝鮮軍の越境増援を要請する――。

石原と板垣はまたしても謀略を駆使して膠着《こうちゃく》状態の突破を図ろうとしたのだ。

朝鮮軍部隊、北上開始

九月二十日、大迫通貞《おおさこみちさだ》中佐率いる謀略グループが吉林の日本人街を爆弾や拳銃《けんじゅう》で襲撃し、日本人居留民を恐怖の底に突き落とした。さらに大迫は吉林居留民会の会長に関東軍司令官宛ての派兵要請の電報を送らせた。

〈吉林の情勢急迫し、既に居留民の家宅に発砲せるものあり。因《よっ》て一部女子の避難を行ったが、残留者の多くは引揚げ不能なだけでなく危険は刻々迫りつつあり。至急完全な現地保護の途を講ぜられることを懇請す。〉

関東軍の参謀たちはこの電報を示して、本庄司令官に吉林出兵の決断を迫った。だが、本庄は頑として首を縦に振らなかった。

前日までに占領した奉天や長春などの満鉄線沿線の都市は、条約上、関東軍の駐留権が認められ、司令官の独断で派兵できる地域であった。また、関東軍司令部条例では、「満鉄線の保護」という理由があれば司令官は独断で武力発動できる権限を持っていた。しかし満鉄線沿線ではない吉林には当然、駐留権も武力発動権もなく、吉林出兵は「国外出兵」に該当し、奉勅命令が必須であった。朝鮮軍の越境と同様に、司令官の独断で吉林出兵を行えば統帥権干犯に問われる可能性が大きく、自らの命と引き換えにするという覚悟がなければ吉林出兵は決断できなかったのだ。

「沢庵石《たくあんいし》」と綽名《あだな》されていた頑固者の本庄は、全参謀が説得に掛かっても梃子《てこ》でも動かなかったが、最後まで粘り強く本庄に対峙《たいじ》したのは、板垣征四郎であった。深夜まで二人きりで議論を続け、遂に本庄が折れ、二十一日午前三時に吉林出兵が発令されたのだ。作戦立案の張本人である石原は、板垣に説得役を任せて宿舎で熟睡していたが、板垣はご満悦で宿舎に戻って石原を起こし、「おい、済んだぞ！」と声を掛けた。

午前六時、参謀本部作戦部長の建川美次から陸軍中央に関東軍の吉林出兵が報告された。

〈軍司令官が吉林派兵に決せられたのは欣快《きんかい》の至りである。ただし兵力不十分で

不時の事変に応ずる力が乏しいのを恐れる。朝鮮軍の派遣を決行せられることをねがう。〉

陰謀計画を中止させるため満州に派遣された建川は、石原たちの満州占領計画にすっかり心酔し、陸軍中央に対する石原たちの代弁者になっていたのだ。

南陸相と金谷参謀総長は頭を抱えた。すでに吉林出兵から三時間が経過しており、これから本庄司令官を説得して出兵中止を決断させるのは至極困難であった。そして朝鮮軍も関東軍の行動に触発され、独断越境に踏み切る可能性が非常に高まっていた。

南と金谷は、朝鮮軍の越境出兵については身命を賭《と》して天皇と内閣の承認を得なければならぬと腹を括《くく》った。

二十一日も午前十時から閣議が開かれた。まず南は、関東軍が独断で吉林出兵を開始したことを報告し、閣議の追認を要請したが、全閣僚が吉林出兵に反対意見を述べた。しかし南は引き下がらず、吉林の日本人居留民が危険に晒《さら》されていると強調し、「吉林以外には兵を派遣せず」という約束のもとでようやく閣議の追認を得た。

続いて南が「朝鮮からの増兵を要す」と提案すると、幣原外相はもとより大蔵大臣の井上準之助《いのうえじゅんのすけ》なども強硬な反対論を説き、閣内で激論となった。南は懸命に意見を戦わせたがその努力も空しく、「朝鮮軍派兵は不要」という閣議の流れは決定的となった。

と、閣議終了三十分前の午後三時半、金谷参謀総長が息せき切って閣議の場に参上し、南陸相になにやら耳打ちして電報文を手渡すと、さっと目を通した南は顔をこわばらせて深く溜息《ためいき》をついた。

それは午後三時二十二分に、朝鮮軍司令官の林銑十郎から金谷参謀総長宛てに届いた電報であった。新義州で閣議決定の報告を今や遅しと待っていた林は、五時間以上が経過しても参謀本部から連絡が入らないため、「もはや奉勅命令の伝宣はなかろう」と判断し、独断越境の決意を固め、金谷に電報を送信したのである。

林の電報の文面にはその決意の程がみなぎっている。

〈関東軍は吉林方面に行動を開始するに至り、著しく兵力の不足を訴え、朝鮮軍の増援を望むこと切なる重ねての要求を接受し、義において忍びず、在新義州・混成旅団を越江、出動せしむることとせり。かねての命令を奉ずることをえざる結果に陥れしことについては、誠に恐懼《きょうく》に堪えず。〉

林司令官の出動命令により、一万人以上の朝鮮軍部隊が鴨緑江を渡って対岸の安東

（現在の丹東《たんとう》）に入り、奉天めざして北上を開始した。

南陸相はただちに閣議の場で朝鮮軍の独断越境を報告し、追認の閣議決定を要望した。だが、閣僚全員から激しく非難を浴び、南は針のむしろに座っているような状態となった。

この閣議の様子について幣原喜重郎は、戦後の回顧録『外交五十年』でこう回想している。


〈元来国外に兵を動かすことは、すこぶる重大で、あらかじめ陛下の御裁可を必要とすることである。この手続きを経ないで、政府の全くあずかり知らぬうちに勝手に出動したのだから、これが大問題となった。閣議の席上、若槻首相をはじめ、井上準之助なども、非常に憤慨していた。〉


閣議は追認を却下し、予定通り午後四時で終了した。南陸相と金谷参謀総長は最後の手段として「帷幄上奏《いあくじょうそう》」を行った。帷幄上奏とは、内閣を通さずに天皇に直接上奏することを言う。天皇直隷の陸軍参謀総長と海軍軍令部長だけに許された特権であった。

だが、天皇は、午後六時に参内した金谷に対し、追認の奉勅命令を授けることはなかった。もともと満州での武力行使を否定していた天皇は、満州事変の勃発《ぼっぱつ》後、若槻内閣の不拡大方針を支持していたのである。

若槻、転向す

翌二十二日の早朝にも金谷は参内して二度目の帷幄上奏を試みようとしたが、侍従武官の奈良武次中将から謁見を断られたうえに、「内閣の承認がない限り、允許《いんきょ》の見込みはないですぞ」と忠告され、もはや絶望的な心境ですごすごと皇居を後にした。

天皇は金谷と入れ違いで参内した若槻首相に対し、「事態を拡大せぬという政府の決定した方針は、自分も至極妥当と思うから、その趣旨を徹底するように努力せよ」と言い渡した。ところがこの直後、若槻首相は電撃的に、朝鮮軍の独断越境を追認するのである。

午前十時からの閣議で南陸相が改めて追認を要望すると、前日に怒りをあらわにしていた若槻が一転して南に理解を示し、「すでに出てしまった以上、致し方ないではないか」と追認の姿勢を明らかにしたのだ。

いったい若槻に何が起こったのであろうか。戦後の回顧録『明治・大正・昭和政界秘史』の中で、若槻は朝鮮軍の独断越境の追認についてこう書き記している。

〈出兵しないうちならとにかく、出兵した後にその経費を出さなければ、兵は一日も存在できない、食うものもないことになる。それならこれを引き揚げるとすれば、一個師団ぐらいの兵力で、満州軍が非常な冒険をしているので、絶滅されるようなことになるかもしれん。だからいったん兵を出した以上、その経費を支出しないといえば、南や金谷が困るばかりでなく、日本の居留民たちまで、ひどい目に遭うに違いない。〉

つまり若槻首相は、朝鮮軍への経費支出は認めなければならないと判断したのである。

膨大な経費が掛かる国外出兵は、必ず閣議で出兵予算が決められ、それに基づいて派遣部隊に経費が支出され、食糧や弾薬が兵士に行き届くという慣例になっていた。しかし、司令官の独断で国外出兵した場合は、政府の承認を得ていないのであるから当然、閣議で出兵予算を決められていない。部隊への経費支出もなく、兵士への補給もない。

零下三十度以下の厳冬を迎える満州を進軍するうちに、一万人以上の朝鮮軍が飢餓に苦しむようになるのは明らかだった。関東軍の本庄司令官は陸軍中央への朝鮮軍増派要請の際、朝鮮軍の経費は満州で調達できるとしていたが、現実には兵士が二倍に急増するのであり、長期の物資補給に耐えられるはずがなく、関東軍と朝鮮軍が共倒れになる可能性もあった。そうなれば、兵士が餓死したり、馬賊に襲撃されたり、暴徒化して中国市民から食糧を略奪するといった事態も十分に考えられた。

若槻首相が最も恐れたのは、自らが国家の正規軍として認めなかった朝鮮軍が文字通り「無法の兵」として自滅することであったのだ。

喧々囂々《けんけんごうごう》の議論が六時間も続いた前日の閣議とは打って変わり、二十二日の閣議は非常に静かであった。独断越境を追認する若槻の姿勢が明らかにされてから、閣僚たちはほとんど意見を述べず、全員が首相の意見におとなしく従った。幣原外相でさえ戦線不拡大という錦《にしき》の御旗《みはた》を降ろし、若槻の追認方針を受諾したのである。そしてこの日の閣議は、次の二つの事項を決定して散会となった。

一、すでに出動せるものなるを以《もっ》て、閣僚全員その事実を認む。

二、右事実を認めたる以上、これに要する経費を支出す。

閣議の後、若槻首相はすぐに参内して、「政府は朝鮮軍派兵の経費を支弁する考えであります」と上奏した。天皇は「やむを得ない」と承諾し、若槻につづいて参内した南陸相と金谷参謀総長に対し、「この度は致し方なきも将来充分に注意せよ」と訓示したうえで、朝鮮軍の独断越境を追認する奉勅命令を授けたのである。

南と金谷は心底、胸をなでおろしたことだろう。陸軍全体が歓喜の渦に包まれ、「政府が朝鮮軍の出兵経費を認めた」「天皇陛下が大命を発せられた」という激励の電報が関東軍と朝鮮軍に次々届き、現地の軍人たちも狂喜乱舞した。彼らにとってみれば満州全土の占領をめざす軍事行動そのものが天皇に承認されたという感覚だったに違いない。新聞各紙も朝鮮軍の独断越境の追認を華々しく報じ、林司令官は「越境将軍」と持ち上げられて国民的英雄になった。

関東軍は俄然《がぜん》勢いに乗った。吉林のみならず、敦化《とんか》、新民屯《しんみんとん》、鄭家屯《ていかとん》とタコ足のように八方に作戦範囲を広げていき、相変わらず東北軍が無抵抗を続けていたため易々と各地を制圧していき、この日のうちに遼河《りょうが》以東の満州南部を占領したのだ。

錦州爆撃で日本政府の国際的信用は失墜した

一方、蔣介石はこの頃、軍部を止められない若槻内閣を見限り、国際連盟に提訴して国際的圧力で日本軍を撤退させる戦法を開始した。

九月十八日に柳条湖事件が起きたとき、スイスのジュネーブでは国際連盟の第十二回総会が開かれていた。日本は常任理事国、中国は非常任理事国として連盟理事会に出席しており、十九日に日本軍の奉天占領の第一報が国際連盟に届いたとき、日中の代表はともに同じ会議のテーブルについていたのである。

中国代表の施肇基《しじょうき》は、「中国側が集めた情報によれば、満鉄線の爆破に中国兵は一切関与しておらず、日本軍の武力発動は正当防衛ではなく侵略行為である」と連盟理事会で主張し、占領地からの即時撤退、原状回復および中国に日本が支払うべき賠償額を連盟理事会で決議してほしいと訴えた。対して日本代表の芳沢謙吉《よしざわけんきち》（当時駐仏大使）は「中国兵こそ今回の事件の責任者である」と反論したうえで、「日本政府は中国に対して戦争に訴うるごときは少しも考えていない」と弁明した。

また、芳沢は「中国側の提訴はいたずらに日本の世論を刺激する結果を生じ、問題の平和的解決を妨げるに過ぎない」として中国代表に提訴の取り下げを迫り、日中政府間の直接交渉を提案した。それに対して施は「領土の広大な部分を軍事占領し、なおかつ外交交渉以外の手段に訴えた国とどうして直接交渉できるのか！」と激しい口調で日本の提案を一蹴《いっしゅう》した。

こうして日中両国の代表は相譲らぬ対決姿勢を示したが、日本以外の常任理事国であるイギリス・フランス・ドイツ・イタリアは当初、日本側を支持する姿勢を示した。日本国内では「軟弱」「弱腰」と非難ごうごうであった幣原外交は、国際的には非常に信頼されていたのである。

また、中国側が提訴した昭和六年九月二十一日はイギリス政府が世界恐慌の深刻化のなかで金本位制を停止した日であった。ヨーロッパ諸国の関心はもっぱら経済問題に集中し、「極東の紛争」に深く介入していく余裕はなかったのである。

そのため九月二十五日に芳沢代表が日本政府の声明として「日本は満州においてなんら領土的欲望を有しない」「日本人居留民の安全が確保されれば、日本軍は自発的に占領地から満鉄付属地内へ撤退する」「日本政府の誠意ある態度を信頼ありたし」と朗読すると、常任理事諸国はいともあっさりとこの声明を認め、イギリス代表のロバート・セシルが「日本政府が軍隊の撤退を約束したのは、誠に喜ぶべきことです」と日本代表に賛辞を送った。

連盟理事会の議長は日本側に「日本軍を占領地から速やかに撤退させること」と勧告したが、特に期限を定めず、「日本の誠意に期待する」という手ぬるい勧告であった。中国側は日本への厳格な措置を求めたが、議長に却下され、逆に「日本軍撤退後の日本人居留民の生命財産を保護すること」という勧告を突きつけられた。

しかし、十月八日、国際連盟に衝撃的な情報が届き、連盟理事会の日本寄りの姿勢は一変した。関東軍の航空隊が遼寧省の大都市・錦州《きんしゅう》を空爆したのだ。

この爆撃計画は石原莞爾が立案し、本庄繁の承認を得て、関東軍司令官命令として実行に移された。本庄は吉林出兵につづき、この錦州爆撃も陸軍大臣と参謀総長に事前に通告することなく、政府の閣議決定と天皇の奉勅命令を受けることもなく、独断専行で発令したのである。

十月七日午後四時、奉天飛行場駐留の独立飛行第十中隊に対し、次のような出撃命令が下された。

一、北平にある張学良指揮下の遼寧省政府は数日来、錦州交通大学において事務を開始せり。遼河以西に散在せる支那軍は、逐次、錦州付近に集中中なり。

二、独立飛行第十中隊は、省政府根拠地覆滅の目的を以て、なしうる限りの機数を以て、省政府官庁および第二十八師兵営を爆撃し、なしうれば大凌河右岸地区における敵の防御設備の写真偵察をなすべし。

この命令書によれば、遼寧省政府があった奉天が関東軍に占領されたため、北平にいる張学良は省政府の仮庁舎を錦州交通大学に設け、遼河以西の東北軍部隊が続々と錦州に集結してきたため、関東軍は省政府の新たな本拠地となった錦州を壊滅させるために爆撃を開始したという。しかしこれは表向きの理由でしかなかった。錦州爆撃の真の狙いは、幣原外交を国際連盟から葬り去ることであったのだ。

「日本は満州においてなんら領土的欲望を有しない」との政府声明が連盟理事会で承認されたことは、関東軍首脳にとって寝耳に水の出来事であった。若槻内閣が朝鮮軍の独断越境を追認した直後のことであり、関東軍首脳は俄然、満州占領への意欲を燃やしていたため、政府声明への怒りは半端ではなかった。

そして関東軍の不屈の決意を国際連盟に強烈にアピールするため、空爆という〝派手な〟攻撃方法が断行されたのである。奉天飛行場から錦州に飛び立った十一機の飛行機は爆弾投下装置を取り付けていなかったので、搭乗員が庁舎や兵営などを狙って窓から手投げで七十五発の二十五キロ爆弾を投下したのだ。

石原の同志である花谷正は前出の回顧録の中で、錦州爆撃をこう振り返っている。

〈政府の弱腰を粉砕するためにやつたのが十月八日の錦州爆撃である。この時は石原自らが小型機に搭乗して錦州の張学良兵営に小型爆弾を投下した。実害は殆《ほと》んどなかつたが、国際連盟に与えたショックは大きかつた。（中略）この爆撃で連盟の日本に対する態度は急に悪化した。我々の狙いは当つた訳だ。〉

花谷の言うように、錦州爆撃によって日本政府の国際的信用は失墜した。連盟理事会では「日本は撤兵の約束を踏みにじった」「自衛という日本の主張は信用できない」

との非難が巻き起こり、期限つき撤退案が日本の反対を押しきって、十三対一で可決されたのである。

国際連盟に加盟していないアメリカも、錦州爆撃をきっかけに対日姿勢を硬化させた。

元来アメリカ政府は満州事変の勃発《ぼっぱつ》後、ヘンリー・スチムソン国務長官の主導で、不拡大方針を掲げている日本政府をできるだけ援助する方針を決めていた。スチムソンも幣原外交を高く評価していたのである。だが、錦州爆撃はスチムソンを激怒させ、アメリカの対日支援方針は撤回された。

スチムソンの対日批判の根拠は、「パリ不戦条約」であった。昭和三年八月にパリで調印された戦争放棄に関する条約である。国際紛争解決や国家政策の手段としての戦争を放棄し、平和的に解決することを定め、アメリカ・イギリス・ドイツ・フランス・イタリア・日本など当時の列強諸国がそろって署名した。スチムソンは「日本はパリ不戦条約を一片の紙くずのように扱った」と憤慨したのだ。

付け加えておくと、スチムソンは太平洋戦争時のアメリカ陸軍長官であり、原爆投下決定に深く関与した人物としてアメリカではよく知られている。「原爆投下によって戦争を早く終わらせ、百万人のアメリカ兵の生命が救われた」とのスチムソン声明は、現在でもアメリカの原爆使用正当化の定説となっている。

「自分の代に大戦争が起こるのであろうか」

錦州爆撃に対する日本国内の反応はどうだったのだろうか。

外務省に報告が入った直後、幣原外相は真っ先に南陸相と金谷参謀総長に電話をかけ、事実確認を行った。しかし、陸軍首脳の二人は錦州爆撃の実情を把握していないどころか、関東軍の言い分をそのまま鵜呑《うの》みにして「正当防衛」を主張したのである。

関東軍は陸軍中央に対し、「（偵察目的の）軍飛行隊をして錦州上空を飛行せしめたるに、敵軍の地上射撃をこうむるに至る。よって飛行隊は八日午後二時前後、同地支那軍隊を襲撃し……」と、正当防衛をデッチ上げる虚偽の報告をしていたのだ。

若槻首相は錦州爆撃の報に接して、原田熊雄にこうこぼした。

「実に陸軍は困ったことをする。陸相に注意すれば、さっそく訓令しましょう、といって引き受けておきながら、出先は出先で勝手なまねをする。なんともどうも致し方ない……」

この発言から若槻の途方に暮れた様子が浮かび上がる。原田の日記によれば、ひたすら「困った」「致し方ない」と言ってばかりで関東軍を止める具体策を講じようとしない若槻首相に原田は「無気力さ」を感じたという。

そして天皇の反応はどうだったかと言えば、関東軍の暴走に対して、もはや諦念《ていねん》を漂わせていたようである。鈴木《すずき》貫太郎《かんたろう》侍従長から錦州爆撃を知らされたとき、天皇は「自分の代に大戦争が起こるのであろうか。それが日本の運命なのか……」と深く嘆息したという。

このような天皇の憂慮を関東軍は歯牙《しが》にも掛けなかった。十一月に入ると黒龍江省の省都・チチハルに進軍し、馬賊出身の馬占山《ばせんざん》軍との激闘を制して、十一月十九日にチチハル一帯を手中に収めた。関東軍の次なる狙いは、錦州占領に定められた。爆撃から一カ月半しか経っておらず、国際連盟やアメリカの関心が錦州に集中している時期に、今度は地上から進撃して錦州一帯を征圧しようという極めて強気な作戦に踏み切ったのだ。

幣原外相は領事館からの電報で関東軍の錦州進軍を知り、震撼《しんかん》した。錦州を走る北《ほく》寧《ねい》鉄道はイギリス資本の鉄道である。関東軍がイギリス権益を危険に晒《さら》すことになれば、イギリス軍が出動して関東軍と武力衝突を起こすという最悪の展開も十分に考えられた。

また、当時幣原は、錦州をめぐる外交交渉を水面下で進めていた。中国側から「今後の衝突を避けんがため、中国は一時的処置として、かつ満州事変の一般的解決をみるまでの間、錦州から山海関まで中国軍を撤退させる用意がある。ただし、日本はこの地域に侵入せず、かつ警察をふくむ中国行政に干渉しないことの満足な誓約を、イギリス、アメリカ、フランス三国に与えることを条件とする」という提案がなされたのだ。

中国の意図は、錦州をめぐる交渉においても日本との直接交渉を拒み、欧米列強を仲介させてその監視下に日本を置きながら交渉を進めていくというものであった。この提案は駐日フランス大使を通じて日本政府に伝えられ、幣原はイギリス、アメリカ、フランスへの誓約を前向きに検討していた。この誓約が日本国内に知れたら、「欧米列強の圧力に屈した」との非難が巻き起こることを幣原は重々承知していたが、錦州爆撃で失墜した日本政府の国際的信用を取り戻すことを彼は最優先に考えていたのである。

しかし、誓約を交わす前に関東軍が錦州に侵攻すれば、この提案は即刻破棄され、米英仏がそろって対日経済制裁を発動するという最悪のシナリオも考えられた。実際、スチムソンは制裁発動を日本政府に示唆していた。米諜報員《ちょうほういん》から「日本軍が新民付近に集結し、錦州進軍の準備をしている」と知らされたスチムソンは、「もし事実であれば、アメリカ政府の忍耐はもはや限界に達するであろう」と在米日本大使に厳重警告を発したのだ。

幣原は錦州進軍の事実確認をするため、急いで南陸相に電話をかけた。だが、相変わらず南と金谷は蚊帳《かや》の外に置かれ、錦州進軍を全く知らずにのんびりしていた。幣原は前出の回顧録でこう書き記している。

〈(電話をかけると)南陸相は箱根かどこかに行って留守であった。その日はたしか土曜日で、翌日は大祭日であったと思う。大臣が帰ったら早速連絡してくれといっておいたら、翌朝帰ったという電話が来た。すぐ訪ねて行って錦州のことを尋ねると、「(関東軍が)錦州へ向かったなどという電報を自分はまだ受け取っておらん。ちょっと待て」といって参謀総長へ電話をかけた。参謀総長も受けておらないという。その時の参謀総長は金谷範三という大将だったが、その電話で、「自分は受けておらんが、よく局長とか課長とかが、自分の責任で電報などを処理しておる。それをすっかり調べてみないと、何をやっているか判らん。すぐ調べて見よう」という返事であった。

その日は大祭日で、夜分に宮中で儀式がある。私はお断りしていたが、南陸相はちゃんと大礼服を着ていて、「僕はこれから賢所《かしこどころ》に出かける。詳しいことは追って参謀総長から、君に連絡する」といって出かけた。私は役所で夜分遅くまで待っていたが、何ともいって来ない。ようやく夜の十一時頃に電話が来た。「どうもさがして見ても、必要な書類が見つからない。なお捜索をつづけておるから、

さらにおしらせします」といった。〉

この後、金谷は再び幣原に電話をかけ、関東軍の言い分をそのまま伝えたという。

「目下、関東軍は新民付近で、満鉄沿線に出没する馬賊掃討を行っております。錦州に進軍する意図は絶対にありません」

そこで幣原もスチムソンに対し、日本は錦州方面への軍事侵攻を行う意志はないと回答したが、関東軍は水面下で石原の立案した錦州占領作戦を着々と実行に移していたのだ。

幣原外交、終焉

十一月二十七日、華北の天津《てんしん》に潜入していた奉天特務機関長の土肥原賢二《どいはらけんじ》大佐が、中国人数千人を集め、天津駐留の日本兵の宿舎を襲撃させた。これを引き金に日中両軍が衝突して銃撃戦となり、関東軍に増派要請が届いた。

本庄司令官は新民で待機している関東軍に対し「天津出撃」を命じたが、その命令はカモフラージュでしかなかった。天津への経路の通過点である錦州で東北軍と衝突し、「正当防衛」を理由にして一気に錦州を占領することが真の狙いだったのだ。

だが、ここで金谷参謀総長が、火事場の馬鹿力を発揮した。彼は関東軍の暴走を食い止めるため、日露戦争以来、発令されていなかった「委任命令」という〝伝家の宝刀〟を抜いたのだ。天皇直隷の参謀総長である金谷が天皇から臨時の委任命令権を授かり、「天皇の大命」として一日四回もの進軍中止を本庄司令官に命じたのである。

「万一、司令官にして命令に服従せざる場合においては重大な結果を招来するものとして、中央においても大なる決断的処置を考慮中なり」

司令官更迭を示唆した金谷の打電は、これまでで最も厳しい内容であった。さすがに本庄は、今度ばかりは「大命」に背くことを躊躇《ちゅうちょ》し、錦州方面への進軍を中断した。

しかしこの直後、また事変は急転する。若槻内閣の総辞職が決定したのである。

総辞職の最大の要因は、若槻首相の弱気であった。前出の回顧録の中で若槻は当時をこう振り返っている。

〈満州事件（満州事変）は、政府の意志に反して、ますます拡大した。そしてこういう噂さえ伝わった。それは、満州軍（関東軍）の鼻息が荒く、政府が強いて自分らを抑えようとするならば、自分らは日本の国籍を脱し、馬賊となって目的を達するのだと、豪語しているというのであった。かくのごとき風説は信ずるに足らないが、興奮のあまり、これに類した事態でも起こったならば、日本の信用は全く地に墜ち、日本陸軍の名誉は雲散霧消せざるを得ない。私は深く考えざるを得なかった。満州軍が政府の命令を軽視するのは、今の政府は、一党一派の民政党内閣であり、国民の一部の意見を代表しているにすぎない。国民の多数は、必ずしも現内閣と同じ意見だとはいえない。それだから政府がいかなる命令をしても、これを肯《き》かないのではないか、と考えるに至った。それで満州軍をして、政府の命令に服せしむるためには、民政党だけの内閣でなく、各政党の連合内閣を作れば、政府の命令は国民全体の意志を代表することとなり、政府の命令が徹底することとなる。そこで私は、そういう連合内閣が、今の政党の情勢下において、出来るかどうかを知りたいと思った。〉

若槻は内務大臣の安達謙蔵《あだちけんぞう》に、連合内閣（挙国一致内閣）の樹立を野党に打診するよう依頼した。野党第一党の立憲政友会総裁・犬養毅《いぬかいつよし》は、内閣の権限を強くして陸軍を抑えなければならないという考えでは若槻と一致し、「陸軍の根本組織から変えてかからなければならないが、そうなると政友会一手ではできない。どうしても連立して行かなければ駄目だと思う」と連合内閣案に賛意を示した。

しかし自信を失って弱気になっている若槻は、幣原外相から「連合内閣を作ったからといって事件の拡大が防げるとか、問題の解決が出来るというものではない」と反対されると、あっさり翻意して連合内閣案を破棄し、安達に「あの事は断念するから、先日頼んだ事は中止されたい」と告げた。すでに野党と協議を行っていた安達は、突然梯子《はしご》を外されて憤慨し、その後も連合内閣の樹立のために策動を続けて内閣を混乱させた。

安達のスタンドプレイに激怒した若槻は大臣辞任を迫ったが、安達は「閣員全体が辞職するならば自分も辞表を出すが、自分一人だけに辞職せよと言うならば、同意することはできん」と頑《かたく》なに拒否した。明治憲法下では首相に閣僚の罷免権はなく、安達を辞任させる方法がなかったため、若槻内閣は閣内の統一を保てなくなった。遂に若槻首相は「これは辞職するほかない」と決断し、十二月十一日の閣議で閣僚全員に辞表を提出させ、天皇に内閣の総辞職を上奏したのである。

当然このとき幣原喜重郎も外相を辞任した。「何も君が外務省から引退する必要はない」と安達からも留任の説得を受けた幣原であるが、「新内閣には絶対に留任しない。他の外務大臣が出て新しく政策を変えて行くというならそれでよかろう」と言って鎌倉に引き籠《こも》ってしまった。浜口内閣時代から常にテロの脅威に晒《さら》されてきた幣原は、心身ともに限界を超えていたのだろう。

関東軍と戦い続けた幣原外交は、ここに至り終焉《しゅうえん》したのである。

錦州占領にお墨付きを与えた勅語

当時は内閣が行き詰まって政権を投げ出したときは、野党第一党に政権を譲るという「憲政の常道」のルールが確立されていたため、与党の民政党は下野し、政友会が組閣することになった。

このとき天皇は新内閣について、元老の西園寺公望に異例ともいえる注文をつけた。「今日のように、軍部が国政、外交に立ち入って押し通すことは、国家のために憂慮すべきことだ。おまえから後継内閣の首班になる者には、この自分の心配を心して十分含ましておいてほしい」

西園寺は、この天皇の期待に応《こた》えられるのは犬養毅しかいない、と思った。「満州事変を中国との話し合いで解決したい」との意欲を示している犬養を西園寺は次期首相として天皇に推薦し、犬養に組閣の大命が下った。

天皇は参内した犬養に対し、「犬養頼む。軍を抑えてくれ。頼む」と言い渡し、犬養は「身命を賭《と》して」と答えた。

しかし犬養内閣の前途は多難であった。内閣の中枢に、犬養とは全く考えの違う陸軍大臣と内閣書記官長を抱えたからである。

犬養は南陸相の留任を希望したが、陸軍中央の対中強硬派の策動により南留任は阻止され、南とともに金谷参謀総長も退任した。陸軍中央が陸相に推薦したのは荒木貞夫中将であった。荒木は血気盛んな少壮将校のカリスマ的存在であった。参謀総長には陸軍大将の閑院宮載仁親王《かんいんのみやことひと》が担ぎ出されたが、皇族のお飾り的な役目でしかなく、荒木の盟友である真崎甚三郎《まさきじんざぶろう》が参謀次長に就任して参謀本部の実権を握った。荒木と真崎は、関東軍の行動に批判的な陸軍中央の幹部を更迭し、対中強硬派で要職を固めた。

また、国会議員の中では松岡洋右と双璧《そうへき》の対中強硬論者である森恪《もりつとむ》が内閣書記官長に就任した。内閣書記官長は国務大臣ではないが、今でいえば官房長官、内閣の大番頭である。森は有能な策士で発言力も強く、犬養首相が推進しようとした対中融和路線を阻止した。

早くも組閣四日後の十二月十七日、荒木と森に押し切られる形で犬養内閣は関東軍の兵力増加を閣議決定し、これを上奏された天皇も閣僚が全員一致で決めたこととして反対せず、国内の陸軍部隊を満州に派兵する奉勅命令を下した。さらに十二月二十七日、「賊団討伐の徹底を期するためには錦州方面に進出せざるを得ない」とする政府声明が発せられた。従来の関東軍の言い分をそのまま認めたのである。そして、中断されていた錦州進軍が閣議決定され、奉勅命令が出され、本庄司令官は満州事変における最初の国家公認の作戦として錦州占領作戦を開始したのだ。

日本国内から派遣された陸軍部隊が続々と奉天に到着したが、錦州に集結している東北軍は十万人を超えていた。錦州は東北軍にとって最後の砦《とりで》であり、張学良は無抵抗をやめて徹底抗戦してくると本庄は想定していた。そうなれば日本軍にとって日露戦争以来の大会戦となり、相当の苦戦をまぬがれないと本庄は覚悟していた。ところがいざ錦州に進撃してみると、東北軍の姿はなかった。張学良はこの期に及んでも蔣介石の厳命である無抵抗主義を遵守し、東北軍を山海関以西に撤退させたのだ。

昭和七年一月三日、関東軍は錦州城に無血入城し、楼上に兵士が立ち並び、日の丸を掲げて万歳三唱した。この様子を日本の新聞は「平和の天子の如く旭日を浴びて皇軍入城す」「皇軍の威武により、新満洲時代に入る」（朝日新聞　昭和七年一月四日付）などと華々しく報じ、日本国民は歓喜に酔いしれた。そして一月八日、関東軍の暴走を非常に憂慮していた天皇が一転して、関東軍の戦闘をねぎらう『満州事変に際し関東軍に賜わりたる勅語』を発したのである。

この勅語で天皇は、満州事変が「自衛」のための戦闘であるとの認識を示し、関東軍が「匪賊《ひぞく》を掃蕩《そうとう》し」「警備の任を完うし」たと述べ、チチハル・錦州などの占領で「皇軍の威武を中外に宣揚」したと称賛した。そのうえで、「朕《ちん》深く其忠烈を嘉《よみ》す。汝将兵益々堅忍自重《けんにんじちょう》以て東洋平和の基礎を確立し朕が信倚《しんい》に對《こた》へんことを期せよ」と最大級の祝辞を関東軍に与えたのだ。

錦州占領までに天皇の関東軍についての認識は百八十度の転換がなされていた。この間、天皇に何が起こったのかは明らかになっていない。昭和史の最大の謎のひとつである。しかし理由は何であれ、この勅語自体は紛れもなく、関東軍の暴走で拡大されていった満州事変を天皇が正式に承認する内容であった。天皇のお墨付きを得た関東軍は二月五日、怒濤《どとう》の勢いでハルビンに進撃し、柳条湖事件からわずか五ヵ月で満州全土を占領下に収めたのだ。

満州国、建国計画

占領後の満州をいかに統治していくか、それは日本政府にとって大きな難問であった。しかし満州の統治方法に関しても関東軍が独断専行で決定し、政府が追認していくという流れは変わらなかった。

板垣征四郎、石原莞爾、花谷正らは、すでに満州事変の勃発《ぼっぱつ》前から、満州占領後の統治がどうあるべきかを協議していた。彼らは大きく分けて二つの統治方法を選択肢にしていた。韓国併合以来の朝鮮のように満州を日本領土にして日本が直接的に統治するか、それとも中華民国から独立した満州族の国家を樹立して日本が間接的に統治するかである。

前出の花谷正の回顧録によれば、首謀者グループの中で石原のみが満州領有に固執して直接的統治を主張していたが、途中で板垣に説得され、満州に独立国家を建国するという間接的統治に石原も賛同するようになったという。花谷はこう書いている。

〈石原は最初は満州植民地主義と云うか占領論であつた。ところが板垣が来てから独立国家論に賛成するようになつた。その時は我々の間で約一ヵ月に亙《わた》つて議論が行われた。

石原が最初我々の独立国家論に異議を唱えたのは、支那人の歴史を見ると政治をやらせても腐敗するだけで、仕ようがない。それよりも清廉《せいれん》な日本人によつて一種の哲人政治を行つた方がいいと云うのであつたが、我々は、そう云つても民族感情が許さないだろうし、第一、日本人に哲人の名に値する人が居ないだろう。人間には神性も悪魔性もある。現実の人間性を生かした政治をやるべきだ、と主張したが、石原はいつたん我々の意見に賛成すると、そののちは徹底した、独立国家主義者となつた。〉

石原たちは独立国家の建国めざして動き始めた。彼らが国家元首に担ぎ上げる人材として目を付けたのは、清朝最後の皇帝である宣統帝《せんとうてい》、すなわち愛新覚羅溥儀《あいしんかくらふぎ》であった。

引きつづき花谷の回顧録から引用しよう。

〈我々は、事変前から溥儀に目をつけていて、旅順にいた旧臣羅振玉《らしんぎょく》（溥儀の教育係を務めた高名な学者）を通じてひそかに連絡を取ってはいた。独立政権の頭主として考えられた条件は、

一、三千万民衆に景仰される名門の出身で徳望あること。
二、家系上満州系であること。
三、張作霖とも蒋介石とも合体出来ないこと。
四、日本と協力し得ること。

以上のような条件から当然溥儀が浮かび上って来たのである。〉

関東軍が本格的に溥儀を擁立して独立国家を建国すると決断したのは、若槻内閣が朝鮮軍の独断越境を追認した日である昭和六年九月二十二日だ。関東軍参謀の宿舎となっていた奉天の高級ホテル「瀋陽館」に、板垣征四郎、石原莞爾のほか、関東軍参謀長の三宅光治少将、奉天特務機関長の土肥原賢二大佐、関東軍参謀の片倉衷《かたくらただし》大尉などが集まり、占領後の統治方法を協議して『満蒙問題解決策案』を作成し、「我が国の支持を受け、東北四省および蒙古を領域とせる宣統帝を頭首とする支那政権を樹立

し、在満蒙各種民族の楽土たらしむ」という新国家建設の基本方針を決定したのである。

出席者の顔ぶれを見れば一目瞭然《りょうぜん》であるが、すでにこの段階では柳条湖事件の首謀者グループに限らず、関東軍全体が新国家の実現をめざしていた。天皇から国民まで日本中の視線が朝鮮軍の独断越境に集中しているときに、関東軍は水面下で密《ひそ》かに新国家建設の計画を開始したのだ。

関東軍首脳はまず、満州各地の東北軍を統轄している五人の重鎮に接触し、「我が軍は満州を占領後、宣統帝をお迎えして新国家を建国する」と伝え、「貴殿が関東軍の占領作戦に協力するなら、新国家の閣僚の地位を約束する」と条件提示を行った。

重鎮たちは次々と張学良から離反し、吉林・ハルビン・洮索《とうさく》・東辺道・熱河《ねっか》でクーデターを起こして中国政府からの独立を宣言した。こうした動きは表面上、反蔣介石・反張学良派が一斉蜂起して「満蒙独立運動」を起こしたかのように見え、欧米列強は目くらましを食らった。しかし、陰では関東軍が糸を操り、いよいよ溥儀の担ぎ出しが開始されたのである。

溥儀、満州国皇帝に即位する

当時二十五歳の溥儀は、天津の日本租界《そかい》で借家住まいをしていた。平民の身分だった。前述したように溥儀は六歳のとき袁世凱《えんせいがい》の説得で清朝皇帝を退位し、清朝滅亡後も北京の紫禁城《しきんじょう》に住んでいたが、大正十三年に中国政府によって紫禁城を追われ、家族とともに日本領事館に逃げ込んだのだ。

関東軍がチチハルに進撃していた昭和六年十一月二日、背広姿の日本人男性が密かに溥儀の邸宅を訪れた。溥儀の説得役を任された土肥原賢二である。

溥儀の自叙伝『わが半生』によれば、土肥原は挨拶《あいさつ》を済ませるとすぐ本題に入り、まず関東軍の行動について釈明したという。

「張学良が満州人民を塗炭《とたん》の苦しみに陥れ、日本人の権益や生命財産もなんら保証しなくなったので、日本はやむをえず出兵を行いました。関東軍は満州に対して領土的野心はまったくありません」

土肥原はこう述べて、溥儀の説得を開始した。

「日本はただ誠心誠意、満州人民が自己の新国家を建設するのを援助するものであります。宣統帝がこの機会を逃すことなく、速やかに祖先発祥の地に戻られ、親しく新国家の指導に当たられるよう望みます。日本はこの新国家と攻守同盟を結び、その主権と領土とを全力をあげて保護するでありましょう。新国家の元首として、宣統帝はすべてを自主的に行うことができます」

溥儀は即答を避け、気にかかっている重要問題について土肥原に尋ねた。

「その新国家は、どのような国家になるのですか」

「先程も申し上げましたように、独立自主の国で、宣統帝がすべてを決定する国家であります」

「私が訊《き》いたのは、そのことではない。私が知りたいのは、その国家が共和制か、それとも君主制か、帝国であるかどうかということです」

「そういう問題は瀋陽へ行かれれば、解決しましょう」

「いや、復辟《ふくへき》（一度退位した君主が再び位に即くこと）ならば行きますが、そうでないなら私は行きません」

土肥原は微笑を浮かべたが、言葉の調子を変えずに言った。

「もちろん帝国です。それは問題ありません」

「帝国ならば、行きましょう」

溥儀は満足の意を示して、土肥原の説得を受け入れたのである。


関東軍は満州国建国の準備を進めている間、欧米列強の監視の目を他に向けさせるために、最後の謀略に取りかかった。昭和七年一月に勃発した上海事変がそれである。

上海の路上で日本人僧侶《そうりょ》の一団が中国人の暴徒に襲われ、一人が死亡する事件が起きた。これをきっかけに、上海市内で日本人と中国人の衝突が頻発し、日本海軍の陸戦隊が邦人保護のため上海に上陸したが、中国軍から攻撃を加えられ、日中両軍は交戦状態に入った。

これこそ関東軍の思うつぼであった。日本人僧侶の殺害事件は、上海駐在武官補佐官の田中隆吉《たなかりゅうきち》少佐が仕組んだ謀略であったのだ。田中は板垣征四郎から「上海で事を起こして列強の注意を満州からそらしてほしい。その間に満州の独立まで漕《こ》ぎ着けたいのだ」と依頼されたのである。

日本軍は約六万名の兵士を上海に派遣して本格的な戦闘になった。上海に多大な権益を持っている欧米列強は日本軍の上海侵攻に危機感を抱き、国際連盟の理事会が日本に対して上海での戦闘行為を中止するよう勧告し、関東軍の狙い通りに欧米列強の目は上海に釘付《くぎづ》けになった。その間に満州国建国の準備は着々と進められたのである。

関東軍が満州全土の占領を終えてから一ヵ月後の昭和七年三月一日、関東軍に帰順した東北軍の重鎮たちにより溥儀を元首とする新国家の建国宣言が行われ、遂に満州国が誕生した。建国時の人口は約三千万人（うち日本人は約六十万人）。首都に選ばれた長春は、新国家の首都に相応《ふさわ》しい名称として「新京《しんきょう》」と命名された。

満州国の建国理念は、「五族協和」と「王道楽土」であった。前者は満州人、漢人、蒙古人、日本人、朝鮮人の五族が平等な立場で協力し合い、平和な国づくりを行うことを意味する。後者は、西洋の武による統治（覇道）ではなく東洋の徳による統治

（王道）によって、アジア的理想国家（楽土）をつくるという意味である。

三月九日の建国式典の日、溥儀が新京に到着すると、プラットホームで楽隊の演奏が始まり、日満両国旗を持った一万人以上の人々が大歓声をあげて出迎えた。溥儀はこのとき感涙にむせび、希望に包まれたと自叙伝で回想している。


〈私が列の前を歩いていると、熙洽《きこう》（満州国の大臣）が突然一隊の日の丸のあいだにまじった黄竜旗（旧清朝の国旗）を指さして言った。

「これらはみな旗人《きじん》（旧清朝の支配階級の人々）です。彼らは陛下を二十年のあいだ待ちに待ったのです」

この言葉を聞いて、私は熱い涙が目にあふれるのを押えられなかった。私には大いに希望があるのだという気持ちがますます強くなった。〉

この「希望」という言葉が溥儀の本心であるかどうかは非常に疑わしい。

たしかに溥儀は建国式典で満州国執政に就任し、二年後の昭和九年三月一日には、悲願だった満州国皇帝に即位した。皇帝名として「康徳帝《こうとくてい》」を名乗った。溥儀の皇帝即位に併せて国号も「満州帝国」と改められた。しかし溥儀が望んだ「君主制」は最初から完全に骨抜きにされていたのである。

建国式典の三日前の三月六日、溥儀は関東軍司令官の本庄繁と重大な密約を結んでいた。旅順から新京に向かう途上で湯崗子《とうこうし》温泉に立ち寄り、高級ホテル「対翠閣《たいすいかく》」で板垣征四郎と密会した溥儀は、板垣から提示された本庄宛ての書簡に署名したのである。密約の内容は次のようなものだ。

一、満州国は今後の国防および治安維持を日本に委託し、その所要経費はすべて満州国において負担する。
二、満州国は日本軍が国防上必要とするかぎり既設の鉄道、港湾、水路、航空路などの管理ならびに新設はすべて日本に委託する。
三、日本人を満州国参議に任じ、中央および地方の各官署に日本人を任用する。その選任、解任は関東軍司令官の同意を必要とする。
四、右各項の趣旨および規定は、将来両国間に正式に締結すべき条約の基礎たるべきものとする。

このような密約を結んだ溥儀が新国家の元首としての希望を持てるはずがない。溥儀は何の権限も持たないお飾り的存在に過ぎず、関東軍司令官が実質的な「皇帝」であったのだ。

「五・一五事件」

一方、犬養内閣は関東軍の独断専行でつくられた満州国を追認するかどうかで紛糾していた。陸軍大臣の荒木貞夫や内閣書記官長の森恪は「満州国の即時承認」を主張したが、犬養首相は国際社会への配慮から満州国の正式承認に消極的な態度をとり続けた。

満州国は日本の傀儡《かいらい》国家であったが、独立国家の体面上、国家間の条約を結んで国交を成立させ、日本の権益を確保するという形式をとる必要があった。しかし内閣が満州国を承認しなければ条約調印には臨めず、犬養が承認を回避しているかぎり関東軍の計画は前に進まなかったのである。

さらに犬養は、天皇に上奏して、日頃から過激な言動をくりかえしている三十人ほどの青年将校を免官させようと考えていた。犬養はその考えを森恪に喋《しゃべ》ったため、森を通じて陸軍中央に筒抜けとなり、荒木陸相、真崎参謀次長をはじめ陸軍首脳は「統帥権を侵害するもの」と憤激した。

こうした犬養の満州国承認への消極的態度や軍部への対抗姿勢に強い反感を抱いている海軍の青年将校と陸軍の士官候補生の一団が、昭和七年五月十五日、犬養の暗殺を企てた。

日曜日の休日を犬養は首相官邸でくつろいで過ごしていたが、午後五時半頃、警備も手薄の中、一団が拳銃《けんじゅう》を振りかざして乱入してきた。犬養は少しも慌てず、将校たちを応接室に案内し、「話せば分かる」と言論で説得しようとしたが、一団は容赦なく銃弾を浴びせ、その日の深夜に犬養は息を引き取った。

「五・一五事件」と呼ばれる犬養首相の暗殺事件は、昭和史の分水嶺《ぶんすいれい》となった。

この事件後、テロを恐れるあまり政治家たちが反軍的な言動を差し控える風潮が広がったのだ。元老の西園寺公望は「政党党首を首相にしても内閣がもたない」と判断して元海軍大将の斎藤実《さいとうまこと》を次期首相として天皇に推薦し、組閣の大命が斎藤に下った。ここに至って政党内閣に終止符が打たれ、太平洋戦争後まで復活することはなかった。

斎藤内閣は昭和七年九月十五日、日本と満州国の協定である「日満議定書《にちまんぎていしょ》」に調印して正式に満州国を承認した。この議定書は「日本は、満洲国が住民の意思で成立した独立の国家である事を確認した」という一文で始まるが、満州国における日本の既得権益の承認、日本軍の無条件駐屯などを規定し、実質上、満州国が日本の傀儡国家であることを明確にする内容であった。

「松岡大使凱旋、バンザーイ!　バンザーイ!　バンザーイ!」

斎藤内閣が組閣から四カ月も経過した昭和七年九月に「日満議定書」に調印したの

は、翌月に国際連盟に報告書を提出する「リットン調査団」への牽制《けんせい》の意味があった。

リットン調査団とは、イギリスの第二代リットン伯爵ヴィクター・ブルワー＝リットンを団長とする国際連盟日支紛争調査委員会の調査団である。満州国の建国式典が行われた同年三月、中国政府は「満州国は日本の傀儡国家である」と国際連盟に提訴し、満州への調査団派遣を要求した。「満州国は満州人が自発的に建国した独立国家である」と主張する日本政府も満州での調査活動に同意したため、国際連盟は「満州事変は侵略行為であるか」「満州国は日本の傀儡国家であるか」を判定するための調査団派遣を決定し、イギリス・アメリカ・フランス・ドイツ・イタリアから五名の調査団員を選出したのである。

リットン調査団は満州国に三カ月滞在し、各地を回って多数の要人と面会し、公官庁、軍施設、会社、学校などを視察した。溥儀にも謁見している。自叙伝でこの時の様子を回想している溥儀の記述には、関東軍に支配されている自身の立場に対する本音が垣間《かいま》見える。

〈私と調査団の会見が約十五分前後の時間を使って行われた。彼らは私に二つの質問を提出した。すなわち私はいかにして東北へ来たか、「満州国」はいかにして樹立されたか、ということである。（中略）もし私がいまリットンに向かって、私は土肥原にだまされ、また板垣に脅迫されて「満州国の元首」になったと言い、彼らに私をロンドンに連れて行ってくれ、と要求したら、彼らは承知するだろうか。私はこの考えがひらめいた次の瞬間には、自分の身近にはまだ関東軍の参謀長橋本虎之助と高級参謀板垣征四郎がすわっていることを思い出していた。私は思わずその青白い顔をじろっと見た。それからいとも神妙にあらかじめ言いふくめられていたとおりに言った。

「私は満州民衆の推戴《すいたい》を受けたからこそ満州に来たのです。私の国家は完全に自発的意志による自主的な……」

調査団員たちは揃って微笑してうなずき、それ以上何もきかなかった。それから私たちはいっしょに写真をとり、シャンペンで乾杯しておたがいの健康を祝しあった。〉

調査団員が帰ったあと、関東軍のシナリオ通りに演じた溥儀を板垣は褒めたたえたという。

「執政閣下の態度は実にご立派でした。お言葉も実にはっきりしておりましたぞ」

板垣は調査団員を騙《だま》し通せたと確信したのだろう。

役人や軍人はもちろんのこと、一般市民に対しても、関東軍は調査団員の面会や視察の前に満州国を賛美するシナリオを与えていた。だが、関東軍の目を盗んで、調査団員に告発状を渡す者は後を絶たなかったのだ。リットン報告書（第六章第三節）には、「これら千五百五十通にのぼる手紙は、二通を除いて、他はすべて『新満洲国政府』と日本人に対して痛烈な敵意を示していた。これらは真摯《しんし》かつ自発的に意見を表明したもののように思われた」と書かれている。

昭和七年十月二日、国際社会に向けてリットン報告書が公表された。まず満州事変に対して報告書は、軽微な損害の満鉄線爆破だけで日本軍の軍事行動を正当化するには不十分であるとし、合法的な自衛の措置と認めることはできないとした。また、満州国は自発的な独立運動の結果として生まれたものとは考えられず、満州国は承認できないと結論付けた。

しかしその反面、報告書は、毒悪なる排日宣伝、不法な手段による日本製品の不買運動など、紛争の原因が中国側にあること、日本が中国の無法状態により他のいずれの国より多く苦しんだことなどを指摘した。そして満州事変が勃発《ぼっぱつ》した昭和六年九月十八日以前の状態に回復させることは「現実の事態」を無視することであって解決策にはなり得ないとして、満州国に代わる具体策を提言した。

日本は満州を中国に返還すること、日中両国が新たな条約を締結し、中国は満州における日本の特殊権益を認めること、満州に東三省《とうさんしょう》自治政府を設置し、自治政府の任命による外国人顧問の大半を日本人にすること、満州の唯一の軍事力として憲兵隊を創設することなどが具体策の提言に盛り込まれた。

今日客観的に見れば、リットン報告書は日中双方の立場と利益を公正に調整しようとした苦心の作と思える。しかし当時の日本は、満州国を承認しないリットン報告書を全否定し、朝野《ちょうや》をあげて具体策の提言に反対した。

昭和八年二月二十四日の国際連盟総会におけるリットン報告書の採択は、賛成四十二、反対一という圧倒的多数で可決した。反対の一票はもちろん日本である。

可決直後、日本全権大使の松岡洋右は「満州国建国が認められなければ、国際連盟からの脱退もやむなし」という日本政府の既定方針に従って連盟脱退を決断し、演壇に登って長い巻紙を読みながら、得意の英語で強気の演説を行った。

「日本政府はいまや日支紛争に関し、連盟と協力する努力の限界に達したと感ぜざるを得なくなった」

演壇を降りた松岡は、日本代表団にも退席をうながし、議場を後にした。

議場では威勢のよい姿を見せていた松岡は、宿舎に戻ると失意に暮れ、日本代表団の一員である土橋勇逸《つちはしゆういつ》に弱音を吐いた。

「日本に帰っても国民に顔向けができない。仕方がないからしばらくアメリカで姿をくらまして、ほとぼりが冷めるのを待とうと決心した」

松岡は本当にスイスからアメリカに渡り、帰国をためらっていたが、いよいよ日本に帰らなければならぬ日が到来し、国賊呼ばわりされる覚悟で帰国の途についた。しかし日本で松岡を待っていたのは、「松岡大使凱旋《がいせん》、バンザーイ！　バンザーイ！　バンザーイ！」と熱狂する国民の大歓声だったのだ。

「日ソ中立条約」。スターリンは現実的な戦略を描いていた

こうして明治以来の念願だった満州の獲得を傀儡《かいらい》国家という形で実現し、欧米列強の監視の目を遮断した日本は、国運を賭《と》して莫大《ばくだい》な投資を行い、満州の資源開発を進めた。当時、石炭は撫順《ぶじゅん》炭鉱だけで十億トン、鉄も鞍山《あんざん》だけで十億トンの埋蔵量があると推定されていたのである。

満州国の実権を握っていた関東軍司令部は、満州国を軍需物資の生産基地とするため資源開発に影響力を行使し、言いなりとなる日本の新興財閥を誘致し、昭和十二年に鉱工業を独占的に統制する「満州重工業開発（満業）」を設立させた。その直後に日中戦争が勃発したため満業に戦争特需が訪れ、満州の鉱工業生産への投資額が一気に倍増し、石炭や鉄鋼、その他の鉱物の生産量は急上昇した。

だが、満業が徹底的に掘削調査を実施したにもかかわらず、満州の大地に埋蔵が確認できなかった資源があった。石油である。

これは日本にとって、大誤算であった。石油だけは輸入への完全依存から脱却できず、後々、アメリカの石油禁輸が死活問題になったのだ。

しかし満州国という軍需資源の大供給地を有し、石油以外の大半の資源が自給自足可能となったことは、日本の軍事力を飛躍的に伸ばした。当時、日本にとって仮想敵国は、満州国と国境を接しているソ連であり、軍事力の強化は常に対ソ戦を想定して行われた。ソ連は日露戦争で奪われた諸権利を奪い返しに満州国に侵攻し、朝鮮半島、そして日本本土まで南下してくると日本軍は常に警戒し、満ソ国境が日本本土を守る最先端の防衛線であるとして国境基地をたくさん造った。対ソ国境守備を担う関東軍の存在はますます重視され、日本本土から続々と陸軍精鋭部隊が派遣された結果、満州事変の頃は一万人強だった関東軍の兵力が、満州国建国から五年ほどで三十万人近くに急増したのである。

ソ連側も満ソ国境に極東軍を配備し、戦闘準備に万全を期した。当時、満州西部に隣接しているモンゴル（外蒙古）は社会主義路線をとる親ソ国家だったため、昭和十一年に「ソ蒙相互援助条約」が締結され、モンゴル側の国境にもソ連軍が配備された。

国境を挟んで常に対峙《たいじ》している関東軍とソ連軍は、国境線の不明確を原因とする大小の紛争を頻繁に起こした。昭和七年から十五年までの八年間で、千百五回の武力衝突が頻発したのだ。

昭和十四年五月から九月にかけて満州北西部のホロンバイル大草原で繰り広げられた「ノモンハン事件」は最大規模の国境紛争であった。関東軍は陸軍参謀本部の不拡大命令を無視して六万人の兵士を動員し、最新鋭の飛行機、戦車、重砲を次々に投入してくるソ連軍に対して徹底的な白兵攻撃で立ち向かった。

「泣く子も黙る関東軍」と言われていた当時の関東軍は、名に違《たが》わず勇猛だった。近代兵器を駆使するソ連軍に対して銃剣突撃を繰り返し、約一万七千人の日本兵が死傷したが、ソ連兵の死傷者はそれを上回る約二万三千人に及んだのだ。

しかし最終的に、ソ連軍の近代兵器の威力の前に関東軍歩兵隊は撤退を余儀なくされ、停戦協定でソ連・モンゴル側の要求する国境線を日本・満州国側が受諾し、関東軍は敗北を喫した。ソ連軍の実力を思い知らされた陸軍首脳は、本格的な対ソ開戦に備えて関東軍の戦力をより一層増強していく方針を打ち立てたのである。

ところがノモンハン事件から二年後、日ソ間の敵対関係が一変した。「日ソ中立条約」が電撃的に締結されたのだ。

日独伊三国同盟の立役者である外務大臣・松岡洋右は昭和十六年三月、ベルリンを訪問してヒトラーと会談し、「今後ドイツはヨーロッパで、日本はアジアで新秩序をつくる」と確認したのち、鉄道でモスクワに向かった。松岡はソ連の最高指導者ヨシフ・スターリンとの会談を希望していたが、スターリンが松岡に会うかどうかは不確定であり、険悪関係にある日本の外相とは会わないだろうと誰もが思っていた。だが、四月十三日に松岡がモスクワに到着すると、即座にクレムリン宮殿に招かれてスターリンとの会談が実現し、その場で日ソ中立条約が調印されたのである。

松岡の狙いは「日独伊ソ四国同盟」を実現することだったと言われている。昭和十四年に犬猿の仲といわれたヒトラーとスターリンが手を結んで「独ソ不可侵条約」が締結され世界中に衝撃を与えたが、翌十五年には日独伊三国同盟が成立した。そこで松岡は日本とソ連が中立条約を結ぶことにより、ソ連を枢軸国側に引き入れ、最終的には四国による軍事同盟を結んで、米英の連合国側に対抗しようと画策したのだ。

一方、スターリンのほうは、松岡の夢想的な四国同盟構想を嘲笑《あざわら》うかのように、非常に現実的な戦略を描いていた。ソ連の諜報《ちょうほう》機関により「ヒトラーが独ソ不可侵条約を破棄してドイツ軍をソ連に侵攻させる作戦計画を立てている」という情報がもたらされ、スターリンは急遽《きゅうきょ》、日ソ中立条約の調印に踏み切ったのだ。

欧州で独ソ戦の火蓋《ひぶた》が切られれば、ドイツの同盟国の日本はソ連に宣戦布告し、満州国側から関東軍がシベリア南東部に侵攻してくるのは火を見るより明らかだった。東西二方面から挟み撃ちされたソ連軍が大苦戦するのは必至である。しかし事前に中立条約を結び、関東軍の脅威を取り除いておけば、ソ連軍は欧州方面に戦力を集中させて対独戦に専念できる。無論、ドイツのソ連侵攻計画を知らない松岡洋右は、このようなスターリンの意図にも全く気づかなかった。

日ソ中立条約の条文には、第一条に「両国の領土の保全および不可侵を尊重する」、第二条に「締結国の一方が、一または二以上の第三国よりの軍事行動の対象となる場合、他方の締結国はその紛争の全期間中、中立を守る」という文言が入れられた。日本が第三国と戦争した場合にはソ連は中立を守る、逆にソ連が第三国と戦争した場合には日本が中立を守るという約束を両国は結び、スターリンの思惑通りの条約となったのである。

条約調印から三時間後、松岡はシベリア鉄道に乗り、帰途に就いた。モスクワ駅まで見送りに来たスターリンはひどく上機嫌で、小柄な松岡の肩を抱きかかえ、「お互いにアジア人だからなあ」と相好を崩したという。

牙を抜かれた虎と化した関東軍

二カ月後の昭和十六年六月、スターリンの予想よりも遥《はる》かに早くヒトラーは東ヨーロッパの白ロシア国境からソ連侵攻を開始した。ナチスの常套《じょうとう》手段である「宣戦布告なき奇襲攻撃作戦」である。それまでの歴史で最大の陸上作戦と言われる三百万人を動員した奇襲攻撃により、ドイツ軍は欧州側のソ連国境警備隊を撃破し、モスクワ目指して快進撃を続けた。

独ソ開戦に衝撃を受けた関東軍首脳は、かねてより準備していたシベリア侵攻の作戦計画を実行に移す絶好のチャンスと捉《とら》え、「日ソ中立条約を破棄し、日独伊三国同盟に基づいてソ連に宣戦布告し、今こそシベリアに進出すべし」と北進論を主張した。しかしアメリカの対日経済制裁の厳しさが増していたこの時期、陸軍参謀本部では「日ソ中立条約を堅持すればソ連の脅威は薄まるのであるから、今こそ資源獲得のため東南アジアに進出すべし。目的達成のため対米英戦を辞せず」という南進論が大勢を占めていた。

無論、参謀本部がソ連への警戒を緩めたわけではない。「いずれ対ソ戦は避けられなくなる」と予測して、関東軍の戦力増強は継続されていた。この年の七月には、満蒙国境警備を名目とした「関東軍特種演習」が行われている。満州北部の国境に七十五万人の兵士が結集し、シベリアでの戦闘を想定した実戦訓練が仰々しく展開されたのだ。これは事実上「関東軍は情勢次第でソ連領に攻めて行く」というスターリンへの牽制《けんせい》であった。演習終了後も七十五万人という大兵力は維持され、戦力において関東軍は絶頂期を迎えたのである。

しかし翌八月にアメリカが石油の対日輸出の全面禁止を決定すると、日本政府と軍部は南進論の大合唱となり、北進論はほとんど風前の灯火《ともしび》となった。ナチス党員のドイツ特派員と偽って日本の要人と人脈を築き、日本軍のソ連侵攻の可能性を調査していたソ連の諜報員リヒャルト・ゾルゲは、十月四日付の東京発の情報で「可能性はない」とソ連共産党に報告した。

その頃、モスクワ近郊まで到達していたドイツ軍は、急激に進撃の速度を落としていた。十月に入って雨が多くなり、舗装されていないソ連の道は泥沼と化し、車輛《しゃりょう》の前進も物資の補給もままならなくなったからだ。モスクワまで十数キロの地点に到達すると、ソ連軍の猛反撃が始まり、ドイツ軍は一転して守勢に立たされた。ゾルゲの報告を入手したスターリンは、満州国境に配備していた百万を超えるソ連極東軍を欧州側に移動させ、モスクワ防衛線に投入したのである。

その年のモスクワは例年より冬が早く到来して気温が零下三十度にまで下がり、ドイツ軍は厳冬とも戦わなければならなかった。電撃戦で連戦連勝を続けてきたドイツ軍は冬までにモスクワ攻略を成功させると過信し、厳冬に対応した防寒装備や冬季用オイルを保持していなかったのである。凍傷にかかるドイツ兵が続出し、車輛や航空機は稼働不能に陥った。ソ連軍は厳冬に慣れている極東軍を前面に出して総攻撃をかけ、ドイツ軍をモスクワ近郊から撤退させ、以来、退却を重ねるドイツ軍をソ連軍が追撃していく展開となった。

一方、日本もその年の十二月に太平洋戦争に突入し、これで関東軍のソ連侵攻の可能性は完全に消失した。陸軍参謀本部はソ連軍との国境紛争を回避するため関東軍に「満ソ国境の静謐《せいひつ》確保」を厳命したのである。そのうえガダルカナル島やニューギニア島で惨敗を重ねて南方戦線が戦力不足に陥ると、参謀本部は関東軍に戦力転用を求めた。

満州事変や満州国建国を独断専行で進めてきた関東軍は陸軍中央からの独立心が強く、唯々諾々《いいだくだく》とは命令に従わない気風が根付いていたが、さすがに南方戦線の惨状は見棄てられなかったらしく、当時の関東軍総司令官の梅津美治郎《うめづよしじろう》大将は戦力転用について次のように語り、最大限の理解を示したという。

「関東軍がいかに厳然としていようとも、大東亜戦争がうまくいかなければ、元も子もなくなる。もし大本営から兵力抽出転用の命令があったなら、何はおいてもその要求には応じねばならない」

絶対国防圏が策定された昭和十八年九月頃から戦力転用は本格化し、十九年には飛行機・戦車・大砲などの大量の兵器とともに三十万人にのぼる兵士が太平洋の激戦地に送られ、「泣く子も黙る」と言われた関東軍は見る影もなくなった。動員可能な兵力が激減したため対ソ戦の作戦計画も白紙に戻された。

関東軍首脳はソ連極東軍の大半がドイツ戦に投入されている情勢を見て、「我が軍の満ソ国境の兵力は手薄になったが、ソ連側も同様だ。当分の間、日ソ戦は起きない」と考えていた。この希望的観測は関東軍全体に蔓延《まんえん》し、兵士たちは天下泰平の満州国で安逸を貪《むさぼ》っていた。

谷藤徹夫は、まさに牙《きば》を抜かれた虎と化した末期の関東軍に入隊したのである。

第五章 夫婦

——飛行教官として教え子を見送る

満州で飛行教官の任務に励む徹夫(22歳頃)。

満州国は、天下泰平

昭和十九年十月上旬、白煙をたなびかせて雄大な満州の曠野《こうや》を疾走する日本軍専用機関車の車内は、異様な熱気に包まれていた。大陸の鉄道は広軌なので車輛《しゃりょう》も広かったが、兵士たちは軍装を詰め込んだ大きな行李《こうり》を車内に持ち込み、手足もろくに伸ばせない状態で鮨詰《すしづ》めになっていた。全員が新調された陸軍将校の軍服をまとっている。襟に一つ星の少尉《しょうい》の階級章を付けた若き士官たちの表情は引き締まり、最初の赴任地に赴く高揚感に満ちていた。

飛行学校卒業と同時に少尉の位が与えられた約二千五百名の特操《とくそう》一期生は、大本営陸軍部の赴任命令に応じて各地の航空部隊に送られた。配属先の部隊によって特操生の命運は大きく分かれた。フィリピンや沖縄など南方激戦地の部隊であるならば即戦力として出撃しなければならない。しかし特操生の中には、戦場の実戦部隊ではなく、当時は戦闘地域のなかった満州に赴き、少年飛行兵に訓練をほどこす飛行教官に任命された者も多かった。

谷藤徹夫も満州派遣組の一人だった。釜山《プサン》港から鉄道で朝鮮半島を北上していき、新義州から鴨緑江を越えて満州国に入国した徹夫たちは、奉天駅で汽車を乗り換えた。満州国内には関東軍専用の飛行場が約百七十カ所あったが、特操一期生たちは奉天駅から東西南北に分かれ、それぞれの赴任地の飛行場に向かった。

出発の間際、二度と逢《あ》えないかもしれぬ同期生に、「お互い元気にやろうぜ！」と声を掛け合った。徹夫は南西部に向かう汽車に乗った。彼の最初の赴任地は、綏中《すいちゅう》飛行場であった。遼東湾沿いの港町の綏中は、満州国と中華民国の国境である万里の長城の東端関所・山海関《さんかいかん》に近く、綏中駅は満州国南西部の最終駅であった。

徹夫と一緒に綏中に赴任した特操一期生の武田智少尉は『特操一期生史』の中で、「夕闇迫る頃に錦州に到着し、天壇《てんだん》を眼にして満州に来たかの感一入《ひとしお》、各部隊は、錦州、興城《こうじょう》と次々と下車し、我々は最終地の綏中に到着し、満州の大地に第一歩を印す」と述懐している。天壇とは錦州市街の真ん中に聳《そび》え立っている八角十三層のラマ塔を指しているのだろう。およそ千年前の遼《りょう》時代の建造といわれるこの古塔を徹夫も車窓から眺め、悠久の歴史を感じて、はるばる海を渡って満州に来たことをひときわ実感したことだろう。

建国から十二年目を迎えていた満州国は、天下泰平と言えるほどに平穏であった。昭和十二年七月に北平（北京）郊外の盧溝橋《ろこうきょう》付近で日中両軍が衝突し、たちまち全面戦争に突入して泥沼化した長期戦となったが、満州国内に戦火が及ぶことはなかった。関東軍と朝鮮軍の精鋭部隊を加えた日本軍は華北で総攻撃を開始して以来、怒濤《どとう》の勢いで華中、華南の都市を次々に占領していき、中国軍を華西方面に退散させたので、日中戦争の戦場は満州国から遠く離れていったのだ。

徹夫たちは綏中駅から軍用車に乗り換え、綏中飛行場に到着した。飛行場の入口では関東軍第五練習飛行隊（部隊通称・満州派遣第一六六七五部隊）の兵士たちが整列し、敬礼して、新任将校を出迎えた。第五練習飛行隊は基礎操縦訓練の教育部隊で、綾野《あやの》唯雄《ただお》大佐を隊長とする本隊を錦州飛行場に置き、綏中・興城・阜新《ふしん》の各飛行場に区隊を置いて訓練を行っていた。

徹夫は教官として優秀だった

綏中の区隊長は、野村透《のむらとおる》少佐が務めていた。野村の回想記『鵬翼《ほうよく》はるか』によれば、教官の特操一期生と訓練生の少年飛行兵の全員が揃い、新設部隊での訓練開始の準備が整ったとき、「教育開始を祝う記念すべき日」として盛大に祝賀会を催したという。「航空神社前の厳粛なる式典、在綏中邦人を部隊に招待しての祝宴、大格納庫に於《お》ける演芸会、屋外酒保《しゅほ》の開設など万端の準備は整えられ、華やかに当日が迎えられた」と野村は振り返っている。

満州国に着任したばかりの徹夫たちは、日本国内の飛行学校では考えられない豪華さに腰を抜かした。祝宴にやって来た日本人女性たちは着物やドレスで着飾り、軍人以外の男性は燕尾《えんび》服《ふく》姿であった。次々と運ばれてくる皿には山海の珍味が盛りつけられ、ブランデーやウィスキーなどの高級酒もたらふく用意されていた。

日常生活においても関東軍将校は贅沢三昧《ぜいたくざんまい》であった。将校には兵舎の個室があてがわれ、妻子を呼び寄せた将校には一軒家が与えられた。将校は夜の外出・外泊も自由であった。恋人の家に寝泊まりしている将校も珍しくはなかった。

食事も好きなだけ食べることができた。軍の食糧配給が豊富であるうえに、露店が密集している商店街に行けば、米、魚、肉、野菜、果物、酒、タバコ……手に入らないものはなかった。前出の武田少尉の回想記によれば、綏中の将校たちは連日、万里の長城が望見できる綏中駅前の部隊指定食堂で酒盛りをし、スッポン料理で精をつけるのが慣例化していたという。

『特操《とうこうし》一期生史』にはこのほか、現在は中国四大温泉治療保養地のひとつとなっている湯崗子で温泉三昧の日々を過ごしたとか、ハルビンのロシア人の店で高級香水を購入してマフラーや下着に振りかけていたとか、たくさんの贅沢なエピソードが紹介されている。

野村隊長も前出の回想記の中で、満州赴任中の愉《たの》しかった思い出を綴《つづ》っている。たとえば昭和十九年の秋の回想は、こんな具合である。

〈この頃の満州は平和で楽天地であった。街の近くに丘陵地があり、一面リンゴが栽培されていた。ある日曜日、私は家内と二人でマーチョ（馬車）に乗り、リンゴ狩りに出掛けた。若くて開けた部隊長さんと奇麗な奥さんのリンゴ狩りは邦人の間で大騒動となった由で、若き日の思い出となった。〉

また、終戦の年に満州で迎えた正月の様子はこう記されている。

〈昭和二十年は明け、元旦を迎えた。出動可能機数を総動員して元旦の初飛行が行われた。教官、助教、及び整備隊幹部が同乗し、大編隊を組んで、東方より昇る初日の出を拝み、新春を寿《ことほ》いだ。渤海《ぼっかい》湾の波打ち際は海水が凍りかけて白く固まっていたのが印象的であった。飛行後は部隊長官舎に於いて祝宴が催された。将校が入れ替わり立ち替わり年賀に訪れ、私は遂にダウンしてしまった。然《しか》し何と酒の豊富な正月であった事だろう。官舎の押し入れの上段は一升瓶で一杯であった。こんな賑《にぎ》やかな正月は士官候補生時代京都で迎えた昭和十三年と、台中の森田知事公舎で御馳走《ごちそう》になった昭和十七年以来だった。〉

この豪勢な正月を過ごしていた野村はさすがに、飢餓地獄と化した南方戦線の日本兵に対して罪悪感を抱いたようだ。「満州に退避して来た為こんな正月が過ごせたが、南海の戦場にいる戦友はこの正月をどんな思いで過ごしていたのであろうか」と綴っている。

関東軍兵士は祖国・日本とは天と地ほども違う満州国の天下泰平を謳歌《おうか》していた。野村のように南方戦線の戦友を思い遣《や》るときもあったであろうが、基本的には関東軍兵士にとって南方戦線の惨状は〝対岸の火事〟であった。関東軍には戦時下の緊迫感、戦局が悪化していく悲壮感が微塵《みじん》もなかった。谷藤徹夫も同期生とともに王道楽土の解放感を味わい、大いに羽を伸ばしたことだろう。

飛行訓練の雰囲気も日本国内とは雲泥の差があった。それは教官を務めていた特操一期生たちの人格に負うところが大きい。第五練習飛行隊の元訓練生に話を聞くと、特操一期生の操縦教育は大変好評であった。

十五から十九歳までの青少年を短期教育で現役下士官にする『陸軍特別幹部候補生』の制度に志願し、昭和十九年に十六歳で第五練習飛行隊に入隊した前田多門は、次のように語った。

「特操一期生の教官は、みなさん温厚な性格で、教え方も丁寧で優しかったです。日本国内の飛行訓練では下士官あがりの教官からしょっちゅう殴られ、竹刀《しない》で喉《のど》を突かれたこともありましたが、満州での訓練では一度も殴られたことがありません。操縦は特別うまいとは言えませんが、特操一期生の人格は立派でしたよ」

徹夫も教官としては優秀だったようだ。

綏中飛行場での徹夫の上官は、蓑輪三郎中尉であった。二等兵から中尉まで這《は》い上がってきた苦労人で、すでに三十代半ばであった蓑輪は、一回り以上年下の徹夫の人柄を褒め称《たた》えていたという。将校官舎で蓑輪と暮らしていた妻の哲《てつ》はこう振り返った。

「主人は『谷藤には教えられることが多い』とよく言っていました。少年兵がミスや規律を犯したとき、主人はカッとなって声を上げたようですが、後から谷藤さんに『ああいう時は、人前ですぐ叱っちゃダメですよ。こっそり部屋に呼んで、ゆっくり諭《さと》さないと』と言われ、あの頑固な主人が素直に聞き入れたそうです。谷藤さんは誰にでも優しく穏やかな人だったと聞いています」

徹夫は中学時代からハーモニカ演奏を趣味にしていたが、満州でも愛用のハーモニカでよく演奏していたという。マンドリン演奏を趣味にする同期生とともに、少年飛行兵を前に演奏会を開くこともあった。

徹夫の十八番《おはこ》は『蘇州《そしゅう》夜曲』。昭和十五年に公開された李香蘭《りこうらん》（山口淑子《やまぐちよしこ》）主演の恋愛映画『支那の夜』の劇中歌だ。満州映画協会（満映）の看板スターだった李香蘭の映画は満州の映画館の定番だったので、映画好きの徹夫も観に行き、中学時代のように気に入った主題歌や劇中歌をハーモニカで演奏して楽しんでいたのだろう。

「特攻」作戦、始まる

しかし、徹夫たちが満州の天下泰平を謳歌している頃、南方戦線では決死の航空作戦が行われようとしていた。特別攻撃隊、いわゆる「特攻隊」の始まりである。

昭和十九年十月十七日、暴風雨が吹き荒れるフィリピンのレイテ湾に、マッカーサー率いる米艦隊が姿を現した。フィリピン奪還に執念を燃やすマッカーサーは、空母三十五隻（搭載機千五百機）、戦艦・巡洋艦百五十七隻、輸送船四百二十隻という驚くべき大艦隊を編成し、日本の守備隊に徹底的な艦砲射撃を加え、約十万人の米海兵隊をレイテ島に上陸させた。

「私はマッカーサー大将である。フィリピン市民諸君、私は帰ってきた。全能の神の加護により、我が軍はアメリカ・フィリピン両国民の血で清められたフィリピンの土の上に再び立っている。全将兵よ、団結せよ！」

十月二十日の上陸開始に先立ち、マッカーサーは巡洋艦「ナッシュビル」艦上から大音量で演説を流すほどの興奮ぶりであった。

一方、日本軍もフィリピン防衛戦を総決戦と定めていた。「絶対国防圏」の主要地であるマリアナ諸島を米軍に占拠されて以降、南方資源地帯と日本本土を往来する輸送船は米軍機や潜水艦によって次々に撃沈されていたが、フィリピンまで奪還されれば資源の輸送航路は完全に封鎖され、東インド産の石油が一滴も日本に入ってこなくなる。この危機感を抱いていた大本営は、米艦隊がレイテ湾に進入した翌日、「レイテ湾に来攻した敵主力に対し、空・海のみならず地上軍をも指向し、ここに国軍の総決戦を求める」として、フィリピン防衛戦に向けて準備していた「捷《しょう》一号作戦（捷は勝つという意味）」を発動した。

当時の連合艦隊司令長官・豊田副武《とよだそえむ》大将は、全海軍宛てに次のような電報を送った。

〈今や捷号決戦の神機目睫《もくしょう》に迫り。本職は陸軍と緊密に協同指揮下、全兵力を挙げて之に臨まんとす。全将兵は茲《ここ》に死所を逸せざるの覚悟を新たにし、必死奮戦以て驕敵を殲滅《せんめつ》し、皇恩を報ずべし〉

全兵力を挙げて之に臨まんとす――この言葉は士気を鼓舞するための誇張ではなかった。豊田は文字通り、連合艦隊の全戦力をレイテ湾に投入して米艦隊に最終決戦を挑もうとしていた。

しかし当時の連合艦隊の戦力は、空母四隻（うち三隻は軽空母、搭載機の総数は百十六機）、戦艦九隻、巡洋艦十九隻などで、米艦隊の十分の一にも満たないほど戦力が大幅に低下していた。意外なことに戦艦の中には、世界に誇る「大和《やまと》」と「武蔵《むさし》」が残っていたが、それは航空戦が中心の太平洋戦争で巨大戦艦を活《い》かせる場面が全くなかったからである。

豊田は連合艦隊最後の作戦として、戦艦大和・武蔵を最前線にした全艦船での突撃作戦を決断した。小沢治三郎《おざわじさぶろう》中将率いる機動部隊（空母四隻、戦艦二隻など）をおとりとして米空母群を北方に引きつけ、その間隙《かんげき》を狙って栗田健男中将率いる主力艦隊（大和・武蔵のほか、戦艦三隻、巡洋艦十二隻、駆逐艦十五隻など）がレイテ湾の米艦隊・輸送船団に突撃するという捨て身の作戦だ。米航空隊の空襲から主力艦隊を護衛するため、フィリピン駐留の海軍第一航空艦隊を出動させることになった。

しかし、第一航空艦隊の幕僚たちは、総決戦を目前にして絶望的な気分にとらわれていた。第一航空艦隊所有の実働可能な飛行機数はわずか四十機ほどにまで激減していた。これは当初の大本営計画の実働三百五十機の十一パーセントに過ぎなかった。しかも飛行兵は実戦経験の乏しい若手ばかりである。

米軍がレイテ島に上陸する前日の十月十九日、新任の第一航空艦隊司令長官・大西《おおにし》瀧治郎《たきじろう》中将がルソン島マバラカット飛行場の航空本部に到着した。十月二十五日払暁を期して総決戦に挑むため、海軍中央は急遽《きゅうきょ》、海軍の航空部門の第一人者である大西をフィリピンに赴任させたのだ。

到着日の晩、大西は幕僚たちを緊急召集し、突然、重々しい口調でこう切り出した。

「戦局はみなも承知の通りで、今度の捷号作戦にもし失敗すれば、それこそ由々《ゆゆ》しい大事を招くことになる。従って一航艦（第一航空艦隊）としては是非とも栗田艦隊（大和・武蔵を含む主力艦隊）のレイテ突入を成功させねばならぬが、そのためには敵の機動部隊を叩《たた》いて、少なくとも一週間ぐらい空母の甲板を使えないようにする必要があると思う」

大西はそう語ると、しばらく口を噤《つぐ》んだ。幕僚たちは固唾《かたず》を呑《の》んで、大西の次の言葉を待った。

言葉を絞り出すように、大西は決意を告げた。

「それには、零戦に二百五十キロ爆弾を抱かせて体当たりをやるほかに確実な方法はないと思うが……どんなものだろう」

この体当たり攻撃の目的は明白であった。レイテ湾に突入する栗田艦隊を米航空隊の空襲から護《まも》るため、正攻法で航空戦を挑んでみても勝機はない。正攻法がとれない以上、奇策に打って出るしかないが、奇策の中で最も効果的なのは、米空母の甲板、つまり滑走路を破壊して米航空隊が出動できない状態にすることだ。しかし未熟な飛行兵では砲撃をかわして甲板に爆弾を落とすのは至難の業だ。確実な方法と考えられるのは、爆弾を抱えた飛行機ごと甲板に突っ込ませる体当たり攻撃しかない——大西は幕僚たちにこう説明したのである。

ここで指摘しておかなければならないのは、体当たり攻撃の提案は大西の独断ではないということだ。大西がフィリピンに赴任する前から、海軍中央は体当たり攻撃の実施を決定していたのである。

このことを史料としてはっきり示しているのは、大本営海軍部の航空参謀・源田実《げんだみのる》大佐が起案した電報である（防衛庁防衛研修所戦史室編『戦史叢書　海軍捷号作戦〈2〉フィリピン沖海戦』に掲載）。この電報の日付は、昭和十九年十月十三日。大西がルソン島の基地で特攻作戦を提案する六日前だ。以下が電報の内容である。

〈神風《しんぷう》攻撃隊の発表は全軍の士気昂揚《こうよう》ならびに国民戦意の振作に至大の関係ある処。各隊攻撃実施の都度、純忠の至誠に報ひ、攻撃隊名（敷島《しきしま》隊、朝日《あさひ》隊等）をも併せ適当の時期に発表のことに取計ひ度処、貴見至急承知致度。〉

全軍の士気と国民の戦意を高めるため、体当たり攻撃を実施する毎に部隊名を挙げて大々的に発表せよ——この命令が電報の趣旨である。重要な点は電報の中に、「神風（特別）攻撃隊」という初期の海軍特攻隊の総称と、「敷島隊」「朝日隊」という最初の編成部隊の名称が具体的に記されていることだ。

本居宣長《もとおりのりなが》の短歌「敷島の大和心を人問はば朝日に匂ふ山桜花」から一語ずつを取り、

「敷島隊」「大和隊」「朝日隊」「山桜隊」と名付けられたのだが、大西のフィリピン着任前にこれらの隊名まで海軍中央で決定されていたのである。源田、大西、その他の海軍参謀たちが特攻作戦の詳細を練り上げ、大西が最初の特攻作戦の実行役を任され、フィリピンの前線基地に渡った。そして大西は既定の方針に従い、前線基地の幕僚たちに特攻作戦を提案したのだ。

終戦直後に「特攻隊の英霊に曰《もう》す、善《よ》く戦ひたり、深謝す」で始まる遺書を遺《のこ》して割腹自決を遂げた大西は、「特攻の創始者」「特攻の生みの親」「特攻の父」などと言われてきた。最初の特攻作戦の実行者という意味ではその呼称は正しい。だが、大西一人の独断で特攻が開始されたわけではなく、海軍中央の決定に基づいて開始されたという史実はここで指摘しておきたい。

では、海軍中央ではどのような経緯で特攻作戦が決定されたのか――それを明らかにする証言や史料はないのである。海軍首脳は特攻に関して戦後に口を噤《つぐ》み、開始の経緯を語らなかった。たとえば、連合艦隊司令長官の豊田副武は戦後の回想記『最後の帝国海軍』の中で、フィリピンに向かう途上の大西と台湾で遇《あ》い、特攻作戦について話したと記述しているのだが、肝心な部分は触れずじまいである。大西は豊田にこう語ったという。

「今までのやり方ではいかん。戦争初期のような練度の者ならよいが、中には単独飛行がやっとこせという搭乗員がたくさんいる。こういう者が雷撃爆撃をやっても、ただ被害が多いだけでとても成果は挙げられない。どうしても体当たりで行くよりほかに方法はないと思う。しかし、これは上級の者から強制命令でやれということはどうしても言えぬ。そういう空気になって来なくては実行できない……」

この時点ではまだ、大西は特攻作戦を躊躇《ちゅうちょ》する気持ちが残っていたのだろう。しかし豊田自身がどのように返答したのか、特攻作戦に賛成したのか反対したのか、回想記には全く書かれていないのだ。大西の直属の上官である豊田が何も返答しないはずがない。

さらにこの回想記は、連合艦隊司令長官という立場で知らないはずがない海軍中央の特攻決定の経緯についても全く触れていない。ただ、豊田は、大西を擁護する記述のみ短く載せている。

「この大西が特攻攻撃を始めたので、この特攻攻撃の創始者だということになっておる。それは大西の隊で始めたのだから、大西がそれをやらしたことには問違いはないのだが、決して大西が自分一人で発案して、それを全部に強制したのではない」

こう書くだけでも豊田は誠実なほうであろう。戦後に国会議員になった源田実などは、「自分は特攻とは関係ない」という態度を取り続け、大西一人が特攻の責任を被《かぶ》っている状況を黙認していたのであるから。

神風特攻隊、レイテ沖海戦に散る

総決戦直前のマバラカット飛行場の場面に戻ろう。特攻作戦について幕僚たちの賛同を取りつけた大西は、早速、最初の特攻隊員の人選に取りかかった。指揮官は海軍兵学校の出身者の航空将校がいいということになり、当時二十三歳の関行男大尉が選ばれた。

関は開戦直前の昭和十六年十一月に兵学校を卒業したが、当時の海軍はまだ航空戦力に余裕があったため、関のような新米は日本本土で研鑽《けんさん》を積まされ、戦場にはなかなか派遣されなかった。空母から発進する急降下爆撃機（艦上爆撃機）の専門パイロットになったが、それでも先輩が多かったため連合艦隊の機動部隊には入れず、霞ケ《かすみが》浦《うら》や台南の教育飛行隊の教官を務めていた。しかしいよいよ先輩飛行兵の大半がいなくなった昭和十九年九月、台湾からフィリピンへの移動命令が出され、戦闘機パイロットとして総決戦に備えていた。当時の海軍選《え》り抜きの飛行兵だった関にしても、実戦は初めての経験だったのだ。

二十日午前一時過ぎ、就寝中を叩き起こされ、特攻作戦の指揮官就任の話を持ちかけられた関は、「一晩考えさせてください」と言い、豪雨に見舞われている薄暗い部屋のカンテラの下でじっと考え込み、翌朝になって「引き受けます」と答えた。

関は日本軍最初の特攻隊「敷島隊」の隊長となり、隊員には海軍飛行予科練習生（予科練）から下士官飛行兵となった四名が選ばれた。明け方までに敷島隊のほか、大和隊、朝日隊、山桜隊が編成され、午前十時、大西は四隊の隊員たちを前にこう訓示した。

「日本はまさに危機である。しかも、この危機を救い得るものは、大臣でも大将でも軍令部総長でもない。もちろん、自分のような長官でもない。それは諸子のごとき純真にして気力に満ちた若い人々のみである。従って自分は一億国民に代わり、皆にお願いする。どうか成功を祈る。（中略）

皆は、すでに神である。神であるから欲望はないであろう。が、もしあるとすれば、それは自分の体当たりが無駄ではなかったかどうか、それを知りたいことであろう。しかし皆は永い眠りに就くのであるから、残念ながら知ることも出来ないし、知らせることも出来ない。だが、自分はこれを見届けて、必ず上聞《じょうぶん》に達するようにするから、そこは安心して行ってくれ……しっかり頼む」

訓示を述べている大西の身体は小刻みに震え、顔が青白く引き攣《つ》っていた。訓示を終えた大西は台を降り、隊員ひとりひとりと長い時間をかけて握手を交わした。

連合艦隊がレイテ沖に近づいた十月二十五日早朝、敷島隊の零戦五機がマバラカット飛行場を飛び立った。攻撃目標は、レイテ島北東のサマール島沖を航行している空母四隻。零戦五機はレーダーの死角内すれすれの海面を飛行して空母に近づくや、上空二千メートルまで急上昇して反転した。零戦の編隊に気づいた米艦隊が対空砲火を開始したが、先頭の関は飛行機の翼を上下に揺らす「バンク」を行って後続の四機に突撃の合図を送り、零戦五機は一気に急降下した。関の一番機は被弾して黒煙を吐いたが、二番機とともに護衛空母「カリニン・ベイ」に体当たりした。続く三番機は護衛空母「セント・ロー」、四番機は護衛空母「ホワイト・プレインズ」、五番機は巡洋艦にそれぞれ突っ込んだ。

カリニン・ベイは二機の特攻機に突入されて炎上したが、命中箇所が甲板前部と左《さ》舷《げん》だったため魚雷などへ引火する前に火が消し止められ、沈没せずに大破で済んだ。ホワイト・プレインズも同様に大破だった。しかしセント・ローは甲板中央部に特攻機が命中して甲板を突き破ったため、弾火薬庫へ引火して大爆発を起こし、艦体が二つに折れて沈没した。

この日は敷島隊のほか、大和隊がセブ島セブ基地から、朝日隊と山桜隊と菊水隊がミンダナオ島ダバオ基地から出撃し、護衛空母「サンティ」「スワニー」の二隻を大破させている。これらの戦果は米軍側の史料『第二次大戦米国海軍作戦年誌』に記されているので、虚偽や誇張の多い大本営発表より正確である。大西瀧治郎の発言にあるように、海軍首脳は当初「一週間ぐらい空母の甲板を使えないようにする」程度の戦果を特攻作戦に期待していたが、神風特攻隊はそれを遥《はる》かに上回る戦果を挙げたのだ。

一方、レイテ湾に突入した連合艦隊は完膚なきまでに叩《たた》かれ、武蔵を含む三隻の戦艦、四隻の空母、八隻の巡洋艦、八隻の駆逐艦などが撃沈された。辛うじて大和は残ったものの全空母を失い、もはや艦隊を組むことも不可能になった。

「航法の天才」にくだった特攻命令

神風特攻隊が日本の朝野《ちょうや》に与えた感銘は絶大であった。連合艦隊が壊滅して意気消沈していた軍首脳にとって「小さな飛行機でも爆弾を積んで体当たりすれば、空母を撃沈・大破させられる」と確信できたことは、レイテ沖海戦での唯一の「希望」であり、特攻攻撃に最後の望みをかけることになった。

前掲の電報の通り全軍の士気と国民の戦意高揚のため、大本営は神風特攻隊の戦果を華々しく発表した。敷島隊の勇姿を報じる記事には隊員たちの顔写真が大きく掲載され、「神鷲《かみわし》の忠烈　萬世《ばんせい》に燦《さん》たり」（朝日新聞　昭和十九年十月二十九日付）といった特攻隊を神格化する言葉が躍った。

以来、連日のように海軍特攻隊はフィリピン沖の米艦隊に突入したが、十一月に入ると、陸軍も特攻作戦を開始した。

フィリピン守備隊の陸軍第十六師団はレイテ湾に上陸した約十万人の米軍と地上決戦を繰り広げていたが、米軍の強力兵器の前に大苦戦に陥っていた。しかもレイテ沖海戦の勝利により制海権と制空権を握った米軍は、続々と輸送船団を送って増援部隊を上陸させ、最終的には二十万人に達した。逆に日本軍の増援部隊を乗せた輸送船団は米空母から発進する航空隊にことごとく撃沈された。陸軍にとっても米空母や米輸送船への特攻攻撃が急務であった。

フィリピン駐留の陸軍第四航空軍は地上戦の援護に追われていたため、大本営陸軍部は艦船攻撃専門の特攻隊を日本国内で編成し、フィリピンに派遣することを決定した。海軍に強いライバル意識を持つ陸軍首脳は、メンツにかけて最初の特攻作戦を成功させたいと考え、茨城県鹿島《かしま》郡新宮《しんぐう》村（現在の鉾田《ほこた》市）にあった「鉾田教導飛行師団」の精鋭飛行兵たちに白羽の矢を立てた。

全国各地にあった教導飛行師団の前身は陸軍飛行学校である。昭和十九年六月に大本営陸軍部は飛行学校を教導飛行師団と改称し、教育部隊と実戦部隊の両方の役割を持たせた。ここでは日常的に飛行訓練が行われ、戦地の飛行兵の補充が必要となったときに、いつでも教官と生徒を戦地に派遣できる仕組みになっていた。中でも鉾田教導飛行師団は、鹿島灘《なだ》に近い飛行場を使用していたため、陸軍航空隊としては珍しく洋上飛行の訓練に力を注ぎ、艦船攻撃法の研究に精魂を傾けていたため、南方戦線への飛行兵派遣では豊富な実績を残していた。

「万朶《ばんだ》隊」と名付けられた陸軍最初の特攻隊の隊長には、鉾田教導飛行師団を代表する精鋭飛行兵だった二十七歳の岩本益臣《いわもとますみ》大尉が任命された。岩本は「航法の天才」と言われ、低空飛行から投じた爆弾を水面に飛び跳ねさせて目標に命中させる跳飛爆撃の第一人者であり、まさに陸軍の虎の子の飛行兵であった。隊員には航空士官学校出身の中尉三名、少尉一名、下士官七名が選ばれた。全員が岩本の教え子である。海軍の敷島隊では隊長の関行男大尉のみが将校であったから、人選からすると、最初の特攻隊に賭《か》ける陸軍首脳の意気込みが察せられる。

万朶隊の出陣式が鉾田飛行場で行われた。陸軍航空総監の菅原道大《すがわらみちおお》中将、鉾田教導飛行師団師団長の今西六郎少将など十数名の幹部将校が天幕の中に並び、それに向き合って飛行服姿の特攻隊員たちが整列した。

菅原が壮行の辞を次のように述べた。

「余は諸子のおやじである。諸子が戦場に飛び立つ今、余の胸中は息子を送り出すおやじの気持ちと全く同じであるから、型通りの訓示は行わない。戦局は今や皇国存亡の時に突入していることは、諸子の熟知している通りだが、これを救う途《みち》は物量にあらず、ただ精神力あるのみである。

　諸子の出陣には生還という文字はない。すなわち諸子はみな、死にに行くのである。しかし諸子の肉体は死んでも、尽忠の大精神は断じて死ぬものではない。一人の楠公《なんこう》の死によって、幾千万の楠公をあとから、あとから生み出させる死である。諸子の死は、悠久の大義に生きる死である……」

　楠公とは言わずと知れた南北朝時代の武将・楠木正成《くすのきまさしげ》である。後醍醐《ごだいご》天皇を守護するためわずか七百の手勢を率いて数万の足利尊氏《あしかがたかうじ》の大軍を迎え撃ち、敗れて自害を遂げた正成は、皇国教育の中で「天皇を守護するため、勝目の無い戦いに死を覚悟して挑んだ忠臣の鑑《かがみ》」として讃《たた》えられ、日本兵の模範とされていた。

　大変に長い壮行の辞を終えると、菅原は特攻隊員ひとりひとりに白い盃《さかずき》を手渡して酒を注ぎ、「諸君の御健闘を祈る」と送別の乾杯をした。岩本隊長が「ただ今より、出発します」と敬礼し、飛行機に向かって歩き出し、隊員たちもそのあとから縦一列に進んだ。

　鉾田教導飛行師団の全教官と全生徒が誘導路の外側に並び、岩本を先頭とする隊員たちの列が前を通ると軍帽を取り、恭《うやうや》しく頭をさげて礼をした。そのまま頭を上げず、すすり泣いている者も多かった。その中には、岩本の教え子であった当時二十歳の二瓶秀典の姿もあった。

昭和十八年一月に飛行兵を緊急増員するための非常措置として、陸軍士官学校の一年生・百二十名が急遽《きゅうきょ》、航空士官学校に転校させられ、その転校生の中に二瓶秀典が入っていたことは前述した。陸軍の花形である歩兵隊の隊長を夢見て陸軍幼年学校から猛勉強と猛訓練を続けてきたが、戦局の都合で飛行兵への転身を余儀なくされたのだ。

最初から飛行兵をめざしている士官候補生に疎《うと》んじられ、笑われながら、二瓶たち転校生は一から飛行訓練を開始し、休日や休憩時間も返上して必死に操縦技術を習得した。二瓶はめきめきと腕を上げ、昭和十九年三月の卒業の頃には同期ではトップクラスの操縦技術を身につけていた。

当時は航空士官学校を修業すると、戦闘、偵察、爆撃、襲撃の各分科に振り分けられ、実用機を使った専門性の高い飛行教育を六ヵ月受けて実戦部隊に配属された。二瓶は襲撃科に入り、鉾田教導飛行師団で襲撃機パイロットの訓練を受けた。二瓶なら高度な艦船攻撃法を習得できると航空総監部に見込まれたのだ。

岩本を筆頭とする優秀な教官たちに学んだ二瓶は、同年十月に好成績で襲撃科のカリキュラムを修業し、念願の少尉の階級を授与され、遂に航空将校となった。あとは戦地への赴任命令を待つだけである。

しかし作戦補充要員として二瓶が鉾田で待機している間に、日本軍の航空作戦は大転換し、特攻作戦が開始された。陸軍最初の特攻隊は、二瓶の恩師、先輩、同僚を中心に編成された。彼らが飛び立っていくのを見送りながら、二瓶自身も逃れられない運命を感じたことだろう。

鉾田教導飛行師団の飛行兵たちは、万朶隊の大戦果を伝える大本営発表をいまかいまかと待ちわびていた。ところが十一月上旬、今西師団長は飛行兵を格納庫に集め、岩本隊長と四名の将校隊員が移動中に米軍機に撃墜されたと報告した。

選択肢は、「熱望」「希望」「希望せず」

第四航空軍司令官・富永恭次《とみながきょうじ》中将が主催する「送別の宴」に出席するため岩本たちはルソン島リパ飛行場からマニラの陸軍司令部に向かったが、その途上、米航空隊に発見されて航空戦に突入した。岩本たちの搭乗機は九九式双発軽爆撃機、対する米軍機は艦上戦闘機「F6Fヘルキャット」。速度や俊敏性などで格段に勝るヘルキャットに岩本たちはあっという間に撃墜されてしまったのだ。

残された万朶隊の下士官の隊員たちは悲しみを乗り越え、十一月十二日、岩本たちの遺骨を抱いてレイテ湾の米艦隊に突入したが、三隻の空母を沈没・大破させた敷島隊の戦果には及ばなかった。

陸軍首脳は余程悔しかったのだろう、即座に陸軍特攻隊の大編成に取りかかった。各地の教導飛行師団から計百五十人の特攻隊員を選出し、飛行師団ごとに分けられた十二部隊をフィリピンに派遣すると決定したのだ。十二部隊の総称は「八紘隊《はっこうたい》」と命名され、「八紘第五隊」「八紘第八隊」「八紘第十一隊」の隊員を鉾田教導飛行師団から出すことになった。

大本営は「必ず死に至る特攻作戦を強制するわけにはいかない」と考え、若い飛行兵たちが自発的に命を捧《ささ》げたという口実を作るため、「志願」という方法がとられた。陸軍航空総監部は各飛行師団に「特攻隊員は志願者をもって充当すること」という基本方針を伝え、志願者の採用方法は各師団長の裁量に任された。師団長が一名ずつ飛行兵を呼んで気持ちを確かめる方法から、飛行兵全員を整列させて「特攻隊志願者は一歩前に出ろ」という方法まで、各飛行師団長はまちまちの採用方法で特攻志願者を募った。

鉾田教導飛行師団の今西師団長は、特攻志願のアンケート調査を実施した。飛行兵全員に「人事極秘」と判の押してある封筒が配られ、中のカードには、家庭の状況、家族構成、職業、資産などの調査項目が並び、最後の欄には「貴官は特攻隊員を志望するか否か」という質問が記入されていた。丸印を付ける選択肢は「熱望」「希望」「希望せず」の三つである。

若き飛行兵たちは、自分たちの恩師が米軍機に撃墜されたと知らされたとき、「岩本大尉殿の仇《かたき》をかならず討つ！」と奮い立ち、これが団結の合言葉になった。岩本の仇討ちに燃えていた彼らは、全員「熱望」に丸印を付けた。それだけではアピールにならないと、小指の中ほどを小刀で切り、流れ出る血潮で「血書嘆願書」を書いて師団長に提出する者も多かった。二瓶秀典が血書嘆願書を提出したかどうかは定かでないが、彼の一本気な性格なら真っ先に提出したのではないだろうか。

十一月二十日、八紘第八隊の隊長、小隊長、隊員が発表された。今西師団長は全員の前で野太い声を張り上げ、名前を読みあげていった。

「八紘第八隊、隊長・山本卓美中尉、小隊長・二瓶秀典少尉、東直次郎少尉」

今西は二瓶の熱烈な特攻志願を受け入れ、小隊長に抜擢《ばってき》したのだ。隊長の山本卓美は、幼年学校時代からの二瓶の一年先輩で、もう一人の小隊長の東直次郎は航空士官学校の同期生であった。隊員九名は山本、二瓶、東が指導していた下士官の飛行兵である。

「いきます」。二瓶秀典、家族に告げる

当時、特攻隊員には出発前に二日間の休暇が与えられていた。休暇をどのように過ごすかは本人の自由であったが、故郷の家族に永遠の別れを告げるため帰省する者が多かった。

二瓶秀典も十一月二十二日の早朝に汽車に乗り、青森県下北郡田名部町に帰った。九歳離れている実弟の二瓶伸治《しんじ》は、最後に家族と過ごした兄の様子をこう回想する。

「兄は軍人になってからはほとんど田名部へ帰ってくることがありませんでしたが、昭和十九年の初冬にひょっこり実家に戻ってきたんです。暗く沈んでいるとか、ささくれ立っているとか、いつもと違う雰囲気は全くなくて、私と相撲を取ったりして元気で潑剌《はつらつ》としていました」

二瓶は家族に対し、特攻隊に参加することを打ち明けなかったという。軍の機密事項として口外を禁じられていたのか、家族を悲しませたくないために自らの意思で話さなかったのか判らないが、一言も口にしなかった。

無論、特攻隊については伏せていても、「日本を離れて、南方の戦地に行く」と両親に伝えた。父親の辰夫《ときお》は食糧難の時代であったにもかかわらず、地鶏《じどり》一羽を都合して自ら羽をむしり、母親のコヨが鶏肉を使った郷土料理を作り、親戚《しんせき》や友人を招いて出征祝いを行った。

その席で兄が漏らした何気ない一言を伸治は忘れられないという。

「特攻隊のことはおくびにも出さなかった兄が、一度だけ特攻隊という言葉を口にしたんです。海軍の関行男大尉の功績が新聞に載っているのを見て、みんなで感激して

『すごい、すごい』と話していたら、兄がちょっとムキになって『陸軍にも特攻隊があるんだよ』と言ったんです。その頃は特攻隊イコール海軍と思われていましたから、みんな『へー、陸軍も特攻隊を作ったのか』とびっくりしたんですが、兄はそれ以上何も話しませんでした」

おそらく二瓶は、恩師の岩本益臣大尉のことを伝えたかったのだろう。しかし岩本が出撃前に撃墜されたことは極秘事項であったろうし、ましてや自分自身が岩本の仇討ちという決意で特攻隊に志願したことは決して言えなかったのだろう。

翌朝、実家を発《た》つにあたり、二瓶は家族の前で書をしたためた。

皇國ノ必勝ヲ信ジ　悠久ノ大義ニ生ク
八紘隊　二瓶少尉

辞世であった。これを両親に預けたとき、二瓶は心の中で別れを告げたのであろう。両親は息子の死を強く意識したであろうが、辰夫もコヨも息子の前では涙を見せなかった。

田名部駅に汽車が到着したとき、二瓶は家族に「いきます」と言って乗車した。汽車はうっすらと雪化粧した恐山山地を背にして白煙をたなびかせ、小さく消えていった。伸治は振り返る。
「兄が『いってきます』ではなく『いきます』と言ったとき、『ああ、兄さんはもう戻ってこないんだな』と悲しくなったのをよく憶《おぼ》えています。ふと気づくと兄の前では泣かなかった母が、顔を伏せて号泣していました」

〈私の飛行機は五号機です〉

翌二十四日午前十時、八紘第八隊の十二人はフィリピンに向かって鉾田飛行場を出発した。出陣式は非常に華やかであった。国民に秘して陸軍関係者だけで行われた万朶隊の出陣式とは全く異なり、周辺の住民、国民学校の子供、女学校の女学生など大勢の人々が駆けつけ、滑走路以外は人波で埋め尽くされた。神風特攻隊の功績が連日報道されてから、どこの飛行場でも特攻隊の出陣は国民の熱狂的な声援を受けるようになっていた。

十二人は日の丸の鉢巻きをした女学生から花束を贈られ、「バンザーイ！　バンザーイ！」と祝福されながら、二式双発襲撃機（二式複座戦闘機「屠龍《とりゅう》」の改造機種）十二機で飛び立った。飛行場の上空で編隊を組み、それぞれ両翼を大きく上下に振って見送りの人々に「さよなら」の合図を送り、南の空に消えていった。

その後、八紘第八隊は給油や悪天候のため、大阪、宮崎、台北、屏東《へいとう》の飛行場に着陸した。その間に二瓶は数通の手紙を両親に書き、自分が特攻隊に志願したことを打ち明けたのである。

十二月三日と五日に屏東と台北で書かれた二通の手紙が二瓶家に残っていた。

これらの手紙によれば、二瓶は台湾滞在中、台中に住んでいる退役陸軍中佐の伯父《おじ》を訪ねている。特攻隊員としてフィリピンに行くと伝えたようだが、伯父はそれを喜ばなかったらしい。二瓶は手紙で、こう綴《つづ》っている。

〈(十二月)一日、急いで伯父さんや重直さん・けいちゃん達に会ひましたが、台中の伯父さんに会ひ、二瓶家の名誉を喜んで戴《いただ》けなかった事を残念に思っております。〉

彼のいう「二瓶家の名誉」とは、二瓶家本家長男の自分が特攻隊員に選出されたことを指している。彼が心底、特攻に「名誉」を感じていたと思い知らされる一文である。

台北の飛行場では現地の人々に持て囃《はや》されたらしく、二瓶は手紙に感謝の気持ちを綴っている。そしてフィリピン目前の強い決意と、最後の挨拶《あいさつ》を家族に伝えている。

〈空輪間降りた飛行場に於いては、特攻隊の名に於いて生き神に対する様なもてなしを受け、唯々《ただただ》感激し、かならずや轟沈《ごうちん》との意気に燃えております。私の飛行機は五号機ですから、映画（ニュース）にでも出たら武者振りを見て下さい。新聞屋から台北の伯父さんと撮ったものがあるので送られる事でせう。

以後、戦地よりの手紙はつかぬかも知れません。皆々様、お体を大切にして日本の発展を見て居て下さい。〉

これがおそらく、二瓶秀典の絶筆であろう。

手紙によって息子が特攻隊員であると知った辰夫とコヨは、先祖代々の墓がある斗南藩士ゆかりの古刹《こさつ》・円通寺に毎日通い、「息子の特攻機が首尾よく敵艦に命中いたしますように」と祈願したという。

駆逐艦の甲板に命中した五号機

十二月七日早朝、八紘第八隊はマニラのニルソン飛行場から出撃することになった。富永司令官から「勤皇隊《きんのう》」という新部隊名を与えられ、隊員たちは「大皇に忠義を尽くす」という意味の部隊名に誇りを感じた。

この日の出撃機は九機だった。フィリピン到着後に三機が故障し、修理に時間がかかるため、隊員三人は遅れて出撃することになったのだ。意気消沈して涙ぐんでいる彼らに、山本隊長が声をかけた。

「お前たちは飛行機の修理が済んだら、出撃して命中してくれ。俺は先に靖国神社に行って、お前たちの来るのを待っているぞ」

山本率いる勤皇隊は、後々まで〝特攻隊の鑑〟と言われた。通常の特攻機は両翼に一個ずつ二百五十キロ爆弾を付けていたが、山本たちは爆発効果を確実にするため、自ら率先して機首の内部に百キロ爆弾を追加で装備したのだ。

さらに山本の判断で、飛行機の燃料を半分にした。後期の特攻隊は司令官の命令で、帰還を不可能にする片道燃料が強要されたが、初期はそこまで非情な措置は取られず、出撃時の燃料は満タンに入れられていた。

しかし山本は自ら「全員が命中するのですから、燃料は半分で十分です」と上官に言い、上官から「規則なのだから満タンに入れろ」と命令されても絶対に譲らず、最後は上官のほうが黙認するしかなかった。

出撃前、勤皇隊の隊員たちは飛行帽の上に明治神宮の護符を縫い込んだ日の丸の鉢巻きをしめ、女学生たちが血書で「轟沈」としたためた血染めの布を胸に巻き、レイテ島オルモック湾に向かって飛び立った。

この日は米軍がオルモック湾から上陸を開始したため、多数の特攻隊がオルモック湾の米艦隊・輸送船団へ集中攻撃を行った。陸軍特攻隊は勤皇隊以外に「八紘第二隊　一宇《いちう》隊」「八紘第四隊　護国隊」など計二十四機、海軍特攻隊は「第三神風特攻隊　桜井隊」「第三神風特攻隊　千早《ちはや》隊」など計二十三機に及んだ。したがって陸海軍の司令部が、各部隊の戦果を正確に判別するのは非常に難しかった。

特攻隊にはかならず「直掩《ちょくえん》機隊」と呼ばれる戦闘機の部隊が随行していた。特攻隊を敵機から守って体当たりを見届け、どんな戦果を挙げたかを司令部に報告するのが直掩機隊の任務であったが、オルモック湾ではその大半が米航空隊に撃墜され、司令部にはほとんど報告が入らなかったのである。

大本営発表による新聞記事では「護国、一宇、勤皇隊奮戦　戦艦等十二隻屠《ほふ》る」（朝日新聞　昭和十九年十二月十一日付）などと華々しく報じられた。しかし米軍側の記録『第二次大戦米国海軍作戦年誌』によれば、この日のオルモック湾での米艦隊の損害は、駆逐艦「マハン」沈没、駆逐艦「ラムスン」大破、上陸用高速輸送艦「リッドル」大破、戦車揚陸船「ＬＳＴ－７３７」大破である。五十機近くの特攻機が投入されたにもかかわらず、米空母群は無傷であった。

敷島隊による特攻開始から約四十日間に、特攻によって損傷した米空母は十隻前後であったが、米軍はこれではならじと特攻対策に取り組んだ。空母を特攻から守るために小回りのきく駆逐艦五十六隻を空母群の前面約六十海里（約百十一キロメートル）

で対空砲火が強力になったために、迎撃も飛躍的に上昇した。これによって対空砲火の撃墜率は飛躍的に上昇し、特攻機は空母群に近づけなくなった。十二月に入ってからの米空母の損傷はゼロに抑えられたのだ。

対空砲火や米戦闘機からの攻撃をかわした特攻機の多くは、空母まで行き着くのは無理だと判断し、代わりに眼下の駆逐艦めがけて突入した。十二月七日に駆逐艦二隻が損傷したのもそのためであった。

では、勤皇隊の特攻攻撃は、駆逐艦に命中したのであろうか。勤皇隊に付いていた直掩機隊が全滅したため、勤皇隊についての正確な戦果報告は残されていない。しかし十二月七日の最も大きな戦果である駆逐艦「マハン」の沈没は、勤皇隊の戦果の可能性が非常に高いのだ。

それを裏付ける資料は、オーストラリアの新聞社特派員として太平洋戦争を取材し、フィリピン戦から沖縄戦までの特攻攻撃を艦上で目撃した戦史ジャーナリスト、デニス・ウォーナーが妻のペギーとともに記した『ドキュメント　神風』である。この詳細な特攻攻撃の記録書に「一九四四年十二月七日、オルモック湾」の状況が描かれている。

ニュース映像に捉えられた五号機搭乗の二瓶秀典

〈偉大な海軍歴史学者にちなんで命名された駆逐艦「マハン」が、戦闘機に護衛された九機の敵爆撃機にたいして対空砲火を浴びせたところ、友軍のP38戦闘機隊が支援にかけつけて敵戦闘機三機を射ち落とした。（中略）一機は「マハン」から、およそ五〇メートルのところで火を発して海中に突っこんだが、その特攻機が海中に突入したさい、爆弾が炸《さく》裂《れつ》した爆風で「マハン」の乗組員数名が海中に吹きとばされた。二番目の特攻機は一番機の爆発で前方の様子がわからなくなり、「マハン」の煙突のうえを通過したが、海面スレスレの高度で引き返してきて、水線と前甲板とのあいだにぶつかった。

三番機、四番機、五番機、六番機は「マハン」に体当たりするため慎重に行動した。これら四機は甲板に激突した。〉

この日にオルモック湾に出撃した陸海軍の特攻隊で、九機の編隊を組んだのは勤皇隊だけである。すなわちデニス・ウォーナーが目撃した九機は、勤皇隊としか考えられない。

ウォーナーによれば、九機は千五百メートル程の間隔を置いて連なり、海面から約十五メートルの高度で水平飛行していたという。先頭の一号機のパイロットは山本卓美、真ん中の五号機のパイロットは二瓶秀典である。マハンに目標を定めて突撃命令を出した山本は、当然、自ら先陣を切ったであろう。最初にマハンに接近して「火を発して海中に突っ込んだ」と記されている一番目の特攻機は、山本の搭乗機であった可能性が高い。後続の隊員たちは隊長の失敗を目の当たりにして激しく動揺したであろうが、このとき副指揮官役の二瓶が落ち着くように無線で指示を出し、二瓶の主導で「慎重に行動した」のではないだろうか。

そして三番目から六番目の四機が連続してマハンの甲板に命中した。この中に二瓶の搭乗機が含まれていたのは、編隊の順番からして間違いない。

二瓶秀典は見事、駆逐艦轟沈という大戦果を挙げ、二十歳の短い生涯を閉じたのだ

——。

大空に生命捧げし若桜　御魂安かれ征きて咲きなむ

二瓶の壮絶な戦死は青森県で「本県初の特攻隊員」（東奥日報　昭和十九年十二月十一日付）と顔写真入りで大々的に報じられた。

さらにその年の十二月中旬から翌年の一月初旬まで、『特攻勤皇隊』と題する映画ニュースが全国の映画館で流され、壮行式から飛行場を飛び立つまでのフィルムの中に、五号機の前で最後の出撃準備に勤《いそ》しんでいる二瓶の姿が映し出された。

追悼式は大政翼賛会青森支部が主催し、青森県知事をはじめ県内の有力者が顔を揃えた。東京の陸軍省から派遣された高官が南方方面軍陸軍最高指揮官・寺内寿一《てらうちひさいち》大将の感状を代読し、二瓶の二階級特進、陸軍大尉への任官を発表した。

以来、田名部町で二瓶は「軍神《ぐんしん》」と崇《あが》められた。田名部神社前で居酒屋を経営している関幸吉は、当時のエピソードをこう振り返る。

「その頃私は国民学校の小学生でしたが、学校でこんな事がありました。二瓶秀典さんの何番目かの弟と私は同級生で、その弟がちょっと吃音《きつおん》だったんです。彼が教科書を朗読するときクラスで笑う奴がいて、先生も一緒になって笑っていたんです。ところが二瓶さんが特攻隊で戦死してから、弟に対する先生の態度がガラッと変わりました。弟を笑ったりすると、先生が『軍神の弟を侮辱するとは何事だ！』と怒って、笑った生徒たちを起立させてぶん殴ったんです。そのくらい二瓶さんは『軍神』と尊敬されていました」

郷里の親友が特攻死によってこれほど熱狂的な崇拝の対象になったことを、満州国にいた谷藤徹夫は知っていたであろうか。

徹夫が海を渡ったとき特攻作戦はまだ開始されておらず、綏中飛行場に赴任して半月後に神風特別攻撃隊の特攻が始まった。満州国の日本語新聞でそれを知った関東軍の兵士たちは、飛行機による体当たりという前代未聞の戦法に驚嘆したことだろう。だが、天下泰平を謳歌《おうか》している彼らにとって、遥《はる》か彼方《かなた》の南方海戦における特攻作戦は所詮《しょせん》〝他人事《ひとごと》〟という感覚を拭《ぬぐ》えなかったであろうし、ましてや特攻死に自分の運命を重ね合わせることなどなかったであろう。

しかし戦死した特攻隊員の一覧の中に親友の名前を見つければ別である。徹夫の目に「二瓶秀典少尉」という文字が飛び込んできたとき、彼は脳天を打ちつけられたような衝撃を受け、特攻隊に対して初めて強烈なリアリティーを感じたに違いない。

亡き親友を追悼するにあたり、子供の頃に一緒に過ごした日々が走馬灯のように去来し、徹夫はそれらの思い出を厳《おごそ》かに、敬虔《けいけん》に追想したことだろう。

二人とも斗南《となみ》藩士の家系の長男に生まれ、赤ん坊のときから斗南藩士の子孫の集まりに連れて行かれ、ごく自然に親友になったこと。親や周囲から大きな期待をかけられ、放課後の教室で机を並べて懸命に勉強したこと。華奢《きゃしゃ》な体格で武道の苦手な徹夫が腕白たちからいじめられていると、「ポパイ」の綽名《あだな》を持つ二瓶が助けに来て腕白たちを叩《たた》きのめしたこと。子供の入館が禁止されていた映画館にこっそり裏口から入れてもらい、阪妻《ばんつま》のチャンバラ映画に夢中になったこと……。

中学から二人は対照的な進路を歩んだ。二瓶は超難関の陸軍幼年学校に合格して陸軍エリートの道を着実に歩んでいったが、徹夫は大学で学生運動に没頭し、挙句の果てに徴兵検査で第二乙種を付けられて奈落《ならく》の底に突き落とされた。しかしそこで腐らずに徹夫は、陸軍特別操縦見習士官の試験を見事突破し、一年間の猛訓練を経て飛行兵となった。奇《く》しくも陸軍士官学校本科から航空士官学校に転校した二瓶も飛行兵となり、二人はほぼ同時期に少尉に任官した。

互いに航空将校として同じ部隊に所属し、一緒に出撃する日が来るのを夢見ていたかもしれない。

徹夫は遠く満州の地から、亡き親友の霊前への供え物を郷里に送った。徹夫の実家に長方形の桐箱が届き、父親の松次郎宛ての添え書きには、桐箱の中に入っている巻物を二瓶秀典の霊前に供えてほしいと書かれていた。

松次郎は早速、桐箱を持って雪道を歩き、二瓶家を訪れた。仏壇の前で正座して桐箱の蓋《ふた》を開けた松次郎は、黒塗りの丸筒を取りだし、「特攻院勤皇秀典居士」という戒名の位牌《いはい》の前にお供えした。

丸筒の中には、三枚の書が入っていた。徹夫は親友の死を悼んで五首の和歌を詠み、毛筆で書をしたためたのである。

　二瓶大尉殿霊前に捧ぐ

大空に生命《いのち》捧げし若桜　御魂《みたま》安かれ征《ゆ》きて咲きなむ

　二瓶大尉殿の体当りを聞きて

花と咲き花と散りにし我が戦友《とも》の　手柄聞きにし残れる我は

もののふの務めぞ重きみちみちに　散るべき秋ぞ散るらむ我は

　我現在の心境

大空に征きて咲きなむますらをが　散りてぞ留《とど》む大和魂

大君《おおきみ》の御楯となりて天馳《か》けむ　永久《とわ》に守らむすめらみくにを

「もののふ（物部）」と「ますらを（益荒男）」は、武士を意味する。「すめら（皇）」は天皇を指す尊敬語であり、「すめらみくに（皇御国）」とは天皇の統治する国という意味である。

これらの詞は、徹夫の決意表明であった。徹夫が自らも特攻隊員に志願する決意を固めたのは明らかだった。そして現実に、彼を特攻へと向かわせる状況が刻々と近づいていたのである——。

特操一期生、少年飛行兵、沖縄戦へ

フィリピン防衛戦は昭和二十年に突入したが、日本軍の惨敗は決定的であった。レイテ決戦の捷一号作戦が無残な結果に終わり、日本軍はレイテ島を米軍に明け渡したが、首都マニラのあるルソン島での総決戦に最後の望みをかけていた。一月五日、約八百五十隻の米大艦隊がルソン島近海に現れると、再び陸海軍特攻隊による集中攻撃が開始され、約二カ月半ぶりに護衛空母を撃沈させるなどの戦果を挙げたが、米軍の上陸阻止には全く及ばなかった。米兵約二十万人はルソン島リンガエン湾から上陸を開始し、一月下旬にマニラ近郊に到達し、最終決戦となるマニラ市街戦の態勢を整えた。

一方、フィリピンの日本軍航空隊は、相次ぐ特攻と米航空隊による飛行場爆撃で飛行機が底を突き、特攻攻撃を中止せざるを得なくなった。前出の米軍側史料でも、一月二十一日に駆逐艦「マドックス」を大破させたのを最後に、フィリピン沖での飛行機による特攻の戦果は記録されていない（潜水艇による特攻は一月三十一日に最後の戦果が記録されている）。

大本営陸軍部は急ピッチで国内の航空隊に特攻隊編成の命令を出し続けた。そして遂に、特攻とは無縁だった満州国の関東軍航空隊に対しても特攻隊編成が発令されたのだ。

当時の関東軍総司令官・山田乙三《やまだおとぞう》大将は関東軍のメンツにかけて最強の特攻隊を送り出すため、満州国の防空を担っていた第二航空軍の精鋭飛行兵を特攻隊員に選出した。昭和十九年十二月上旬から二カ月の間に「玄武《げんぶ》隊」「武揚《ぶよう》隊」「武克《ぶこく》隊」「蒼龍《そうりゅう》隊」「扶揺《ふよう》隊」の五隊が編成され、いずれの部隊も航空士官学校出身の大尉か中尉が隊長に就任した。雪に被《おお》われた新京飛行場で出陣式が行われ、関東軍特攻隊の第一陣がフィリピンめざして満州の大空を飛び立った。

しかし関東軍が自信を持って送り出した五隊の戦果は不明である。九州や台湾の飛行場で待機していた三月上旬、米軍がマニラを完全占領したためフィリピン戦の日本軍敗北が決した。五隊はそのまま次の戦闘まで待機することになり、約一カ月後、沖縄方面への移動を命じられて離陸したが、その後の記録は残っていない。だが、戦果や消息にかかわらず、五隊の隊員たちは満州国で「軍神」と崇められた。満州国でも特攻隊員が神格化され、若い飛行兵たちが自ら特攻隊に志願していく雰囲気が醸成されていったのだ。

四月一日、軍艦千三百十七隻、空母の搭載機千七百二十七機、輸送船団の上陸部隊十八万人という太平洋戦争中最大の米艦隊が沖縄本島への上陸を開始し、沖縄防衛戦の火蓋《ひぶた》が切られた。陸軍航空総軍（陸軍航空総監部から改称）は三百十四隊にのぼる特攻隊編成を発令し、そのうち十三隊の編成を関東軍に割り当てた。

関東軍首脳は十三隊の人選に頭を悩ませた。最初の五隊には関東軍のメンツがかかっていたため、首脳陣は迷うことなく航空士官学校出身の大尉・中尉クラスを投入した。特攻機に使用した機種も、陸軍が誇る一式戦闘機「隼《はやぶさ》」や九九式襲撃機などであった。しかしもともと関東軍は南方戦線への戦力転用のため、昭和十九年をピークに熟練飛行兵と戦闘機、襲撃機、爆撃機の大半を放出していた。航空士官学校出身者は僅《わず》かしか残っておらず、これ以上、虎の子の熟練飛行兵を特攻隊に出すわけにはいかないと関東軍首脳は判断した。

そこで白羽の矢が立ったのは、半年前に満州国に赴任し、少年飛行兵の教官を務めている特操一期生たちであった。わずか一年間しか飛行訓練を受けていない特操生は、航空士官学校出身者と比べれば格段に操縦技術が劣っていた。しかし技術的には問題を抱えていても、特操生は少尉の位が与えられている、れっきとした航空将校である。身分としては小規模の航空隊隊長に就任しても過不足ない。

関東軍首脳は、十三隊の隊長を主に特操一期生から選出する方針を固めた。特操二期生と三期生、そして少年飛行兵を隊員として、一隊につき十五―二十名ほどの特攻隊が編成されることになった。

十三隊の特攻機に指定されたのは、九三式中間練習機であった。中間というのは、初級練習を終えた次の段階という意味である。機体をオレンジ色に塗ってある二枚翼の複葉機なので、「赤トンボ」という呼称で親しまれていた。

山田総司令官は、満州国内に八つあった飛行兵養成部隊にこの方針を伝え、至急、特攻隊の志願者を募るよう命じた。無論、志願は表向きの形式に過ぎず、実質的には拒否の許されない強制であった。

『特操一期生史』の寄稿文に、突然、特攻隊への志願を余儀なくされた満州国の特操一期生の心情が描かれている。たとえば当時、奉天省熊岳城《ゆうかくじょう》の飛行場にいた山下末雄はこう回想している。

〈十一月に入ると、陸軍においても「万朶隊」「富嶽隊」が特攻編成されて、次々と突入して行く。これらは、新聞一面に大きく報じられ、特攻の機運は急速に高まっていた。

だが、ここは満州国、戦場は遥か南方である。それに北には宿敵ソ連がいる。油断も隙もならない国で、目下、日ソ中立条約が締結されて、当面、小康が保たれているが、そうかといって手を抜いていいということにはなるまいと、それ程差し迫った空気は感じなかった。（中略）

ここでは官舎が与えられて営外居住、畳の部屋となる。同期生八名、少尉に任官したばかりで任官手当があり、それに給料も本給、外地手当、航空手当と懐は温かい。訓練は厳しくとも宿舎に帰れば別天地、独身の気易さで元気にまかせて無茶もやる。振り返ってみると、この時期が最も平穏であったようである。束の間ではあったが……。

特別攻撃隊を編成するについて、希望するかどうかとのアンケート調査がある。突然のことで粛然となる。戦線が俄《にわ》かに近づいてきたようで身が締まる。

それにしても、この満州で何故特攻なのか。満州の状況は上述のとおりである。それに私はこれまで通常の形での戦闘以外考えたことはない。特操を志願して訓練をうけること一年有余、時至れば戦場に赴いて生ある限り全力を尽くすことを任務と考え、使命と心得てきた。あるいは戦死するかも知れぬが、それはそれ、もとより覚悟の上である。これで存分に戦ってみたい。

だが、特攻は、万死である。事情は全く異なる。急に言われても心の準備がないので戸惑うばかりである。頭が空になったようで、判断など俄かにはつき難い。同期生はいずれも黙殺。相談して決めるという訳のものではない。（中略）

考えてみれば、軍は希望の有無と、一歩下った形で調査をしているが、それは一応そのような形式をとっているだけのことで、その意志は明らかである。一度決めたことを変えることはない。特攻は断固編成することであろう。軍の激しい決意がひしひしと伝わってくる。

結果は始めから決っているようである。通常の形での戦闘など選択の余地はないのかも知れない。日本もいよいよ正念場を迎えたか。

かくて「希望する」との回答を出す。あとで同期生に訊《たず》ねてみると、全員、同じようなものであった。〉

第五練習飛行隊の教官として綏中飛行場にいた谷藤徹夫も、「希望する」という回答を選んだのは間違いない。ただ、二瓶秀典の霊前に供えた短歌で決意表明した徹夫であっても、やはり特攻志願の直前は新妻・朝子の顔が浮かび、葛藤《かっとう》に苛《さいな》まれたのではないだろうか。優しい性格の彼であれば、一日も夫と暮らさずに未亡人となる朝子の気持ちに思いを巡らせたことだろう。

四月八日、「破邪隊《はじゃたい》」と命名された十三隊の特攻隊の人選が決定した。隊長十三人のうち十二人が特操一期生であったが、そこに谷藤徹夫の名前はなかった。

「かならず後から行く」

破邪隊の隊長に選ばれた徹夫の同期生たちは新京に集合し、日本人居留民の盛大な歓待を受けたうえに、満州国宮内府《くないふ》に招かれて皇帝溥儀に謁見した。溥儀はひとりひとりと握手を交わして激励と感謝の言葉をかけ、隊長全員と記念撮影を行った。関東軍首脳はその記事と写真を満州国の新聞に大きく掲載させ、溥儀を利用して満州人の間にも特攻隊神話を広めようとしたのだ。

無論、満州国皇帝と謁見した特攻隊の隊長たちは、一点の曇りもなく純粋に感激したことだろう。死にに行く前に最高の御褒美を頂いたと心底思ったことだろう。溥儀との撮影の翌朝、隊長たちは各十五―二十名の隊員とともに出陣した。「夢の制度」に合格して航空将校となった大卒者たちは、オレンジ色の赤トンボで鹿児島・知覧《ちらん》の特攻基地を経由し、沖縄の海に散ったのである。

この十三隊を皮切りに、関東軍は次々と特攻隊を編成し、沖縄に送り続けた。特操一期生から隊長を選出する方針は堅持された。日本本土の特攻隊編成においても特操一期生が隊員に選ばれる割合は急増していたが、特操一期生の特攻隊隊長は非常に稀《まれ》であった。しかし満州国ではそれが定着し、特操一期生たちも「学徒兵に特攻隊隊長は務まらない」と馬鹿にされたくないという思いから強い責任感を持って臨んだ。谷藤徹夫も綏中飛行場で教官を続けながら、特攻隊隊長に指名される日を待ち続けた。通常の訓練は四月で中止となり、特攻訓練が開始された。超低空飛行から急上昇して旋回し、一気に急角度で降下するという操縦を繰り返すのだ。

少年飛行兵たちも、いつでも特攻に行く覚悟を固めていた。前出の前田多門は十六歳で第五練習飛行隊に入隊したとき、特攻志願のアンケート調査を受けたという。「どう答えればいいのでしょうか」と上官に訊《き》くと、「未成年だから『一切を父親に委任します』と書きなさい」と命じられ、満州で訓練を受けていたときは「自分が特攻隊員になるのは当然のこと」と思っていたという。前田が回想する。

「いつでも特攻に行くという気持ちで、『特攻で死ぬことこそ名誉だ』と考えていました。今思えば、反抗できない情況での諦《あきら》めの境地だったんでしょうね」

また、前田と同じ陸軍特別幹部候補生として、十八歳で第五練習飛行隊に入隊した嶋口朝太郎は、当時の心境をこう振り返った。

「自分がいずれ特攻隊員に指名されることはよく分かっていましたが、恐怖を感じた憶《おぼ》えはありません。『いつでも行くぞ!』という感覚が当たり前でしたから。むしろ楽しかったことのほうをよく憶えていますよ。南満州を飛んでいるとき、万里の長城の遥か彼方《かなた》まで見渡せて、天下を取ったような爽快《そうかい》な気分になったものです」

特攻訓練に明け暮れる若い飛行兵たちに悲愴《ひそう》感はなく、皆が溌剌《はつらつ》として活力に満ちていた。そして谷藤徹夫は、常にその中心にいた。第五練習飛行隊で訓練を受けていた特操三期生の寺田郁男は、特操の先輩である徹夫の様子をよく憶えているという。

「谷藤さんはとてもユーモアのある人で、どんなジョークだったか忘れましたけど、大笑いさせられましたよ。全員が順番に特攻に行くと決まっていましたし、実際私にも順番が回ってきて出撃直前に終戦を迎えたのですが、死ぬのを怖がって憔悴《しょうすい》していたわけではありません。むしろ死ぬ覚悟ができていたからこそ、残された短い時間を精一杯、元気に生きようと思いました。谷藤さんも同じ心境だったのではないでしょうか」

しかしそういった明るく和やかな雰囲気の中でも、特攻に行く仲間との別れのときだけは悲しみの底に沈んだと、取材した元特攻隊員の全員が口を揃えた。特に教官は、教え子が一人、また一人と特攻隊員に選ばれ、自分より先に出撃していくことに苦悩したという。第五練習飛行隊で教官（士官）の補佐役である助教（下士官）を務めていた石森富男はこう強調した。

「教え子たちを見送るとき、教官や助教は『自分もかならず後から行く』と固く約束するのが当然のことでした。『自分は特攻に選ばれなくて良かった』と安堵《あんど》していた者は一人もおりません」

綏中飛行場で特攻隊に選ばれた者は、関東軍特攻隊の集合場所である新京飛行場に向かう前に壮行式が行われた。出発前に横一列に整列し、野村隊長から一人一人に白い盃《さかずき》が渡され、別れの盃が交わされた。徹夫も教え子の少年飛行兵を送り続けた。

「かならず後から行く」

飛び立つ教え子たちに、徹夫は何度もそう約束した。おそらく教え子たちの顔を思い出すたびに、「自分も早く行かなければ」と焦燥感に駆られたことだろう。だが、その意に反し、沖縄戦終盤の六月に入っても徹夫に特攻の命が下ることはなかった。

「初雪を見ると、朝子姉さんを思い出す」

六月二十一日、沖縄全域を占領した米軍の勝利宣言によって沖縄戦は終焉《しゅうえん》した。日本軍は約千九百機の特攻機を沖縄戦に投入したが、大半が目標に達する前に火を吐き、翼を折って海に沈んだ。米軍は百六十キロ先の動体を確認できる最新鋭のレーダー網を張り巡らせて特攻機を迎え撃ったのである。

フィリピン戦、沖縄戦を通じて特攻作戦には決して勝機を見出《みいだ》せないと明白になったが、大本営は本土決戦の作戦会議において、桁外《けたはず》れに大規模な特攻作戦を敢行すると決定した。本土決戦に投入する一万機の飛行機のうち七千五百機を特攻機にするとしたのだ。

さらに大本営は、約二百二十五万人の陸軍兵と約百三十万人の海軍兵の全員を突撃させる「全軍特攻」、子供から老人までの一般市民を突撃させる「一億総特攻」という方針を打ち出した。

もはや日本軍首脳にとって特攻とは、勝利をめざすための戦法ではなかった。たとえば大西瀧治郎はフィリピン戦の惨敗後、特攻作戦に疑念を抱いていた東京日日新聞の戸川幸夫記者から、「特攻によって日本は勝てるのですか」と問われたとき、堂々とした態度で次のように答えたという。

「いくらアメリカでも日本国民を根絶してしまうことはできない。攻めあぐねれば、アメリカもここらで和平しようと考える。そこまで持ち込めば取りも直さず、勝ちとはいえないまでも負けにはならない。国民すべてが特攻精神を発揮すれば、たとえ負けたとしても、日本は滅びない、そういうことだ」

この大西の発言は、大本営が特攻に固執する理由を代弁していたに違いない。つまり日本軍首脳は、アメリカと講和を結ぶための方便として特攻作戦をエスカレートさせ、アメリカが講和を言い出すまで国民を特攻に駆り立てる方針だったのである。まさに狂気の沙汰《さた》としか言いようがない。

沖縄戦の終焉から二日後の六月二十三日、『義勇兵役法』が制定された。これにより十五から六十歳までの男性と十七から四十歳までの女性を義勇兵として召集することが可能となった。大本営は本土決戦までに二千八百万人の一般市民を召集して「国民義勇戦闘隊」を結成する計画を立てたのだ。

国民を義勇兵に鍛え上げるため全国津々浦々で行われたのは、在郷軍人を指揮官とした竹槍《たけやり》訓練であった。先端を斜めに切った竹を持ち、米兵に見立てた大きな藁《わら》人形に向かって全力で走り、心臓部を突き刺す訓練である。突き方が弱々しいと女性や子供でも情け容赦なく鉄拳《てっけん》が飛んだ。

田名部町での竹槍訓練には、日の丸の鉢巻きをしたモンペ姿の谷藤朝子が真剣な面持ちで参加していた。「エイー、ヤァー」と黄色い声を張り上げ、竹槍を何度も藁人形に突き刺した。

前年の秋、下関港から海を渡る徹夫から「かならず満州に呼ぶから田名部で待っていてくれ」と言われ、朝子は田名部町の谷藤家で暮らし始めた。九州で生まれ育った朝子にとって、雪国の生活は何もかもが新鮮に映ったようだ。朝子のことを直接知る者はもはやいないが、谷藤家の遺族に訊くと、朝子にとって義弟に当たる勝夫が生前、

「初雪を見ると、朝子姉さんを思い出す」と、こんなエピソードをよく語っていたという。

初雪を見た朝子は、「雪を見るのは初めて！」と飛び上がらんばかりに喜び、バケツを持って屋根に上がった。草鞋《わらじ》が滑って危ないので勝夫が心配して付いていくと、朝子は屋根の上でバケツに雪をたくさん詰め、「勝夫さん、これ、家の中で食べましょう」と微笑んだ。そしてバケツを抱えて家の中に戻ると、朝子は本当に皿に雪を盛って砂糖をかけ、「美味《おい》しい」と食べ始めたという。

朝子が短歌を読んだことは間違いない

昭和十九年から二十年にかけての冬は、記録的な豪雪となった。青森測候所で二メートルを超える積雪量が測定され、最高記録が更新された。

鉄道輸送は非常な困難を来した。食糧や石炭などの重要物資が平時の半分以下しか輸送できず、下北半島の配給は激減した。保存していたジャガイモ、漬物、乾パンなどを少しずつ食べて厳冬を耐え忍ぶしかなかった。

兵役で男手が足りないため、除雪作業に女性が駆り出された。朝子も連日、防寒頭巾《ずきん》と藁長靴といういでたちで木製スコップを持ち、大雪に覆われた線路の雪掻《ゆきか》きに励んだ。そのうえ春になって雪が解けると、本土決戦に備えた陣地作りが始まり、若い女性と中学生が肉体労働に動員された。

日本有数の軍港があった大湊《おおみなと》地区は、本土決戦の重要拠点であった。軍港に近い釜臥山の裾《すそ》野一帯にトンネルを掘って地下陣地を構築し、持久戦とゲリラ戦を展開するという作戦が立案された。国民義勇戦闘隊員となった地元住民たちは地下陣地に隠れて息を潜め、米航空隊の空爆を耐え抜き、米上陸部隊が山道に入り込んだとき竹槍で突撃するという、あまりに無謀な作戦が本気で進められていたのだ。

朝子は連日、田名部駅前からトラックに乗り、釜臥山の裾野に通った。労働者が多いのでトラックの荷台の上で立っていなければならなかった。作業開始前に軍隊式の点呼が行われ、指揮官が「戦地にいる兵隊さんのことを思え！」と訓示を述べた。トンネルの掘削作業には強制連行された多くの朝鮮人労働者が使役され、朝子たち女性は軍港に保存されている武器、弾薬、食糧、衣類などを地下倉庫に運び込んだ。

この過酷な日々の中で朝子の心の支えとなっていたのは、徹夫からの手紙であったろう。夫婦の往復書簡は一通も残っていないが、結婚後に一日も一緒に暮らしていない二人は頻繁に手紙を書いていたと思われる。

無論、徹夫はいつ特攻隊隊長に指名されるかわからない状況に置かれ、本人も早く指名されることを望んでいたが、おそらく朝子にはそれを伏せていたであろう。だが、朝子は、特攻を決意した夫の心情を知っていた。徹夫が二瓶秀典の霊前に供えてほしいと松次郎に送った短歌を朝子は読んでいたからである。

もしかしたら松次郎は朝子を気遣い、短歌を見せなかったかもしれないが、それでも朝子が短歌を読んだことは間違いない。二瓶家で徹夫の短歌を読んだ朝日新聞の記者が、「神鷲の御魂《みたま》に捧ぐ　大空の闘魂《とうこん》讃歌　谷藤少尉が学友二瓶大尉へ」と大見出しを掲げた美談の記事を書き、徹夫の短歌は朝日新聞青森版（昭和二十年二月二十二日付）で大々的に紹介されたため、朝子の目に触れなかったはずがないからだ。

大空に生命捧げし若桜　御魂安かれ征きて咲きなむ

花と咲き花と散りにし我が戦友の　手柄聞きにし残れる我は

もののふの務めぞ重きみちみちに　散るべき秋ぞ散るらむ我は

大空に征きて咲きなむますらをが　散りてぞ留む大和魂

大君の御楯となりて天馳けむ　永久に守らむすめらみくにを

これらの詞が特攻の決意表明であると察した朝子は、愛する夫の死を覚悟したであろうが、同時に「その前にひと目だけでも逢《あ》いたい」という狂おしい心情に煩悶《けんもん》したことだろう。そして奇跡のような出来事が起こった。竹槍訓練と陣地作りに明け暮れていた七月上旬、遂に待ち焦がれていた便りが満州から届いたのだ。それは次のような内容であった。

「航空隊の再編成があり、大虎山《たいこざん》飛行場に移動することになった。新設の飛行場なので、まだ官舎が空いている。上官が家族を呼んでいいと許可してくれたから、すぐに満州に来てほしい」

奇跡的な再会

大虎山は奉天と錦州の中間に位置する小さな町である。飛行場も全長千メートル弱の草地の滑走路で、本来は不時着場として建設されたものであった。しかし本土決戦に備えて満州で特攻訓練を受ける少年飛行兵が急増し、飛行場が足りなくなったため、大虎山飛行場を通常の練習場として使用することになったのだ。

綏中飛行場の野村隊長の副官だった蓑輪三郎中尉が大虎山分屯隊の隊長に任命され、飛行教官として十名の少尉が配属された。その中には谷藤徹夫の名が入っていた。蓑輪は徹夫の誠実な人柄を高く評価し、自らの副官に任命したのである。

この移動は谷藤徹夫にとって幸運だった。妻子持ちの将校用に造られた一軒家の官舎が空いていたのだ。

蓑輪は綏中勤務時代に、故郷の群馬県北甘楽郡《きたかんら》（現・甘楽郡）下仁田町《しもにたまち》に住んでいた妻子を呼び寄せ、家族揃って将校官舎で暮らしていた。その経験から十名の飛行教官のうちで唯一の妻帯者だった徹夫に、「貴様も細君を呼んで官舎で一緒に暮らしたらどうだ」と勧めた。

徹夫は朝子を満州に呼ぶと決断し、「隊長の御厚意で、一緒に将校官舎で暮らせることになった。すぐに満州の大虎山に来てほしい」と、故郷で待っている新妻に手紙を書いた。

朝子は飛び上がらんばかりに歓喜した。そそくさと荷物をまとめ、義父母に「徹夫さんのもとに参ります。大変お世話になりました」と挨拶《あいさつ》を済ませた。松次郎とたつゑは「徹夫をよろしくお願いします」と嫁に頭を下げ、渡航費を渡し、田名部駅から朝子を送り出した。

この時期に民間人が鉄道で遠出をするのは、非常に危険なことだった。鉄道破壊を目的とした空襲が全国各地で繰り返されていたからである。

実際、朝子が出発した後、田名部町も初の空襲を受けた。七月十四日から二日間にわたり百六十機の米軍機が下北一円の上空に飛来し、田名部町には四十三発の爆弾と十六発の焼夷弾《しょういだん》を落としたのだ。空襲警報のサイレンが鳴り響き、住民たちは日頃の避難訓練通りに防空壕《ぼうくうごう》に駆け込んだが、その空襲により田名部町で十八人が死亡し、五十四人が重傷を負った。さらに駅や機関車が集中的に狙われ、大湊線と大畑《おおはた》線は壊滅的な被害を受けた。もし朝子の出発が一週間ほど遅れていたら、下北から出られなくなっていたのは間違いない。

空襲前に大湊線で八戸《はちのへ》駅に着いた朝子は、その後も空襲で頓挫《とんざ》することなく鉄道で本州を縦断し、唐津の実家に帰って実母の中島豊之《とよの》に「徹夫さんのもとに行く」と告げた。豊之は下関港まで一人娘を見送りに行き、朝子が連絡船に乗り込もうというその時に、気丈な声ではっきりと言い渡した。

「徹夫さんの勤務に喜んで付いていくんですよ。一生懸命、内助の功を尽くしなさい」

朝子は目を潤ませて「はい」と答え、連絡船に乗った。釜山港行きのこの連絡船が空襲の危険のため運航停止となったのは、それから数日後のことである。

奇跡的としか言いようがないほど順調に海を渡った朝子の目に、満州国はどのように映ったであろうか。やはり「天国」に見えたのではないだろうか。

朝子はモンペ姿のまま満鉄の日本人専用車輛に乗車したであろうが、乗った瞬間に赤面したことだろう。日本女性たちはきれいに化粧をして洋服や和服や中国服を自由に着こなしていた。しかも関東軍の将校の家族は満鉄で特別扱いを受け、豪華な客室でくつろげ、食事や洋酒を給仕が運んでくれた。

いや、そういうことよりも、「この満州では竹槍《たけやり》訓練も陣地作りもやらなくていいんだ。徹夫さんと二人で平和に暮らせるんだ」と実感した瞬間、心の底から歓びが溢《あふ》れたに違いない。そして大虎山駅に着いたとき、徹夫の姿が目に入った。すっかり貫《かん》禄《ろく》がついてきた将校服を着て、徹夫は朝子を出迎えたのである。

蜜月

約九カ月ぶりに再会した二人にとって、この時が新婚生活のスタートだった。将校官舎はレンガ造りの立派な一軒家で、それが初めて二人で暮らす新居となった。大虎山飛行場に駐留している将校は毎晩、「伊予屋《いよや》」という日本式旅館で酒盛りをしていたが、朝子との生活が始まると、徹夫は宴会には顔を出さなくなった。徹夫が飛行場に出掛ける早朝は、決まって朝子が見送りのために官舎から出てきて、仲睦《むつ》まじい光景を披露したという。

隣の官舎で暮らしていた蓑輪中尉夫人の哲《てつ》は、こう振り返った。

「谷藤さんが朝出勤するとき、いつも朝子さんが玄関先で『いってらっしゃい』と手を振って、投げキッスするんですよ。まるで外国映画でも観ているように、唇に指を当ててサッとやるんです。当時そんな大胆な日本女性はおりませんでしたから、最初はびっくりしましたよ。うちの子供たちも投げキッスを見ていて、『お母さん、谷藤さんのおばちゃんがこういうふうにしたけど、あれ何なの？』って言うから、『いってらっしゃいって合図なのよ』って教えたら、次の日から子供たちはお父さんが出掛けるときに真似してね。主人は腰を抜かすほどびっくりしてましたよ（笑）」

だが、この蜜月《みつげつ》の陰で、徹夫は特攻での死を日に日に強く意識していた。

関東軍総司令部は七月十一日に二十隊の特攻隊の人選を新たに発表した。いよいよ本土決戦に向けた特攻隊編成が満州国でも始まったのだ。

この二十隊の中に徹夫の名前はなかったが、本土決戦で彼が特攻に行くのは確実であった。その前にひと目だけでも朝子に逢いたいという夢が、十分すぎるぐらいの形で実現し、徹夫は思い残すことは何もなかったに違いない。

この時点で徹夫が「もうすぐ特攻に行く」と朝子に告げたかどうかは定かでない。しかし直接告げなかったとしても、大虎山飛行場で連日のように特攻隊の壮行式が行われ、夫の同期生が特攻隊隊長になっている現実を目の当たりにすれば、「徹夫さんにもいずれ順番が回ってくる」と朝子は察したことだろう。決意表明の短歌を読んで覚悟していたとはいえ、「この平和な満州国でどうして特攻に行かなければならないの！」と、朝子は納得できず、夫の前で取り乱したかもしれない。しかし本土決戦のために関東軍からも特攻隊を出さなければならないと徹夫から聞いたとき、祖国の惨状を身をもって知っている彼女であれば、夫の話に反論はできなかったであろう。

　夫が特攻に行くと知ったとき、朝子は何を想ったであろうか。満州国に米る前は、義勇兵として死ぬ覚悟を固めていた女性である。「徹夫さんが本土決戦で敵軍に特攻するなら、私も必ず祖国に戻って敵と刺し違える」と覚悟を新たにしたのではないだろうか。

　徹夫と朝子はよく、少年飛行兵たちを官舎に招いて食事を振る舞っていた。蓑輪哲はこう回想する。

「右も左もわからない谷藤さんの奥さんを買い物に案内したとき、露店街で楽しそうに食材を買っていました。馬車が重たくなるほどたくさん買うものだから、『こんなに食べられるの？』と訊《き》いたら、『今晩、主人の教え子さんがお食事にいらっしゃるんです』とうれしそうに言っていましたね。私たち家族も何度か招かれましたけど、谷藤さんの奥さんの料理がとても美味《おい》しいので感心したことを憶《おぼ》えています」

　もちろん朝子は、夫とともに少年飛行兵たちも特攻に行くと分かっていたであろう。少年飛行兵たちを弟のように可愛がるにつれ、彼らの特攻死への覚悟も痛いほど察したことだろう。

　朝子は別天地を求めてはるばる満州国までやって来たが、日本人であるかぎり、特攻死という運命からは逃れられないと深く信じ込んだ。そしてその想いが激烈な形であらわれるのは、祖国ではなく、ここ満州国であった――。

第六章

特攻

――谷藤徹夫、朝子と征《ゆ》く

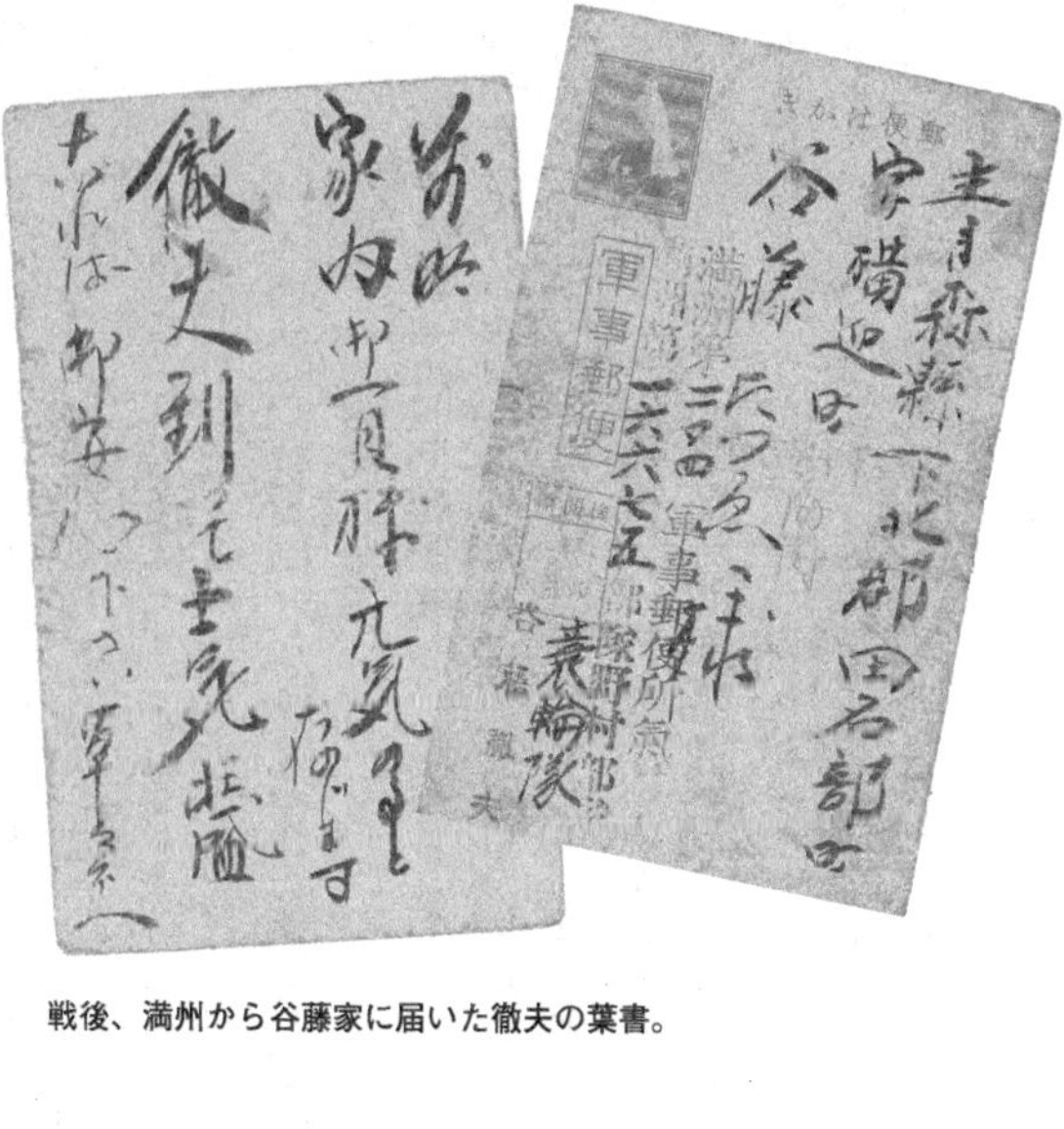

戦後、満州から谷藤家に届いた徹夫の葉書。

ヤルタの秘密協定が満州の命運を決した

現在のウクライナ南部に位置するクリミア半島南岸のヤルタは、黒海に面した温暖な気候で、十九世紀の帝政ロシア時代、皇帝や皇族、貴族や上流階級の人々の避寒地として賑《にぎ》わった。ヤルタ北部にはアレクサンドル三世が建設したマサンドラ宮殿、南西部にはニコライ二世が建設したリヴァディア宮殿が双璧《そうへき》として聳《そび》え、そのほかに無数の豪邸がそこかしこに建ち並んでいた。トルストイやチェーホフもヤルタを好んだ。特にチェーホフは五年間ヤルタで過ごし、「三人姉妹」「桜の園」などの名作を執筆し、ヤルタを舞台にした珠玉の短編「犬を連れた奥さん」も発表している。

二十世紀初頭にロシア帝国が倒れ、ソビエト社会主義共和国連邦が建国されてから、ヤルタの街の光景は一変した。きらびやかな服装の貴族はいなくなり、連日の舞踏会もなくなり、代わりに疲れ切った労働者の大群が町中に溢《あふ》れていた。レーニンは「ヤルタをプロレタリア労働者の保養地として開放する」と布告し、たくさんのサナトリウム（保養所）を造ったのである。ほぼ全てのソビエト市民が外国旅行を禁じられていたため、ヤルタは労働者にとって希少な沿岸リゾート地となった。

だが、レーニンの後継者であるスターリンにとってヤルタは、「皇帝の避寒地」のままであった。彼はマサンドラ宮殿を別荘として使用し、贅沢三昧《ぜいたくざんまい》の保養を楽しんでいた。

昭和二十年二月、スターリンが待ち構えているこの地に、ルーズベルトとチャーチルが専用機で到着し、米英ソの首脳会談がリヴァディア宮殿で行われた。歴史上では「ヤルタ会談」と呼ばれている三巨頭会談の議題は、主にドイツの戦後処理であった。このときドイツの敗北は決定的となっていた。一月にソ連軍はポーランドを占領して東部からドイツに進撃し、アメリカ・イギリスの連合軍は独仏国境のライン川を越えて西部からドイツに攻め込み、挟み撃ちでヒトラーのいるベルリンに迫っていたのだ。

ヤルタ会談では、日本との戦争方針についても協議された。しかしこれは三巨頭の側近しか知らない秘密会談として行われ、実質的に対日戦争をアメリカに任せているチャーチルは席を外し、ルーズベルトとスターリンの二人で話し合われた。

ルーズベルトはスターリンに対し、「対日戦争へ参戦してほしい」と強く要望した。ソ連の対日参戦という意味は、国境を越えて満州国に侵攻するということである。太平洋戦争でのアメリカの勝利が決定的になっていたこの時期に、なぜルーズベルトは、太平洋から遠く離れた満州へのソ連軍の侵攻を望んだのであろうか。

それは米軍首脳が関東軍の戦力を非常に恐れていたからである。ルーズベルトの側近としてヤルタ会談に参加した米国務長官エドワード・ステチニアスの回顧録『ヤルタ会談の秘密』には、こう記されている。

〈(アメリカ)軍部代表は満州に駐屯する日本軍部隊についてとくに関心を示していた。この自立した関東軍は日本軍の最精鋭部隊といわれていて、独自の自主的な指揮権と軍需産業基地を備えており、ソ連が参戦してこの関東軍と対戦しない限りは、たとえ日本本土が征圧された以後でも戦争を長引かせることができるものと信じられていた。ルーズベルト大統領の軍事顧問たちは、このような信念をもっていたので、ソ連の参戦をしきりに熱望したのだ。〉

アメリカの優秀な諜報《ちょうほう》機関は日本軍の暗号を解読し、軍事機密の大半を掌握していたが、全く対戦したことのない関東軍の戦力分析まで手が回らなかった。太平洋への戦力転出で関東軍が大幅に弱体化しているのを米軍首脳は全く知らず、「日本軍の最精鋭部隊」として関東軍を過大評価していたのである。

米軍はこの年の十一月一日を期して、宮崎海岸と志布志《しぶし》湾から九州南部に上陸する「オリンピック作戦」を開始し、翌二十一年三月には九十九里《くじゅうくり》浜と相模《さがみ》湾から関東に上陸する「コロネット作戦」を開始する計画を立てていた。この両作戦に投入する米兵は五百万人を予定し、対する日本軍の兵力を五百万人、特攻機を五千機と見積もり、本土決戦での米兵の死傷者は百万人以上と予測していた。

米軍首脳はこの一大決戦を制することに自信を持っていた。しかし彼らにとって最悪のシナリオは、天皇が皇居から脱出して海を渡り、満州国に避難することであった。そうなれば本土決戦の後、米軍は満州国に進撃し、「日本軍の最精鋭部隊」である関東軍と最終決戦を戦わなければならない——。米軍首脳はこの最悪のシナリオを回避するため、本土決戦の前にソ連軍を満州国に侵攻させて関東軍と戦わせ、少なくとも「日本軍の最精鋭部隊」の戦力を大幅に消耗させたいと考えていたのだ。

一方、関東軍の戦力の実情を知り尽くしているソ連は、満州国への侵攻に対して余《よ》裕《ゆう》綽《しやく》々《しやく》であった。スターリンが領土拡張の絶好の機会を見逃すはずがなく、秘密会談でルーズベルトにこう主張した。

「ソ連が対日戦争に参戦するためには、ソ連が極東で欲している一定の利権が認められることが肝要である。もしこの条件がつかなければ、ソ連最高人民会議も国民大衆も、一体なんのためにソ連が極東で参戦したのか怪しむだろう。ソ連国民は、ドイツ軍が祖国を攻撃した理由によって、対独戦争については十分に理解している。しかるに極東では、日本軍の歴然たる敵対行動が少しもない以上、ソ連の対日参戦を正当化するために利権の譲渡が必要である」

そしてスターリンは、参戦の見返りとして、南樺太《からふと》の返還と千島《ちしま》列島の譲渡を要求し、ルーズベルトはそれを承諾した。ドイツの降伏後、二―三カ月を経て、ソ連は日本に宣戦布告し、満州侵攻を開始するとスターリンは約束した。この秘密協定が満州国の命運を決したのだ。

「この大馬鹿者め！」

二カ月後の四月五日、モスクワ日本大使館の佐藤尚武《さとうなおたけ》は、ソ連外務大臣ヴャチェスラフ・モロトフに呼び出され、有効期間が丸一年残っていた日ソ中立条約の破棄を通告された。佐藤はその日の日記に「もはやソ連と日本をとりまく状況は根本的に変わったのだ」と書き記している。互いの「領土不可侵」を約束した条約があったからこそ、関東軍は太平洋方面へ、ソ連極東軍はヨーロッパ方面へ移動し、満ソ国境両側の戦力削減を行ってきたのだが、ソ連はその共通基盤を一気に叩《たた》き壊したのだ。

この直後からヨーロッパのソ連部隊は順次、満ソ国境への移動を開始した。諜報員としてソ連領に潜入していた浅井勇中佐がその年の四月、夥《おびただ》しい数の兵士と兵器がシベリア鉄道で極東へ輸送されるのを目撃し、東シベリア南部のチタの満州国総領事館から東京の大本営宛てに、次のような電報を送った。

「シベリア鉄道の軍事輸送は一日十二〜十五列車に及び開戦前夜を思わしめるものがあり。ソ連の対日参戦は今や不可避と判断される」

だが、ソ連参戦に対する大本営の参謀たちの認識は、極めて甘かった。電報を受け取った大本営参謀次長の河辺《かわべ》虎四郎《とらしろう》中将は、四月十六日の日誌にこう書き記している。

「（ソ連が極東に）軍隊を輸送するの確報至る。『ス』（スターリン）氏、遂に意を決したるか。予《よ》は何が故にや彼『ス』に此《こ》の決意あるを信じ得ず。（中略）打算に長ぜる彼が今において東洋に新戦場を求むることなかるべしと、ひそかに判断するのみ、之《これ》唯《ただ》予の希望のみか」

河辺がこの希望的観測を綴《つづ》った二十一日後の五月七日、ドイツが降伏した。ベルリンの戦いで連合国軍に追い詰められたヒトラーは地下壕《ちかごう》で拳銃《けんじゅう》自殺を図り、ヒトラーの腹心の部下、アルフレート・ヨードル大将が無条件降伏文書に調印したのである。ヤルタ会談での秘密協定「ドイツ降伏から二―三カ月後のソ連軍の対日参戦」がいよいよ近づいてきた。


ソ連軍の満ソ国境への移動は急加速し、大本営でも危機感を持つ参謀が現れたが、それは少数派であった。当時、対ソ作戦主任参謀だった朝枝繁春《あさえだしげはる》中佐の回顧録『追憶52年以前』によれば、七月下旬に「ソ連情勢判断研究会」が行われ、ロシア課長の白木末成大佐が満ソ国境でのソ連軍の動向を詳しく報告し、「ソ連対日参戦は、いまや時間の問題で、八月か遅くも九月初旬ごろが危険である」と主張した。しかし戦争指導課の種村佐孝大佐が、間髪を容《い》れずこう反論したという。

「スターリンは慌てて対日戦に踏み切るほど馬鹿ではない。日本の国力軍事力がいっそう弱化するまで傍観し、米軍の本土上陸が開始されてからやおら立ち上がると思う」

この呑気《のんき》な意見に対して朝枝は憤然と立ち上がり、階級が上の種村に言い放った。

「大東亜戦争の運命は、前門の虎のアメリカに非《あら》ずして、後門の狼のソ連によって死命を制せられます。ソ連は必ず、約一カ月後に出てきましょう。満州に出てきた場合、関東軍は六カ月は作戦的に頑張って見せますが、それ以上は無理です。わが国としては、何としても外交政略的にソ連が対日参戦をしないように、大きな手を打つことが第一です」

種村は朝枝を睨《にら》みつけてテーブルを叩き、「卑怯者《ひきょうもの》!」と罵倒《ばとう》した。

「その縄(参謀肩章のこと)を取れ! 統帥権に基づき、敵に嚙《か》みつく任務の作戦参謀ともあろう者が任務を忘れ、こと外交を論ずるとは何事か! スターリンはそんな馬鹿ではない! 日本人に永遠の恨みを買うような、そんな愚かなことはせん!」

朝枝は心の中で「この大馬鹿者め!」と叫んだが、これ以上は反論しなかったという。

しかし中堅クラスの参謀たちよりも、日本の最上層部のほうがもっと深刻にソ連に対する認識が甘かった。六月二十二日の御前会議で戦争終結の方法が話し合われ、

「連合国との和平の仲介をソ連に依頼する」との結論に達したのだ。ソ連の参戦を避けるために、すでに破棄通告を受けた日ソ中立条約の延長をソ連側に要望することも決まった。

ポツダム宣言

七月十二日、外務省は駐ソ連大使の佐藤尚武に電報を送り、「和平の仲介をソ連に依頼するため、外交使節をモスクワに送りたい。至急、ソ連側に了解を取ってほしい」と指示した。佐藤はただちにクレムリン宮殿に向かい、モロトフ外務大臣との面会を求めたが、モロトフは「多忙」を理由に面会を拒否した。

モロトフは本当に、超のつくほど忙しくしていた。五日後の「ポツダム会談」の準備に奔走していたのである。

七月十七日、アメリカ・イギリス・ソ連の三カ国首脳がベルリン郊外のポツダムに集まり、ドイツの戦後処理と日本との戦争方針が改めて協議された。その三カ月前、ルーズベルトが脳卒中で死去したため、副大統領だったハリー・トルーマンがアメリカ大統領に昇格していたが、彼はこの会談で終始、スターリンに対して強硬姿勢を取り続け、ルーズベルトとの相違を際立たせていた。会談前日の七月十六日に、アメリカはニューメキシコ州で最初の原爆実験に成功し、もはや日本を降伏させるのにソ連軍の戦力は必要ないという自信を深めていたのだ。しかし逆にスターリンのほうは心中ひそかに、対日参戦を急ぐことを決断した。原爆実験成功でアメリカ大統領の態度が急変したため、ぼやぼやしているとソ連の領土拡張をアメリカに阻止されると懸念したのである。

七月二十六日、日本に対して「全日本軍の無条件降伏」などを要求したポツダム宣言は、アメリカ・イギリス・中国の三カ国首脳の署名で発表された。この時点ではソ連の対日参戦は秘密協定であったため、スターリンはポツダム宣言への署名を見送った。だが、その背景を全く知らない日本政府はソ連がポツダム宣言に参加していないことに歓喜し、ソ連は和平交渉の仲介を受け入れる意思があるのではないかと期待を膨らませたのだ。

政府は「天皇の特使をソ連に派遣し、和平の仲介を求める」という終戦構想を最優先し、ポツダム宣言の「黙殺」を決定した。当時の鈴木貫太郎《すずきかんたろう》首相が記者会見で「政府としては（ポツダム宣言を）重大な価値あるものとは認めず黙殺し、断固戦争完遂に邁進《まいしん》する」との声明を発表したのである。

ソ連の回答を得るまでポツダム宣言受諾の可否を表明しないと考えていた鈴木首相は、英語の「no comment」に相当する日本語を探し、「黙殺」という言葉を使用したのだが、これが完全に裏目に出た。アメリカの通信社が「reject」という強い否定の英語に訳して報道したため、トルーマンは「日本政府がポツダム宣言を拒否した」と受け取ったのだ。

そして八月六日、アメリカは広島に原爆を投下した。

ソ連軍、越境

翌日スターリンは、満州侵攻の時期を当初の予定より早め、「八月九日に国境を越え攻撃を開始すべし」とソ連軍首脳に命じた。すでにこのとき満ソ国境には百七十五万人のソ連兵が集結していた。ドイツ戦線で鍛え抜かれた熟練兵ばかりだ。さらに戦車五千五百輛《りょう》、飛行機五千百七十機という驚くべき戦力に膨れ上がっていた。

対する関東軍の戦力は、満州全体で兵員七十四万人。「泣く子も黙る関東軍」と呼ばれた全盛期の兵員に数の上では戻っていたが、そのうち三十五万人が七月の「根こそぎ動員」で召集されたばかりの在満邦人の新兵であった。兵器に至っては満州全体で戦車百六十輛、飛行機百五十機であった。しかも戦車・飛行機の操縦者の大半は、満州で基礎訓練を積んでいた戦闘未経験者である。また、十万人以上の兵士に小銃が行き渡らず、召集時に家から持参した瓶で戦車攻撃用の火炎瓶をつくって手持ちの武器にしていた。

八月八日、モスクワ時間の午後五時（日本時間の午後十一時）、駐ソ連人使の佐藤尚武はクレムリン宮殿に呼ばれた。和平仲介の承諾を期待して駆けつけた佐藤に対し、モロトフ外務大臣は毅然《きぜん》としてこう伝えた。

「ソ連は戦争を早く終わらせ、日本人民の苦しみを減らすために、日本へ宣戦布告する」

モロトフが佐藤に突き付けた宣戦布告文書には、ソ連の対日参戦の理由として、次の四点が挙げられていた。

一、日本政府が七月二十六日の米英中による三国宣言（ポツダム宣言）を拒否したことで、日本が提案していた和平調停の基礎は完全に失われた。

二、日本の宣言無視を受けて、連合国はソ連に対し、日本の侵略に対する連合国の戦争に参戦して世界平和の回復に貢献することを提案した。

三、ソ連政府は連合国に対する義務に従って右提案を受諾し、七月二十六日の三国宣言にソ連も参加することを決め、各国人民をこれ以上の犠牲と苦難から救い、日本人を無条件降伏後の危険と破壊から救うためにソ連は対日参戦に踏み切る。

四、以上の理由からソ連政府は八月九日から日本と戦争状態に入る。

この宣戦布告の後、スターリンはポツダム宣言に署名し、ソ連は正式にポツダム宣言の参加国になった。「全日本軍の無条件降伏」などの要求を日本が受諾するまで、ソ連はアメリカ・イギリス・中国とともに対日戦争を続けると誓約したのである。

佐藤は急いで日本大使館に戻り、東京に伝えようとしたが、すでに全ての電話回線が切断されていた。そして満ソ国境が八月九日午前零時を迎えたとき、満州東部、北部、西部の三方面からソ連軍の越境が一斉に開始された。

総攻撃は遅すぎた

満州東部の国境の街・虎頭《こ とう》には、関東軍最大の要塞《ようさい》があった。ウスリー河を挟んでソ連領イマンを眺望できる虎頭の山は、シベリア鉄道の動静を監視できる唯一の地点であった。関東軍はこの地下に深さ三十─四十メートル、長さ八キロに及ぶトンネルを掘り、戦闘指揮所、通信所、地下発電所、炊事場、弾薬や食糧倉庫などを設け、一万人以上の兵士が六カ月間籠城《ろうじょう》できる地下要塞を構築したのだ。山腹には七門の強力な長距離砲、うち一門は射程距離・二十キロ、弾量効果・一トンという陸軍最大の巨砲を高地に配備し、砲口を常にソ連側に向けていた。

ソ連重砲隊はウスリー河の対岸から虎頭要塞を砲撃してきた。しかし被害の少ない地下要塞では、関東軍の国境守備隊が訓練通りの応戦態勢をとった。続々と渡河してくるソ連歩兵隊に対し、虎頭の山から長距離砲を浴びせれば、岸辺に到達する前に歩兵隊を壊滅させることも不可能ではなかった。

だが、長距離砲の照準が敵の大軍に合わされているにもかかわらず、砲撃開始の命令がなかなか発令されない。虎頭の守備隊隊長は関東軍総司令部にソ連軍侵攻を打電し、応戦の指示を待っていたのだ。

全面開戦であるならば長距離砲での本格的攻撃は可能であるが、一時的な国境紛争の場合は戦闘を激化させないため長距離砲を使用しないと決められ、その判断は関東軍総司令部が下すことになっていたのである。

原則として関東軍の国境守備隊は、ソ連軍の侵攻に対して即座に反撃を加えてはならなかった。太平洋戦争に戦力を集中させなければならない大本営は、国境付近でのソ連軍との衝突を回避するため、関東軍に対し、国境での「静謐《せいひつ》確保」を厳命していたのである。関東軍最大の虎頭要塞でさえこの厳命に束縛されていたため、迅速な反撃でソ連軍を食い止められなかったのだ。

虎頭守備隊が歯ぎしりをして総攻撃の指示を待っていた頃、新京の関東軍総司令部はおっとりと構え、ソ連軍が本気かどうか見極めるため様子を見ていた。各地の国境守備隊から続々と「ソ連軍は攻撃を開始せり」との報告が入ってきたが、総司令官の山田乙三《やまだおとぞう》大将は大連に出張して不在であり、指揮を代行する総参謀長の秦彦三郎《はたひこさぶろう》中将は「静謐確保」を解除して総攻撃を開始するかどうか迷っていた。

「ソ連軍は本気である」と秦が確信したのは、午前一時半すぎに新京上空にソ連機が侵入し、郊外を爆撃したときだ。参謀たちが緊急召集されて協議が開始されたが、「静謐確保」の大本営命令を関東軍の独断専行で破棄するかどうかで喧々囂々《けんけんごうごう》の議論が続いた。結局、大本営からの正式命令を待つことになり、秦はソ連の侵攻開始から三時間近くが経過した午前三時過ぎ、関東軍全部隊に「全面開戦を準備すべし」と発令した。

だが準備命令では、前線の兵士たちは総攻撃を開始できない。すでにこの時点で、満州南東部の綏芬河《すいふんが》、北西部の満州里《まんしゅうり》などの国境警備隊がソ連軍に壊滅させられ、関東軍兵士たちは自主的に玉砕を敢行していた。そのような悲惨な報告が次々に届いても総司令部の参謀たちは大本営の指示を待ち続けたが、午前六時、秦は遂に独断で「静謐確保」を解除すると決断し、全軍に戦闘命令を下達した。

「各方面軍および各軍は、それぞれ関東軍作戦計画に基づき、侵入し来る当面の敵を撃破すべし」

これでようやく関東軍の前線部隊は、総攻撃を開始した。しかしソ連軍の侵攻に対して六時間も無抵抗でいたことは致命的であり、すでに虎頭要塞などはソ連軍に包囲され、籠城作戦が潰《つい》えるのは時間の問題であった。

山田総司令官が午後一時頃に新京の総司令部に帰還し、大本営の指示を待たずに総攻撃開始を命じた総参謀長の決断を承認したうえで、自らも「楠公《なんこう》精神に徹して断固聖戦を戦い抜くべし」との訓示を全軍に布告した。

前述したように、楠公とは南北朝時代の武将・楠木正成《くすのきまさしげ》のことである。正成は「天皇を守護するため、勝目の無い戦いに死を覚悟して挑んだ忠臣の鑑《かがみ》」として讃《たた》えられ、日本兵の模範の精神として「楠公精神」という言葉が使われていた。ソ連軍との圧倒的な戦力差を認識していた山田は、関東軍兵士を奮い立たせるため、あえてこの言葉を発したのだ。

しかしすでにこの時点で、国境守備隊の大半が全滅していたのである。ドイツ軍に勝利する原動力となったソ連製の最新型戦車「T34」の大部隊が怒濤《どとう》のごとく越境し、赤子の手を捻《ひね》るように関東軍の防衛態勢を壊滅させていったのだ。


関東軍は居留民を残したまま撤退していった

東部国境でソ連戦車隊と戦った鈴木武四郎は、回顧録『東満戦塵録』の中で、T34に対しては全く無力だったことを書き記している。

〈士気いかに旺盛《おうせい》であっても、重装甲の戦車に対して、対戦車兵器を持たぬ歩兵部隊は、龍車に向かう蟷螂《とうろう》の斧《おの》のようなものだ。T34中戦車には、通常歩兵の持つ四センチ対戦車砲、大隊砲と呼ばれる歩兵砲、聯隊砲《れんたいほう》と呼ばれる山砲では、全く役に立たないのである。歩兵や工兵は布団爆雷、急造爆雷などを持ち、肉迫攻撃をする以外手段はなく、この攻撃はいたずらに、死者の山を築く結果になった。（中略）敵戦車に肉迫攻撃を敢行しても、火焔《かえん》放射器からの火焰で、近づく術《すべ》もなく黒こげにされてしまう。〉

このような国境守備隊の大苦戦の様子は逐一、関東軍総司令部に打電されていた。しかし総司令部の指示で援軍が派遣されることはなく、むしろ国境守備隊の背後に控えていた部隊は撤退するように命じられた。最前線の国境守備隊だけが切り捨てられるように残され、玉砕覚悟で孤軍奮闘していたのだ。

ソ連軍の侵攻前に立案されていた満州防衛計画に基づき、関東軍総司令部は戦線を縮小した持久戦の準備に取り掛かったのである。この作戦では「主たる抵抗は国境地帯にて行う」とされ、国境守備隊に対して「現地固守」が厳命されていたが、国境での抵抗は持久戦準備のための時間稼ぎが目的であった。

この間に総司令部は、朝鮮との国境に近い通化《つうか》に移動した。そして新京を頂点として大連・図們《ともん》を結ぶ三角形のラインを「防衛線」とし、関東軍部隊を防衛線上の要所要所に集結させた。

満州全土の四分の一にあたる防衛線の内側の地域は満州国の中枢部であり、朝鮮半島への入路でもあった。総司令部はこの地域を満州国の「絶対国防圏」と位置付け、防衛線の突破を阻止するため全戦力で徹底抗戦する作戦を立てたのだ。

当時の関東軍の戦力を鑑《かんが》みれば、戦線縮小による持久戦でソ連軍の猛攻を耐え忍び、講和に持ち込める機会を待つという作戦は致し方ない。しかしこの作戦を実行するためには必ず事前に行わねばならぬ絶対条件があった。総司令部が放棄すると決めた防衛線の外側、つまり満州全土の四分の三にあたる地域に住む日本人居留民を防衛線の内側に避難させることが作戦の大前提であった。

ところが関東軍は、この事前措置をとらなかったのだ。国境守備隊以外の部隊は日本人居留民を残したまま駐屯地を出ていき、防衛線の方向に撤退していった。大正八年の創設以来、日本人居留民の生命と財産を守るという責務を課せられてきた関東軍は、ソ連軍の満州侵攻という最大の危機に直面したとき、いともあっさりと居留民を見棄てたのである。「関東軍が助けに来てくれる」と固く信じていた居留民たちは、土壇場で関東軍に裏切られ、筆紙に尽くせぬ苦境に陥れられたのだ。

「まったく、これっぽっちも助けてくれませんでした」

当時、三江省《さんこう》（現在の黒龍江省《こくりゅうこう》北東部）通河県《つうか》新立屯《しんりっとん》で暮らしていた勝野憲治《かつのけんじ》（長野県中国帰国者自立研修センター相談員）は私の取材に対し、関東軍の助けを待っている間に命を落とした家族の悲劇を克明に語ってくれた。以下、その証言をまとめてみる。

昭和八年に長野県飯田町《いいだ》（現在の飯田市）で生まれた勝野は、太平洋戦争開戦の翌年、九歳のとき、満蒙開拓団に志願した両親に連れられて渡満した。三十代半ばの父親は傷痍《しょうい》軍人で片脚が不自由であり、農業の経験もなかったが、「お国のため、食糧増産のため」と開拓団推進の集会で説得され、真冬には零下三十度以下になる満州北部の辺境で農業をやると決断した。

入植地は山の麓《ふもと》の痩《や》せた土地だったが、同じ集落に来た十軒ほどの日本人家族は一丸となって土地を耕し、三年かけてようやく農作物の収穫は安定してきた。だが、昭和二十年八月九日、新立屯の開拓団本部から「全員至急、本部へ集合せよ」との命令が届いた。根こそぎ動員により十八歳以上、四十五歳以下の男性が召集されていたため、各集落から駆けつけた日本人の大半は女性と子供であった。

開拓団本部に避難して数日後から、大砲音や銃声が鳴り響き、満天の星空がピカーッピカーッと光った。国境守備隊を撃破したソ連軍が近づいてきたのだ。

開拓民たちは団長を中心に逃げるかどうかを話し合い、最終的にこう決断した。

「今は動かないほうがいい。本部で待っていれば、関東軍が必ず助けに来てくれる。我々も関東軍と一緒に戦おう！」

本部に保管されていた銃や手榴弾《しゅりゅうだん》が女性と子供にも配られた。脚の障害のため根こそぎ動員で召集されなかった勝野の父親が、元軍人として武器の使い方を指導し、ソ連軍と戦うため猛特訓を開始した。

数日後、開拓民たちが食堂にいるとき、突然、地震のように建物が揺れた。

「関東軍が来たぞー！」

見張り番が大声で叫び、開拓民たちは歓喜して本部前の大通りに飛び出した。凄《すさ》まじい地響きを立てて続々と戦車が近づいてくる。

だが、本部の手前で停止した戦車から出てきたのは、白人のソ連兵であった。開拓民たちは銃を突きつけられ、身動きが取れず、戦うことなく全員が本部前に集められた。武器はすべて接収され、庭の真ん中に銃や手榴弾が山のように積まれた。

ソ連兵は本部の部屋や開拓民の持ち物から、時計や衣服や置物など何でもかんでも略奪した。そしてひと通り物色を終えると、開拓民の中から十五歳以上の男性を選んで本部前の道に並べた。十二歳だった勝野は免れたが、父親がその中に入ってしまった。

トラックが男たちに接近して停止した。銃を突きつけられた男たちは両手を後頭部に乗せてうつ伏せになるよう指示され、トラックのエンジンが掛けられた。

「父さん！」

勝野が叫ぶと、背後にいた母親が勝野の口を手で塞《ふさ》いだ。

「呼んじゃいかん。銃で殺されちゃうで」

勝野と母親、そして六人のきょうだいは黙って涙を流し、父親の処刑を見詰めていた。しかしトラックが動き出そうとした瞬間、勲章を胸にたくさん付けた年輩のソ連兵がやって来て、軍帽を振りかざしてトラックを制止し、運転席の若い兵士を怒鳴りつけた。

年輩のソ連兵は「シベリアに抑留して強制労働させるのだから殺してはいかん」とでも言ったのだろう。開拓民の男たちは処刑から解放されたが、そのままトラックに乗せられ、連行されていった。

片脚を引きずっている勝野の父親は連行を免れた。だが、ソ連軍が去っていってからも地獄はつづいた。

開拓団本部の武器をソ連兵が運んでいくのを見ていた中国人民衆がその晩、斧や鍬《くわ》を持って本部に襲撃を掛け、ソ連兵が残していったものをすべて略奪していった。

「もうここにはおれん。関東軍が助けに来てくれるところまで移動しよう」

開拓民たちは本部を出発した。当てのない逃避行だった。どこに行き着けば関東軍が助けてくれるのか皆目見当がつかないまま大自然の中を彷徨《ほうこう》した。

食糧を恵んでもらうために中国人の家を駆け回った。しかしどこの家でも「日本鬼子（リーベングイズ）！」と毛嫌いされ、ほとんど恵んではくれなかった。家族九人で捨てられていた大根の葉っぱやトウモロコシの根っこなどを分け合った。

勝野はこう回想する。

「もうみんな生きる気力がなくなっちゃってね。『いざとなったら自決せよ』という教育を受けてきましたから、逃げながら自決のことばかり考えていました。ソ連兵に隠していた手榴弾を母が持っていて、それを私に見せるんです。母は無言でしたが、哀しい眼差《まなざ》しで『家族みんなで自決しよう』と言っているのがわかって、私はとっさに『そんなことするな！　生きるんだ！』って母を止めたんです。けれど、一緒に本部から逃げた人たちの中には集団自決してしまった家族もたくさんおりました」

勝野の言うように、ソ連軍侵攻の数日後から開拓民の集団自決は始まっていた。八月十二日、虎頭要塞《ようさい》方面の鶏寧《けいねい》県（現在の鶏西《けいせい》市）麻山《まさん》区において、ソ連戦車隊に包囲された四百二十一人の哈達河《はたほ》開拓団が集団自決した「麻山事件」は最大規模の自決事件として知られているが、百人以下の集団自決は枚挙にいとまがない。

当時ハルビンで作成された百にのぼる開拓団壊滅の報告書がまとめられている『開拓団壊滅す「北満農民救済記録」から』（合田一道著）によれば、鶏寧県に近い密山《みっさん》県（現在の密山市）の永安《えいあん》屯開拓団の場合は八月十日に、他の開拓団の馬車の列をソ連軍戦車隊と見誤り、「もはや逃げられない」と絶望して七十二人が白決している。また、ハルビンに近い五常《ごじょう》県（現在の五常市）の沖河開拓団の集落では、「日本人が皆殺しにされる」という流言を信じ込んだ集落長が集落の全員に晴着を着て集まるよう指示し、「一緒に死のう」と呼びかけ、四十三人が拳銃《けんじゅう》で集団自決している。これらの自決者の大半は女性と子供である。

勝野の家族は集団自決を免れたが、逃避行中に家族が栄養失調で次々と命を落としていった。最初の犠牲者は、幼児だった二人の妹（四女と五女）だった。

「学校の跡地で休んでいるとき、気づいたら二人は息をしていませんでした。どっかでみかん箱を拾ってきて、二人を箱に入れて、弟と担いで埋めに行きました。学校の裏側に洞穴があったので、埋めようと思って中を見たら、子供の死体がいっぱい重なっていたんです。その中に妹たちを置いて、土を被《かぶ》せて教室に戻ったら、母が泣き崩れちゃってね。うちだけじゃない、教室のあちこちで泣いとるわけだ。そのあと、三女の妹も死んでしまって、小学校二年だった次女のほうは病気になり、おぶって逃げられないから、父が中国人家庭に頼み込んで貰《もら》ってもらったんです」

勝野は両親とも死別した。逃避行中に両親は倒れ、空き倉庫の藁《わら》のうえで息を引き取ったのだ。

「元軍人の父は関東軍を絶対的に信用していたので、死の間際まで『必ず関東軍が迎えにくるから頑張れ』と家族を励ましていました。しかしその後も関東軍はまったく、これっぽっちも助けてくれませんでした。親を亡くして孤児となった私と姉と弟は、中国人に助けられたんです」

両親亡き後も逃避行を続けていた勝野たちは道中ではぐれてしまった。真冬にひとりで食糧を探し求めていたとき、勝野は暴徒に遭い、衣服をすべて奪われ、道端にうずくまっていた。しかし凍死寸前で通行人の中国人に救われ、その人の仲介で中国人家庭の養子となったのである。姉と弟も同様に、中国人として養父母に育てられた。

離別から十年近く経ち、生き別れた四人のきょうだいは再会し、話し合って日本に帰国することを決断した。そして昭和四十七年、勝野は中国人妻と七人の子供と一緒に帰国を果たし、故郷の長野県飯田市に居を構えた。平成二十四年の厚生労働省の資料によれば、勝野のような中国残留邦人の総数は二千八百十七人で、そのうち二千五百五十一人が日本に永住帰国しているという。

最後に私は、勝野にこう尋ねた。

「関東軍の満州防衛作戦は、最初から開拓民を切り捨てる計画だったのを知ったとき、どのようなお気持ちでしたか？」

ふっと遠くを見詰めるような目をしてしばらく黙っていた勝野は、静かな口調でこう答えた。

「それを知ったのは、戦後何年も経ってからです。そのときにはもう、怒りは湧いてきませんでした。関東軍の助けを待ちながら死んでいった家族を思い出して、ただただ悲しかったです」

連行、強姦、ソ連軍の暴挙

ソ連軍の侵攻から七日目の八月十五日、日本中が涙に暮れた玉音放送は満州国でもラジオ放送された。一週間前まで空襲や食糧不足とは無縁の天下泰平を謳歌《おうか》していた在満邦人にとっては、まさに急転直下の敗戦であった。

祖国の日本人はこの日を境にようやく空襲から解放され、水を打ったような静寂の中で敗戦を悲しんだ。だが、在満邦人は敗戦を悲しむ余裕すらなかった。北部、東部、西部の三方面から満州中部に迫っていたソ連軍は、日本の降伏を無視し、進撃の速度をまったく緩めなかったのだ。

通化に移動していた関東軍総司令部は、新京・大連・図們を結ぶ三角形の満州中枢部の防衛線に関東軍部隊を集結させ、ソ連軍との総決戦に備えていた。しかし「全日本軍の無条件降伏」などを求めたポツダム宣言を日本政府が受諾したことにより、八月十六日に大本営が全日本軍に戦闘停止と武装解除を命じ、関東軍総司令部にも同様の通達が打電された。関東軍の参謀たちは目前まで迫っているソ連軍と戦わずに降伏するかどうかを協議し、大本営の停戦命令を無視して徹底抗戦するという強硬論も出たが、最終的に山田総司令官は降伏を決断した。

八月十七日早朝、山田は全関東軍部隊に、次のような命令を通達した。

一、速やかに戦闘行為を停止し、おおむね現在地付近に軍隊を集結。大都市にあってはソ軍の進駐以前に郊外の適地に移動すべし。

二、ソ軍の進駐に際しては各地ごとに極力直接交渉により、その要求するところに基づき武器その他を引き渡すべし。

その日の午後、山田はラジオを通じて極東ソ連軍総司令官のアレクサンドル・ワシレフスキー元帥に対し、即時の戦闘行動停止を申し入れた。ワシレフスキーからの返答の電報が関東軍総司令部に届いたのは、その日の夜である。

「本官は、八月二十日十二時以降、全戦線にわたってソ連軍に対する一切の戦闘行動を停止し、武器を棄て、投降するよう、関東軍総司令官に提議する」

山田はこれを了解し、満州中枢部に集結しつつあった関東軍部隊に停戦と武装解除を厳命した。

ソ連はポツダム宣言に署名をして、アメリカ・イギリス・中国とともに「全日本軍の無条件降伏」などを日本に受諾させることを名目として対日参戦した。従って直接的に対戦している関東軍が「無条件降伏」に従ったとあれば、その時点でソ連軍は戦闘を停止する義務があった。

太平洋の島々では、各地で戦闘状態にあった日本軍部隊が「無条件降伏」に従って次々と米軍に投降し、米軍もこの時点で戦闘を停止していた。しかしソ連軍は違った。白旗を掲げた関東軍を嘲笑《あざわら》うかのように、その後も怒濤《どとう》の勢いで満州中枢部への進撃を継続したのだ。

しかも関東軍が降伏して戦闘がなくなったソ連兵は、日本人居留民に対して虐殺、暴行、略奪とやりたい放題の蛮行を働いた。男性は老人と少年以外は連行されてシベリアに送られ、女性は老女でも少女でもところかまわず強姦《ごうかん》された。

戦後、ソ連軍の暴挙を告発する居留民の手記は数多く発表されてきたが、強姦被害を詳しく書いているものは非常に少ない。強姦被害という忌まわしい過去だけは心の奥底に封印しておきたいという元居留民の女性が圧倒的に多いのだろう。だが、そのような中で『孫たちへの証言　激動の昭和をつづる』に収録されている来須富子の手記『野獣の館』は、強姦被害の現場を赤裸々に描いているので、貴重な証言として一部を抜粋しておきたい。

当時十六歳の来須は約二百五十名の四合成開拓団の一員として逃避行を続け、慶安満州拓殖公社跡に避難していたとき、ソ連兵がやって来て惨劇が始まったという。

〈その時、ソ連兵が二人ドカドカと入って来た。それが何を意味するのかわからず、誰もが固唾《かたず》を飲んで目で追っていた。

〝ハタ〟と立ち止まり、一番手近な所にいた人の肩に手を掛けた。「立てっ」と言う仕草だ。肩にかかった手を振り払うと、二人が銃口を突き付けた。一人が銃の先を跳ね上げて「行けっ」と合図した。

こうして、次ぎ次ぎ「女狩り」が行われた。私は同じ人間が何度も来るのかと思ったが、そうではなく、入れ替わり立ち替わり来たようであった。

明かりはランプが一つ。奥の方に居る者の顔など見えはしない。手当たり次第、運の悪い者が犠牲になった。

「わしら女のうちではない」

狭くて、横になる場所がなく、通路に座っておられた七十歳に近いおばあさんも、片目義眼で髪を振り乱した小母さんも連れて行かれた。〉

〈二日目の夜が来た。日が暮れるのが恐ろしかった。死ぬことも怖いが、ソ連兵の餌食《えじき》になることはそれ以上に怖い。「ガタッガタッ」と床を踏む足音。「ダワイ、ダワイ」という声。何日も続けば気が狂いそうだった。（中略）

時間も場所もわきまえない。空き家に連れ込まれるのは良識がある方。通路といわず、人前といわず、至る所で行われた。

幸い、私は遭わなかったが、

「今、そこの通路で……」

息せき切って報告に来た者もいた。〉

〈十八、九の髪の長い体格のよい娘さんが、二人の兵隊にはさまれ、後ろの兵隊に銃口を背中に突き付けられて、空き家に連れて行かれるところだった。

引き裂かれたブラウスが、わずかに肩にかかって、両手で胸をかくすようにして、項《うなじ》を垂れて歩いていた。

「どうしよう――、連れて行かれる！」

歯ぎしりするほど悔しかった。

妻が連れて行かれるのを見て、夫が「止めてくれ――」、叫んで立ち上がったとたん、

「ずどーん」

と一発。大勢の目の前で、もんどり打って倒れたそうだ。手出しは絶対に出来ない。ただ、見送っているより仕方がなかった。〉

このような目を覆うばかりの蛮行が満州各地で繰り広げられていたのである。凌《りょう》辱《じょく》を受ける前に短刀で喉《のど》を突き刺し、舌を噛《か》み切って自決する女性が後を絶たなかったのだ。

「このまま戦わず、おめおめと降伏できるか！」

関東軍は辺境の開拓民を見棄てる防衛作戦を実行し、敵軍との総決戦の直前に白旗を掲げた。錦州、綏中、興城、大虎山など南西部の飛行場に駐留していた第五練習飛行隊も例外ではなかった。

第五練習飛行隊は八月九日の戦闘配置命令を受け、モンゴルとの国境である大興安《こうあん》嶺《れい》山脈を越えて満州中西部から南下してくるソ連・ザバイカル方面軍を航空攻撃で迎え撃つことになった。ザバイカル方面軍の戦車数は約二千三百輛《りょう》。全く勝ち目はなかったが、第五練習飛行隊の錦州本部で作戦会議が開かれた。ところが作戦案を検討している最中に「重大放送があるから必ず聴くように」と総司令部の示達が届き、全員がラジオの前に集合し、姿勢を正して玉音放送に聞き入った。

「……惟《おも》ふに今後、帝国の受くべき苦難は固《もと》より尋常にあらず。爾臣民《なんじ》の衷情も、朕《ちん》善く之《これ》を知る。然《しか》れども、朕は時運の趨《おもむ》く所、堪へ難きを堪へ、忍ひ難きを忍ひ、以《もっ》て万世の為に太平を開かむと欲す……」

錦州本部は水を打ったように静まりかえり、飛行兵たちは頭《こうべ》を垂れて号泣した。そして十七日に第五練習飛行隊にも関東軍総司令部から戦闘停止・武装解除の命令が届いた。誰ひとり出撃しないまま降伏することになったのだ。

その日、大虎山分屯隊の将校十名が、大虎山駅前にあった関東軍の指定旅館「伊予《いよ》屋《や》」に集まった。今田達夫少尉、岩佐輝夫少尉、馬場伊与次少尉、大倉巌少尉、宮川進二少尉、波多野五男少尉、日野敏一少尉、伴元和少尉、二ノ宮清准尉、そして谷藤徹夫少尉である。全員が大虎山飛行場で少年飛行兵に特攻の訓練を施していた飛行教官であった。

彼らも分屯隊司令部で玉音放送を聞き、悲嘆に暮れたが、ソ連軍への降伏は断固拒否するという覚悟で一致結束していた。

「このまま戦わず、おめおめと降伏できるか！　俺たちは露助《ろすけ》と戦うぞ！」

徹夫たちは気炎を上げた。彼らは総司令部の停戦命令に従わず、自らの意志で戦い続けることを決断したのだ。

他のすべての航空隊がおとなしく降伏したのに、なぜ徹夫たちは降伏を拒否したのであろうか。それは三日前の八月十四日に、大虎山飛行場から飛び立った偵察機のパイロットが、ソ連戦車隊による凄《すさ》まじい蛮行を目撃していたからである。

「葛根廟《かっこんびょう》事件」と言われているこの虐殺事件は、大虎山から五百キロほど北上した地点にある大草原の葛根廟で起こった。

　興安総省の中心地である興安街はソ連軍の爆撃を受け、興安街居住の日本人約二千数百名は集団避難を開始した。この街でも避難民の大半は女性と子供であった。

　興安総省参事官の浅野良三を先頭に、避難民は長い列をなしてホロンバイル草原を歩き続けた。しかし興安街から四十キロほど離れた葛根廟に差し掛かったとき、ザバイカル方面軍の戦車隊と遭遇してしまった。

　十四輌の戦車と二十台のトラックが丘の上に現れた瞬間、浅野参事官は即座に白旗を掲げて無抵抗を示したが、ソ連軍は機関銃で浅野を射殺し、丘の上から猛スピードで突進してきた。約二千数百名が悲鳴を上げて一斉に走り出すと、ソ連軍は草原を逃げ回る避難民の群れを追いまわした。次々に轢《ひ》き殺されていく死体がキャタピラに巻き込まれて戦車の後方から飛び出し、宙に舞って草原に放り出された。

　約二時間におよぶ襲撃を終えてソ連軍が去っていくと、周辺で虐殺現場を見ていた中国人たちが暴徒化して生存者を襲い、下着に至るまで身ぐるみ全てを奪っていった。ある女性はソ連兵に子供を殺され、続いて襲ってきた暴民に衣服を全て剝《は》ぎ取られたうえに鎌で乳房を切り落とされた。

そして中国人が去ったあと、生存者の自決が始まった。この凄惨《せいさん》な現場から奇跡的に生還し、戦後に興安会遺家族代表を務めた白石正義はこう回想している。

〈我を失い、ただ茫然《ぼうぜん》としてなすところを知らず、その一瞬の無気味な静寂も長くは続かなかった。万一の場合の自殺用にかねて渡されていた手榴弾の爆裂音と悲鳴……。「殺して下さい」「助けて下さい」「お母さん」と泣き叫ぶ子供の声が交錯する中で断末魔のうめき声は。……これは生地獄でなくてなんだろうか。目をおおう地獄絵図さながらであった。

泣き叫ぶ我が子の頭を撫《な》でながら、心を鬼にしてつぎつぎと絞め殺し、まなじりも裂けんばかり、髪を振り乱した、形相すさまじいこの世のものとも思えぬ気の狂わんばかりの母親の群れ、青酸加里を飲んで虚空をつかんで息絶えて行く老人達……。遭難者の総数は今なおさだかではない。約二千名に近いとされている。〉

（大櫛戊辰著『殺戮の草原　満州・葛根廟事件の証言』より）

大虎山分屯隊の偵察機パイロットは上空からこの地獄絵図を目撃し、飛行場に戻って報告した。

「ウサギのように草原を逃げ回る邦人の女子供を、露助が戦車で轢き殺していた！」

「加藤隼戦闘隊」の生き残りとして

徹夫たちは戦慄《せんりつ》した。怒りに身体が震えた。

大虎山飛行場の近辺には関東軍を頼りにして数千人の居留民が避難していた。ソ連戦車隊が大虎山まで南下してくれば、今度はこの地が日本人の血で真っ赤に染まるのは火を見るより明らかだった。

「かならず露助の戦車隊を叩《たた》き潰《つぶ》す！」

天皇の玉音放送も総司令部の停戦命令も、徹夫たちを止めることはできなかったのだ。

葛根廟上空から大虐殺を目撃したパイロットは、二ノ宮清准尉である。准尉という階級は、「尉官に准ずる階級」という意味で曹長（下士官の最上級）と少尉（士官の最下級）の間に設けられた特別な位である。士官学校や幹部養成制度を経ていない叩き上げの軍人で特に優秀で戦功の多い者が准尉の位を与えられ、士官に準じる待遇を認められた。実戦豊富な本物の軍人しか准尉になれないため、士官学校あがりの少尉や中尉からも一目置かれる存在であった。二ノ宮は伊予屋に集まった飛行兵の中でいちばん位が低かったが、実際は二ノ宮こそが隊長格の存在として、自分より位が上の徹夫たちを牽引《けんいん》したのだ。

二ノ宮は、伝説の飛行部隊「加藤隼戦闘隊（正式部隊名・陸軍飛行第六十四戦隊）」の生き残りの精鋭パイロットであった。飛行兵としてのキャリア、技量、精神力は特操生とは比較にならぬほど図抜けていたのである。全く実戦経験のない特操生を鳩とするならば、百戦錬磨の実戦経験をもつ二ノ宮は紛れもなく鷲《わし》であった。

昭和十一年、十八歳のときに陸軍飛行兵に志願した二ノ宮は、浜松飛行部隊の爆撃機パイロットとして頭角を現し、日中戦争での功績により昭和十五年、二十二歳で旭日章《きょくじつ》（勲七等）を叙勲した。その天才的素質に目を留めた陸軍航空本部は昭和十六年三月、精鋭パイロットの集まる飛行第六十四戦隊に二ノ宮を抜擢《ばってき》した。

翌月に日本軍随一のエースパイロット・加藤建夫《かとうたてお》少佐が六十四戦隊の隊長に就任。最新鋭の一式戦闘機「隼」が六十四戦隊の使用機に採用され、ここに「加藤隼戦闘隊」が誕生した。

加藤隼戦闘隊の赫々《かっかく》たる戦歴をここで詳しく記す余裕はないが、広東からインドシナ・フコク島までの約二千キロを五時間半で一機の損失もなく翔破《しょうは》したという驚異的飛行、オランダ領東インド・スマトラ島のパレンバン石油基地占拠のためのパラシュート部隊掩護など加藤隼戦闘隊の有名な作戦に、二ノ宮は自らの隼機を操縦して参加した。だが昭和十七年五月、ビルマ航空戦において加藤隊長が戦死する。加藤はベンガル湾上で敵機を撃墜したが、戦闘中に被弾した。加藤ほどの技量があれば目前の陸地に不時着するのは可能であったが、そこは敵地であった。加藤は機首を陸地とは逆方向に向けて急降下し、海面に突っ込み、自爆死を選んだのである。

「捕虜になるくらいなら、確実に死ねる方法によって自決せよ」

常日頃から部下にそう訓示を述べていた加藤は、自ら手本を示したのだ。

二ノ宮自身はビルマ航空戦で活躍し、その功績により昭和十八年、二十五歳のとき准尉に昇進したが、尊崇してやまない加藤隊長を失った精神的ダメージが影響したのか、数カ月後に二ノ宮は戦線離脱をしてしまう。負傷なのか病気なのか判然としないが、ラングーン兵站《へいたん》病院での療養生活を余儀なくされ、退院後も戦線復帰は許可されず帰国を命じられ、大刀洗飛行学校の教官となった。この頃に同校に入営してきた特操一期生に、二ノ宮は豊富な実戦経験に基づく厳しい飛行訓練を施したのである。

そして昭和十九年十月、二ノ宮は飛行学校を卒業した特操一期生たちとともに満州国に渡り、第五練習飛行隊に入隊した。ただし、この時点で特操一期生たちは少尉に昇進しており、准尉のままの二ノ宮を階級では超えていた。

戦線復帰できずに平穏な満州国で教官に甘んじている精鋭飛行兵の葛藤《かっとう》は凄まじか

ったであろう。大虎山分屯隊で二ノ宮の教え子だった前田多門はこう証言する。

「二ノ宮さんはよく『俺は六十四戦の生き残りだ』と言い、強いプライドを見せていました。田んぼの畦道《あぜみち》に飛行機をなんなく着陸させてしまうくらい操縦はずば抜けていて、みんなから尊敬を集めていました。でも、ご自身は群れることが嫌いな方で、夜は独りでマンドリンを弾いていましたね。二ノ宮さんの官舎からよく『影を慕いて』のメロディーが聴こえてきたのを覚えています」

ソ連軍への降伏命令を通達されたとき、この孤高の天才飛行兵の心中には何が去来したであろうか。それは「捕虜になるくらいなら、確実に死ねる方法によって自決せよ」という加藤隊長の教えだったのではないだろうか。

もとより二ノ宮には、加藤隊長への背信行為となる「降伏」という選択肢はなかった。

「ソ連軍の捕虜になるくらいなら、俺は加藤隊長と同じように独りで自決する」

これが降伏命令を受けた当初の二ノ宮の心境であったろう。

しかし直後に彼は、偵察に行った葛根廟上空でソ連軍による邦人の大虐殺を目撃するのである。この瞬間、「独りで自決する」という二ノ宮の心境は確実に変化したに違いない。

「大虎山に残っている全機を使って戦闘部隊を編成し、この憎き露助どもを殲滅《せんめつ》する」

二ノ宮は自決の衝動を抑え、戦闘部隊による本格的な航空作戦を計画し、ソ連軍に敢然と立ち向かうと決断したのだ。

だが、大虎山飛行場の実働可能な飛行機は、十機のみであった。しかも九七式戦闘機を改造した二式高等練習機や、九八式直接協同偵察機など、爆撃装備を取りつけていない飛行機ばかりだ。

整備士に頼んで急遽《きゅうきょ》、爆撃装備を取りつけようとしても無駄であった。大虎山飛行場には爆弾そのものが残っていなかったのである。

「露助の戦車隊へ特攻するぞ！」

ザバイカル方面軍は極東ソ連軍の中で最も強力なT34戦車隊を持っていた。低空飛行からの機銃掃射ではT34を破壊することはできず、逆に戦車砲の餌食にされてしまう。残された唯一の攻撃方法は、戦車砲をかわしながら戦車隊に体当たりするしかない。爆弾を搭載していない飛行機では体当たりしても大きな損害を与えられないが、ソ連戦車隊が敵軍飛行機の体当たり攻撃を受けるのは初めてであり、兵士の心理へ与えるダメージは相当に大きいはずである。後続を怖れて慎重になり、進軍を遅らせることになれば、居留民が本国に帰還する時間を少しでも稼げる。

　この特攻作戦は降伏命令に背くことになるため、絶対に上官に漏れてはいけなかった。二ノ宮は同志を募るとき、普段から「骨のある奴」と認めている九人の将校を選び、伊予屋に呼び出し、こう決起を促したのではないだろうか。

「俺たちが降伏命令に従って露助に投降すれば、この大虎山でも葛根廟の惨劇が起きる。我々の部隊を頼って避難してきた同胞の女子供が全員、露助の餌食になってしまう。そうわかっていないながら降伏するなんて、俺にはできん。俺は葛根廟の惨劇を目撃する前は、独りで自決するつもりだった。しかし今は、降伏命令に背いて、露助と戦うと決意した。葛根廟で同胞を殺戮した戦車隊へ特攻する。爆弾なしの特攻だ。一機命中で戦車一輛しか潰せないのは承知している。しかし特攻を初めて受ける露助どもが縮みあがり、進撃の速度を落とすかもしれん。そうすれば女子供の逃げる時間が稼げる。貴様らの大和魂を見込んで言うのだが、俺と一緒に決起してほしい」

　当然、全員がすぐに賛同したわけではなく、何人かは激しく逡巡《しゅんじゅん》したであろう。

「上官の命令は天皇陛下の命令である」と教え込まれてきた大日本帝国軍人にとって、命令に従わない、つまりは軍紀違反を犯すことの恐怖心や罪悪感は簡単に拭《ぬぐ》えるものではない。だが最後は二ノ宮が、決断をためらう者に檄《げき》を飛ばし、全員が一致結束して「露助の戦車隊へ特攻するぞ！」と気炎を上げたのではないだろうか。

　谷藤徹夫もその場で決意を固めた。彼にとっては、親友の二瓶秀典が特攻死して以来、ずっと胸に秘めてきた決意を、命令ではなく自らの意志で示すためでもあった。そして「俺もかならず後から行く」という少年飛行兵たちとの約束を果たすためでもあった。

徹夫たちは出撃日を話し合い、「八月十九日しかない」との結論に達した。その日は「ソ連軍に対して武装解除せよ」との関東軍総司令部の命令に基づき、第五練習飛行隊の全飛行機を撤収する日であった。錦州飛行場に集めた全飛行機を、ソ連軍に渡すのである。その前に特攻を決行しなければ、すべてが水泡に帰す。

徹夫たちに残された唯一の出撃のタイミングは、錦州集結の任務で十機全機が大虎山飛行場から飛び立つときしかなかった。そのとき任務に背向いて特攻を強行するしかなかった。

分屯隊隊長の蓑輪中尉は兵士や武器を列車で錦州に輸送する任務に専念するため、飛行機輸送の準備を副官の谷藤少尉に任せていた。十名の操縦者の選任も徹夫の役割だったのである。

「十九日の飛行機輸送には我々が当たろう。飛行場を飛び立てば、あとは我々の自由だ。錦州へは向かわず、露助の戦車隊がいる方向へ行く」

この計画を実行するため十八日に二ノ宮が再びソ連戦車隊の動向を偵察した。内蒙古の赤峰《せきほう》の上空に到達したとき、赤い砂塵《さじん》を巻き上げて広大な砂漠地帯を南下しているT34の大群が見えた。大虎山から赤峰までは約三百キロ。この距離なら九七式や九八式の飛行機でも十分に到達できる。

二ノ宮の報告により特攻出撃は八月十九日と確定した――。

「許嫁が自決するのを見届けてきた」

第五練習飛行隊の教官を務めていた特操一期生の腰塚守正元少尉は、特攻直前の戦友の悲壮な姿を今でも鮮明に思い出すという。

腰塚は本土決戦に向けた陸軍最後の特攻隊編成で「四五七振武《しんぶ》隊」の隊長に任命され、錦州飛行場で待機しているとき八月十五日の終戦を迎えた。腰塚は回想する。

「十六日に官舎で重要書類を焼却して、世話になった邦人の方々を訪ね歩き、お礼やらお詫《わ》びやらを繰り返し、なにもわからないその後の事などを話し合い、恥じ入るような気持ちで早々と挨拶《あいさつ》回りを済ませました。そのとき錦州の市街はすでに危険な状況でした。日本軍の隷下だった満州軍の兵士たちが反乱を起こしたのです。城壁の上から機銃掃討をしたりバスを襲撃したりして民間人への無差別攻撃を行い、多数の死傷者が出ました」

腰塚は満州軍に狙われている将校官舎には戻らず、特操の同期生の北島孝次少尉とともに飛行隊事務所に寝泊まりし、本部からの指示を待った。椅子を並べてベッド代わりにしたが、ソ連軍の捕虜になることを思うと不安が膨らんで眠れなかった。

十八日の深夜、隣に寝ていた北島が突然起き上がり、異様な興奮状態で泣き叫んだかと思うと、短刀で自らの腹を突き刺そうとした。傍らにはいつの間にか北島が墨筆で「轟沈《ごうちん》」としたためた遺書が置かれていた。

腰塚は慌てて戦友の腕をつかんで叫んだ。

「北島、早まるな！　いまここで死んだらどうする！　いつか必ず、一緒に死ぬ時が来るから、それを待て！」

ともに号泣しながら腰塚は必死に自決をやめるよう説得した。北島は徐々に落ち着きを取り戻し、二人は一睡もせずに十九日の朝を迎えた。

「私と北島は気持ちの高ぶりを抑えられず、危険を承知で飛行場へ出ていき、私たちの愛機だった『屠龍』の翼の下に座って時間を過ごしました。そのとき特操一期の同期生である岩佐輝夫少尉が『コシヅカー！　キタジマー！』と叫びながら走ってきました。岩佐は大虎山から来たのですが、飛行機で着陸した気配がなかったので、『おい、どうやって来たんだ？』と訊《き》いたら、『汽車で来た』と答えました。そして『司令部で街の中は危険だと言われたけど、許嫁《いいなずけ》の家に行ってきた。自害を見届けてきたよ。急いで大虎山に戻らなければならないので飛行機を都合してほしい』と言うのです」

在満邦人である岩佐の許嫁は、錦州市街で母親と暮らしていた。ソ連軍への特攻を決意していた岩佐が別れを告げに訪ねると、玄関まで線香の匂いが漂っていた。中に入ってみると、白装束を着た許嫁と母親が座敷で正座している。それぞれの膝《ひざ》の前には短刀が置かれていた。

「満人やソ連兵に辱められるくらいなら、潔く自分の手で命を絶ちます」

母娘の前でうなだれている岩佐に、母親が毅然《きぜん》と言い、娘は母の言葉に強く頷《うなず》いた。岩佐は顔を上げ、声を振り絞った。

「私もすぐに後を追います。本日午後、戦友たちとソ連軍へ特攻します」

三人は互いに水盃《みずさかずき》を酌み交わした。許嫁は岩佐の手を強く握り、哀しみを湛《たた》える眼《まな》差《ざ》しで岩佐を見詰め、「あの世で一緒になりましょう」と微かに笑みを浮かべた。

短刀で喉《のど》を突き刺した母娘の非業な最期に立ち会った岩佐は、とても静かな口調で腰塚にこう言った。

「二人の最期を見届けてやれたのは、せめてもの幸せだった。これで心残りなく逝ける」

そのとき初めて岩佐は、腰塚と北島に特攻作戦の詳細を打ち明けた。腰塚はその時の心境をこう振り返った。

「別に驚きはしませんでした。本土決戦の編成で特攻隊長に任命された自分は、岩佐たちよりも早い時期に特攻の覚悟を固めていましたし、『いつでも特攻に行く』という気持ちでずっとおりましたから。岩佐から特攻計画を聞いたその場で私と北島は迷うことなく『俺たちも行く』と言い張りました。岩佐は困ったような顔をして『気持ちはよくわかるが、飛行機はどうするんだ？　貴様たちが操縦する飛行機は大虎山に残ってないぞ』と言うので、『貴様を大虎山に送っていく飛行機で特攻すればいい』と私は言いました」

三人は錦州飛行場の司令部に行き、岩佐を大虎山に輸送するための飛行機の使用許可を申請した。「本日午後に武装解除するから、大虎山分屯隊とともにすぐに錦州に戻れ」との指令を受けて、九八式直協偵察機一機の使用が許可された。

この機種は複座であったため定員が二名である。岩佐を後部座席に乗せるとすると、腰塚か北島のどちらか一人しか操縦席に乗れない。武装解除を目前にしてもう一機の使用許可を得るのは不可能であるし、乗れなかった一人が汽車で大虎山に向かったとしても出撃時間には間に合わない。結局どちらかが特攻作戦への参加を諦《あきら》めるしかなかった。

腰塚と北島は「俺が行く」「いや、俺が行く」と言い合いになったが、岩佐が仲裁に入り、腰塚をこう説得した。

「腰塚、貴様は特攻隊長だ。隊長がいなくなれば隊員の少年飛行兵が路頭に迷う。貴様はここに残れ。我々が出撃した後、野村少佐殿に特攻作戦の詳細を報告してくれ。頼むぞ」

北島に操縦を譲った腰塚は、滑走路の脇に佇《たたず》み、これが永遠の別れとなる戦友二人を見送った。九八式直協偵察機に乗り込んだ北島と岩佐は、座席から腰塚に敬礼を送り、大虎山に向かって離陸した。

神州不滅特別攻撃隊

決行当日に急遽《きゅうきょ》、北島が加わったことにより、日本軍最後の特攻隊員は一一名となった。全隊員の氏名を改めて明記しよう。

今田達夫少尉（広島出身　二十六歳）
岩佐輝夫少尉（北海道出身　二十五歳）
馬場伊与次少尉（山形出身　二十四歳）
大倉巌少尉（北海道出身　二十三歳）
宮川進二少尉（東京出身　二十三歳）
谷藤徹夫少尉（青森出身　二十二歳）
波多野五男少尉（広島出身　二十二歳）

北島孝次少尉（東京出身　二十二歳）
日野敏一少尉（兵庫出身　二十一歳）
伴元和少尉（石川出身　年齢不明）
二ノ宮清准尉（静岡出身　二十七歳）

彼らは自らを「神州不滅特別攻撃隊」と命名した。神州とは、日本は天皇の統治のもとに神武《じんむ》建国から明治維新を経て発展を遂げてきた「神の国」という意味である。自分たちの亡き後も「神の国」日本は永遠に不滅であるという日本軍最後の特攻兵の思いを隊名に込めたのだ。

その頃、谷藤朝子は、大虎山飛行場に逃げてきた避難民の怪我の手当てや食事の世話を懸命に手伝っていた。一カ月ほど前に満州に渡って新婚生活をスタートさせ、天にも昇るような幸福感に満たされていた朝子は、運命の過酷さを痛切に感じていたであろう。

そして十八日の夕刻、徹夫が伊予屋から官舎に帰ってきたとき、悲壮な決意を告げられたのだ。

「明日の午後、戦友たちとソ連軍に特攻する」

この時、夫婦の間で交わされた会話は、誰も永遠に知ることはない。唯一の確かなことは、この日の話し合いで夫婦は、「一緒に特攻機に乗る」と決めたことだ。朝子のほうから「特攻機に乗せてほしい」と切望したのか、徹夫のほうから「特攻機に乗ってほしい」と懇願したのかは不明である。

ただ、私は、朝子のほうから徹夫に「乗せてほしい」と切り出したのではないかと推測している。

朝子は早急に大虎山から朝鮮方面へ避難することが可能だった。関東軍将校の妻は満鉄の列車に優先的に乗車できるからだ。徹夫はその特権を朝子に伝え、汽車で出発するよう再三説得を試みたのではないだろうか。

だが朝子は関東軍将校の妻の特権さえも拒否した。

「どんなことがあっても、二度と徹夫さんとは離れたくない」

この一心で朝子は大虎山に残ると固く決意していた。

しかし彼女は「大虎山にソ連兵が来たら、私も辱めを受けることになる」という深い絶望感も抱いていたはずだ。大虎山に逃げてきた避難民の中にはソ連兵に強姦《ごうかん》された女性や、見つかっても襲われないよう頭を坊主に丸めている男装の女性も多かった。彼女たちの世話をしていた朝子は、日本女性がソ連兵から凌辱《りょうじょく》の限りを尽くされていることを知っていた。

徹夫の口から特攻の決意を告げられたとき、朝子は凜《りん》としてこう訴えたのではないだろうか。

「私を特攻に連れていってください。あなたの特攻機に乗せてください。私は女ですけど、本土決戦で突撃する覚悟を固めた日本人です。特攻で死ぬことは怖くありません。残されて敵に辱めを受けるくらいなら、敵に突撃して果てることを私は望みます。もしそれが叶《かな》わないのでしたら、あなたを見送った後に自決いたします」

軍用機、ましてや特攻機に女性を同乗させることは重大な軍紀違反である。当然、徹夫も、重々承知していた。

だが、決意に満ちた表情を浮かべる朝子の前で、「それだけは諦めてくれ」と徹夫は言えなかった。

「一緒に逝こう」

そう返答したのだ。

朝子の他にもう一人、ソ連戦車隊への特攻に付いていくと決意した女性がいた。「スミ子」という若い女性である。

スミ子については、名字も年齢も出身地もわかっていない。伊予屋の女中をしていた二十歳くらいの女性ということだけ判明している。

徹夫たちが伊予屋に籠《こも》っているとき、スミ子は料理や酒を運んでいた。そして特攻作戦の密議を漏れ聞いたのだ。

「あの人が特攻に行ってしまう……」

スミ子はあまりの衝撃に眩暈《めまい》を覚えたことだろう。密議にはスミ子の意中の人である大倉巌少尉が参加していたからだ。

大倉は北海道根室《ねむろ》市の花咲《はなさき》港で生まれ、小樽《おたる》高等商業学校（現在の小樽商科大学）を卒業し、特操一期生に志願した。大倉には許嫁《いいなずけ》がいた。「満州から帰ったら結婚しよう」と約束して海を渡ったのである。

故郷に許嫁を残してきた大倉が伊予屋に出入りするうち、スミ子と恋仲になったかどうかは判然としない。スミ子の片思いだったかもしれない。だが、スミ子から「私も連れていってください」と請われたとき、大倉は受け入れた。特攻機への同乗を許すほどに大倉がスミ子に対して特別な感情を抱いていたのは間違いない。

朝子とスミ子を特攻機に乗せたいという希望は、神州不滅特攻隊の隊員全員に伝えられた。二人の女性を連れていくかどうかは隊員たちにとって苦渋の選択であった。

当然、反対意見が出たであろう。

「天皇陛下からお借りしている兵器は、神聖にして侵すべからず。神聖である兵器に女を近づけてはならぬ」

大日本帝国軍人はそう教え込まれていた。軍人の間で流行《はや》っていた『軍隊小唄《こうた》』の歌詞に「女は乗せない戦闘機」「女は乗せない戦車隊」「女は乗せない輸送船」といったフレーズが多く出てくるほど、軍人にとって「女は乗せない」は当たり前の不文律であった。

だが彼らは最終的に、二人の女性に対し、特攻機への同乗を許可した。軍の命令ではなく、自ら決断した特攻だったからこそ、自主的な判断が働いたのだ。そしてなにより「残されて辱めを受けるくらいなら、敵軍に特攻して果てたい」という彼女たちの切実な訴えが、隊員たちの心を動かしたのだ。

白いワンピースを着て日傘を差した女性

八月十九日の午後二時ごろ、大虎山飛行場に日章旗の小旗を持った日本人が続々と集まってきた。大半が女性、子供、老人であり、大虎山市街の住民や北方の地域から逃げてきた避難民だった。翼に日の丸を付けた飛行機の最後の飛翔《ひしよう》を見送りに来たのだ。

十一機が飛び去ったあと、大虎山分屯隊は飛行場を閉鎖し、残りの飛行兵と整備士の全員が軍用列車で錦州に向かうことになっていた。第五練習飛行隊の全員が揃ったところでソ連軍に投降し、飛行機から銃剣や手榴弾《しゆりゆうだん》までの全兵器を渡して捕虜になるのだ。つまり最終飛行を見送ったあと、大虎山に残された民間邦人は、ソ連軍が刻々と近づいているにもかかわらず関東軍の庇護《ひご》を失うのである。関東軍を頼りにして駆け込んできた避難民からすれば、戦わないで投降する兵士たちは「裏切り者」に映ってもおかしくはない。しかし避難民たちは日章旗の小旗を振り、最後の飛翔を温かく見届けようとしていた。

分屯隊本部の建物から飛行服姿の一団が出てきた。飛行機を滑走路に出す任務を終え、草むらに腰を下ろして一息入れていた特操二期生の小出宏元少尉は、飛行服姿の一団の中に二人の女性がいるのを目撃したという。

「十一人の飛行兵の背後に、白いワンピースを着て日傘を差した女性二人が歩いているのが見えました。誰かの奥さんか恋人が見送りに来たのだろうと思っていました」

二人の女性が、朝子とスミ子であったのは言うまでもない。白いワンピースに日傘というういかにも貴婦人らしい恰好《かっこう》は、作戦の一環だったのだろう。小出が証言するように、この恰好であるなら「見送りに来た将校の妻か恋人」にしか見えない。彼女たちが飛行機に乗るとは誰も予測しなかった。

だが白い服装には、白装束という特別な意味が込められていたに違いない。彼女たちは前日に落ち合い、互いの決意を語って絆《きずな》を深め、「ワンピースの色は白で統一する」と決めたのではないだろうか。

朝子とスミ子は一団から離れ、滑走路の側に立った。最終整備を終えて滑走路に並べられている飛行機にもっとも近い距離だ。小旗を持った群衆が小さな飛行場を取り囲み、滑走路間近まで人があふれ、その大半が女性であったので、朝子とスミ子が飛行機の傍に立っていても不自然ではなかった。

日傘を差す二人に対し、近くの男性が「見送りのときに傘を差すなんて失礼ではないか」と注意すると、朝子は冷静に「女性ですから、日焼けはしたくないんです」と切り返したという。

一団の先頭を歩いていた今田達夫少尉が小出の姿に気づくと、小走りに近寄ってきた。急いで起立して敬礼する小出に、今田は図嚢《ずのう》（小さな箱型の鞄《かばん》）を差し出し、はにかみながら言った。

「貴官にこれを預ける。野村少佐殿に渡してほしい」

小出が了解すると、今田は安堵《あんど》したような表情を浮かべ、「頼む」と念を押して一団に戻っていった。

「こちらのほうは見て見ぬふりをしてください」

十一人の飛行兵は蓑輪隊長の前に整列した。実は蓑輪は、徹夫たちが錦州ではなく赤峰に向かい、ソ連戦車隊に特攻することを事前に知っていた。その日の正午ごろ、将校集会所で徹夫たちが最後の作戦会議をしているとき、たまたま入ってきた蓑輪が黒板に書かれた文字や図から特攻作戦に気づいたのだ。

「貴様たち、本気か！　重大な命令違反だぞ！」

激しく問い詰めてくる蓑輪に対し、徹夫たちは本気であることを示すため作戦の詳細を打ち明けた。

「我々は同胞を見棄てて降伏することはできません。このままでは葛根廟の惨劇がこの街でも起きてしまいます。我々は露助どもへ特攻を仕掛けて、南下を食い止めます」

蓑輪は即座に声を荒らげた。

「無理だ！　貴様ら十一人が体当たりしたところで露助はびくともせん！　それこそ無駄死にだ！」

だが十一人は必死に食い下がった。

「無理だからという理由で特攻を止めるなら、我々は教え子たちを欺いてきたことになります！　『鬼畜米英の大艦隊を怖がらず、果敢に体当たりするのが帝国軍人の大和魂だ』と教えてきたじゃないですか！　我々の言葉を信じて沖縄で散った少年たちに合わせる顔がありません！」

蓑輪は言葉に詰まり、しばし沈思黙考し、

「よし、俺が指揮して行くぞ！」

と叫んだ。だがこのとき蓑輪を諫《いさ》めたのは、副官の谷藤少尉だった。上官に向かって冷静沈着にこう語りかけたのだ。

「隊長は大虎山の隊員と武器のすべてを列車で本部に輸送して武装解除に応じる一大任務が残っております。大勢の少年兵をうまくまとめて無事にやり遂げていただかないと困ります。こちらのほうは見て見ぬふりをしてください」

徹夫に諭された蓑輪は再び沈思黙考し、「成功を祈る」と言い残して集会所を後にした。

当時の蓑輪の心情について妻の哲に尋ねると、目にうっすらと涙を浮かべ、こう語った。

「あのときは誰もが死を覚悟していましたから、どうせ死ぬなら部下と一緒に特攻で散りたいというのが主人の本心だったのでしょう……。実は前日に、私と主人は子供を道連れにして自決しようとしたんです……」

十八日の晩、蓑輪夫婦は、これからの事を話し合ったという。蓑輪は妻に、自身がソ連軍の捕虜になることを初めて打ち明けた。

「明日の午後、錦州へ向かう飛行機を見送ったあと、俺は残った兵隊を連れて汽車で錦州へ行く。第五練習飛行隊の全隊員と全兵器を本部に集め、武装解除、つまり全兵器をソ連軍に引き渡さなければならん。そして我々隊員は投降する。非道な露助のことだから捕虜となった日本兵を処刑するかもしれんが、負けたのだからそれも致し方ない……。お前は明日、子供たちを連れてここを出発しろ。将校の家族は優先的に列車に乗れることになっている」

だが哲は首を横に振り、毅然《きぜん》と返答した。

「私と子供たちは行きません。どうせ生きていても地獄でしょうから、逃げたいとは思いません。私と子供たちを殺してから発《た》ってください」

そして哲は、簞笥《たんす》の引き出しにしまってあった護身用の拳銃《けんじゅう》を取り出し、夫に手渡したという。

哲は涙ながらに話を続けた。

「主人に拳銃を渡したとき、私は気持ちが高ぶってしまい、『私と子供を撃ち殺して、あなたも死んで！』と泣き叫びました。主人は拳銃を私たちに向けましたが、『殺せない』と言いました。二人の子供たちはこんな修羅場の隣の部屋で、スヤスヤと眠っていました。主人が拳銃を手放したあと、子供部屋に行き、あどけない寝顔を見つめていたら、『なんとしても生き抜かなければ』という気持ちが出てきました。それで主人に『これから荷造りをして明日、子供たちと出発します』と伝えました」

哲は最小限の荷物をまとめた後、明日の朝食が家族揃っての最後の食事になるだろうと、手持ちの食材をすべて使って豪華な料理を徹夜で作った。甘党の夫のために砂糖をふんだんに使ったおはぎも作った。四歳の長女と二歳の長男は大皿に山盛りとなったおはぎを見て、「わーい、わーい！」と大喜びだった。だが、いつもなら大好物のおはぎをパクパクと際限なく食べる蓑輪が、その日はひとつをゆっくり嚙《か》みしめるように食べたきりでそれ以上は手をつけなかった。

蓑輪は大虎山駅で家族を見送った。汽車に乗る順番を待つ邦人たちで駅はごった返していたが、蓑輪の家族は貴賓室に通され、即座に汽車に乗車することができた。子供たちは遠足にでも出かけるかのように陽気にはしゃいでいた。

「お父さん、いってきまーす！」

走り始めた汽車の窓から子供たちは身を乗り出して手を大きく振った。白煙をたなびかせる汽車は燦々《さんさん》と太陽が照りつける荒野の彼方《かなた》で次第に小さくなっていった――。

白絹のマフラーを風になびかせている飛行服姿の十一人を前にした蓑輪には、様々な思いが交錯したことだろう。

「もう二度と家族に逢《あ》えないのなら、俺も逝かせてほしい」

そんな渇望も胸に渦巻いていたに違いない。

だが彼には、大虎山分屯隊の隊長として大勢の部下を汽車で錦州本部に連れていき、混乱をきたすことなく速やかにソ連軍へ投降させるという最後の任務が残っていた。

その責務の重大さを谷藤徹夫に指摘され、特攻隊への参加を断念したのだ。

その徹夫が一同を代表して蓑輪の前に立ち、

「谷藤他十名、只今《ただいま》から出発します」

と敬礼した。蓑輪は涙を抑えきれないまま、隊長としての訓示を述べた。

「この十一機を本部に輸送するのが諸君の最後の任務である。精鋭が集まっている大虎山分屯隊の名に恥じぬよう、一糸乱れぬ完璧《かんぺき》な編隊飛行で有終の美を飾ってくれ。途中、ロシア機か中国機に遭遇するかもしれないが、決して攻撃してはならない。挑発にも乗るな。総司令部から降伏命令が発令された以上、我々はいかなる状況でも戦闘を放棄しなければならない。それだけは遵守してくれ」


白いワンピースを着た朝子は徹夫と空に消えていった

蓑輪の訓示を受けて十一人は飛行機に搭乗し、用意していた鉢巻を締め、エンジンを始動させた。その時であった――。
「飛行機の近くに立っていた白いワンピース姿の女性二人が、プロペラが回ると同時に、さっと座席に乗り込んだのです」（小出元少尉）
喧噪《けんそう》の隙を突き、見送り人らしい様子で立っていた朝子とスミ子が日傘を棄てて、飛行機に搭乗したのである。それを目撃した人々が「女が乗ったぞ！」と口々に叫んだが、その声はプロペラの回転音と小旗を振る群衆の歓声で掻《か》き消された。

朝子は徹夫の、スミ子は大倉の搭乗機の中で身を屈《かが》め、小柄な二人は群衆から全く見えなくなった。

十一機は一機ずつ滑走を開始した。そのとき特操二期生の堀江一郎少尉が一機を指さして叫んだ。

「あの飛行機に女が乗ってるぞ！」

なぜ堀江は機内で身を隠している女性の存在に気づいたのだろうか。彼はこう回想している。

〈皆の歓声で、一機また一機と飛び上がる。なかの一機（複座）の後方座席に女性の黒髪がなびいていた。〉

（特操二期生会編『学鷲の記録 積乱雲』より）

堀江が目撃した黒髪は朝子の髪なのか、スミ子の髪なのか判然としないが、ともかくも艶《つや》やかな光を湛《たた》えて風になびく黒髪が機内に見えたのだ。

堀江以外にも黒髪に気づいた人は多かった。次々に非難の声が上がり、飛行場は騒然となった。

「女を乗せるなんて軍紀違反じゃないか！」

「飛行機を止めろ！」

だが、十一機全機は轟音《ごうおん》をあげて飛び立った。黒髪に気づかなかった多くの人々が飛行機に向かって懸命に小旗を振った。十一機は晴れ渡った上空を旋回し、やがて編隊を組み終わると、両翼を一、二度振って群衆に別れの挨拶《あいさつ》を送った。

そのとき、一機がエンジン不調を起こして急降下し、飛行場の外れに墜落した。伴元和少尉の搭乗機だった。

蓑輪隊長と部下たちが担架を用意して伴の救助に向かった。低空からの墜落であったことと、爆弾を積んでいなかったことが幸いし、伴は一命を取りとめたが、身体に大怪我を負い、担架に乗せられて分屯隊本部の救護室に搬送された。

この墜落事故に観衆が気を取られていた間に、十機の編隊は銀翼を輝かせて入道雲のたなびく北の空へ進んでいった。

「おい、方角が違うぞ！　あっちは錦州の方向じゃないぞ！」

伴の救助に奔走していた隊員の一人が十機を指さして叫んだ。

「錦州は西の方角だ。あいつらどこに行くんだ」

「投降せずに逃げるんじゃないのか」

北の空で次第に小さくなり、視界から消えそうになっている十機を見上げながら、残された隊員たちは様々な憶測を語り合った。

前出の堀江少尉ら特操二期生たちは、十機がソ連軍へ特攻をかけると確信し、自分たちも加わりたいと故障している飛行機に乗り込んだという。

〈皆一種の興奮状態に陥ち入り、私達もなんとかして加わりたい気持ちにかられ、ポツンと残されていた九七式を始動してみたが、潤滑油が吹き出して風防が真っ黒になるし、加えて燃料洩れの為かガソリンの臭気が強いので、危険を感じてスイッチを切った。〉（前掲書）

大虎山分屯隊の飛行兵の中には、徹夫たちの行動に共鳴する者も少なからず存在したのである。無論、実働可能な飛行機が残っていないのであるから、誰ひとり後追いはできなかった。残された隊員たちの思いも背負いながら、徹夫たち十人は積乱雲の彼方に消えていったのだ――。

谷藤徹夫、辞世の句

十機の機影が見えなくなった後、小出少尉はふと今田少尉から預かった図囊《ずのう》の中身が気になった。小出は振り返る。

「開封してはいけないとも思ったのですが、中身を見たいという好奇心に負け、誰もいないところで図嚢を開けました。そこには一通の封筒と三十センチくらいの短刀が桐の箱に納められていました。そしてその封筒の中身を見て、愕然《がくぜん》としたんです」

小出の記憶によれば、封筒の中の和紙には墨書きの「檄《げき》」の一文字で始まる決意表明が書き綴《つづ》られていた。

檄

戦い得ずして戦わざる空の勇士十一名
生きて捕虜の汚辱を受けるを忍び難し
ここに神州不滅特別飛行攻撃隊を編成し
昭和維新の魁《さきがけ》たらんとす

最後に並んでいたのは、十一名の署名と血判であった。

その頃、錦州本部で大虎山分屯隊の到着を待っていた野村少佐の元に腰塚少尉が駆け込んできた。

「ご報告申し上げます！　今朝方、本部に参りました岩佐少尉より、野村少佐殿に伝達を頼まれております！　大虎山部隊は本日の武装解除には応じず、ソ連軍との戦闘を継続するとのことです！　戦車隊へ体当たり攻撃を決行し、錦州方面への南下を食い止めるのが作戦目標とのことです！」

「なにっ！」

野村は急いで飛行機に乗り込み、自ら操縦して大虎山に飛んだ。飛行場に着陸して機上から降りると、走ってきた小出から図嚢を渡され、檄文にしばらく見入った。

檄文に心を動かされたのだろう、野村は顔を上げて小出のほうを向くと、「よし、わかった！」と一言だけ発した。自らの命令に背いた徹夫たちに理解を示したのだ。

野村は徹夫たちの攻撃地点を探そうと、自ら再び飛行機に搭乗して北方の空へ飛んだが、遂に発見できなかったという。

〈終戦の混乱時の事として彼らの結末を誰れ独り見届ける事は出来なかった〉

野村は回想記で痛惜の念を書き残している。

二人の女性を乗せた十機の編隊の行方がわからず、大虎山飛行場は大騒ぎとなった。手掛かりとなる物を探すために隊員たちの官舎が調べられ、徹夫の官舎で机のうえに置かれた辞世の句が発見された。出撃直前に徹夫は、日本軍最後の特攻兵全員に共通する心情を詠んだのだ。

国敗れて山河なし　生きてかひなき生命なら　死して護国の鬼たらむ

昭和二十年八月十九日は奇《く》しくも、満州国皇帝の溥儀がソ連軍の捕虜となった日であった。

ソ連軍の侵攻後、溥儀は家族、側近とともに密《ひそ》かに新京を脱出し、朝鮮との国境に近い山岳地帯の通化省大栗子《だいりつし》へ避難していた。関東軍が停戦を決断すると身の危険を感じて日本への亡命を希望し、奉天飛行場で関東軍の救援機を待っていたところをソ連軍に捕らわれたのだ。さらに九月五日、山田乙三総司令官を筆頭とする五十数名の関東軍の全参謀が新京でソ連軍に出頭して捕虜となった。日本の傀儡《かいらい》国家・満州国は十三年目にして、砂上の楼閣が消えるように消滅したのである。

戦後、神州不滅特攻隊は黙殺された

野村が記した通り、神州不滅特攻隊の結末は杳《よう》として知れない。第五練習飛行隊の全員がソ連軍に投降してシベリアに連行されたため、本格的な調査が行われなかったのだ。また、軍の秩序と規律を維持する組織である憲兵隊も全く動かなかった。通常、軍紀違反の事案に対しては憲兵隊が出動して徹底捜査が行われ、違反を犯した軍人を軍法会議にかけて処罰することになっていたが、関東軍の降伏後、満州駐留の憲兵隊も機能停止に陥っていた。

特攻作戦の立案の経緯をもっとも知っている伴少尉は、重体で錦州本部に搬送された後、シベリアに抑留されて収容所で亡くなった。そのため伴の証言は残っていない。実は伴のほかにも一人、神州不滅特攻隊の隊員の生存者がいた。宮川進二少尉である。伴と同様、赤峰へ向かう途中で飛行機のエンジン不調のため墜落したのだ。広大な田園地帯に不時着したため軽傷で済んだ宮川は、民家に救助を求め、列車の駅まで案内してもらい、汽車で錦州に帰還した。失敗して戻ってきたことの羞恥心《しゅうちしん》があったのだろう、宮川は命令違反を深く謝罪したが、特攻作戦については固く口を閉ざした。シベリア抑留を耐え抜いて帰国した後も、宮川は家族や友人に何も語らないまま復員後すぐに病死している。

軍人以外の目撃者、つまり大虎山の居留民や避難民の多くもソ連兵に殺され、あるいは散り散りになり、証言が集まる状況にはなかった。

徹夫たちの出撃後に大虎山で起きた惨劇について、ここで明記しておく。

『満洲難民・飢餓と疫病に耐えて—続・満洲拓植公社社員と家族の敗戦引揚記録—』に掲載されている大民義勇隊開拓団長の佐藤与太郎の遭難記によれば、八月の終わり頃、軍用トラックで大虎山に到着したソ連兵は邦人の女性と子供に対し、殺害や強姦《ごうかん》といった蛮行の限りを尽くしたという。佐藤はこう記している。

〈ここ（大虎山）も非常に悲惨を極め、塩と高粱《コーリャン》のみで夫不在の妻子は特に可哀想だった。毎日昼夜の別なく八路《はちろ》案内でソ連兵が襲来暴行、衣類なく綿花梱包用麻袋を着ていた。乳幼児百余名は一ヶ月で全部一人残らず死亡し、毎日三、四人宛続けて死亡、見るも悲惨。婦女子は髪を切り、顔に鍋《なべ》の墨を塗り、見るからに貧民窟《ひんみんくつ》以上の姿態である。婦女の半数以上は身を汚されたと思ふ。〉

徹夫たちの特攻がソ連戦車隊に命中したのかどうかは判然としないのだが、作戦の戦果としてはソ連軍の大虎山襲撃を止められなかったのは動かし難い事実だ。たとえソ連軍の進撃を数日間遅らせる戦果があったとしても、前述の惨劇を鑑《かんが》みれば、神州不滅特攻隊の作戦は失敗だったと言える。

これらの事情が重なり、神州不滅特攻隊の存在は日本に伝わらなかったが、戦後も四、五年が過ぎた頃、シベリアから復員兵が続々と帰国し、第五練習飛行隊の元飛行兵たちもやつれ果てた姿で還《かえ》ってきた。彼らが戦友会などで神州不滅特攻隊について語り始めたことで、その存在が少しずつ元軍人の間に広まっていった。

だがその反応は、非常に冷淡なものだった。軍の命令に背いて出撃したという理由で「特攻隊」とは認められなかったのである。そして何より、女性を特攻機に搭乗させたことを指し、元軍幹部の多くが「重大な軍紀違反だ」と怒りをあらわにした。特攻隊の慰霊祭などは元軍幹部が仕切っていたため、「英霊」の名簿からも神州不滅特攻隊の隊員たちは切り捨てられたのである。

しかし日本軍最後の特攻隊として神州不滅特攻隊の勇姿を歴史に刻まなければいけないと立ち上がった者たちがいた。野村透、蓑輪三郎、腰塚守正、小出宏、前田多門ら、第五練習飛行隊の元飛行兵の有志である。腰塚はこう回想する。

「極寒のシベリアの炭鉱で重労働をさせられているときは、『こんな苦しみを味わって野垂れ死ぬくらいなら、俺もあのとき露助どもに突っ込んで英霊になっていればよかった』とずっと後悔していました。しかしなんとかシベリアで生き抜いて帰国し、特攻隊の慰霊祭に出てみたら、谷藤たちは英霊として祀《まつ》られていないどころか、罪人扱いされているじゃありませんか。特攻を命じていた元軍幹部が慰霊祭でもふんぞり返っていて、谷藤たちの行動について『あれは戦時中に命令で出撃したのではなく、停戦後に自暴自棄になって勝手に出撃したのだから特攻とは言えん』とか『飛行機が戦車に体当たりするなんて軍の作戦としては考えられん。飛行機一機と戦車一輛では勿体《もったい》ない』とか悪しざまに言うのです。私はカッときて『停戦後もソ連軍が居留民を殺戮《さつりく》、強姦していたから、彼らは見るに見兼ねて自分たちの意志で突っ込んだのです！　これこそ真の大和魂、真の特攻ではないですか！』と言い返しました。そして戦友が中心になって彼らの霊を慰め、その壮挙を伝えていかなければいけないと痛感して行動を開始したのです」

腰塚たちが最初に取り組んだのは、日本政府に神州不滅特攻隊の隊員たちを「戦没者」と認めさせることだった。自主的に結成された神州不滅特攻隊は、軍の記録上は存在しない「幻の特攻隊」であるため、戦没者調査を行っている厚生省（当時）に何の情報も入っていなかったのである。遺族訪問を行った腰塚たちは、神州不滅特攻隊の隊員たちが「戦没者」と認定されていないため遺族年金が給付されず、息子を失った老父母が生活に困窮していることを知ったのだ。

腰塚たちは厚生省に赴いて当時の満州の状況を説明し、こう陳情した。

「ソ連戦車隊へ飛行機で体当たりした九人を特攻隊と認め、戦没者と認定し、遺族年金の申請を受け付けてください」

粘り強く折衝をつづける腰塚たちに対し、厚生省の担当者はけんもほろろな対応に終始した。

「八月十五日以降は軍の戦闘命令がないのですから、特攻隊の存在は認められません。それに九名の方々がソ連軍に体当たりしたというのでしたら、目撃者の証言など証明できるものを提出してください。死亡の証拠がない以上、九人の方々が現在も生きていらっしゃる可能性は否定できませんので」

戦友たちの思いが込められた碑文

何の証拠も持っていない腰塚たちは途方に暮れ、諦《あきら》めかけていたまさにそのとき〝天の助け〟が起こった。

日本陸軍が外征部隊所属者の現況（生存、戦死、生死不明など）を明らかにするために作成した約九百五万人分の「留守名簿」の中に「今田達夫少尉」「岩佐輝夫少尉」「馬場伊与次少尉」「大倉巌少尉」「谷藤徹夫少尉」「波多野五男少尉」「北島孝次少尉」「日野敏一少尉」「二ノ宮清准尉」という九名の名前が記され、それぞれの戦死日と戦死場所が記録されていることが判明したのだ。

野村の証言にあるように、第五練習飛行隊は錦州集結後、武装解除してソ連軍へ投降したため、九人の行方を調査していない。したがって第五練習飛行隊から陸軍中央へ、九人の戦死日と戦死場所の情報が伝えられているはずがなく、九人は生死不明扱いにされているのが自然であった。しかしなぜか陸軍留守名簿に九人の戦死日と戦死場所がはっきり記録されていたのである。

九人の戦死日と戦死場所はバラバラであり、正確とは思えないものばかりだった。たとえば二ノ宮の戦死日が「昭和二十年八月二十五日」、戦死場所は「大虎山」となっている。これでは八月十九日に出撃した二ノ宮は、大虎山に引き返してきて戦死したことになる。日野、馬場、大倉に至っては、それぞれ「八月十六日・新民屯」「八月十六日・錦州」「八月十五日・大虎山」と記入され、戦死日が八月十九日以前になっている。岩佐と北島の二名のみ戦死日が「八月十九日」であるが、戦死場所は「彰武」「阜新」と記入され、赤峰とは遠く離れている。

谷藤徹夫は「八月二十一日」に「新民屯」で戦死したことになっている。新民屯は大都市・瀋陽に近い農村で、赤峰とは正反対の方角に位置する。

野村も蓑輪もこの戦死記録が作成された経緯を全く知らなかった。終戦直後に誰かが陸軍中央に偽情報を報告したのであろうが、その人物は生死不明扱いになっている九人を不憫《ふびん》に思い、戦死扱いに変えさせるために戦死日と戦死場所をでっち上げたのであろうか。しかしどんな理由があるにしろ、この戦死記録が九人の遺族を救ったのだ。厚生省が戦死の証左として採用し、九人を「戦没者」と認定し、遺族年金の給付を決定したのである。さらに厚生省の戦没者認定を受けて靖国神社が九人を合祀《ごうし》した。終戦から十二年目の昭和三十二年のことだ。

戦没者認定、遺族年金、靖国合祀の問題をようやく解決した腰塚たちは、終戦から二十二年目の昭和四十二年五月、神州不滅特別攻撃隊之碑を建立した。場所は通称「世田谷観音」として知られる世田谷山観音寺である。住職の太田賢照は腰塚たちから神州不滅特攻隊の話を聞いたとき、「彼らこそ男の中の男だ。夫婦での特攻は究極の愛の証《あか》しだ」と感極まり、慰霊碑建立への協力を快諾したという。

太田はそれ以前に、太平洋戦争で散華した特攻隊員、四千六百十五名の英名録が観音像の胎内に奉蔵されている「特攻平和観音堂」を境内に建立しており、特攻隊員の供養に尽力していた。神州不滅特攻隊の隊員名も特攻平和観音の英名録に記され、高さ一メートル、幅二メートルの黒御影石で造られた神州不滅特別攻撃隊之碑が、特攻平和観音堂の真横に安置されたのだ。

戦友たちの思いが込められた碑文は、以下の通りである。

〈第二次世界大戦も昭和二十年八月十五日祖国日本の敗戦と云う結果で終末を遂げたのであるが、終戦後の八月十九日午後二時当時満州派遣第一六六七五部隊（第五練習飛行隊）に所属した今田達夫少尉以下十名の青年将校が、国敗れて山河なし生きてかひなき生命なら死して護国の鬼たらむと又大切な武器である飛行機をソ連軍に引渡すのを潔しとせず、谷藤少尉の如きは結婚間もない新妻を後に乗せて、前日二宮准尉の偵察した赤峰附近に進駐し来るソ連戦車群に向けて大虎山飛行場を発進、前記戦車群に体当たり全員自爆を遂げたもので、その自己犠牲の精神こそ崇高にして永遠なるものなり。此処に此の壮挙を顕彰する為記念碑を建立し、英霊の御魂よ永久に安かれと祈るものなり〉

谷藤徹夫と朝子が夫婦で特攻機に同乗したことが堂々と碑文に刻まれたのだ。「悲壮な決意で夫に付いていき散華した朝子さんの存在を隠してはならない。軍紀違反との批判には屈しない」という戦友たちの強い覚悟の表れであった。

名誉回復と朝子の死亡告知書

昭和四十二年五月五日、神州不滅特別攻撃隊之碑の除幕式が行われ、遺族と戦友が世田谷観音に集い、慰霊碑にひとりひとりが献花と祈りを捧《ささ》げた。腰塚は言う。

「除幕式が始まる前に遺族の方々とお話ししたとき、みなさんが『自爆ということで、恥ずかしくて近所にも言うことができず、ろくに葬式も挙げていないんです』とばつが悪そうにしていました。しかし除幕式が終わったあと、みなさん晴れやかな顔をして『帰ったら立派な葬儀を挙げてやります』とおっしゃっていたので、それがいちばん嬉《うれ》しかったです」

慰霊碑建立は隊員たちの名誉回復に大きく貢献したのだ。

谷藤家も同様だった。終戦後、谷藤家の人々は徹夫と朝子の帰国を待ちわびていた。しかし田名部町から出征していった人々が次々と帰ってきても、徹夫と朝子は戻らなかった。死亡告知書が届かないため、谷藤家の人々は「徹夫と朝子はどこかで生きている」と希望を抱きつづけた。しかし五年、十年が過ぎても何の情報も入らず、厚生省に問い合わせても「生存か死亡かは不明です」と言われるだけであった。

徹夫の筆跡のはがきが谷藤家に届いたこともあった。「前略　家内御一同様、元気のことと存じます。徹夫、到って士気旺盛《おうせい》なれば、御安心下さい。草々不一」と書かれていたので一同は歓喜したが、「軍事郵便」という印刷が入っていることに気づいて落胆した。終戦の混乱でどこかに紛れていたはがきが届いたのである。

腰塚たちが田名部町を訪れたとき、谷藤家の人々は初めて、徹夫と朝子が終戦直後に二人そろって特攻機に乗ったことを知った。息子夫婦の凄絶《せいぜつ》な最期について松次郎とたつゑは気丈に話を聞いていたが、腰塚らが帰ると慟哭《どうこく》して嘆き悲しみ、「このことは誰にも言ってはいかん」とうなされるように繰り返した。

昭和三十二年、徹夫の死亡告知書が谷藤家に届いた。前記の陸軍留守名簿に基づいているため、徹夫の戦死日は「昭和二十年八月二十一日」、戦死場所は「満州奉天省新民」となっていた。谷藤家の人々は長男徹夫の戦死を受け入れたが、朝子の消息については全く不明だったため葬儀は執り行わなかった。

松次郎とたつゑは急速に老けこんで病気がちとなり、昭和四十二年五月に世田谷観音で開催された慰霊碑除幕式へも出席しなかった。代わりに上京して出席したのは、映画館経営の後継者であり、市議会議員でもあった当時三十七歳の勝夫だった。

式典での遺族の挨拶《あいさつ》で勝夫は、言葉を嚙《か》みしめるように兄夫婦への思いを語った。

「兄夫婦が九七戦でソ連戦車隊に突入したことは、戦友の話で確認することができました。もし姉一人が満州に残っておりましたら、無事に日本に帰還できたかどうかは疑問です。むしろ信頼し切っていた兄と行動をともにしたほうが、今考えると幸福だったのではなかろうかと父とも話しました。戦争そのものは呪わなければなりませんが、何かしら、兄夫婦の人間愛にふれたような気がしてなりません」

田名部町に帰った勝夫は、松次郎とたつゑに慰霊碑の碑文を見せた。息子夫婦の名誉回復を歓《よろこ》んだ両親は、「二人の葬儀を盛大に挙げたい」と言うようになった。しかし朝子の死亡認定がないことには葬式は開けなかった。

慰霊碑除幕式から一年後の昭和四十三年五月十七日、病状が悪化していた松次郎は、自分が生きているうちに息子夫婦の葬儀を挙げたいという執念から、当時の青森県知事・竹内俊吉宛てに朝子の死亡認定の特別審査願を提出した。病床から起き上がることも困難になっていた松次郎は、息も絶え絶えの状態で上半身を起こして机に向かい、懸命に哀願の文書をつづった。

「夫徹夫と一緒に死んだのは確実と思われるので、朝子を一日も早く供養してやりたいのです。徹夫の戦死日と同じ日に死亡を認定願いたい」

特別審査願を県庁に提出する際、松次郎は朝子の死亡についての証明書を添付した。

それが本書のまえがきに掲載した蓑輪三郎作成の文書である。「朝子は夫の特攻機に乗った」と聞かされた県庁の担当者が「朝子さんが特攻機に乗った証明書を出してほしい」と要求したため、勝夫が世田谷観音の慰霊祭で蓑輪三郎に証明書の作成を依頼したのだ。

蓑輪にとっても二十三年前の朝子の特攻出撃は、悲痛な記憶以外の何物でもなかった。

「隊長、あの飛行機に女が乗っています！」

堀江少尉の叫び声により、蓑輪は後部座席でなびいている黒髪に気づき、愕然《がくぜん》とした。徹夫たちの特攻計画を事前に知っていた蓑輪であるが、特攻機に女性が同乗することまでは打ち明けられていなかった。妻の哲によれば、生前に蓑輪は酒を飲んでその場面を思い出しては、こう語って涙を流したという。

「黒髪を見た瞬間『朝子さんだ！』と思ったが、怒る気持ちになれなかったよ。朝子さんが不憫《ふびん》で仕方なかった。あの時の満州はどんな死に方をしても不思議ではない状況だったが、まさか旦那《だんな》の特攻機に乗って死のうなんていう極限まで朝子さんが追い詰められていたとはね。申しわけないという気持ちで一杯だよ。谷藤に『嫁さんを満州に呼べ』と言ったのは俺だからな」

谷藤勝夫宛てに書いた手紙で蓑輪が謝罪の言葉を連ねたのは、この罪悪感からだったのである。
特別審査願は県庁に受理され、朝子の死亡に関する調査が開始された。だが、松次郎の願いは叶《かな》わなかった。一ヶ月後の昭和四十三年六月十九日、松次郎は永眠した。さらに翌年の二月七日、夫の後を追うように、たつゑが逝《い》った。
息子夫婦の葬儀を見届けられず、二人はさぞ無念だったことだろう。青森県庁から谷藤家に朝子の死亡告知書が届いたのは、翌四十五年二月であった。

死亡告知書
本籍　青森県むつ市大字田名部字浦川二十六番地三十
氏名　谷藤朝子
右、昭和二十年八月二十一日、時刻不明、中国奉天省新民県新民街付近において敵戦車により受傷死亡と認定されましたので御通知致します。

遺族の願いどおり朝子の死亡告知書には、徹夫と同じ死亡日が記載されていた。死亡場所も満州国崩壊後の地名に変更されてはいるが、死亡告知書における徹夫の死亡場所と同じであった。「敵戦車により受傷死亡」という表現は、事情を知らない者には戦車の砲弾を受けたか、戦車に轢《ひ》き殺されたとしか受け取れない表現であるが、文書作成の担当者は「ソ連軍戦車隊への特攻死」を間接的に認めるよう苦慮した末にこの表現を用いたのであろう。

昭和の白虎隊となる

朝子の死亡告知書を受け取った勝夫は、両親の遺志を継ぎ、兄夫婦の葬儀を盛大に執り行うことにした。しかし朝子の母、中島豊之だけは、一人娘の死を認めていなかった。玄界灘《げんかいなだ》を望む佐賀県唐津市で、ただ一人、朝子の帰りを待ち続けていたのだ。唐津を訪ねた勝夫から死亡告知書を見せられ、「朝子姉さんは徹夫兄さんと一緒に特攻機に乗って亡くなった」と知らされても、豊之はその言葉を信じようとしなかった。

実母の豊之の承諾がなければ朝子の葬式は開けないため、勝夫は蓑輪と腰塚に相談を持ちかけた。

「唐津の伯母《おば》には酷なことですが、兄夫婦の死を受け入れてほしいので、当時の満州の状況を話してあげてください」

勝夫の依頼を受けた蓑輪と腰塚は唐津に赴き、生活保護を受けながら木造アパートで独り暮らしをしている豊之に会った。

朝子の大虎山での幸せな暮らしぶりを嬉しそうに聞いていた豊之は、終戦直後の八月十九日、朝子が白いワンピース姿で徹夫の飛行機に乗り込んだと聞かされたとたん泣き崩れた。

「連絡船に乗り込むとき、『徹夫さんの勤務に喜んで付いていくんですよ。一生懸命、内助の功を尽くしなさい』と言って別れたんです。まさか特攻にまで付いていくなんて……」

そう口走った後、豊之は蓑輪に詰め寄った。

「どうして上官のあなたが徹夫さんを止めてくれなかったのですか！　徹夫さんが特攻機に乗らなかったら、朝子も乗らなかったんですよ！」

正座をしてうなだれている蓑輪は、ひたすら謝罪の言葉を繰り返した。腰塚が豊之を宥《なだ》めようとしたとき、蓑輪は肩を震わせて膝《ひざ》に涙を落としながら、こう呟《つぶや》いた。

「私も二人の子供を満州で亡くしました……」

シベリアから復員した蓑輪は、故郷の群馬県甘楽郡下仁田町に帰ったとき、駅にひとりで迎えに来た妻の哲から二人の子供の死を知らされたのだった。

哲と子供たちが乗った満鉄列車は中国人暴徒の襲撃に遭い、命からがら哲たちは車《しゃ》輛《りょう》から逃げ出した。二歳の長男をおんぶし、四歳の長女の手を引いて、哲は荒野をさまよった。

荷物はすべて略奪され、金品も食糧も持っていなかった。中国人民家の玄関前で土下座をして食糧を乞《こ》いつづけた。関東軍将校の妻子と知られると冷たくあしらわれるどころか命を奪われる危険もあったので、満蒙開拓団からはぐれてしまった農民親子のふりをした。

そうして三ヶ月もの間、辛うじて命を繋《つな》ぎ、引き揚げ船が出ている港を探して歩き続けたが、十一月中旬、遂に子供たちが栄養失調で命を落とした。哲ひとりが港にたどり着き、引き揚げ船で日本に帰還したのだ――。

豊之は二人の子供を亡くした父の慟哭を目の当たりにし、以来、蓑輪を責めることはなかった。腰塚は蓑輪と豊之の三人で語り合った思い出をこう回想する。

「豊之さんは『朝子ちゃん、朝子ちゃん』と言ってね、ほんとに一人娘が可愛くて仕方ない様子でした。『朝子ちゃんが枕元に座って話しかけてくる夢をよく見る』とおっしゃっていました。帰り際に豊之さんが『朝子ちゃんが特攻機に乗ったと終戦直後に知らされていたら、私も若くて気が張っていたから自殺していましたよ。この歳になってから知らせてくれて、ほんとによかったです。朝子ちゃんに心配かけないよう、残り少ない人生を一生懸命生きていきます』とおっしゃってくれたので、蓑輪さんと私は救われました」

一人娘の死を受け入れた豊之は、田名部町での葬儀に参列した。

夫婦の骨壺《こつつぼ》は空のままであったが、豊之は朝子の骨壺に形見を入れた。今となってはそれが何であるかは誰も知らない。徹夫の骨壺には、勝夫が形見を入れた。それは徹夫の爪であった。満州に渡る前に徹夫は、丸刈りにしていて髪の毛を切れなかったので爪を切り、和紙で包んで、「これが形見になるかもしれません。預かっておいてください」と父親に渡していたのである。葬儀場に夫婦の骨壺が並べて置かれ、二人の唯一の写真である結婚写真が遺影として掲げられ、大勢の人々が献花を捧《ささ》げた。

葬儀の挨拶《あいさつ》で勝夫は、兄夫婦の特攻を初めて田名部の人々に明かした。世田谷観音の慰霊碑碑文の印刷物も配った。

「死亡告知書では兄夫婦の死亡日が昭和二十年八月二十一日となっておりますが、二人の特攻は昭和二十年八月十九日に行われたと戦友の方々より聞いております。従いまして二人の命日を八月十九日に致します」

参列者にそう説明した勝夫は、谷藤家の墓誌に八月十九日を刻んだ。

田名部の人々は同郷の若い夫婦の凄絶《せいぜつ》な最期を情け深く受けとめた。「命令違反だ」「自爆行為だ」「軍紀違反だ」といった非難の声は一切上がらず、元軍人も含めて誰もが徹夫の勇敢な行動を賛美し、やむにやまれず夫に付いていった朝子の心中を慮《おもんぱか》った。

これ以来、郷土史の記事や冊子にも、徹夫は二瓶秀典とともに「田名部の偉人」として紹介され、それは現在でも続いている。二人が会津藩士の血を引くことから「昭和の白虎隊」と田名部では呼ばれている。

「マリア　中島豊之」

最後に豊之について追記しておきたい。

松次郎とたつゑの死後、豊之は谷藤家との連絡も途絶えがちとなり、いつしか消息が判らなくなった。勝夫が唐津に訪ねていったが、独り暮らしをしていた木造アパートには住んでいなかった。勝夫は近所の人から「キリスト教に入信したあと、どこかに引っ越した」と聞いたという。

私は徹夫の姪《めい》の小原真知子からその話を聞き、豊之の足跡を調べるため唐津に向かった。生きていれば百歳を超えている豊之が生存しているとは思わなかったが、すでに亡くなっているとしても、孤独な母がどのような最期を迎えたのかを本書で描きたかったのだ。

私は唐津中の教会を訪ね歩いた。市内には多くの教会が点在していた。唐津は長崎とともに江戸時代から爆発的にキリスト教が普及した地域で、島原の乱のとき唐津藩の領地だった天草《あまくさ》でキリシタンが蜂起《ほうき》したという歴史がある。それほどの強い信仰は弾圧を耐え抜き、水面下で脈々と受け継がれ、明治時代になって信仰の自由が憲法で保障されると、雨後の筍《たけのこ》のように教会が造られたという。そのひとつである、明治三十五年に設立された『唐津カトリック教会』を訪ねたとき、私はようやく豊之の足跡にたどり着いた。

白亜の小さな聖堂は昼下がりの西日に照らされ、復活したキリストの像が描かれたステンドグラスが美しく輝いていた。私は扉を開け、聖書の勉強会をしていた数人の信徒に、中島豊之という名前の老女が通っていなかったかどうかを訊《き》くと、初老の信徒がこう教えてくれたのだ。

「ああ、中島のばあちゃんだね。三十年くらい前に、ここに住んでいましたよ」

豊之は昭和四十三年、つまり徹夫と朝子の葬儀が行われた翌年に、着物姿で教会に初めて訪れ、礼拝と聖書勉強会に参加したという。それ以来、熱心に通い始め、二年後には洗礼を受けて「マリア」というクリスチャン・ネームを授かった。

その頃、イタリア人神父の賄《まかな》い婦が辞めて、信徒たちは代わりの人を探していたが、豊之はその話を聞くと即座に、「私に務めさせてください。家族がいなくて身軽ですから」と申し出た。以来、彼女は十年間ほど教会に住み込み、賄い婦の仕事を務めた。

信徒はこう語る。

「私たちにとっては母親のような存在で、みんな『ばあちゃん』と呼んで慕っていました。挨拶や掃除の仕方とか作法には厳しかったですが、悩みをよく聞いてくれる優しい人でしたよ。いろいろ大変なことがあって教会にやって来たと思うのですが、愚痴を言ったり塞《ふさ》ぎ込んだりしている姿を見たことがありません。いつでも凛《りん》としている人でした」

豊之は賄い婦の小さな部屋に徹夫と朝子の結婚写真を大切に飾り、ときどき娘の思い出を楽しそうに話していた。だが、娘が満州に渡ったこと、そして特攻機に乗ったことは一言も口にしなかったという。

八十を過ぎて病気がちになった豊之は唐津市内の養護老人ホームに移り、昭和五十六年、八十六歳で他界した。

唐津の街を一望に見渡せる丘の上にある「カトリック共同墓地」に、豊之の墓があった。白い十字架が連なっている小さな墓地の、いちばん見晴らしのいい場所である。縦の黒い太文字で「マリア　中島豊之」と記されている十字架の周りには菜の花が咲き誇っていた。「孤独死」のような淋《さび》しい死を想像していた私は、豊之が若い信徒から「ばあちゃん」と慕われ、唐津カトリック教会での葬儀にはたくさんの信徒が集まり、風光明媚《めいび》な素晴らしい場所で永眠していると知り、言い知れぬ歓《よろこ》びを覚えた。

教会に残された豊之の遺品は、ボストンバッグひとつにまとまるほど少なかったため柩《ひつぎ》の中に入れられ、娘夫婦の結婚写真は信徒の手により、安らかな顔を浮かべた母の胸の上にそっと置かれたという。

（了）

あとがき

法被《はっぴ》姿の老若男女が白い綱を引っ張り、五台の山車《だし》が連なって群衆の中をゆっくり進んでいく。稲荷《いなり》神、大黒天、蛭子《えびす》様などの御神体が乗せられた山車は、黄鶴《こうかく》、鳳凰《ほうおう》、大亀などが描かれた刺繍《ししゅう》の幕で飾られ、目を見張るほど絢爛《けんらん》豪華な光景だ。そして聴こえてくる囃子《はやし》は、笛、太鼓、摺鉦《すりがね》による祇園《ぎおん》囃子の優雅な旋律。ふと、京都の祇園祭に来ているような錯覚をおぼえたが、遠くを見渡せば、釜臥山を最高峰とした恐山山地の雄大な風景が広がっている——。

谷藤徹夫と朝子の命日に当たる八月十九日に田名部町を訪れると、町中が祭り一色に彩られていた。下北地方最大の祭りである田名部神社の例大祭「田名部まつり」が開催されていたのだ。

三百七十年以上の歴史を持つ田名部まつりは、遠く離れた祇園祭の流れを汲《く》んでいるという。江戸時代に大坂~蝦夷《えぞ》（北海道）間を運航していた北前船《きたまえぶね》が陸奥湾に停泊した際、田名部川を通して荷の積み卸しが行われていたため、田名部村では水運業や問屋業が繁盛し、下北半島では突出して栄えた村になった。北前船で渡航した上方商人が田名部村に京の文化や風習を伝え、村の生活に京の模倣が取り入れられた。特に八坂神社の祇園祭をまねて執り行われた田名部神社の例大祭は、上方商人から「北のみやび」と称賛されたという。

田名部まつりは伝統的に、毎年八月十八日から二十日までの三日間を開催日としてきた。ちょうど祭りの真っ盛りの八月十九日が、偶然にも徹夫と朝子の命日なのである。

谷藤家の遺族にとって田名部まつりは、徹夫と朝子をしのぶ時であった。祭りの季節が訪れるたび、遺族は二人の凄絶《せいぜつ》な最期について思いを巡らせてきた。二人が田名部町にいた時の思い出、特に田名部神社で質素な結婚式を挙げた二人の姿が鮮明に蘇《よみがえ》ってきたことだろう。そのとき、祭りを開催できる平和の有難さを深く嚙《か》みしめたかもしれない。

谷藤家の遺族が徹夫と朝子をいかに誠実に供養してきたかを推し量れるのは、故人を偲《しの》ぶ思いが姪《めい》の世代にまで受け継がれ、たくさんの遺品が大切に保存されているということである。これは少しも大袈裟《おおげさ》ではなく、奇跡的なことだと思う。

実は当初、私は神州不滅特別攻撃隊の十一人の隊員全員について描きたいと思っていた。最初のむつ市での取材があまりにスムーズに進んだので、他の隊員についても「出身地に行けばなんとかなるだろう」と甘く考えていたのである。なにしろ私は特操一期生の名簿を入手し、そこには遺族の氏名と住所が記載されていたので、「あとは楽勝」とたかを括《くく》っていたのだ。

　しかし正直に実情を明かすと、谷藤家以外の遺族の取材は不調に終わった。移転のため親族が見つからなかったときもあるが、大概は谷藤家と同様に、隊員を直接に知る親族がすでに亡くなっていたため、甥《おい》や姪に取材を申し込んだ。しかし、谷藤家のように語り継がれていることはなく、「伯父《おじ》（叔父《おじ》）のことをよく知りませんし、遺品は何も残っておりません」と取材を断られた。私は「せめてどうして自主的に特攻したのか、私が調べたことを聞いていただけませんか？」と粘ったが、その申し出も「興味がありません」「忙しいから無理です」と一蹴《いっしゅう》され、インターホン越しの会話のみでドアを開けてもらえないときもあった。

　無論、こんなけんもほろろな断られ方だけではない。遺族訪問をしているとき、私は生涯忘れられない体験をした。根室市花咲港に大倉巌少尉の遺族を訪ねたときのことだ。

　本編で描いたように、大倉は「スミ子」という旅館の女中を特攻機に乗せて散華した。私は当初、谷藤夫妻とともに、大倉とスミ子のストーリーも詳しく描きたいと思っていた。大倉の遺族ならスミ子に関する情報を得ているかもしれないと期待を膨らませ、私は花咲港に赴いた。

雪に覆われた花咲港には幾つもの大型漁船が所狭しと停泊し、屈強な肉体の白人、おそらくロシア人たちが大声で談笑しながら甲板の掃除や荷の積み卸しに精を出していた。大倉の実家はこの港を一望できる丘の上にあった。

「東京から取材に来ている者です。特攻隊員だった大倉巌さんのことでお聞きしたいことがあるのですが」

私がインターホンでそう言うと、ドアを開けてくれたのは、背中のまるい小柄な老女だった。大倉の実妹であった。

私たちは玄関で話し込んだ。私が取材の主旨を詳しく告げている間、老女は板の間に正座をしてうなずきながら耳を傾けていた。私はふと、老女の目にうっすらと涙が滲《にじ》んでいるのに気づき、ハッとして説明を中断した。老女はハンカチを目元に当てて、

「お話を聞いていたら母のことを思い出してしまって……」と呟《つぶや》いた。

老女はおもむろに母親のことを語り出した。終戦後、母親は花咲港で満州に渡った長男の帰還を待っていたが、戦友から手紙が届き、長男が自主的に特攻隊に加わり、世田ソ連戦車部隊に突撃したことを知ったという。気丈な母はその事実を受け止め、世田

谷観音の慰霊碑の建立記念式典に駆け付けた。しかしその場で多くの戦友たちから、長男が特攻機に女性を乗せたことを聞かされた。このとき初めて母は取り乱し、号泣して「このことは誰にも言わないでください」と懇願し、花咲港に帰ってからもずっと寝込んでいたという。

大倉巌には故郷に許嫁《いいなずけ》がいた。おそらく母親は、許嫁やその家族に対し、申しわけないという気持ちで一杯だったのだろう。

老女は亡き母の話を語り聞かせた後、しばらく沈黙していた。私は何を話せばいいのかわからず、無言のままであった。と、そのとき、老女が私に向かって深々と頭を下げ、土下座をしたのだ。

「そういうわけですから、母の遺言で、兄のことは一切お話しできません。わざわざ花咲まで来ていただいたのに本当に申しわけございません。どうかお引き取りくださ い」

二十年間の取材経験で、土下座をされて取材を断られるのは初めてのことだった。

私は甘い考えで花咲港に来たことを深く恥じ入り、「こちらこそお気持ちを察することなく、突然押しかけて申しわけありませんでした」と老女に謝罪して大倉家を後にした。

本書を執筆している間、何度も老女の土下座姿が脳裏に浮かんでは消え、消えては浮かんだ。胸が苦しくなり、執筆を投げ出そうとしたこともあった。だが最終的に、私は次のように己に言い聞かせ、己を鼓舞した。

〈軍国教育を受けた世代にとって特攻機に女性を乗せることは、絶対にあってはならないことだと理解しなければいけない。しかし神州不滅特攻隊が当時の日本軍の最大の禁忌を破って二人の女性を特攻機に乗せたという重い事実を、歴史の闇に葬ってはいけない。

満州で暴虐の限りを尽くしたソ連軍により日本人居留民が生き地獄に晒《さら》されていたにもかかわらず、関東軍総司令部は同胞を見棄てて戦闘を放棄した。しかし十一人の飛行兵たちは降伏命令に背き、その状況下で実行可能な唯一の攻撃方法でソ連軍に立ち向かった。

そして敵軍から辱めを受け、仮に命を落とさずに済んだとしても一生消えることのない疵《きず》を負うくらいなら、愛する人とともに敵軍に突撃して果てたいという二人の女性の切なる願いを隊員全員が受け入れた。

たとえそれが獰猛《どうもう》な虎への小蜂の一刺しだったとしても、彼らは居留民の逃避の時間を少しでも稼ぐために、自らの命を犠牲にした。本来なら軍幹部が果たすべき責任を背負い、彼らは散った。

戦後、のうのうと生き残った元軍幹部は、「あれは命令による特攻ではないから、単なる自爆行為だ」と蔑《さげす》み、女性を同乗させたことを「軍紀違反」と非難した。彼、彼女らは犬死に同然の扱いを受けた。

だが、満州で同じ部隊だった戦友たちにより神州不滅特攻隊の名誉は回復された。それなのにこの史実は、あまりにも知られていない。証言者が非常に少なくなった今が、神州不滅特攻隊について描き、世に伝えるラストチャンスだ。〉

この一心で私は取材と執筆を進め、約二年半の歳月を費やして本書を完成させた。

神州不滅特攻隊についての情報は現在のところ、これがマックスであるが、将来的に重大な新事実が発掘されれば、本書への加筆や雑誌・ネットの記事などで発表していくつもりである。年月が経てば経つほど新事実の発掘は困難になるが、その可能性を棄ててはいけない。

十一人の特攻兵と二人の女性の、悲しくも尊い姿をより忠実に描くためなら、私はどんな労も惜しまない。

最後にこの場を借りて感謝の意を表させていただきたい。

本書は角川書店・第一編集局第一編集部の岸山征寛さんとのコンビネーションがなければ決して完成しなかった。あらゆる分野に精通している岸山さんの博識ぶりは、どのような話題を振っても打てば響くといった塩梅《あんばい》で、本書の細部にわたり彼と議論を繰り返し、頭の中を整理して書き進めていったのである。岸山さんには深く感謝している。

また、途中経過として平成二十三年八～九月に講談社発行の『フライデー』誌上で短期連載させていただいたことは、本書の完成に向けて大きな弾みになった。そのときの担当編集者である同誌副編集長の片寄太一郎さんにも深く感謝している。

さらに多大なる御協力を賜った谷藤徹夫の御親族である小原真知子さん、鮫島美知子さん、吉田ひろみさん、二瓶秀典の御親族である二瓶伸治さん、二瓶友宇さん、また多くの戦友、旧友、教え子の方々に謹んでお礼を申し上げたい。

平成二十五年四月八日　花まつりの日に

豊田正義

文庫版あとがき

戦後七十周年という大きな節目の年に『妻と飛んだ特攻兵』の文庫版が出版されることは、戦記の執筆をライフワークにしたいと考えている筆者にとって大変意義深いことである。今年の終戦記念日の頃は太平洋戦争にまつわる大型企画が目白押しであろうし、これまで戦史に関心を持たなかった人たちも多少なりとも七十年前の我が国の惨状に思いを馳《は》せる機会に出逢《であ》うであろう。そういう時節に、「あの戦争は何だったのだろう」と考える材料のひとつとして、七十年近く埋もれていた谷藤徹夫《たにふじてつお》と朝子《あさこ》の夫婦特攻の秘話、ひいては神州不滅特別攻撃隊十一名による最後の特攻秘話が広く伝わってほしいと願わずにはいられない。

しかし私には懸念もある。噂レベルでこの秘話を小耳に挟む人が増えれば増えるほど、徹夫と朝子、神州不滅特攻隊の隊員たちへの偏見も大きくなって付き纏《まと》ってくるのではないかという不安である。

私にできることと言えば、繰り返し繰り返し、彼、彼女らの真実の姿を描いていくことだけであるが、文庫版あとがきの執筆という機会を得られたので、もう一度ここで、私が本書でいちばん伝えたかったことを簡潔に記しておきたい。

昭和二十年八月十九日、満州・大虎山《たいこざん》飛行場で実行に移されたソ連戦車隊への特攻出撃については、「敗戦のショックで自暴自棄になって敵軍に突っ込んだ」という冷めた見方が根強いが、それは決して当てはまらない。この特攻出撃は、「在満邦人が逃亡する時間を稼ぐためソ連軍の進撃を一時的に食い止める」という明確な目標を持った軍事作戦であったのだ。そのため十一人の飛行兵たちは日本軍指定旅館に籠《こも》って入念に計画を立て、出撃当日は将校集会所で時間ぎりぎりまで作戦を練り上げていた。同胞を救うという軍事行動であったからこそ彼らは真剣そのものであった。

国敗れて山河なし　生きてかひなき生命なら　死して護国の鬼たらむ

この谷藤徹夫の辞世の句は、最後の特攻作戦に命を懸ける十一人共通の真剣さがなければ決して生まれてこなかった。

「国破れて山河あり」で始まる杜甫《とほ》の有名な漢詩を「国敗れて山河なし」ともじった深い絶望感。もはや自分たちは「生きてかひなき生命」しかない生ける屍《しかばね》であると感じていた彼らは、それならばこの命と引き換えに「護国の鬼」となろうと決意した。

徹夫たちが「護国の鬼」という言葉に込めた意味は何だったのだろうか。私はこう思う。

関東軍が敵と戦わず同胞の女子供を見棄てて投降することは、徹夫たちにとって「大和魂《やまとだましい》」の喪失を意味した。「大和魂」は日本軍人の敢闘精神を言い表す言葉として、「武器の不足は大和魂で補え」などと軍人教育で盛んに使われ、特攻隊を生み出す精神性の土壌となった。「大和魂」を叩《たた》き込まれた徹夫たちはそれを信じて特攻隊へ志願したのだ。しかし当時の満州では、「大和魂」を振りかざして大量の若者に自己犠牲を強制してきた軍の幹部たちが、目前に危機が迫っている同胞の女子供を守ろうともせず白旗を揚げ、全くと言っていいほど「大和魂」を心に宿していないことが白日の下に晒《さら》された。

「大和魂が朽ち果てることは日本国が崩壊することだ！」

この憤怒の念は徹夫たちに、己を犠牲にしてでも弱いものの命を護《まも》る、自分たちだけは「大和魂」を貫き通す、と固く誓わせたのではないか。この敢闘精神に殉じることで自分たちは死後、鬼神となって日本国を守護するという信念を徹夫たちは抱いていたのではないか。

この心情は十一人の男たちとともに特攻出撃した谷藤朝子の心情にも通底していた

と思う。彼女が愛する夫とともに特攻機に乗り込んだ時、彼女もまた、同胞を救うために己の命を犠牲にする、すなわち「護国の鬼たらむ」と決意を固めたのだ。徹夫と朝子の夫婦特攻に「心中」などというセンチメンタルな解釈は決して当てはまらないのである。

七十年前の満州で、なぜ若者たちがこのような悲劇に遭遇しなければならなかったのかを私は本書で解き明かしたかったのだが、二〇一三年六月の単行本初版発行から約一年半の間に幾つかの新史料が見つかり、文庫版の『第六章 特攻』に大幅な加筆を施して特攻出撃の場面をより詳しく描くことができた。特に、読者の仲介で二ノ宮清准尉の遺族と出会え、単行本執筆時には不明であった二ノ宮准尉に関する多量の情報を入手できたことは、望外の喜びであった。そのお陰で文庫版では神州不滅特攻隊の隊長格としての二ノ宮の存在感を引き出せ、日本軍最後の特攻場面をより重層的に描けたと自負している。

当時の満州国には関東軍専用の飛行場が約百七十カ所もあり、それぞれに航空隊が駐留していたのであるが、大虎山飛行場の部隊のみが降伏命令に背いて特攻出撃し、他のすべての部隊は命令に従っておとなしく降伏した。その違いがどこから出てきたのかとずっと考えていた私は、二ノ宮清の軍歴を知り、ようやく合点がいったのだ。

二ノ宮については本編では書き切れなかった情報がたくさんあるのだが、彼の兄弟の軍歴も大変興味深い。長男の二ノ宮正元《まさもと》は満州国に渡り通信兵として活躍、目覚ましい昇進を遂げた。その後は「関東軍特種情報部」所属の諜報員《ちょうほういん》として功績を挙げたらしく、清と同様に旭日章《きょくじつしょう》（勲七等）を叙勲している。二ノ宮家に残っている正元のアルバムを見て、私はさもありなんと思った。「辮髪《べんぱつ》」と呼ばれる満州族伝統の髪型をしていたり、もさもさの髭《ひげ》を伸ばしてモンゴル遊牧民の衣装を着ていたり、貴公子のようなタキシード姿であったりと、写真ごとに別人のような正元の姿が写され、彼が変幻自在にスパイ活動を行っていたことを十分に窺《うかが》わせるものであった。

終戦後、正元はソ連軍の捕虜にはならずに満州から帰国したが、三男の清をはじめ他の兄弟は全員戦死であった。次男の淳《あつし》は陸軍歩兵第三十八連隊の軍曹としてグアム島で戦い、総攻撃で「玉砕」している。四男の康徳《やすのり》も陸軍独立歩兵第十三連隊の伍長《ごちょう》としてフィリピン防衛戦を戦い、レイテ島での総攻撃で「玉砕」しているのだ。

私はこの二ノ宮四兄弟の話もいつか本に書きたいと思っているのだが、正元が鬼籍に入ってしまった現在は、ノンフィクションとして書くのは極めて困難な状況である。従って二ノ宮四兄弟の戦記についてはフィクションでの試みも検討している。本書の読者で二ノ宮四兄弟に魅《ひ》かれた方は楽しみにしていただきたい。

最後にこの場を借りて、取材に協力していただいた二ノ宮清准尉の甥《おい》の二ノ宮善明さん、二ノ宮祥司さんに心よりお礼を申し上げる。

豊田正義

平成二十七年二月十六日

主要参考文献

〈特攻隊〉

生田惇『陸軍航空特別攻撃隊史』ビジネス社　一九七七年
生出寿『特攻長官　大西瀧治郎』徳間文庫　一九九三年
大貫健一郎　渡辺考『特攻隊振武寮　証言・帰還兵は地獄を見た』講談社　二〇〇九年
押尾一彦『特別攻撃隊の記録〈海軍編〉』光人社　二〇〇五年
押尾一彦『特別攻撃隊の記録〈陸軍編〉』光人社　二〇〇五年
金子敏夫『神風特攻の記録　戦史の空白を埋める体当たり攻撃の真実』光人社ＮＦ文庫　二〇〇五年
神坂次郎『特攻――若者たちへの鎮魂歌』ＰＨＰ文庫　二〇〇六年
太平洋戦争研究会編　森山康平著『図説　特攻　太平洋戦争の戦場』河出書房新社　二〇〇三年
高木俊朗『陸軍特別攻撃隊』文藝春秋　一九八三年
デニス・ウォーナー　ペギー・ウォーナー『ドキュメント　神風　特攻作戦の全貌』時事通信社　一九八二年

特攻隊戦没者慰霊平和祈念協会編『特別攻撃隊』非売品　一九九〇年
秦郁彦『八月十五日の空　日本空軍の最後』文春文庫　一九九五年
防衛庁防衛研修所戦史室編『戦史叢書　海軍捷号作戦〈2〉フィリピン沖海戦』
朝雲新聞社　一九七二年
保阪正康『「特攻」と日本人』講談社現代新書　二〇〇五年
毎日新聞社編『別冊1億人の昭和史　特別攻撃隊　日本の戦史別巻4』毎日新聞社
一九七九年
森史朗『敷島隊の五人　海軍大尉関行男の生涯』光人社　一九八六年

〈満州・関東軍〉

愛新覚羅・溥儀『わが半生「満州国」皇帝の自伝』ちくま文庫　一九九二年
合田一道『開拓団壊滅す「北満農民救済記録」から』北海道新聞社　一九九一年
朝枝繁春『追憶　52年以前』非売品　一九九七年
猪瀬直樹監修　平塚柾緒編『目撃者が語る昭和史　第3巻　満州事変』新人物往来社
一九八九年
易顕石ほか『九・一八事変史　中国側から見た「満洲事変」』新時代社　一九八六年
NHK取材班編『その時歴史が動いた（4）』KTC中央出版　二〇〇一年
NHK取材班　臼井勝美『張学良の昭和史最後の証言』角川文庫　一九九五年

大櫛戊辰『殺戮の草原　満州・葛根廟事件の証言』東葛商工新聞社　一九七六年
川田稔『満州事変と政党政治――軍部と政党の激闘』講談社選書メチエ　二〇一〇年
児島襄『天皇（Ⅱ）満洲事変』文春文庫　一九八一年
幣原喜重郎『外交五十年』中公文庫　一九八七年
島田俊彦『関東軍　在満陸軍の独走』講談社学術文庫　二〇〇五年
島田俊彦『満州事変』講談社学術文庫　二〇一〇年
鈴木武四郎『東満戦塵録　関東軍終戦秘話　捕虜にならず生還した中隊』叿史社
一九九二年
太平洋戦争研究会著『図説　満州帝国』河出書房新社　一九九六年
太平洋戦争研究会編著『石原莞爾と満州事変』ＰＨＰ研究所　二〇〇九年
太平洋戦争研究会編　平塚柾緒著『図説　写真で見る満州全史』河出書房新社
二〇一〇年
太平洋戦争研究会編　森山康平著『図説　日中戦争』河出書房新社　二〇〇〇年
太平洋戦争研究会編　森山康平解説『写説　満州』ビジネス社　二〇〇五年
中山隆志『関東軍』講談社選書メチエ　二〇〇〇年
日本国際政治学会　太平洋戦争原因研究部編『太平洋戦争への道　開戦外交史　1　満州事変前夜』朝日新聞社　一九六三年

日本国際政治学会 太平洋戦争原因研究部編『太平洋戦争への道 開戦外交史 2 満州事変』朝日新聞社 一九六二年
秦郁彦『昭和史の謎を追う(上)』文春文庫 一九九九年
原田熊雄述『西園寺公と政局 第二巻』岩波書店 一九八二年
半藤一利『ソ連が満洲に侵攻した夏』文春文庫 二〇〇二年
満拓会編著『満洲難民・飢餓と疫病に耐えて 続・満洲拓植公社社員と家族の敗戦引揚記録』あずさ書店 一九八五年
満蒙開拓を語りつぐ会編『下伊那のなかの満洲 聞きとり報告集10』飯田市歴史研究所 二〇一二年
宮脇淳子『世界史のなかの満洲帝国と日本』WAC 二〇一〇年
山室信一『キメラ――満洲国の肖像』中公新書 一九九三年
渡部昇一解説・編『全文 リットン報告書』ビジネス社 二〇〇六年

〈その他〉
青森県立野辺地高等学校創立六十周年記念事業協賛会編『烏帽子ヶ峰を仰ぎつゝ』非売品 一九八五年
朝日新聞「新聞と戦争」取材班『新聞と戦争』朝日文庫 二〇一一年
池田清編 太平洋戦争研究会著『図説 太平洋戦争』河出書房新社 一九九五年

井上義和『日本主義と東京大学　昭和期学生思想運動の系譜』柏書房　二〇〇八年
今村昌平編『サヨナラだけが人生だ　映画監督川島雄三の生涯』ノーベル書房　一九六九年
エドワード・R・ステチニアス『ヤルタ会談の秘密』六興出版社　一九五二年
小田村寅二郎『昭和史に刻むわれらが道統』日本教文社　一九七八年
小田村寅二郎選集編集委員会編『学問・人生・祖国――小田村寅二郎選集』国民文化研究会　一九八六年
葛西富夫『会津・斗南藩史』東洋書院　一九九二年
加藤陽子『それでも、日本人は「戦争」を選んだ』朝日出版社　二〇〇九年
黒江保彦『あゝ隼戦闘隊　かえらざる撃墜王』光人社　一九九三年
笹澤魯羊『下北半島町村誌』名著出版　一九八〇年
太平洋戦争研究会編　水島吉隆著『写真で読む昭和史　太平洋戦争』日本経済新聞出版社　二〇一〇年
高田英夫『陸軍特別操縦見習士官よもやま物語』光人社　一九八九年
竹内洋『丸山眞男の時代　大学・知識人・ジャーナリズム』中公新書　二〇〇五年
中央大学百年史編集委員会専門委員会編『中央大学百年史　通史編　下巻』中央大学　二〇〇三年
特操一期生会編『特操一期生史』非売品　一九八九年

特操二期生会編『学鷲の記録　積乱雲』非売品　一九八二年
豊田副武『最後の帝国海軍』非売品　一九八四年
中西輝政『日本人としてこれだけは知っておきたいこと』ＰＨＰ新書　二〇〇六年
鳴海健太郎『下北人物伝』ウィークしもきた社　二〇一〇年
野村透『鵬翼はるか』非売品　一九九〇年
半藤一利『昭和史　１９２６―１９４５』平凡社　二〇〇四年
檜與平『隼戦闘隊長加藤建夫　誇り高き一軍人の生涯』光人社　一九八七年
福山琢磨編『孫たちへの証言　第２集　激動の昭和をつづる』新風書房　一九九四年
米国海軍省戦史部編、史料調査会訳編『第二次大戦米国海軍作戦年誌：１９３９―１９４５年』出版協同社　一九五六年
毎日新聞社編『別冊１億人の昭和史　日本ニュース映画史　開戦前夜から終戦直後まで』毎日新聞社　一九七七年
毎日新聞社編『別冊１億人の昭和史　日本陸軍史　日本の戦史別巻１』毎日新聞社　一九七九年
毎日新聞社編『別冊１億人の昭和史　陸士・陸幼　日本の戦史別巻10』毎日新聞社　一九八一年
松下芳男編『山紫に水清き　仙台陸軍幼年学校史』仙幼会　一九七三年
むつ市史編纂委員会編『むつ市史　近代編』むつ市　一九八六年

吉村和夫『津軽異聞』北方新社　一九九六年
陸軍航空士官学校史刊行会編『陸軍航空士官学校』非売品　一九九六年
陸士57期偕行文庫対策委員会戦没者記録作成班編著『散る櫻　陸士57期戦没者記録』非売品　一九九九年
陸士57期航空誌編集委員会著編『陸士57期航空誌』非売品　一九九五年

解説

中田　整一（ノンフィクション作家）

昭和二十年八月十九日、満州の大虎山《たいこざん》に駐屯した関東軍・第五練習飛行隊の十一機が、日本陸軍最後の特攻機となった。しかもその中の二機は女を乗せてソビエトの戦車軍団に突撃したという、耳を疑うような話にまず衝撃を受ける。谷藤徹夫《たにふじてつお》少尉の搭乗する一機には新妻が、さらにもう一機の大倉巌少尉は、馴染《なじ》みの旅館伊予《いよ》屋の女中をしていた女性を乗せたというからただ事ではない。

重大な軍紀違反を犯して、しかも降伏命令に背いてまでも「神州不滅特別攻撃隊」の十一名の将校は、帝国陸軍の崩壊と運命を共にしたのだ。

そこには敗戦の過酷さと人間の複雑な心の葛藤《かっとう》が見て取れる。これも、旧満州の悲劇が象徴的に凝縮された昭和史の深層、その一断面だろう。

八月十五日の敗戦まで、満州国に居住した日本民間人の数は、およそ百五十五万人。関東軍の敗走にともなう在満日本人犠牲者は、推定十七万九千人。その後、五千五百人を超える残留婦人と孤児が生まれることになった。

谷藤朝子《あさこ》と伊予屋のスミ子も、この日本人犠牲者の中に含まれることになったのだ。

私は、若い頃からNHKのドキュメンタリーを制作し、その後はノンフィクションの執筆を通して、及ばずながら、戦前昭和の秘史発掘に積極的に取り組むよう心してきた。二・二六事件の新資料や、紀州の旧家の土蔵の中に五十年間埋もれていた満州国皇帝溥儀《ふぎ》と関東軍司令官との五年間にわたる密室での会談記録、『厳秘会見録』と題する極秘文書を発見するなど、いくつかのスクープも手掛けてきた。

だが、『妻と飛んだ特攻兵』の話は初耳だった。まさに事実は小説よりも奇なりである。


旧満州（中国東北部）には、私は一九八五年と二〇〇四年の二度、取材で訪れたことがある。

関東軍の傀儡《かいらい》国家、その建国の裏面史と崩壊の過程を検証するためだった。

帝国としての満州国は、一九四五年八月二十日の満州国解散発表で愛新覚羅《あいしんかくら》溥儀一代の十三年五ヵ月で消滅するが、「神州不滅特別攻撃隊」が飛んだのは、その前日の八月十九日である。この日、皇帝溥儀は日本への亡命途中、通化《つうか》から飛行機の乗り継ぎのために奉天飛行場に降り立ったところを、飛行場を制圧したソビエト軍に拘束された。今日、その瞬間がソビエト側の記録映像に残されていることから、溥儀主従の行動は事前に察知されていたのだろう。

満州国祭祀《さいし》府総裁の橋本虎之助《はしもととらのすけ》や帝室御用掛吉岡安直《よしおかやすなお》中将など日本人七名を含む一行十二名は、立川飛行場へ向かう予定がシベリアへ連行されてしまった。

その数日前の八月十一日、溥儀はお目付け役の関東軍吉岡中将に率いられて首都新京《しんきょう》を脱出して、鴨緑江《おうりょっこう》を挟んで朝鮮と接する山間《やまあい》の町の大栗子《ダーリーズ》に逃れていた。ここには、日本が開発した鉄鉱山の東辺道《とうへんどう》開発株式会社があり、大勢の日本人が働いていた。満州国の最期に臨んで大栗子鉱業所長の社宅が皇宮となり、八月十八日の夜、鉱山食堂で最後の御前会議が開かれる。張景恵《ちょうけいけい》総理以下、満州国の閣僚が顔を揃える中で皇帝溥儀は静かに、吉岡中将が用意した退位証書を読み上げた。薄暗い電燈《でんとう》の下、満州国の終焉《しゅうえん》に立ち会った閣僚たちは粛然として声ひとつあげる者もいなかった。溥儀は涙ながらに声をかけ、大臣たちのひとりひとりと握手を交わして、それぞれに散って行った。その場で清朝の祖宗の位牌《いはい》も焼かれて満州帝国は滅亡する。

その同じ日の夜、日本人の避難民でごった返す大虎山では、谷藤徹夫少尉と朝子も重大な決断の時を迎えていたのである。

谷藤朝子が徹夫の後を追って、青森から実母の中島豊之《なかじまとよの》が暮らす佐賀県唐津《からつ》に立ち寄り、関釜《かんぷ》連絡船で下関から満州に渡ったのは、わずか一カ月前である。その頃の関門海峡は、沖縄戦に連動して春先から開始されたB－29による徹底的な機雷封鎖作戦によって、極めて危険な海域となっていた。さらに、米軍の潜水艦と戦闘機による攻撃も相次いでおり、対馬《つしま》海峡を越えることは命がけの旅だった。それでも朝子は敢《あ》えて夫の待つ満州へ渡ったのである。

「神州不滅特別攻撃隊」の結成は、八月十四日に大虎山飛行場から飛び立った偵察機の操縦士・二ノ宮清准尉が、葛根廟《かっこんびょう》の上空からソ連軍戦車による日本人避難民の大虐殺を目撃した怒りからだという。

その日、午前十一時すぎ、国境近くの興安街《こうあんがい》（現・中国内モンゴル自治区烏蘭浩特《ウランホト》特別市）在住の民間日本人の避難民約一千三百人の集団が、葛根廟というラマ寺院がある丘陵の麓《ふもと》でソ連軍団の追撃を受け、大量殺戮《さつりく》の犠牲となった。ソ連軍の戦車隊十四台が避難民に砲撃を加え、キャタピラで圧殺して壊滅状態にしたのである。日本に帰りつくことが出来た人はわずか百数十名に過ぎなかったという。二ノ宮准尉は、機窓から阿鼻叫喚《あびきょうかん》の地獄絵図を目撃していたのである。

葛根廟事件については、戦後七十年を前に、事件の生還者や遭難犠牲者の遺族によって編纂《へんさん》された鎮魂の書『葛根廟事件の証言』（興安街命日会編・平成二十六年・新風書房）に、現地での筆舌に尽くしがたい凄惨《せいさん》な模様が記録されている。

私は一九八五年に、厚生省が東京・代々木の国立オリンピック記念青少年総合センターで行った、中国残留孤児の肉親探しの対面模様を取材した。その時、帰国者の中に「葛根廟事件」の奇跡的な生存者がいることを知った。小山隆造《こやまりゅうぞう》（中国名・劉徳貴）という興安国民学校校長の小山司六《しろく》氏の次男で、家族五名中ひとりだけ生き残って、四十年ぶりに帰国した人物である。彼は事件に遭遇して五歳で残留孤児となった。この日、会場には、隆造氏の帰国を一日千秋の思いで待ちつづけたひとりの男性がいた。小山校長の教育専門学校時代の親しい後輩で、戦後四十年一家の身を案じつづけた元満州国官吏の森山誠之《もりやままさゆき》氏である。かれは堪能《たんのう》な中国語を生かして、永年、残留孤児の帰国支援に尽力していた。会場での二人の感動的な出会いと「葛根廟事件」の深い傷跡にふれる会話は、事件の深刻さと歳月がもたらした人生の苦難を推察するに十分だった。当時、事件によって親を失い二十七人が残留孤児となった。

「葛根廟事件」の目撃者で、「神州不滅特別攻撃隊」の指揮をとったであろう、二ノ宮准尉の居たたまれない思いは、同じ日本人として止むに止まれぬものだったろう。

二ノ宮は昭和十八年まで陸軍飛行第六十四戦隊、戦中のヒット歌謡曲にもなった通称「加藤隼戦闘隊」の操縦士だった。この戦隊は、昭和十九年三月に発動される、ミャンマーとインドを戦場にしたインパール作戦にも出動した。二ノ宮准尉が満州に異動した翌年である。

私は「加藤隼戦闘隊」とは、不思議な縁《えにし》で結ばれたことがある。

一九九三年（平成五年）春、日本陸軍史上、最も愚劣な作戦とよばれたインパール作戦を取材するために、インドのインパールを目指してミャンマー側から奥地に入った。その時、アラカン山系の麓の小さな村で偶然、村人が川の中から発見したばかりの日本軍機の残骸《ざんがい》と一体の操縦士の遺骨に遭遇したのである。機体は陸軍の主力戦闘機「隼」だった。私はその後一年かけて「飛行第六十四戦隊」の戦友会の協力を得ながら、故国への遺骨の返還と名前が特定できない主の遺族探しを行った。その結果、操縦士は、昭和十八年に熊谷《くまがや》陸軍飛行学校を卒業して憧《あこが》れの「加藤隼戦闘隊」に配属された少年飛行兵の山口睦守《やまぐちむつもり》伍長《ごちょう》（岡山県出身・戦死時二十一歳）であることが判明したのである。機体と遺骨は五十年間、ジャングルの中を流れる川に墜落したまま埋もれていた。山口伍長は、出征時に両親に遺書と飛行学校時代の日記を残していたが、着任は二ノ宮准尉の異動と重なる昭和十八年だった。

「加藤隼戦闘隊」もインパール作戦では過酷な戦闘を強いられた。果たして、二ノ宮准尉はミャンマーに残っていたとしても終戦まで無事生き延びられたかどうか。私は悲観的だ。

八月十九日、「神州不滅特別攻撃隊」が大虎山飛行場を飛び立った同じ日、極東ソビエト軍第一方面軍司令部が置かれていたジャリコーウォで、日ソ停戦交渉が行われた。ソビエト側は、総司令官ワシレフスキー元帥以下の極東ソビエト軍の首脳が、関東軍からは秦彦三郎《はたひこさぶろう》参謀長、参謀の瀬島龍三《せじまりゅうぞう》中佐、通訳として宮川船夫《みやがわふなお》ハルビン総領事の三名が出席した。ワシレフスキー元帥は、会談内容を直ちにスターリンに電報で報告している。そこには「秦中将は、ソビエト軍が満州全域を速やかに占領し、日本軍および満州に住む日本人を早急にその庇護《ひご》下においてくれるように依頼してきた」（ロシア国防省保存文書）と、関東軍の悲痛な要望が記されている。しかし、その頃、満州国の敗戦の現実は、ソビエト軍による乱暴狼藉《ろうぜき》の極に達していたのである。

満州建国の出発点となる、昭和六年九月十八日の関東軍の謀略による満州事変。これは、二・二六事件とともに戦前のファシズム化の最大の引き金となり、やがて日本を日中戦争、そして無謀な太平洋戦争へ突入させる契機となった。

満州事変では、事件勃発《ぼっぱつ》の報を受けて、九月十九日午前十時からの臨時閣議で一旦《いったん》、事変の「不拡大方針」を決定した。だが、これを天皇の憂慮も押し切って軍部の圧力で覆してしまった。九月二十二日の閣議では、関東軍の要求に応じ、林銑十郎《はやしせんじゅうろう》朝鮮軍司令官が独断で朝鮮国境を越えて国外派兵した事実を陸軍の圧力に屈して追認し、海外派兵経費の支出を承認した。このときの閣議では、賛成を唱える者もなく、さりとて反対する閣僚もいなかった。その場の空気で決まったのである。昭和史の転換点だった。

若槻《わかつき》内閣の追認は、陸軍と関東軍に自信を与えた。満州事変拡大の大きなはずみとなり、その後の歴史に大きな影響を与えていった。

歴史をふりかえってみると、戦前の日本の進路を過たせてきたのは、国家が運命の岐路にたったとき、政治や軍事の指導者たちが物事の決定と結果の責任を問うことも負うこともなく、曖昧《あいまい》にしてきたことだ。ズルズルの歴史だった。満州事変後の二・二六事件やノモンハン事件はもとより、太平洋戦争に至っては開戦責任、そして、多大な犠牲者をだしたインパール作戦の失敗など、枚挙にいとまがない。

この、国家や国民性の特質は、戦後七十年を迎えた今日も引きずっているように見える。福島第一原発の事故責任は曖昧なまま、溶融した核燃料の処理も先が見えない。しかし、ズルズルと物事が進行していく。戦前の日本の姿の再来である。過去を蓄積できない国家や社会、組織は、物事の本質を見る目を失っていく。歴史の教訓を学ぶことなく同じ過ちを繰り返す。

『妻と飛んだ特攻兵』の物語は、単なる昭和の秘史でも夫婦愛の美談でもない。太平洋戦争で戦の外道が生みだした、「特攻」という人命軽視の国策のツケが、満州国の崩壊にあたって残酷にも谷藤徹夫と朝子の悲劇をもたらしたのだ。

現代にも響く、重い課題を提起している。

写真について

〈カバー表〉

谷藤徹夫と朝子。夫婦が共に写ったものは、この一葉しか残っていない。結婚式の時に撮られたものと思われる。徹夫21歳、朝子23歳。

〈写真提供〉

小原真知子、鮫島美知子、吉田ひろみ（谷藤家遺族）
二ノ宮善明、二ノ宮祥司（二ノ宮家遺族）
北洋館（二瓶秀典の写真すべて）
写真家・鬼怒川毅（谷藤勝夫の手紙）
毎日新聞社（九七式戦闘機）

本書は、二〇一三年六月に刊行された単行本を、追加取材を行い、大幅に加筆修正したものです。

本文中に登場する方々の肩書きは、いずれも取材時のものです。

妻《つま》と飛《と》んだ特攻兵《とっこうへい》

8・19満州《まんしゅう》、最後《さいご》の特攻《とっこう》

豊田正義《とよだまさよし》

平成27年 3月25日　初版発行
令和7年 6月25日　9版発行

発行者●山下直久

発行●株式会社KADOKAWA
〒102-8177　東京都千代田区富士見2-13-3
電話　0570-002-301（ナビダイヤル）

角川文庫 19028

印刷所●株式会社KADOKAWA
製本所●株式会社KADOKAWA

表紙画●和田三造

ISBN978-4-04-102756-1　C0195

角川文庫発刊に際して

角川源義

第二次世界大戦の敗北は、軍事力の敗北であった以上に、私たちの若い文化力の敗退であった。私たちの文化が戦争に対して如何に無力であり、単なるあだ花に過ぎなかったかを、私たちは身を以て体験し痛感した。西洋近代文化の摂取にとって、明治以後八十年の歳月は決して短かすぎたとは言えない。にもかかわらず、近代文化の伝統を確立し、自由な批判と柔軟な良識に富む文化層として自らを形成することに私たちは失敗して来た。そしてこれは、各層への文化の普及滲透を任務とする出版人の責任でもあった。

一九四五年以来、私たちは再び振出しに戻り、第一歩から踏み出すことを余儀なくされた。これは大きな不幸ではあるが、反面、これまでの混沌・未熟・歪曲の中にあった我が国の文化に秩序と確たる基礎を齎らすためには絶好の機会でもある。角川書店は、このような祖国の文化的危機にあたり、微力をも顧みず再建の礎石たるべき抱負と決意とをもって出発したが、ここに創立以来の念願を果すべく角川文庫を発刊する。これまで刊行されたあらゆる全集叢書文庫類の長所と短所とを検討し、古今東西の不朽の典籍を、良心的編集のもとに、廉価に、そして書架にふさわしい美本として、多くのひとびとに提供しようとする。しかし私たちは徒らに百科全書的な知識のジレッタントを作ることを目的とせず、あくまで祖国の文化に秩序と再建への道を示し、この文庫を角川書店の栄ある事業として、今後永久に継続発展せしめ、学芸と教養との殿堂として大成せんことを期したい。多くの読書子の愛情ある忠言と支持とによって、この希望と抱負とを完遂せしめられんことを願う。

一九四九年五月三日

角川文庫ベストセラー

増補版　国策捜査
暴走する特捜検察と餌食にされた人たち

青木　理

「国策捜査」とは、特捜検察が政治や世論に後押しされて突き進んだ歪んだ捜査である。被疑者は特捜検察の筋書き通りの事件の犯人にされ、それをマスコミが煽ることが多い。犠牲となった人々の証言を聞く。

たった独りの引き揚げ隊
10歳の少年、満州1000キロを征く

石村博子

一九四五年、満州。少年はたった独り、死と隣り合わせの曠野へ踏み出した！　四十一連戦すべて一本勝ち。格闘技《サンボ》の生ける伝説・ビクトル古賀。コサックの血を引く男が命がけで運んだ、満州の失われた物語。

世界屠畜紀行
THE WORLD'S SLAUGHTERHOUSE TOUR

内澤旬子

「食べるために動物を殺すことを可哀相と思ったり、屠畜に従事する人を残酷と感じるのは、日本だけなの？」アメリカ、インド、エジプト、チェコ、モンゴル、バリ、韓国、東京、沖縄。世界の屠畜現場を徹底取材!!

検疫官
ウイルスを水際で食い止める女医の物語

小林照幸

日本人で初めてエボラ出血熱を間近に治療した医師、岩崎惠美子。新型インフルエンザ対策でも名をあげた感染症対策の第一人者だ。50歳過ぎから熱帯医学を志した岩崎の闘いを追う、本格医学ノンフィクション!!

ひめゆり
沖縄からのメッセージ

小林照幸

人間が人間でなくなっていく〝戦場〟での体験を語り続ける宮城喜久子。記録映像を通じて沖縄戦の実相を伝えていく中村文子。二人のひめゆりの半生から沖縄戦、そして〝戦後日本と沖縄〟の実態に迫る一級作品!!

角川文庫ベストセラー

国家と神とマルクス
「自由主義的保守主義者」かく語りき
佐藤　優

知の巨人・佐藤優が日本国家、キリスト教、マルクス主義を考え、行動するための支柱としている「多元主義と寛容の精神」。その〝知の源泉〟とは何か？　思想の根源を平易に明らかにした一冊。

国家と人生
寛容と多元主義が世界を変える
佐藤　優
竹村健一

沖縄、ロシア、憲法、宗教、官僚、歴史……幅広いテーマで、「知の巨人」佐藤優と「メディア界の長老」竹村健一が語り合う。知的興奮に満ちた、第一級のインテリジェンス対談!!

地球を斬る
佐藤　優

〈新帝国主義〉の時代が到来した。ロシア、イスラエル、アラブ諸国など世界各国の動向を分析。北朝鮮―イランが火蓋を切る第三次世界大戦のシナリオと、勢力均衡外交の世界に対峙する日本の課題を読み解く。

国家の崩壊
佐藤　優
宮崎　学

1991年12月26日、ソ連崩壊。国は壊れる時、どんな音がするのか？　人はどのような姿をさらけだすのか？　日本はソ連の道を辿ることはないのか？　外交官として渦中にいた佐藤優に宮崎学が切り込む。

瞳の中の大河
沢村　凜

悠久なる大河のほとり、野賊との内戦が続く国。若き軍人が伝説の野賊と出会った時、波乱に満ちた運命の扉が開く。「平和をもたらす」。そのためなら誓いを偽り、愛する人も傷つける男は、国を変えられるのか？

角川文庫ベストセラー

黄金の王白銀の王　沢村　凜

二人は仇同士だった。二人は義兄弟だった。そして、二人は囚われの王と統べる王だった――。百数十年にわたり、国の支配をかけて戦い続けてきた二つの氏族。二人が選んだのは最も困難な道、「共闘」だった。

リフレイン　沢村　凜

一隻の船が無人の惑星に漂着したことからドラマは始まった。属す星も、国家も、人種も異なる人々をまとめあげたリーダーに、救援後、母星が断じた「罪」とは!? デビュー作にして、圧巻の人間ドラマ!!

ヤンのいた島　沢村　凜

文化も誇りも、力の前には消えるほかないのか!? 南の小国・イシャナイでは、近代化と植民地化に抗う人々が闘いを繰り広げていた。学術調査に訪れた瞳子は、ゲリラの頭目・ヤンと出会い、国の未来と直面する。

動物の値段　白輪剛史

ライオン（赤ちゃん）四五万円、ラッコ二五〇万円、シャチ一億円!! 動物園のどんな動物にも値段がある! 驚きの動物売買の世界。その舞台裏を明かした画期的な一冊!! テリー伊藤との文庫版特別対談も収録。

動物の値段 満員御礼　白輪剛史

動物園・水族館のどんな動物にも値段がある! 大反響を起こした『動物の値段』再び。ゴマフアザラシ80万円、レッサーパンダ350万円、ホッキョクグマ6000万円!! 動物商から見た驚きの世界が現れる。

角川文庫ベストセラー

この腕がつきるまで
打撃投手、もう一人のエースたちの物語
澤宮 優

日本にしか存在しない職業、打撃投手。イチロー、松井秀喜、清原和博、王貞治、長嶋茂雄……プロ野球に輝く大打者の記録とチームの栄光。全ては彼らと共につくられた!! 喝采なきマウンドに立つ、男達のドラマ。

真実
新聞が警察に跪いた日
高田昌幸

北海道警察の裏金疑惑を大胆に報じた北海道新聞。しかし警察からの執拗な圧力の前に、やがて新聞社は屈していく。組織が個人を、権力が正義を踏みにじっていく過程を記した衝撃のノンフィクション!

「A」
マスコミが報道しなかったオウムの素顔
森 達也

メディアの垂れ流す情報に感覚が麻痺していく視聴者、モノカルチャーな正義感をふりかざすマスコミ……「オウム信者」というアウトサイダーの孤独を描き出した、時代に刻まれる傑作ドキュメンタリー。

職業欄はエスパー
森 達也

スプーン曲げの清田益章、UFOの秋山眞人、ダウジングの堤裕司。一世を風靡した彼らの現在を、ドキュメンタリーにしようと思った森達也。彼らの力は現実なのか、それとも……超オカルトノンフィクション。

クォン・デ
——もう一人のラストエンペラー
森 達也

満州国皇帝溥儀を担ぎ上げた大東亜共栄圏思想が残した、もう一つの昭和史ミステリ。最も人間の深淵を見つめ、描き上げるドキュメンタリー作家が取材9年、執筆2年をかけ、浮き彫りにしたものは?

角川文庫ベストセラー

それでもドキュメンタリーは嘘をつく　森　達也

「わかりやすさ」に潜む嘘、ドキュメンタリーの加害性と鬼畜性、無邪気で善意に満ちた人々によるファシズム……善悪二元論に簡略化されがちな現代メディア社会の危うさを、映像制作者の視点で綴る。

いのちの食べかた　森　達也

お肉が僕らのご飯になるまでを詳細レポート。おいしいものを食べられるのは、数え切れない「誰か」がいるから。だから僕らの暮らしは続いている。〝知って自ら考える〟ことの大切さを伝えるノンフィクション。

嘘つきアーニャの真っ赤な真実　米原万里

一九六〇年、プラハ。小学生のマリはソビエト学校で個性的な友だちに囲まれていた。三〇年後、激動の東欧で音信が途絶えた三人の親友を捜し当てたマリは――。第三三回大宅壮一ノンフィクション賞受賞作。

太平洋戦争　日本の敗因1　日米開戦　勝算なし　編／NHK取材班

軍事物資の大半を海外に頼る日本にとって、戦争遂行の生命線であったはずの「太平洋シーレーン」確保。根本から崩れ去っていった戦争計画と、「合理的全体計画」を持てない、日本の決定的弱点をさらす！

太平洋戦争　日本の敗因2　ガダルカナル　学ばざる軍隊　編／NHK取材班

日本兵三万一〇〇〇人余のうち、撤収できた兵わずか一万人余。この島は、なぜ《日本兵の墓場》になったのか。精神主義がもたらした数々の悲劇と、「敵を知らず己を知らなかった」日本軍の解剖を試みる。

角川文庫ベストセラー

太平洋戦争　日本の敗因3
電子兵器「カミカゼ」を制す
編／NHK取材班

本土防衛の天王山となったマリアナ沖海戦。乾坤一擲、必勝の信念で米機動部隊に殺到した日本軍機は、つぎつぎに撃墜される。電子兵器、兵器思想、そして文化――。勝敗を分けた「日米の差」を明らかにする。

太平洋戦争　日本の敗因4
責任なき戦場　インパール
編／NHK取材班

「白骨街道」と呼ばれるタムからカレミョウへの山間の道。兵士たちはなぜ、こんな所で死なねばならなかったのか。個人的な野心、異常な執着、牢固とした精神主義。あいまいに処理された「責任」を問い直す。

太平洋戦争　日本の敗因5
レイテに沈んだ大東亜共栄圏
編／NHK取材班

八紘一宇のスローガンのもとで、日本人は何をしたのか。敗戦後、引き揚げる日本兵は「ハポン、パタイ！（日本人、死ね！）」とフィリピン人に石もて追われたという。戦下に刻まれた、もう一つの真実を学ぶ。

太平洋戦争　日本の敗因6
外交なき戦争の終末
編／NHK取材班

日本上空が米軍機に完全支配され、敗戦必至とみえた昭和二〇年一月、大本営は「本土決戦」を決めたが――。捨て石にされた沖縄、一〇万の住民の死。軍と国家は、何を考え、何をしていたのかを検証する。

ヒューマン
なぜヒトは人間になれたのか
NHKスペシャル取材班

私たちは身体ばかりではなく「心」を進化させてきたのだ――。人類の起源を追い求め、約20万年のホモ・サピエンスの歴史を遡る。構想12年を経て映像化された壮大なドキュメンタリー番組が、待望の文庫化!!